21 世纪全国高职高专计算机案例型规划教材

Dreamweaver 网页设计与制作案例教程

主　编　吴　鹏　李国娟　贾艳萍

副主编　吴葳葳　于晓荷　罗慧兰

北京大学出版社

PEKING UNIVERSITY PRESS

内 容 简 介

Dreamweaver 是目前最为流行的可视化 Web 开发工具，其功能强大且简单易学。本书从初学者的角度出发，以 Dreamweaver CS3 为开发工具，通过综合实例和章节案例，详细介绍了网页设计和站点管理的方法和技巧。本书共分 16 章，主要内容包括 Dreamweaver 基础，在页面中插入图、文、声像、超链接等媒体，应用框架、Div+CSS、模板等进行页面布局，内置行为和插件的应用，以及表单和 Spry 框架的具体应用等。

本书层次分明，语言流畅，图文并茂，案例丰富，可作为高职高专院校计算机类专业的教材，也可供从事网页设计和开发的人员参考和使用。

本书配有电子教案，读者可以登录 www.pup6.com 下载电子教案、源程序及相关素材文件。

图书在版编目(CIP)数据

Dreamweaver 网页设计与制作案例教程/吴鹏，李国娟，贾艳萍主编. —北京：北京大学出版社，2010.6
(21 世纪全国高职高专计算机案例型规划教材)

ISBN 978-7-301-16854-7

Ⅰ. ①D… Ⅱ. ①吴… ②李… ③贾… Ⅲ. ①主页制作—图形软件，Dreamweaver —高等学校：技术学校—教材 Ⅳ. ①TP393.092

中国版本图书馆 CIP 数据核字(2010)第 091268 号

书　　　名：	Dreamweaver 网页设计与制作案例教程
著作责任者：	吴　鹏　李国娟　贾艳萍　主编
责 任 编 辑：	李彦红
标 准 书 号：	ISBN 978-7-301-16854-7/TP · 1109
出　版　者：	北京大学出版社
地　　　址：	北京市海淀区成府路 205 号　　100871
网　　　址：	http://www.pup.cn　http://www.pup6.com
电　　　话：	邮购部 62752015　发行部 62750672　编辑部 62750667　出版部 62754962
电 子 邮 箱：	pup_6@163.com
印　　　刷：	北京鑫海金澳胶印有限公司
发　行　者：	北京大学出版社
经　销　者：	新华书店

787 毫米×1092 毫米　16 开本　22.5 印张　516 千字
2010 年 6 月第 1 版　　2010 年 6 月第 1 次印刷

定　　　价：41.00 元

21世纪全国高职高专计算机案例型规划教材

专家编写指导委员会

信息技术的案例型教材建设

(代丛书序)

刘瑞挺/文

北京大学出版社第六事业部在 2005 年组织编写了两套计算机教材，一套是《21 世纪全国高职高专计算机系列实用规划教材》，截至 2008 年 6 月已经出版了 80 多种；另一套是《21 世纪全国应用型本科计算机系列实用规划教材》，至今已出版了 50 多种。这些教材出版后，在全国高校引起热烈反响，可谓初战告捷。这使北京大学出版社的计算机教材市场规模迅速扩大，编辑队伍茁壮成长，经济效益明显增强，与各类高校师生的关系更加密切。

2007 年 10 月北京大学出版社第六事业部在北京召开了"21 世纪全国高职高专计算机案例型教材建设和教学研讨会"，2008 年 1 月又在北京召开了"21 世纪全国应用型本科计算机案例型教材建设和教学研讨会"。这两次会议为编写案例型教材做了深入的探讨和具体的部署，制定了详细的编写目的、丛书特色、内容要求和风格规范。在内容上强调面向应用、能力驱动、精选案例、严把质量；在风格上力求文字精练、脉络清晰、图表明快、版式新颖。这两次会议吹响了提高教材质量第二战役的进军号。

案例型教材真能提高教学的质量吗？

是的。著名法国哲学家、数学家勒内·笛卡儿(Rene Descartes，1596～1650)说得好："由一个例子的考察，我们可以抽出一条规律。"(From the consideration of an example we can form a rule.)事实上，他发明的直角坐标系，正是通过生活实例得到的灵感。据说是在 1619 年夏天，笛卡儿因病住进医院。中午他躺在病床上苦苦思索一个数学问题时，忽然看到天花板上有一只苍蝇飞来飞去。当时天花板是用木条做成正方形的格子。笛卡儿发现，要说出这只苍蝇在天花板上的位置，只需说出苍蝇在天花板上的第几行和第几列。当苍蝇落在第四行、第五列的那个正方形时，可以用(4, 5)来表示这个位置……由此他联想到可用类似的办法来描述一个点在平面上的位置。他高兴地跳下床，喊着"我找到了，找到了"，然而不小心把国际象棋撒了一地。当他的目光落到棋盘上时，又兴奋地一拍大腿："对，对，就是这个图"。笛卡儿锲而不舍的毅力，苦思冥想的钻研，使他开创了解析几何的新纪元。千百年来，代数与几何井水不犯河水。17 世纪后，数学突飞猛进的发展，在很大程度上归功于笛卡儿坐标系和解析几何学的创立。

这个故事，听起来与阿基米德在浴池洗澡而发现浮力原理，牛顿在苹果树下遇到苹果落到头上而发现万有引力定律，确有异曲同工之妙。这就证明，一个好的例子往往能激发灵感，由特殊到一般，联想出普遍的规律，即所谓的"一叶知秋"、"见微知著"的意思。

回顾计算机发明的历史，每一台机器、每一颗芯片、每一种操作系统、每一类编程语言、每一个算法、每一套软件、每一款外部设备，无不像闪光的珍珠串在一起。每个案例都闪烁着智慧的火花，是创新思想不竭的源泉。在计算机科学技术领域，这样的案例就像大海岸边的贝壳，俯拾皆是。

事实上，案例研究(Case Study)是现代科学广泛使用的一种方法。Case 包含的意义很广，包括 Example 例子，Instance 事例、示例，Actual State 实际状况，Circumstance 情况、事件、境遇，甚至 Project 项目、工程等。

大家知道在计算机的科学术语中，很多是直接来自日常生活的。例如 Computer 一词早在 1646 年就出现于古代英文字典中，但当时它的意义不是"计算机"而是"计算工人"，即专门从事简单计算的工人。同样的，Printer 的意义当时也是"印刷工人"而不是"打印机"。正是由于这些"计算工人"和"印刷工人"常出现计算错误和印刷错误，才激发查尔斯·巴贝奇(Charles Babbage，1791—1871)设计了差分机和分析机，这是最早的专用计算机和通用计算机。这位英国剑桥大学数学教授、机械设计专家、经济学家和哲学家是国际公认的"计算机之父"。

20 世纪 40 年代，人们还用 Calculator 表示计算机。到电子计算机出现后，才用 Computer 表示计算机。此外，硬件(Hardware)和软件(Software)来自销售人员，总线(Bus)就是公共汽车或大巴，故障和排除故障源自格瑞斯·霍普(Grace Hopper，1906—1992)发现的"飞蛾子"(Bug)和"抓蛾子"或"抓虫子"(Debug)。其他如鼠标、菜单……不胜枚举。至于哲学家进餐问题、理发师睡觉问题更是操作系统文化中脍炙人口的经典。

以计算机为核心的信息技术，从一开始就与应用紧密结合。例如，ENIAC 用于弹道曲线的计算，ARPANET 用于资源共享以及核战争时的可靠通信。即使是非常抽象的图灵机模型，也受到"二战"时图灵博士破译纳粹密码工作的影响。

在信息技术中，既有许多成功的案例，也有不少失败的案例；既有先成功而后失败的案例，也有先失败而后成功的案例。好好研究它们的成功经验和失败教训，对于编写案例型教材有重要的意义。

我国正在实现中华民族的伟大复兴，教育是民族振兴的基石。改革开放 30 年来，我国高等教育在数量上、规模上已有相当大的发展。当前的重要任务是提高培养人才的质量，为此，培养模式必须从学科知识的灌输转变为素质与能力的培养。应当指出，大学课堂在高新技术的武装下，利用 PPT 进行的"高速灌输"、"翻页宣科"有愈演愈烈的趋势，我们不能容忍用"技术"绑架教学，而是让教学工作乘信息技术的东风自由地飞翔。

本系列教材的编写，以学生就业所需的专业知识和操作技能为着眼点，在适度的基础知识与理论体系覆盖下，突出应用型、技能型教学的实用性和可操作性，强化案例教学。本套教材将会融入大量最新的示例、实例以及操作性较强的案例，力求提高教材的趣味性和实用性，打破传统教材自身知识框架的封闭性，强化实际操作的训练，使本系列教材做到"教师易教，学生乐学，技能实用"。有了广阔的应用背景，再造计算机案例型教材就有了基础。

我相信北京大学出版社在全国各地高校教师的积极支持下，精心设计，严格把关，一定能够建设出一批符合计算机应用型人才培养模式的、以案例型为创新点和兴奋点的精品教材，并且通过一体化设计实现多种媒体有机结合的立体化教材，为各门计算机课程配齐电子教案、学习指导、习题解答、课程设计等辅导资料。让我们用锲而不舍的毅力，勤奋好学的钻研，向着共同的目标努力吧！

刘瑞挺教授　本系列教材编写指导委员会主任、全国高等院校计算机基础教育研究会副会长、中国计算机学会普及工作委员会顾问、教育部考试中心全国计算机应用技术证书考试委员会副主任、全国计算机等级考试顾问。曾任教育部理科计算机科学教学指导委员会委员、中国计算机学会教育培训委员会副主任。PC Magazine《个人电脑》总编辑、CHIP《新电脑》总顾问、清华大学《计算机教育》总策划。

前　　言

Dreamweaver 原本是由 Macromedia 公司所开发的著名网站开发工具。2007 年 4 月，Adobe 公司发布了 Dreamweaver CS3。两大公司的强强联合，实现了 Dreamweaver、Flash 和 Photoshop 三者之间的无缝结合，构成了"网页设计三剑客"的黄金组合。Dreamweaver CS3 作为业界领先的 Web 开发工具，是一个可视化的集网页制作和站点管理两大利器于一身的超重量级的创作工具，堪称网页设计的代名词。

本书从初学者的角度出发，以 Dreamweaver CS3 为开发工具，通过综合实例和章节案例，详细介绍了网页设计和站点管理的方法和技巧。作为案例型教材，本书采用大案例(一个项目，即综合实例)+小案例的编写思路，即整体采用 Project-driven training(项目驱动、项目实战)的思路，而各章以综合实例作为重点，紧紧围绕综合实例展开，再辅以章节知识点特别是重点、难点的小案例来讲解。各个案例统一按如下环节展开：案例说明→操作步骤→技术实训→案例拓展→本节知识点。相关操作步骤之后给出了大量"提示"、"说明"、"思考"、"练一练"(练习题)，这些都是编者的项目实践经验的结晶，也非常适合高职教育"教、学、做"一体化的教学模式。

本书内容根据教育部高职高专规划教材指导思想与原则的要求，充分考虑了高职高专学生的培养目标和教学特点。在内容的组织上，本着由浅入深、循序渐进的原则，注重基本知识和基本概念的介绍，结合案例重点介绍实用性较强的内容，对难度过大的内容只作少量介绍，使学生有的放矢，掌握所学内容。

本书注重培养学生的实际应用技能和综合解决问题的能力，使学生能熟练掌握和运用理论知识解决实际问题，达到学以致用的目的，能真正地为培养新世纪的实用型人才出一份力。

建议课时为 68 课时，其中理论教学为 32 课时，实验教学为 32 课时，综合实训 4 课时；如果能以教、学、做一体化模式组织教学，效果更佳。

建议采用案例教学和团队教学法进行教学，应注重培养学生的创新思维能力和团队协作能力。其前导课程为计算机基础，相关课程为 Photoshop、Flash 和 JavaScript，而后继课程为动态网页设计。

本书由吴鹏、李国娟和贾艳萍担任主编，吴葳葳、于晓荷和罗慧兰担任副主编。其中，第 1 章、第 2 章、第 3 章、第 14 章和第 15 章由吴鹏编写；第 4 章、第 9 章和第 12 章由于晓荷编写；第 5 章和第 7 章由贾艳萍编写；第 6 章和第 8 章由罗慧兰编写；第 10 章和第 11 章由李国娟编写；第 13 章和第 16 章由吴葳葳编写。全书由吴鹏负责统稿。

限于编者水平，书中难免有疏漏之处，恳请读者批评指正。

编　者

2010 年 3 月

目 录

第1章　初识 Dreamweaver CS3

教学目标：

本章主要以 Step by Step 的方式介绍 Dreamweaver CS3 的安装和基本配置，简要介绍 Dreamweaver CS3 的新增功能、工作界面及其帮助系统。

本章的主要内容如下。

- Dreamweaver CS3 的系统需求及其安装。
- Dreamweaver 的基本功能。
- Dreamweaver 的工作界面及其基本操作。
- Dreamweaver 首选参数的基本配置。
- Dreamweaver 帮助系统的使用。

教学要求：

知识要点	能力要求	关联知识
Dreamweaver CS3 的安装	熟练安装 Dreamweaver CS3	安装 Dreamweaver CS3 的系统需求
Dreamweaver 的基本功能	了解 Dreamweaver 的基本功能	Dreamweaver CS3 的标题栏和菜单栏
Dreamweaver 的工作界面及其基本操作	认识 Dreamweaver 的工作界面，熟练掌握各种工具栏、文档窗口以及面板和面板组的基本操作	Dreamweaver 的五类工具栏 Dreamweaver 的三种视图模式 Dreamweaver 浮动面板的特点
Dreamweaver 首选参数的基本配置	了解 Dreamweaver "首选参数"的基本功能，掌握基本配置方法	利用"首选参数"对 Dreamweaver 进行宏观设置
Dreamweaver 帮助系统	了解 Dreamweaver 的帮助系统和在线资源	应用帮助系统的意识和习惯

本章主要简要介绍 Dreamweaver CS3 的安装，以及 Dreamweaver CS3 的新增功能、工作界面及其帮助系统。

1.1　安装和运行 Dreamweaver CS3

Dreamweaver 原本是由 Macromedia 公司所开发的著名网站开发工具。2007 年 4 月，Adobe 公司发布了 Dreamweaver CS3。两大公司的强强联合，实现了 Dreamweaver、Flash 和 Photoshop 三者之间的无缝结合。可以预料，这一黄金组合将成为新的"网页设计三剑客"。

Dreamweaver 字面意思为"梦幻编织工"，国内常称为"网页梦工厂"。Dreamweaver CS3 作为业界领先的 Web 开发工具，是一个可视化的集网页制作和站点管理两大利器于一身的超重量级的创作工具。在静态页面开发领域，Dreamweaver 或将成为网页设计的代名词。

1.1.1　Adobe Creative Suite 3 与 Dreamweaver 及相关软件

Adobe CS3 这个革命性的软件套装包括 6 种版本，17 个新版设计软件。这六大版本如下。

- Design Premium(设计高级版)：为打印、Web、交互和移动设计提供了一套理想的工具包。
- Design Standard(设计标准版)：侧重于专业的打印设计。
- Web Premium(网络高级版)：组合了出类拔萃的 Web 设计和开发工具。
- Web Standard(网络标准版)：供专业的 Web 开发人员使用。
- Product Premium(产品高级版)：是一套适用于视频专业人士的完整的后期制作解决方案。
- Master Collection(大师收藏版)：可以让您在当今最全面的创作环境中跨媒体(打印、Web、交互、移动、视频和影片)进行设计。

上述六大版本，具体组件各不相同，还有一些组件和服务由各个版本共享。其中，Design Premium、Web Premium、Web Standard、Master Collection 4 大版本中均包含 Adobe Dreamweaver CS3，即 Dreamweaver 9.0。相关软件见表 1-1。

表 1-1　Adobe CS3 套装版本与 Dreamweaver 等部分软件以及部分共享组件和服务

| | Design | | Web | | Production | Master |
	Premium	Standard	Premium	Standard	Premium	Collection
Adobe Dreamweaver CS3	●		●	●		●
Adobe Flash CS3 Professional	●		●	●	●	●
Adobe Fireworks CS3			●	●		●
Adobe Photoshop CS3 Extended	●		●			
Adobe Photoshop CS3		●				
相关共享功能、服务和应用程序						
Adobe Bridge CS3	●	●	●	●	●	●
Adobe Device Central CS3	●	●	●	●	●	●
Adobe Stock Photos	●	●	●	●	●	●

上述软件的功能自不待言,各共享组件的基本功能是:Adobe Bridge CS3,对媒体进行可视化管理;Adobe Device Central CS3,设计、预览和测试引人入胜的移动内容;Adobe Stock Photos,通过 Adobe 工具来搜索和购买 100 多万幅免版税图像。

Adobe CS3 的产品理念是:Creative freedom(自由创作),通过 Adobe CS3,您尽可以"Take as much as you want"——尽取您所需,"Explore the new way to create"——探索全新的创作之路。

1.1.2 Dreamweaver CS3 的系统需求和运行环境

Adobe CS3 将共享的高效功能(如管理可视资源和访问有用的联机服务)与为打印、Web、影片和视频及移动设备设计内容的基本创作工具组合在一起,Dreamweaver CS3 是该系列创意软件套装的产品之一。Dreamweaver CS3 支持 Windows 和 Mac OS X 平台,使 Dreamweaver CS3 能够开发支持最广泛的操作系统、浏览器和服务器技术的项目。

Dreamweaver CS3 在 Windows 系统中运行的系统要求如下。

- Intel Pentium 4、Intel Centrino、Intel Xeon、Intel Core Duo(或兼容)处理器。
- Microsoft Windows XP SP2 或 Windows Vista Home Premium、Business、Ultimate 或 Enterprise(已为 32 位版本进行验证)。
- 512MB 内存。
- 1GB 的可用硬盘空间(在安装过程中需要的其他可用空间)。
- 1024×768 分辨率的显示器(带有 16bit 视频卡)。
- 多媒体功能需要 QuickTime 7 软件(http://www.apple.com.cn/quicktime/download/)。

另外,安装时需要 Internet 或电话链接进行产品激活;要使用 Adobe Stock Photos 和其他服务,需要宽带 Internet 链接;若要通过光盘安装,当然还需要 DVD-ROM 驱动器。

注意 (1) Adobe Dreamweaver CS3 的 Macintosh 版本不提供简体中文、繁体中文或朝鲜语版本,即这些语言只有 Windows 版本。

(2) 默认情况下,Windows Server 2003 和 Windows XP SP1 不满足 Adobe CS3 安装的系统要求;但在 Windows Server 2003 下却可以安装。

本书介绍是基于 Windows 系统的 Dreamweaver CS3 的应用,所有例程均在 Windows XP Professional SP2+IE 6.0 SP1 环境下开发;同时,也在 Mozilla Firefox 2.0.x、遨游 Maxthon 1.6.x/2.1.x 等国内主流浏览器上测试通过。

此外,除非特别说明,本书以后所提 Dreamweaver 均指 Adobe Dreamweaver CS3。

1.1.3 安装 Dreamweaver CS3

安装 Dreamweaver CS3 和安装其他 Windows 的应用软件没有什么大的区别。在安装之前,先关闭其他所有正在运行的 Adobe 应用程序。Adobe Dreamweaver CS3 的安装过程如下。

(1) 将 Dreamweaver CS3 安装光盘插入计算机的 DVD-ROM 驱动器,Dreamweaver 安装程序将自动启动;如果使用安装文件,请双击 Setup.exe。

(2) 经过如下过程:初始化→加载安装程序→系统检查,弹出【许可协议】窗口,如图 1.1 所示,单击【接受】按钮。

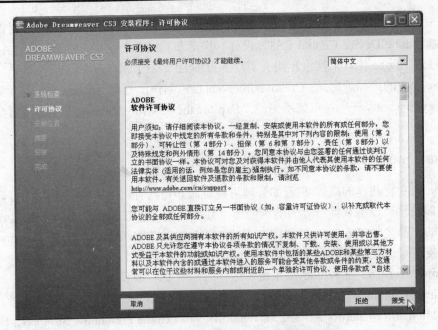

图 1.1　Adobe Dreamweaver CS3 的许可协议

（3）Dreamweaver 自动弹出【安装位置】窗口，酌情选择安装文件夹，如图 1.2 所示，单击【下一步】按钮。

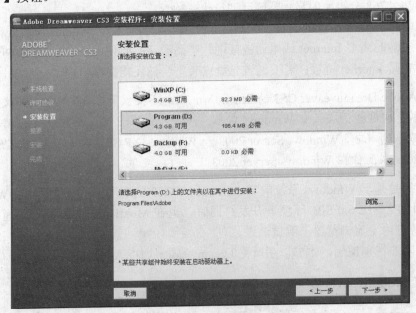

图 1.2　选择 Dreamweaver 的安装文件夹

（4）出现 Dreamweaver【安装摘要】窗口，如无疑问，单击【安装】按钮。

（5）Dreamweaver 开始安装，并显示安装进度，视机器配置情况，该过程可能需要十几分钟。

提示　安装程序将先安装共享组件，再安装 Adobe Dreamweaver CS3。

（6）最后显示安装结束的窗口，单击【完成】按钮，Dreamweaver CS3 安装成功。

提示 建议将Dreamweaver的快捷方式拖到快速启动工具栏,如图 1.3 所示(Word右侧的图标)。这样可以非常方便地掌控 Dreamweaver 的启动。

图 1.3 Dreamweaver 在快速启动栏中的图标

1.1.4 初次运行 Dreamweaver CS3

安装完成之后,第一次运行 Dreamweaver CS3 时,将首先显示 Dreamweaver 默认编辑器的文件类型窗口,如图 1.4 所示。如无特别要求,保持默认的选项,单击【确定】按钮。

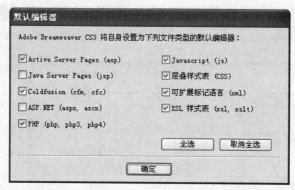

图 1.4 Dreamweaver 默认编辑器的文件类型

提示 如果没有激活或注册,Dreamweaver CS3 在启动过程中,系统将提示激活和注册产品副本。按照 Adobe 的规定,必须在安装软件后的 30 天宽限期内激活 Adobe 软件。激活是必须的,但注册是可选的。

Dreamweaver CS3 启动画面闪现之后,Dreamweaver CS3 正式启动并显示一个起始页,如图 1.5 所示。

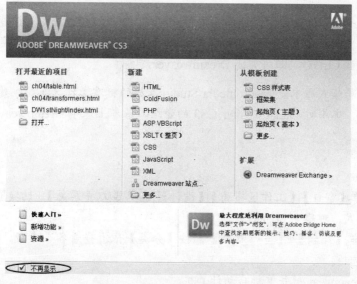

图 1.5 Dreamweaver CS3 的起始页

提示　(1) 使用起始页，可以打开最近使用过的项目文件或创建新文档；快速访问 Dreamweaver 教程、开发人员中心和 Dreamweaver Exchange，了解关于 Dreamweaver 及其帮助的更多信息。

　　　(2) 可以在【首选参数】中选择是否【显示起始页】。如果选择【显示起始页】，则在启动 Dreamweaver 时，或在打开然后关闭一个文档后都将显示，起始页如图 1.5 所示。

　　选择【不再显示】选项禁用起始页，系统弹出一个提示信息框，单击【确定】按钮；再单击起始页中【创建新项目】下的 HTML 选项，Dreamweaver 将创建一个默认网页文件 Untitled-1.html，如图 1.6 所示。

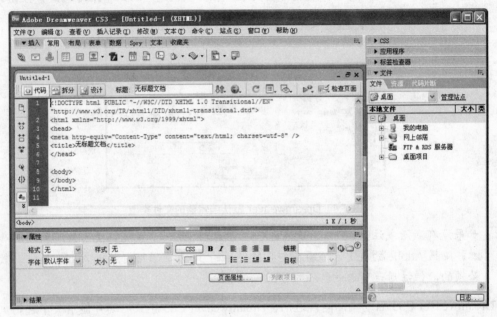

图 1.6　Dreamweaver CS3 的第一个默认网页文件

　　Dreamweaver CS3 默认使用设计器布局模式创建、打开或编辑文档，这是一个典型的多文档界面的集成工作区，单击其右上角红色背景的【关闭】按钮，或者选择菜单【文件】|【退出】，或按快捷键 Ctrl+Q，即可关闭 Dreamweaver。

提示　设计器布局模式原本是 Macromedia Studio 家族的标准工作区布局，建议初学者使用该布局模式。本书对 Dreamweaver CS3 的介绍，基本上基于 Dreamweaver CS3 的设计器布局模式。

【练一练】

　　(1) 选择菜单【窗口】|【工作区布局】|【设计器|编码器|双重屏幕】，切换 Dreamweaver CS3 的工作区布局模式，观察它们的不同。

　　(2) 选择菜单【编辑】|【首选参数】，按【分类】依次查看各个参数，并选择【常规】|【显示起始页】选项。

　　(3) 退出 Dreamweaver 并重新启动计算机。

1.2　Dreamweaver CS3 的工作界面

Dreamweaver CS3 的工作区将其所有关联窗口及面板全部整合到一起，形成一个紧凑而美观的集成布局，这样不仅降低了系统资源的占用率，用户还可以灵活搭配、自由组合，创建出具有独特个人风格的设计平台。

Dreamweaver CS3 的操作界面主要由标题栏、菜单栏、工具栏、文档窗口、状态栏、属性面板和面板组(控制面板、浮动面板)构成，如图 1.7 所示。

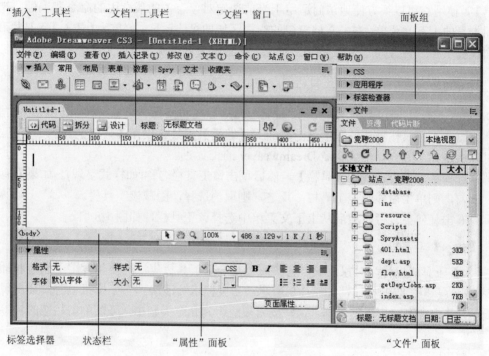

图 1.7　"设计器"风格的 Dreamweaver CS3 工作界面

1.2.1　Dreamweaver CS3 的标题栏和菜单栏

与其他 Windows 标准窗口相同，Dreamweaver 界面最上部是蓝色的标题栏，标题栏下面紧接着菜单栏。Dreamweaver 的菜单栏主要包括 10 个菜单，其功能见表 1-2。

表 1-2　Dreamweaver 菜单的主要功能

菜单名称	功　　能
文件	用来管理文件，包括新建、打开、保存文件、导入、导出、预览及打印等
编辑	用来编辑文本，如剪切、复制、粘贴、查找、替换及参数设置等
查看	用来切换视图模式及显示标尺、网格线等辅助视图功能
插入记录	用来插入各种元素，包括 HTML 标记、图像、多媒体组件、表格、表单组件、超链接及模板对象等
修改	实现对页面元素的修改，如 CSS 样式的编辑、表格单元格的拆分与合并、对象对齐、层和模板的操作等

菜单名称	功　　能
文本	用来对文本进行操作，如设置文本格式、检查拼写等
命令	集中列举了所有的附加命令项
站点	用来创建和管理站点，包括对远程站点的管理
窗口	用来显示与隐藏控制面板、切换和排列文档窗口
帮助	实现联机、在线帮助等功能

除了菜单栏菜单外，Dreamweaver 还广泛使用了各种上下文菜单。【上下文菜单】，即【快捷菜单】，使用它可以很方便地访问适用于当前选定对象有关的最有用的命令和属性。若要显示页面本身的上下文菜单，右击文档窗口的空白区域即可。上下文菜单为【插入】工具栏和【属性】面板提供了一种替代方法，可用于快速地创建和编辑对象。

1.2.2　Dreamweaver CS3 中的工具栏

Dreamweaver 主要包括插入、文档、样式呈现、标准和编码 5 类工具栏。其中，样式呈现、标准和编码 3 类工具栏默认情况下是隐藏的；【编码】工具栏仅在【代码】视图中可见。

可以通过如下方式显示／隐藏 Dreamweaver 的工具栏。

- 选择菜单【查看】|【工具栏】，然后单击该工具栏名称(如样式呈现)。如果没有打对勾，则单击后显示该工具栏；反之，则取消选择，隐藏该工具栏。
- 右击任何工具栏，然后从上下文菜单中选择该工具栏，如图 1.8 所示。

1.【插入】工具栏

【插入】工具栏也称为对象面板，它实质上是一个工具栏集，主要包含用于创建和插入对象(如表格、层和图像)的按钮，如图 1.9 所示。当鼠标指针滚动到一个按钮上时，会出现一个工具提示，其中含有该按钮的名称。这些按钮被组织到几个类别中，可以单击相应的标签进行切换。

图 1.8　工具栏的上下文菜单　　　　　　图 1.9　标签形式的【插入】工具栏

选择菜单【窗口】|【插入】，或按快捷键 Ctrl + F2，可以显示或隐藏【插入】工具栏。

注意　(1) 如果当前文档包含服务器代码时(如 ASP 或 CFML 文档)，还会显示其他类别(如 ASP 或 CFML、CFFORM)。当启动 Dreamweaver 时，系统会打开上次使用的类别。

(2) 某些类别具有带弹出菜单的按钮。从弹出菜单中选择一个选项时，该选项将成为该按钮的默认操作。例如，如果从【图像】按钮的弹出菜单中选择【图像占位符】，下次单击【图像】按钮时，Dreamweaver 会插入一个图像占位符。每当从弹出菜单中选择一个新选项时，该按钮的默认操作都会改变。

【插入】工具栏按以下的类别进行组织，随着学习的深入将逐步介绍它们。

(1)【常用】类别：可以创建和插入最常用的对象，例如图像和表格。

(2)【布局】类别：可以插入表格、div 标签、层和框架，也可以从 3 个表格视图中选择【标准】(默认)、【扩展表格】和【布局】。当选择【布局】模式后，可以使用 Dreamweaver 布局工具：【绘制布局单元格】和【绘制布局表格】。

(3)【表单】类别：包含用于创建表单和插入表单元素的按钮。

(4)【文本】类别：可以插入各种文本格式设置标签和列表格式设置标签，如：b、em、p、h1 和 ul。

(5)【HTML】类别：可以插入用于水平线、头内容、表格、框架和脚本的 HTML 标签。

(6)【服务器代码】类别：仅适用于使用特定服务器语言的页面，这些服务器语言包括 ASP、ASP.NET、CFML Basic、CFML Flow、CFML Advanced、JSP 和 PHP。这些类别中的每一个都提供了服务器代码对象，可以将这些对象插入到【代码】视图中。

(7)【应用程序】类别：可以插入动态元素，例如记录集、重复区域、记录插入及更新表单。

(8)【Flash 元素】类别：使您可以插入 Adobe Flash 元素。

(9)【收藏】类别：可以将【插入】工具栏中最常用的按钮分组和组织到某一常用位置。

提示 【插入】工具栏提供了菜单和标签两种外观，如图 1.10 所示菜单形式的【插入】工具栏。

图 1.10 菜单形式的"常用"【插入】工具栏

【练一练】

切换【插入】工具栏的菜单和标签两种外观，并分别选择【布局】、【表单】类别，观察它们的不同。

2.【文档】工具栏

【文档】工具栏中包含 3 个视图按钮以及一些与查看文档、在本地和远程站点间传输文档有关的常用命令和选项，如图 1.11 所示。

A. 显示代码视图；B. 显示代码视图和设计视图；C. 显示设计视图；D. 文档标题；E. 文件管理；
F. 在浏览器中预览/调试；G. 刷新设计视图；H. 视图选项；I. 可视化助理；J. 验证标记；K. 检查浏览器兼容性

图 1.11 【文档】工具栏

文档窗口的视图有 3 种，可以使用【视图】按钮在文档的不同视图间快速切换：【代码】视图、【设计】视图，同时显示【代码】和【设计】视图的拆分视图。

3.【标准】工具栏

【标准】工具栏中包含【文件】和【编辑】菜单中一般操作的按钮：【新建】、【打开】、【保存】、【保存全部】、【剪切】、【复制】、【粘贴】、【撤销】和【重做】，可以像使用【等效】菜单命令一样使用这些按钮，如图 1.12 所示。

图 1.12 【标准】工具栏

4.【样式呈现】工具栏

【样式呈现】工具栏包含一些按钮,如图 1.13 所示。如果使用依赖于媒体的样式表,这些按钮使您能够查看设计在不同媒体类型中的呈现方式。它还包含一个允许您启用或禁用 CSS 样式的按钮。

图 1.13 【样式呈现】工具栏

5.【编码】工具栏和行号

【编码】工具栏包含可以执行多种标准编码操作的按钮,例如折叠和展开代码的选定内容、高亮显示无效代码、应用和删除注释、缩进代码以及插入最近使用过的代码片断。“编码”工具栏和行号仅在【代码】视图中可见,它们都是以垂直方式显示在【文档】窗口的左侧,如图 1.14 所示。

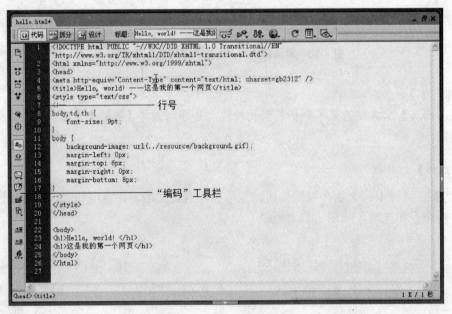

图 1.14 【编码】工具栏

注意 与其他工具栏不同的是,【编码】工具栏和行号都不能取消停靠或移动,但可以将其隐藏。若要显示或隐藏行号,请选择【查看】|【代码视图选项】|【行数】,或从【文档】工具栏上的【视图选项】弹出式菜单中选择【行数】。

【练一练】

分别查看 Dreamweaver 的【插入】、【文档】、【样式呈现】、【标准】和【编码】等工具栏及各快捷按钮,并初步了解它们的基本功能。

1.2.3　Dreamweaver CS3 的文档窗口

【文档】窗口显示创建或编辑的当前文档，可以根据需要选择以下一种视图。

- 【设计】视图：是一个用于可视化页面布局、可视化编辑和快速应用程序开发的设计环境。在该视图中，Dreamweaver 显示文档的完全可编辑的可视化表示形式，类似于在浏览器中查看页面时看到的内容。
- 【代码】视图：是一个用于编写和编辑 HTML、JavaScript、服务器语言代码(如 PHP 或 ColdFusion 标记语言(CFML))以及任何其他类型代码的手工编码环境。
- 【代码和设计】视图(【拆分】视图)：可以在单个窗口中同时看到同一文档的【代码】视图和【设计】视图。

要切换文档视图，请直接单击对应的视图按钮，或者选择菜单【查看】|【代码 | 设计 | 代码和设计】。

当【文档】窗口有一个标题栏时，标题栏显示页面标题，并在括号中显示文件的路径和文件名；当【文档】窗口处于最大化状态时，出现在【文档】窗口区域顶部的选项卡显示所有打开的文档的文件名。若要切换到某个文档，请单击它的选项卡。如果文档做了更改但没有保存，则 Dreamweaver 在文件名后显示一个星号(*)。

注意　当【文档】窗口在集成工作区布局中处于最大化状态时，它没有标题栏；在这种情况下，页面标题以及文件的路径和文件名显示在主工作区窗口的标题栏中。

【文档】窗口底部的状态栏提供了当前编辑的文档有关的其他信息，如图 1.15 所示。

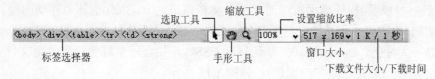

图 1.15　【文档】窗口的状态栏

提示　【文档】窗口的状态栏是非常有用的，也是非常便利的，特别是【标签选择器】。【标签选择器】显示了围绕当前选定内容的标签的层次结构，单击该层次结构中的任何标签以选择该标签及其全部内容。如，单击<body>可以选择文档的整个正文，单击<table>可以选择当前整个表格。若要设置标签选择器中某个标签的 class 或 id 属性，可以右击该标签，再从上下文菜单中选择一个类或 ID。

【练一练】

(1) 分别查看 Dreamweaver【文档】窗口的 3 种视图模式，并观察它们的不同。

(2) 在【设计】视图模式下添加一些文本，并设置为【加粗】、【倾斜】、【居中】，并观察状态栏标签选择器的变化。

(3) 单击状态栏中【窗口大小】右侧的小按钮，选择上下文菜单中的【编辑大小】选项，从【首选参数】对话框中查看各种分辨率下的窗口大小，并修改连接速度为 128Kb/s。

1.2.4 Dreamweaver CS3 中的面板

Dreamweaver 面板包括对象面板、属性面板和其他控制面板(面板组)等。对象面板即【插入】工具栏，前已介绍；下面简单介绍属性面板和面板组，以及面板的基本操作。

1. 属性面板

属性面板，也叫做【属性】检查器，用于查看、设置和修改所选文本、图像、表格等对象的各种属性。每种对象都具有不同的属性。在【编码器】工作区布局中，【属性】面板默认是不展开的。选择菜单【窗口】|【属性】，或按快捷键 Ctrl + F3，可以显示或隐藏属性面板。

单击【页面属性】按钮，可以设置当前页面文本的【字体】的大小和颜色，【背景颜色】、【页面属性】等。

属性面板通常分为基本区域和扩展区域，而且扩展区域默认是展开的，如图 1.16 所示。单击右下角收敛箭头△/展开箭头▽即可隐藏/显示扩展区域。

图 1.16 展开的【属性】面板

2. Dreamweaver 面板组

Dreamweaver 中的控制面板被组织到面板组中。面板组可以停靠到集成的应用程序窗口中，也可以通过拖动面板脱离面板组而浮动于文档窗口之上，因此也称为浮动面板。这样比较节省屏幕空间，也能够很容易地访问所需的面板，而不会使工作区变得混乱，这是 Dreamweaver 操作界面的一大特色。Dreamweaver 默认显示 CSS、应用程序、标签检查器、文件等面板组，每个面板组有两个或多个选项卡(面板)，如图 1.17 所示。

提示 在面板组中，【文件】面板是应用最频繁的面板之一，请特别留意它的使用。

图 1.17 展开或折叠面板组

3. 面板及面板组的基本操作

Dreamweaver 面板提供了强大的功能，它们均可以浮动于文档窗口之上，用户可以随意调整这些面板的位置，以扩充文档窗口。

1) 查看面板和面板组

面板组中选定的面板显示为一个选项卡，可以单击面板组标题或其左侧的三角形按钮展开或折叠面板组，如图 1.17 所示。

也可以选择【窗口】子菜单中的某个面板名称(如层、文件)，来显示或者展开/折叠某个面板(如层面板)或面板组(如文件面板组)；对于属性面板，可以单击其上方带三角的按钮(如图 1.18 所示，水平显示)来显示/隐藏所有面板组；对于【文档】窗口右侧的面板组，可以单击它们之间带三角的按钮(如图 1.19 所示，垂直显示)来显示/隐藏所有面板组；选择菜单【窗口】|【显示面板】|【隐藏面板】，可以显示/隐藏【属性】面板和所有面板组。

图 1.18 隐藏/显示属性面板的按钮　　　　图 1.19 隐藏/显示面板组的按钮

可以单击展开的面板组标题栏右侧的【选项】按钮 ，通过相应的【选项】菜单执行【重命名面板组】、【关闭面板组】等相关操作。

提示 (1)【选项】菜单仅在面板组展开时才可见。但是，在面板组处于折叠状态时，面板组的上下文菜单中的某些选项仍然可使用；右击面板组的标题栏可以查看其上下文菜单。

(2)【窗口】菜单中项目旁的复选标记表示指定的项目当前是打开的，但它可能隐藏在其他窗口后面。如果找不到一个标记为打开的面板、检查器或窗口，可以选择【窗口】|【排列面板】以整齐地列出所有打开的面板。

2) 停靠和取消停靠面板和面板组

每个面板组都可以和其他面板组停靠在一起或取消停靠。可以根据需要移动面板和面板组，并能够对它们进行排列，使之浮动或停靠在工作区中。大多数面板仅能停靠在集成工作区中【文档】窗口区域的左侧或右侧，而另外一些面板(如【属性】面板和【插入】工具栏)则仅能停靠在集成窗口的顶部或底部。

通过手柄 (在面板组标题栏的左侧)拖动面板组，可以取消停靠一个面板组，或者将一个面板组停靠到其他面板组(浮动工作区)或停靠到集成窗口。

3) 重新调整面板组大小

对于浮动面板，如同调整 Windows 系统中任何窗口的大小一样，可以通过拖动来调整面板组集合的大小；对于停靠的面板，可拖动面板与【文档】窗口之间的拆分条。

4) 保存面板组

Dreamweaver 允许用户保存和恢复不同的面板组，以便针对不同的活动自定义工作区。当保存工作区布局时，Dreamweaver 会记住指定布局中的面板以及其他属性，例如面板的位置和大小、面板的展开或折叠状态、应用程序窗口的位置和大小，以及【文档】窗口的位置和大小。

选择菜单【窗口】|【工作区布局】|【保存】，可以保存自定义工作区布局。

提示 关于面板和面板组的基本操作，最常用的就是展开/折叠某个面板组、显示/隐藏所有面板组和显示/隐藏属性面板，务必熟练掌握。

【练一练】

(1) 分别隐藏/显示【属性】面板、面板组、【文件】面板和面板组。

(2) 依次取消停靠【文件】面板组、【文件】面板和【资源】面板。

(3) 停靠【文件】面板和【资源】面板，再将它们的面板组停靠到集成窗口。

(4) 将【资源&代码片段&文件】面板组名称修改为【文件】面板组。

(5) 移动【文件】面板组，将其最大化面板组，再调整其大小。

(6) 将【文件】面板组停靠到集成窗口。

1.2.5　Dreamweaver CS3 的首选参数

选择【编辑】|【首选参数】，可以打开 Dreamweaver 的【首选参数】对话框，如图 1.20 所示。通过它，可以控制 Dreamweaver 用户界面的常规外观和行为的首选参数设置以及与特定功能(如层、样式表、显示 HTML 和 JavaScript 代码、外部编辑器和在浏览器中预览等)相关的选项。

【练一练】

打开 Dreamweaver 的【首选参数】对话框，依次查看【常规】、【标记色彩】、【代码格式】、【代码颜色】、【复制/粘贴】、【文件类型/编辑器】、【新建文档】、【验证程序】、【在浏览器中预览】、【状态栏】、【字体】等选项。

本节旨在帮助读者对 Dreamweaver 的操作界面和工作环境有个宏观认识，希望读者能举一反三，勤思多练，初步掌握 Dreamweaver 操作界面的一些基本操作，为今后的网页设计打下良好的基础。

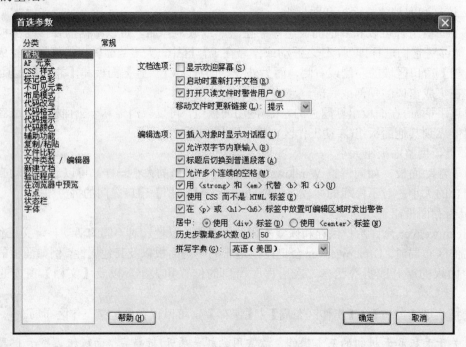

图 1.20　【首选参数】对话框

1.3　Dreamweaver CS3 的特点和新增功能

Dreamweaver CS3 是 Adobe CS3 系列创意软件的重要组成部分。它秉承了 Dreamweaver 功能强大、易用专业的特点；与以前版本相比，Dreamweaver CS3 包含全新的 CSS 工具、用于构建动态用户界面的 Ajax 组件，以及与 Photoshop CS3、Flash CS3 等 Adobe 其他软件的智能集成。Adobe Dreamweaver 产品经理 Kenneth Berger 对此作出了精辟的评价，如图 1.21 所示。应用 Dreamweaver CS3，你能轻松而快捷地享受网站创作的成功。

"新的浏览器兼容性检查和 CSS ADVISOR 使查找和处理 CSS 问题变得十分简单。而且，Photoshop 集成使图像管理跟复制和粘贴一样简便。"

Kenneth Berger
Adobe Dreamweaver 产品经理

查看更多功能 >

图 1.21　Adobe Dreamweaver 产品经理 Kenneth Berger 对 Dreamweaver CS3 的评价**

**注：图 1.21 出自 http://www.adobe.com/cn/products/dreamweaver/(Adobe Dreamweaver 中文官方站点)。

Dreamweaver CS3 的新增功能主要包括如下几个方面。

1.3.1　适合于 Ajax 的 Spry 框架，创建丰富的 Web 内容

Dreamweaver CS3 新增了适合于 Ajax 的激动人心的全新 Spry 框架，将静态内容与响应交互性相结合，以创建丰富的动态网站。具体来说，使用适合于 Ajax 的 Spry 框架，可以用可视方式设计、开发和部署动态用户界面。在减少页面刷新的同时，增加交互性、速度和可用性。另外，Dreamweaver CS3 还增强了对开放式服务器和技术的支持。

1．Spry 数据

使用 XML 从 RSS 服务或数据库将数据集成到 Web 页中，进而将这些集成的数据很容易地进行排序和过滤。

2．Spry 窗口组件

借助来自适合于 Ajax 的 Spry 框架的窗口组件，轻松地将常见界面组件(如列表、表格、选项卡、表单验证和可重复区域)添加到 Web 页中。

3．Spry 效果

借助适合于 Ajax 的 Spry 效果，轻松地向页面元素添加视觉过渡，以使它们扩大选取、收缩、渐隐、高光等。

如图 1.22 所示为 Adobe 官方网站对 Spry 框架功能演示的一个截图。

图 1.22　Dreamweaver CS3 的 Spry/Ajax 功能演示

4．支持领先的技术

利用对领先 Web 开发技术(包括 HTML、XHTML、CSS、XML、JavaScript、Ajax、PHP、Adobe ColdFusion、ASP、ASP.NET 和 JSP)的支持。

5．轻松的 XML

使用 XSL 或适合于 Ajax 的 Spry 框架，快速集成 XML 内容。指向 XML 文件或 XML feed URL，Dreamweaver CS3 将显示其内容，这使您能够将适当的字段拖放到您的页面上。

Ajax 是当前网页设计的一种重要技术，本书有综合实例、第 14 章应用 Spry 框架创建 Ajax 页面效果和第 15 章中的验证表单演示了 Ajax 的一些基本应用，请读者注意留意学习。

1.3.2　集成的工作流和编码环境，使工作效率最大化

Dreamweaver CS3 以可视方式创建或直接编码，轻松添加 FLV 文件，还可以享受与其他 Adobe 软件的智能集成。

1．与 Adobe Photoshop 和 Fireworks 集成

直接从 Adobe Photoshop CS3 或 Fireworks CS3 复制和粘贴到 Dreamweaver CS3 中以利用来自您的已完成项目中的原型的资源。

2．FLV 支持

无需任何 Flash 知识，只需 5 次点击，即可轻松地将 FLV 文件添加到您的 Web 页中。自定义视频环境以匹配您的网站。

3．Adobe Device Central CS3

使用 Adobe Device Central(现在已集成到整个 Adobe Creative Suite 3 中)，设计、预览和测试移动设备内容。

4．Adobe Bridge

使用 Adobe Bridge(Adobe Creative Suite 3 的中枢)享受效率更高的工作流，Adobe Bridge 提

供对项目文件、应用程序和设置的集中访问，以及 XMP 元数据标记和搜索功能。

5．集成的编码环境

借助代码折叠、颜色编码、行号及带有注释/取消注释和代码片断的编码工具栏，组织并加速您的编码。应用适用于 HTML 和服务器语言的代码提示。

6．文本和代码导入

快速从其他应用程序(如 Microsoft Outlook 和 Word)导入文本或代码(支持 Microsoft Office 12)。可以保留原始格式，或从目标文件应用 CSS。

7．跨平台支持

挑选您的平台:Dreamweaver CS3 可用于基于 Intel 或 PowerPC 的 Macintosh 计算机，也可用于 Windows XP 和 Windows Vista 系统。在您的首选平台中设计，然后跨平台交付更加可靠的、一致的和高性能的结果。

8．学习资源

在您使用全面的教程、参考内容和指导性模板的同时进行学习，这样可轻松扩展您的技能集并采用最新的技术。

9．扩展的 Dreamweaver 社区

享受庞大的 Dreamweaver 社区的所有益处，包括在线 Adobe 设计中心和 Adobe 开发人员中心、培训和研讨会、开发人员认证计划、用户论坛以及 Dreamweaver Exchange 中提供的超过 1000 个可下载的扩展。

10．业界领先的工具

利用世界级的 Web 设计工具的所有灵活性和强大功能。在【设计】视图中进行像素完美型设计，在【代码】视图中制作复杂的代码，或专功一方面的研究。使用您的最佳工作方式工作。

1.3.3 完整的 CSS 支持，实现应用最佳实践

轻松应用 CSS 的已接受标准，并测试浏览器兼容性来确保您的网站和 Web 应用程序更加可靠和一致。

1．CSS 布局

借助全新的 CSS 布局，将 CSS 轻松合并到您的项目中。在每个模板中都有大量的注释解释布局，这样初级和中级设计人员可以快速学会。可以为您的项目自定义每个模板。

2．浏览器兼容性检查

借助全新的浏览器兼容性检查，节省时间并确保跨浏览器和操作系统的更加一致的体验。生成识别各种浏览器中与 CSS 相关的问题的报告，而不需要启动浏览器。

3．CSS Advisor 网站

借助全新的 CSS Advisor 网站(http://www.adobe.com/go/learn_dw_cssadvisor_cn)，一个具有丰富的用户提供的解决方案和见解的在线社区，可以查找浏览器特定 CSS 问题的快速解决方案。

4. CSS 管理

轻松移动 CSS 代码——从行中到标题、从标题到外部表、从文档到文档、现有 CSS 都能很容易地清除较旧页面中的代码。

5. 统一的 CSS 面板

在单一的、统一的 CSS 面板中查看 CSS 信息，这使得可以轻松查看应用于特定元素的样式，识别定义属性的位置，以及编辑现有样式，而不必进入【代码】视图。

6. CSS 布局可视化

在 CSS 布局中应用可视辅助功能(如轮廓和阴影)，轻松可视化复杂的嵌套方案并选择要进行编辑的部分。选择布局以在弹出窗口中看到参数，包括 ID、填充、边距以及边框设置。

7.【样式呈现】工具栏

按最终用户将看到的方式查看内容，而不管它是以何种方式交付的。使用样式【渲染】工具栏，在计算机屏幕、手持设备或打印输出的模拟中预览您的设计。

如图 1.23 所示为 Adobe 官方网站对 CSS 功能演示的一个截图。

图 1.23　Dreamweaver CS3 的 CSS 功能演示

本书综合实例从页面布局到内容展现，完全抛弃了传统的 Table 模式，全面采用 Div+CSS 的模式实现；本书第 10、第 11 章将分别介绍 CSS 和 APDiv 的基础知识，并介绍了它们的一些基本应用，请读者留意学习。

【练一练】

选择菜单【帮助】|【Dreamweaver 帮助】，再依次展开【Dreamweaver 基础】|【简介】|【Dreamweaver CS3 中的新功能】，学习 Dreamweaver CS3 的新增功能。

1.4 Dreamweaver CS3 的帮助系统及在线资源

Dreamweaver CS3 包含了形式多样、内容丰富的多种媒体资源，完全可以帮助初级、中级用户快速学习并熟练掌握网页设计和站点开发。

1.4.1 Dreamweaver 的帮助系统

如图 1.24 所示为 Dreamweaver CS3 的【帮助】菜单。从形式上来说，主要有联机帮助（如图 1.25 所示）、Adobe 在线帮助、认证培训（一般是有偿的）等。从内容上来说，主要有入门性的教程和示例、LiveDocs 和扩展性帮助等。另外，Dreamweaver CS3 提供了相当多的中文联机帮助和在线帮助，而"扩展 Dreamweaver"、"ColdFusion 帮助"、"参考"等只提供了英文帮助。

图 1.24 Dreamweaver CS3 的 【帮助】菜单

图 1.25 Dreamweaver CS3 的联机帮助

提示 Live Docs 版本是 Adobe 提供的在线帮助，它看起来与联机帮助非常类似，但它允许您对各个帮助页的内容进行注释，也可以根据您自己的经验对特定的 Dreamweaver 主题添加有用的信息，或恳请 Dreamweaver 设计和开发人员提供建议。

【练一练】

选择菜单【帮助】|【Dreamweaver 帮助】，依次展开左侧的导航目录：【快速入门】|【Adobe 帮助】|【Adobe 帮助资源】，了解各种格式的帮助文档及其资源位置，掌握如何选择正确的帮助文档。

1.4.2 Dreamweaver 的在线资源

网络上为 Dreamweaver 的学习和提高提供了海量的资源。以下列举的仅是 Adobe 官方站点的一些资源，读者可以参考学习，获取更多的相关信息。

想要了解 Adobe CS3 的 6 大版本，以及各版本的软件组成，推荐您访问 Adobe CS3 产品中文官方站点：http://www.adobe.com/cn/products/creativesuite/。想要了解 Dreamweaver 的基本功能和最新版本的新增功能，推荐您访问 Adobe Dreamweaver 中文官方站点：http://www.adobe.com/cn/ products/dreamweaver/。

无论是对于 Dreamweaver 的新手，还是 Dreamweaver 的专业用户，Dreamweaver 在线帮助资源：http://www.adobe.com/support/documentation/cn/dreamweaver/，永远都可以为您提供全方位的诸多帮助，包括相关产品附带的【帮助】，即产品面市时提供的所有文档和教学内容。该中心提供了如下几项选择。

- 使用 Dreamweaver：提供全面的基于任务的信息，以帮助您利用 Dreamweaver 设计和开发网站。
- Spry 1.4 开发人员指南：提供全面的、面向编码器的信息，以帮助您利用 Spry 开发基于 Ajax 的网页。2008 年 2 月 25 日，Adobe 已将 Spry 升级到 1.6.1，请读者多留意 Spry 框架的官方网址：http://labs.adobe.com/technologies/spry/。如果要想深入了解 Ajax，灵活运用 Spry，则需掌握一定的 JavaScript 以及 Div+CSS 的知识。
- 扩展 Dreamweaver：介绍 Dreamweaver 框架和应用程序编程接口(API)，它们使您能够自定或扩展 Dreamweaver。
- Dreamweaver API 参考：介绍实用程序的应用程序编程接口(API)和 JavaScript API，它们使您能够在开发 Dreamweaver 扩展程序时执行各种支持任务。

上述几项均提供 Live Docs 和 PDF 形式两种帮助文档。对于 PDF 文档，请安装 Adobe Reader 软件以方便阅读。

Dreamweaver 开发人员中心：http://www.adobe.com/cn/devnet/dreamweaver/；Dreamweaver 支持中心：http://www.adobe.com/cn/support/dreamweaver/，是两个不错的选择。

如果想扩展 Dreamweaver 的功能，可以登录 Dreamweaver Exchange 交流中心站点：http://www.adobe.com/cfusion/exchange/index.cfm?event=productHome&exc=3&loc=en_us。在笔者编写本书时，Dreamweaver Exchange 提供了 1923 个可下载的扩展，某些是免费的，某些则是收费的。另外，您也可以在这里发布您的扩展作品。

"人人为我，我为人人"，"帮助别人就是帮助自己"。如果要获得更多的帮助和支持，请访问并参与 Adobe 公司提供的在线论坛：http://www.adobe.com/cn/support/forums/，您可以选择 Dreamweaver 等 Adobe 产品参与讨论。不过，除新闻组之外，论坛都是英文版的。

最后，如果您想获得体验和评估 Adobe 新兴技术和新产品的机会，请访问 Adobe Labs：http://www.adobe.com/go/labs_cn；如果想要获取 Adobe 相关产品的最新更新，Adobe 产品更新站点：http://www.adobe.com/cn/downloads/updates/，提供了最佳选择。

提示 在 Adobe 的各种在线资源中，如果帮助标题后标记有星号(*)，则该资源是英文页面。

本节的主要目的在于提醒读者养成使用帮助的良好习惯，逐步树立研习讨论的良好风气。请充分利用网络，多查多看、勤思好问。一方面，很多网站提供了很多优秀的学习资源；另一方面，众多网站和页面本身就是我们学习的宝贵资源。另外，还要注意通过各类帮助，积极学习 JavaScript、XML 和动态网页开发技术等相关知识。

1.5　本 章 小 结

本章主要以 Step by Step 的方式介绍了 Dreamweaver CS3 的安装,简要介绍了 Dreamweaver CS3 的新增功能、工作界面及其帮助系统。

通过本章学习,读者可以掌握如下几点。

- Dreamweaver CS3 的系统需求及其安装。
- Dreamweaver 的基本功能。
- Dreamweaver 的工作界面及其基本操作。
- Dreamweaver 首选参数的基本配置。
- Dreamweaver 帮助系统的使用。

1.6　习　　题

一、填空题

1. Adobe CS3 的产品理念是:Creative freedom,中文意思是(　　　　)。

2. Dreamweaver CS3 需要激活或注册,其中,(　　　)是必须的,(　　　)是可选的。

3. 启动 Dreamweaver,创建的第一个默认 HTML 文件,文件名默认为(　　　　)。

4. Dreamweaver 默认使用("　　　　　")布局模式创建、打开或编辑 HTML 文档。

5. Dreamweaver 主要包括(　　　)、(　　　　)、样式呈现、标准和编码 5 类工具栏,后 3 种默认是隐藏的。

6. Dreamweaver 的【插入】工具栏也称为对象面板,它实质上是一个(　　　　),它提供了(　　　)和(　　　)两种外观形式。

7. Dreamweaver 的【文档】窗口包括 3 种视图:(　　　)视图、(　　　)视图以及(　　　　)视图(拆分视图)。

8. 如果属性面板隐藏了,可以选择菜单【(　　　)】|【属性】来打开。

9. 通过 Dreamweaver 的【首选参数】对话框,可以控制 Dreamweaver 用户界面的常规外观和行为等诸多选项,选择菜单【编辑】|【(　　　　)】,可以打开该窗口。

10. Dreamweaver CS3 的 Ajax 的(　　　),可以以可视方式设计、开发和部署动态用户界面。

11. 借助 Dreamweaver CS3 全新的(　　　),可以将 CSS 轻松整合到项目中,以创建更加符合规范的网站。

12. Dreamweaver CS3 的帮助菜单,从形式上来说,主要有(　　　　)、Adobe 在线帮助、认证培训等几种。

二、选择题

1. Dreamweaver 安装完成之后,默认将以下类型的文件作为编辑器(　　)。
   A．.asp 文件　　　　　　　　　B．.jsp 文件

C. .php 文件   D. .xml 文件

2. Dreamweaver 的工具栏中，(　　)等工具栏默认情况下是隐藏的，(　　)和行号仅在"代码"视图中可见。

A. 【插入】工具栏   B. 【文档】工具栏   C. 【样式呈现】工具栏

D. 【编码】工具栏   E. 【标准】工具栏

3. 在 Dreamweaver 中，编辑了一个文档但没有保存，则在【文档】窗口文件名后显示一个(　　)。

A. 问号(?)   B. 加号(+)

C. 星号(*)   D. 波浪线(~)

4. Dreamweaver 中，完全以可视化编辑方式显示的视图模式是(　　)。

A. 【拆分】视图   B. 【设计】视图

C. 【代码】视图   D. 【混合】视图

5. 标签选择器位于(　　)。

A. 【文档】窗口的状态栏   B. 【文档】窗口的标题栏

C. 【属性】面板   D. 【标签检查器】面板

6. 属性面板，也叫做【属性】检查器，用于查看、设置和修改当前对象的相关属性，该面板通常分为(　　)和(　　)。

A. 基本区域   B. 功能区域

C. 扩展区域   D. 附加属性区域

第2章 本地站点的搭建与管理

 教学目标：

　　网页是网站的最基本组成部分，它们通过链接相互关联，从而描述相关主题或实现共同的功能。在设计网页之前，应该首先建立站点。

　　本章的主要内容如下。

- Dreamweaver 站点、Web 站点和虚拟目录的概念。
- 常用的 Web 服务器的安装和配置。
- 如何通过 IIS 创建虚拟目录。
- 应用 Dreamweaver 创建和管理本地站点。
- 站点目录结构的组织和规划。
- 应用 Dreamweaver 创建、预览网页。

 教学要求：

知识要点	能力要求	关联知识
Dreamweaver 站点的组成	了解 Dreamweaver 站点组成	Dreamweaver 站点三部分的组成
虚拟目录的创建	常用 Web 服务器的安装和配置 应用 IIS 创建虚拟目录	Web 站点和虚拟目录的概念
本地站点的创建和管理	熟练应用 Dreamweaver 创建和管理本地站点	站点目录结构的组织和规划
网页文件的创建、预览	熟练应用 Dreamweaver 创建、编辑、保存和预览简单的网页文件 应用 IE 等浏览器预览站点网页	页面的 HTML 代码结构 查看和编辑页面的头部元素

第 1 章介绍了 Dreamweaver 的工作界面，接下来就要进行制作网页的第一步：搭建管理本地站点。其实，无论是网页设计的新手，还是专业的网页设计师，都要从搭建站点开始。否则，就很难从宏观上把握各个网页，图片、声音、动画、脚本等站点资源，也不利于集中管理。

本章只讲述今后学习不得不做的相关设置，即首先尽量展现一些感性的知识。关于站点的规划、管理、发布等细节性的、更为宏观性的内容，将在第 16 章详细讲解。如果对于个别概念一时无法理解，请不要拘泥于它们。暂且"比照葫芦画葫芦"，完成相关的设置和操作即可。

2.1　Web 站点与虚拟目录

Web 站点是一组具有共享属性(如相关主题、类似的设计或共同目的)的链接文档和资源。在 Dreamweaver 中，站点是指属于某个 Web 站点的文档的本地或远程存储位置。

2.1.1　Dreamweaver 站点的组成

Dreamweaver 站点最多由 3 部分(或文件夹)组成：本地根文件夹、远端文件夹和测试服务器文件夹。

本地根文件夹即我们的工作目录，通常称为"本地站点"。这个文件夹一般就在您的计算机上，也可能在本地网上邻居的某个计算机上，还可能位于网络服务器上。

远端文件夹通常位于运行 Web 服务器的计算机上，故称为"远程站点"，即通常所说的 Web 站点，更通俗地说，就是我们平时所说的网站，如新华网、雅虎、腾讯网、凤凰网、联众世界、梦幻者之家等。关于 Web 服务器，本节稍后将简要介绍。

测试服务器文件夹是 Dreamweaver 处理动态页的文件夹。本书面向 Dreamweaver 的初学者或有一定基础的中级用户，所有页面均为静态页面，因而，暂不需要此类文件夹。

Dreamweaver 站点提供一种组织所有与 Web 站点关联的文档的方法。通过在站点中组织文件，可以利用 Dreamweaver 将站点上传到 Web 服务器、自动跟踪和维护链接、管理文件以及共享文件。

2.1.2　Web 站点和虚拟目录

Web 站点(Website)就是位于 Web 服务器上，一系列在内容上彼此相关，而在功能上紧密集成的 Web 页面的集合，它通常与 Dreamweaver 站点中的远程站点相对应。

Web 服务器拥有一个宿主目录和若干虚拟目录用于发布站点。虚拟目录通常位于主目录以外的其他目录，它可以在本地驱动器上，也可以在网络驱动器上。虚拟目录有一个"别名"，供 Web 浏览器访问此目录。别名通常要比实际目录的路径名短，更便于用户输入。而且，使用别名更安全，因为用户不知道文件是否真的存在于服务器上。在显示给客户浏览器时，虚拟目录就像位于主目录中一样。

无论是学习者，还是真正的网站开发人员，通常首先把自己的机器配置成一个 Web 服务器，随时浏览、调试正在开发的网页及整个网站，然后再发布到真正的 Web 服务器上。即在开发阶段，通常把自己的机器，既作为客户端，又作为服务器。

2.1.3　常用 Web 服务器简介

Web 服务器也称为 WWW(World Wide Web)服务器、HTTP 服务器，主要功能是提供网上信息浏览服务。Web 服务器：一方面可以指硬件的计算机；另一方面可以指提供 Web 服务的软件，Web 服务器通常是硬件计算机、操作系统和相关软件的有机组合。但是，本节所提 Web 服务器主要指 Web 服务的软件。

Web 服务器是指驻留于因特网上某种类型计算机的程序。这些计算机，包括常见的 PC、小型机，甚至是巨型的 Unix 网络。它们通常经过一条高速线路与因特网链接。

当 Web 浏览器(客户端)连到服务器上并请求文件时，服务器将处理该请求并将结果发送到该浏览器上，附带的信息会告诉浏览器如何查看该文件(即文件类型)。服务器使用 HTTP(超文本传输协议)进行信息传输，因而也称为 HTTP 服务器。

截至 2008 年 7 月初，全球已经至少有 172338726 个 Web 站点，这些站点最常采用的 Web 服务器软件就是 Apache 和 IIS。开源的 Apache 是 Internet 上最流行的 Web 服务器，它为 Web 世界的日益繁荣提供着强有力的支撑。在所有的 Web 服务器软件中，Apache 占据绝对优势。据 netcraft.com 探测显示，截至 2008 年 7 月初，49.12% 的 Web 服务器都在运行 Apache。可以从 http://httpd.apache.org/ 下载 Apache 的源程序和安装程序。

下面简要介绍 Web 服务器软件 IIS 的安装、测试和配置。

1. 安装 IIS

IIS 是 Internet Information Server 的简称。IIS 作为当今流行的 Web 服务器之一，提供了强大的 Internet 和 Intranet 服务功能。IIS 通过超文本传输协议(HTTP)传输信息。此外，也可配置 IIS 以提供 FTP 服务、SMTP 服务等。

在 Windows 2000 以上版本的环境下，应用 IIS 做 Web 服务器是一个简便的选择。作为 Windows 的一个组件，可以打开【控制面板】|【添加/删除程序】，单击左侧的【添加/删除 Windows 组件】按钮，通过【Windows 组件向导】完成安装。

提示 IIS 包括 WWW、FTP、SMTP 服务以及 FrontPage 服务器扩展等多个组件，暂不需要的就无须安装。请记住：坚持最小化原则，往往是一个最好的选择。

2. 测试 IIS

启动 IIS 之后，打开浏览器，在地址栏中输入 http://localhost/，按 Enter 键，打开欢迎页面，并同时弹出 IIS 文档窗口，如图 2.1 所示，这说明 IIS 安装并成功启动。

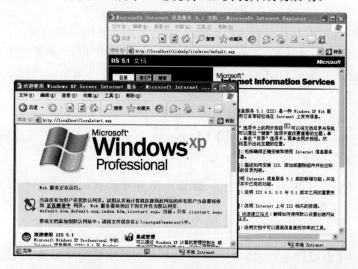

图 2.1 测试 IIS(IIS 默认的欢迎页面)

3. IIS 的配置

打开【控制面板】|【管理工具】|【Internet 信息服务】，右击【默认网站】，从上下文菜单中选择【属性】，弹出【默认网站 属性】对话框，如图 2.2 所示。

图 2.2 【默认网站 属性】对话框

通过【网站】、【主目录】、【文档】、【目录安全性】等选项卡，可以设置【默认网站】的相关属性。例如，修改【主目录】的本地路径，可以直接定义为自己的站点。

注意　在 Windows XP 中，应用 IIS 5.1 只能配置一个站点；如果要创建多个 Web 应用，可以创建多个虚拟目录。在 Windows Server 2003/2008 等服务器版本中，应用 IIS 可以创建多个站点，但要注意修改 TCP 端口(默认为 80)，以避免相互冲突。

2.2 案例：创建虚拟目录 dw

 案例说明

鉴于大多数读者使用 Windows XP 等操作系统，故本书采用虚拟目录的形式作为一个 Web 应用，各章实例均部署在虚拟目录 dw 中，该虚拟目录可以指向硬盘上的任何目录，如 E:\workspace\dreamweaver、D:\dreamweaver\梦幻大师等。本节案例即创建该虚拟目录。

操作步骤

下面以 Windows XP 平台为例，建立一个虚拟目录。

(1) 打开【控制面板】|【管理工具】|【Internet 信息服务】，右击【默认网站】，从上下文菜单中选择【新建】|【虚拟目录】，如图 2.3 所示。

提示　如果使用 IIS 开发 Web 应用程序，则 Web 服务器的默认名称是计算机的名称；服务器名称对应于服务器的根文件夹，根文件夹通常是 C:\Inetpub\wwwroot。

(2) 弹出【虚拟目录创建向导】的欢迎窗口，单击【下一步】按钮。

(3) 接着弹出【虚拟目录别名】窗口，在别名文本框中填写【dw】，如图 2.4 所示，单击【下一步】按钮。

图 2.3　新建 Web 虚拟目录

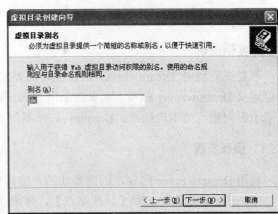

图 2.4　虚拟目录别名

(4) 接着出现【网站内容目录】窗口，通过【浏览】按钮打开【浏览文件夹】对话框，选择本地站点目录，如图 2.5 所示，单击【下一步】按钮。

(5) 接着弹出【访问权限】窗口，建议再选择【浏览】权限，如图 2.6 所示，单击【下一步】按钮。

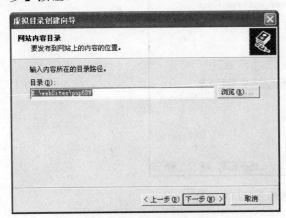

图 2.5　选择本地站点目录

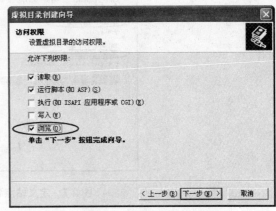

图 2.6　设置虚拟目录访问权限

提示　　在站点开发阶段，建议选择【浏览】权限。这样，如果目录下没有主页文件，浏览器将以目录文件列表的形式列举所有的子目录和文件，非常便于调试网页文件。什么是主页文件？我们暂时可以这样认识：进入某个站点所见到的第一个页面一般称为主页。

(6) 接着出现【虚拟目录创建成功】的窗口，单击【完成】按钮。

【练一练】

(1) 创建文件夹 E:\dreamweaver\YourName，YourName 为您的姓名或拼音、拼音缩写，再创建虚拟目录 dw，指向文件夹 YourName。

(2) 创建本书综合实例"我游天下"旅行商务网的虚拟目录 travel。

2.3 案例：创建和管理本地站点 Dreamweaver 案例教程

 案例说明

若要充分利用 Dreamweaver 的功能，需要定义一个站点。实质上，只需建立本地文件夹即可定义 Dreamweaver 站点。本案例采用 Dreamweaver "站点定义向导" 的直观形式，为本书各章示例创建一个本地站点：Dreamweaver 案例教程。

2.3.1 操作步骤

利用 Dreamweaver 向导，创建本地站点的具体过程如下。

(1) 选择菜单【站点】|【新建站点】，弹出 "站点定义向导" 的【编辑文件】窗口，填写站点名称：Dreamweaver 案例教程，以及访问远程站点的 HTTP 地址：http://localhost/dw/，如图 2.7 所示，单击【下一步】按钮。

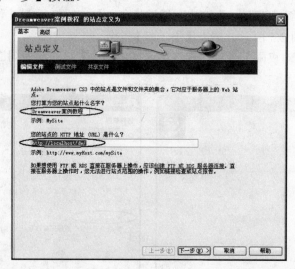

图 2.7 定义站点名称及 HTTP 地址

注意 即使没有远程 Web 服务器，建议远程站点的 HTTP 地址也要类似填写：http://localhost/dw/。实际上，localhost 可以改为任意合法的 Internet 地址(域名)。

(2) 接着弹出【编辑文件，第 2 部分】窗口，选中【是，我想使用服务器技术】单选按钮；由于本书并不是动态网页的设计，在【哪种服务器技术？】下拉列表框中选择【无】选项，如图 2.8 所示，单击【下一步】按钮。

(3) 接着出现【编辑文件，第 3 部分】窗口，选中【在本地进行编辑和测试(我的测试服务器是这台计算机)】单选按钮；在【您将把文件存储在计算机上的什么位置？】文本框中填写站点所在目录，如 E:\webSites\pup6DW\；或者，通过黄色的【浏览文件】按钮 📁 打开【站点根文件夹】对话框，选择本地站点目录，如图 2.9 所示，单击【下一步】按钮。

(4) 接着弹出【测试文件】窗口，在 URL 文本框中填写：http://localhost/dw/，如图 2.10 所示，单击【下一步】按钮。

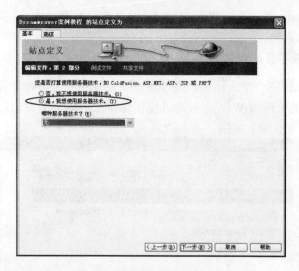

图 2.8　选择服务器技术类型

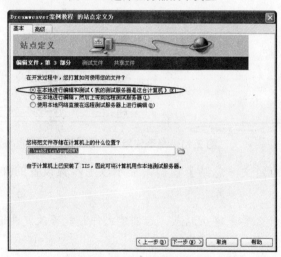

图 2.9　选择本地站点的存放目录

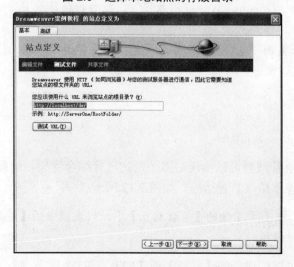

图 2.10　本地站点根目录的 URL

提示 ① 上述 URL(http://localhost/dw/)中的 dw 就是虚拟目录的名称，必须与前面建立的虚拟目录的别名相同。

② 如果 Web 服务器运行在本机上，则可以用 localhost 或 127.0.0.1 来代替服务器名称。

(5) 接着出现【编辑完一个文件后，是否将该文件复制到另一台计算机中？该计算机可能是您与团队成员共享的生产用 Web 服务器或模拟调试服务器。】窗口，选择【否】选项，如图 2.11 所示，单击【下一步】按钮。

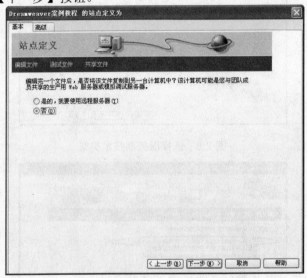

图 2.11 是否使用远程服务器

(6) 最后出现【站点定义·总结】窗口，显示以上步骤设置的详细信息，单击【完成】按钮。

思考 制作网页时，为什么要先建立站点，后创建文件？能否改变两者的顺序？

【练一练】

(1) 创建本地站点"Dreamweaver 案例教程"，指向物理目录 E:\dreamweaver\YourName，并使用虚拟目录 dw 访问该站点。

(2) 根据本书综合实例"我游天下"旅行商务网的虚拟目录 travel，定义本地站点"'天下任我行'旅游网"。

2.3.2 技术实训

1. 管理本地站点

Dreamweaver 站点管理器可以实现对多个网站进行综合管理。选择菜单【站点】|【管理站点】，即可打开【管理站点】对话框，如图 2.12 所示。

提示 通过【文件】面板上方左侧的【管理站点】下拉列表框中的【管理站点】同样可以打开【管理站点】对话框。

通过该对话框，可以创建新的【站点】或【FTP 与 RDS 服务器】，或通过【复制】方式创建一个新站点，也可以编辑、删除或导出现有的站点，还可以将导出的站点再导入 Dreamweaver。

使用 Dreamweaver 编辑网页或管理网站时，不能对两个站点同时操作。要切换站点，可以在【管理站点】对话框中选择要切换到的站点，再单击【完成】按钮；或者直接在【文件】面板上方左侧的【管理站点】下拉列表框中选择要切换到的站点，如图 2.13 所示。

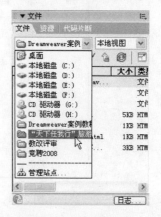

图 2.12　【管理站点】对话框　　　　　　图 2.13　切换站点

说明　① 删除站点只是从站点管理器中将站点名称删除，文件仍然保留在硬盘上。

② 建议设置好 Dreamweaver 站点后，将该站点导出，以便拥有一个本地备份副本。所谓将站点导出，就是将站点导出为包含站点设置的 XML 文件。这样，以后可以将该站点导入 Dreamweaver；或在各计算机和产品版本之间移动站点；或与其他用户共享这些设置。Dreamweaver 会在指定位置将每个站点保存为带.ste 文件扩展名的 XML 文件。

【练一练】

(1) 复制本地站点"Dreamweaver 案例教程"，并将站点名称"Dreamweaver 案例教程"修改为"mydw"。

(2) 编辑站点 mydw，重新设置其本地文件夹和远程文件夹。

(3) 导出本地站点 mydw，将 mydw.ste 保存在【我的文档】中。

(4) 删除本地站点 mydw。

(5) 将本地站点 mydw 导入到 Dreamweaver 中。

2. 【站点定义】的【高级】选项

对于不熟悉 Dreamweaver 的用户来说，通过【站点定义向导】可以直观地完成站点的创建；对于有一定经验的用户来说，可以在创建或编辑站点时，切换到【站点定义】的【高级】选项卡，如图 2.14 所示。

【练一练】

(1) 使用 Dreamweaver 的【高级】选项卡，设置站点 mydw 的相关信息。

(2) 将站点切换到"'天下任我行'旅游网"，并将名称改为：我游天下旅行商务网。

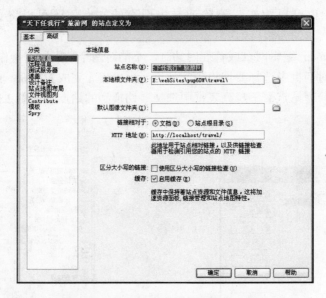

图 2.14 【站点定义】的【高级】选项卡

2.3.3 案例拓展：站点目录结构的组织和规划

本节主要介绍站点目录结构的规划，也就是说站点文件如何组织和部署，至于 Web 站点本身的规划问题，本书第 16 章将详细介绍。

可以这样认为，站点也是一种文档的磁盘组织形式，它同样是由文档和文档所在的文件夹组成的。建立本地站点就是在本地主机的硬盘上建立一个独立的目录，网页中的所有文件均存放在该目录中，以便于管理。该目录就是本地站点的根目录(主目录)，它决定了所有站点文件的物理路径。

提示　一个站点，对应一个项目，也就对应一个目录。这是项目开发的一个基本原则，即"一个项目一个文件夹"。

在组织站点结构时，应注意以下几点。

1. 把站点划分成多个目录

设计良好的网站通常具有科学的结构，使用不同的目录，将不同的网页内容分门别类地保存，这是一个优秀网站设计的必要前提。例如一个公司站点，"公司简介"、"联系我们"等页面存放在 aboutus 目录中，新闻信息保存在 news 目录中，产品资料保存在 products 目录中，论坛留言可以保存在 bbs 目录中等。再如本书实例，以 dw 作为站点根目录，根据章节，建立子目录 ch01，ch02，ch03，……，分别存放各章的实例文件。

为了便于组织、管理和维护，目录的层次一般不超过三级。其中，一级子目录一般基于主页上主菜单的栏目；相关性强、内容较少且不需要经常更新的栏目，可以合并到一个子目录下；所有程序、资源文件、提供下载的文件要放在特定目录中。

2. 确定资源文件的保存方式

设计网页，除了文本，图形、图像、声音、视频、动画等多媒体资源是不可或缺的，可以使用目录 resource 统一管理这些资源文件。如果资源文件比较多的话，可以再分门别类，使用

images(图片)、sounds(声音)、animation(动画)、jsvbs(JavaScript、VBScript 脚本文件)、css(CSS 文件)等子目录。

资源文件目录 resource 通常建在站点主目录下，某些站点子目录(如 bbs)下也往往需要建立上述 resource 的目录结构，以便存放对应主栏目使用的资源文件，这样也更便于对栏目进行管理。本书各章示例用的素材文件，就分别存在于各章子目录中的 resource 中。

3. 目录及文件名不要使用汉字和空格等字符

要注意不要使用中文名称的目录和文件名，更不要在目录或文件名中包含空格、标点符号等特殊字符(虽然这些字符在 Windows 中是合法的)，这是因为很多服务器在上传时会更改这些字符，从而导致与这些文件的链接中断。

另外，关于目录和文件命名：一是不要太长，特别是目录名称，要尽量简短，力求"言简意赅"；二是建议读者采用见文知意的形式，即使用英文单词和序号的形式，如：news、hello.html、product3.html、news060126.htm 等。如果不产生歧义，请尽量使用小写英文字母，因为在 JSP 服务器、Unix 等系统中是区分大小写的。

4. 本地站点和远程站点使用相同的目录结构

本地站点和远程站点应该具有完全相同的目录结构。使用 Dreamweaver 创建本地站点，然后将全部内容上传到远程站点，要确保在远程站点中精确复制本地站点的结构。

【练一练】

在虚拟目录 dw 的物理目录 E:\dreamweaver\YourName 中建立资源文件目录 resource 和目录 ch01，ch02，ch03，……

2.3.4　本节知识点

本节以 Step by Step 的方式介绍了如何应用 Dreamweaver 向导创建本地站点，接着简要介绍了本地站点的管理，并顺便介绍了如何组织和规划站点的目录结构。希望读者能养成先建立站点再设计网页的良好习惯，从而增强宏观认识和把握全局的能力，避免"只见树木，不见森林"。

2.4　案例：创建第一个网页 hello.html

案例说明

本案例学习如何应用 Dreamweaver 创建第一个网页 hello.html，如图 2.15 所示。这个页面非常简单，旨在掌握文档的创建、编辑、保存、预览、打开和关闭等文档的基本操作，以及页面属性的设置。

图 2.15　第一个网页 hello.html

2.4.1 操作步骤

1. 创建并保存文档

启动 Dreamweaver，单击菜单【文件】|【新建】，选择【空白页】|【页面类型：HTML】|【布局：无】，单击【创建】按钮，创建一个空白文档；单击菜单【文件】|【保存】(Ctrl+S)，将该页面保存到本地站点"Dreamweaver 案例教程"的 ch02 子目录中，文件名为 hello.html。如果没有打开该站点，请首先切换到该站点。

提示　(1) 如果打开了一个站点，Dreamweaver 会自动将文件保存到该站点中。强烈建议读者使用站点，并将文件保存在 Dreamweaver 站点中；建议读者创建文档之后，在做任何编辑之前就先命名保存文档(即"先命名保存文档再编辑")。在今后的练习或项目开发中，您将逐步体会到这样做的优势。

　　(2) Dreamweaver CS3 默认的 HTML 文档的文件扩展名是.html。若要修改，请打开【首选参数】对话框，在【分类】列表中选择【新建文档】，在右边的面板中修改即可。对于 HTML 文档，可以指定.html、.htm、.shtml、.shtm 等扩展名。

　　(3) 关于文件命名，请参考 2.3 节"站点目录结构的组织和规划"中的相关内容。

2. 编辑文档

在设计视图下，输入"Hello，world!"，按 Enter 键，再输入"这是我的第一个网页"。在第一行(也是第一段)"Hello, world!"中单击一下，在属性面板中选择【格式】|【标题 1】，如图 2.16 所示。类似将第二行的格式也设置为"标题 1"。

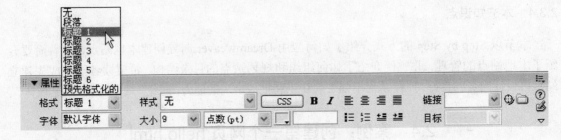

图 2.16　设置文本格式为"标题 1"

3. 设置页面属性

单击属性面板上的【页面属性】按钮，打开【页面属性】对话框，在【外观】选项卡中设置页面背景图像为 resource/background.gif，左右边距为 0，上、下边距分别为 6px、8px，如图 2.17 所示。

提示　在页面的空白区域右击鼠标键，在上下文菜单中选择【页面属性】，同样可以打开【页面属性】对话框。

切换到【标题/编码】选项卡，指定页面标题为：【我的第一个网页】，如图 2.18 所示。

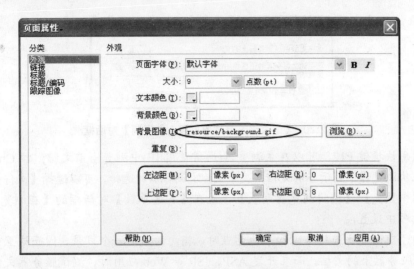

图 2.17　【页面属性】的【外观】选项卡

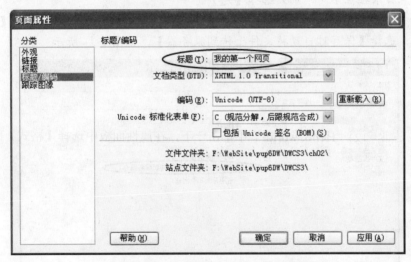

图 2.18　【页面属性】的【标题/编码】选项卡

提示　(1) 也可以在【文档】工具栏的标题框中直接输入页面标题，如图 2.19 所示；或在代码
　　　　视图中直接修改<title>标记。这是设置页面标题更简便的方法。

　　　(2) 关于页面编码，可以使用 GB2312、GB18030、UTF-8 等，建议整个站点所有页面
　　　　统一设置。可以在【首选参数】的【新建文档】选项中指定页面的【默认编码】。

图 2.19　【文档】工具栏中设置页面标题

4. 用 Web 浏览器预览和浏览网页

选择菜单【文件】|【在浏览器中预览】，然后选择一个列出的浏览器，如 IExplore，预览
该文档。如果弹出如图 2.20 所示的对话框【是否更新测试服务器上的复制？】，单击【否】
按钮即可。

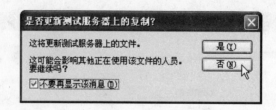

图 2.20 【是否更新测试服务器上的复制】对话框

说明 (1) 使用快捷键 F12，可以在主浏览器(通常使用 IE)中浏览当前文档；按 Ctrl+F12 键可在次浏览器中显示当前文档。关于主、次浏览器的选择，可以选择【文件】|【在浏览器中预览】|【编辑浏览器列表】，或在【首选参数】对话框的【在浏览器中预览】选项中设置。

(2) 由于前面建立虚拟目录和本地站点时，指向的是同一个目录，因而这里无须更新测试服务器上的文档。而在开发 ASP、JSP 等 Web 应用时，测试服务器文件夹和本地站点目录往往不同，则须选择【是】。

(3) 如果测试服务器文件夹和本地站点目录不同，则建议您在定义站点的【远程信息】时，选择【保存时自动将文件上传到服务器】，如图 2.21 所示。

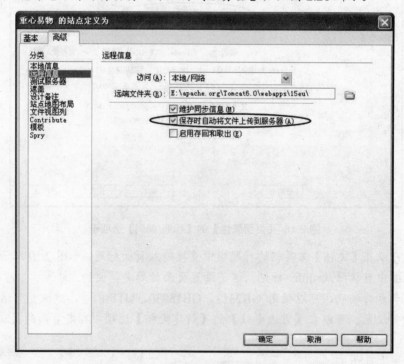

图 2.21　设置站点的远程信息

启动浏览器，在地址栏中输入 http://localhost/dw/，单击要查看的目录或文档，即可浏览相关的目录内容或页面。当页面重新编辑做了一些修改之后，在浏览器中刷新即可。

提示　建议直接采用 http://localhost/dw/subdir/filename.html 的形式浏览网页。注意：http://不能省略。

5. 关闭并再打开文档

若要关闭文档，单击相应【文档】窗口的【关闭】按钮 ![x] 即可。如果关闭 Dreamweaver，则将首先关闭所有打开的文档。在关闭或预览文档时，如果没有保存，则系统将提示保存。

打开文档的经典方法是：选择【文件】|【打开】，或按快捷键 Ctrl+O，在出现的【打开】对话框中，定位到并选择要打开的文件，单击【打开】按钮(直接按 Enter 键即可)。默认情况下，JavaScript、文本和 CSS 样式表在【代码】视图中打开。

另外，要在【启动时重新打开文档】，可以选择【文件】|【打开最近的文件】|【启动时重新打开文档】，如图 2.22 所示；或者单击菜单【编辑】|【首选参数】，选中【常规】分类|【启动时重新打开文档】复选框。

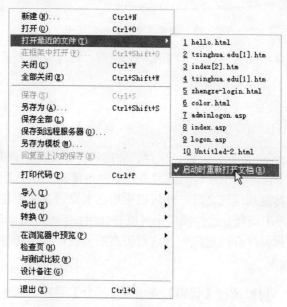

图 2.22 【启动时重新打开文档】子菜单

提示　如果要打开一个已经打开的文档，Dreamweaver 将激活该文档的【文档】窗口(如果该文档不是活动文档的话)，而不是再次打开该文档的一个副本。

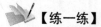【练一练】

(1) 启动 Dreamweaver CS3。

(2) 创建一个 HTML 页面。

(3) 将该页面保存到本地站点 "Dreamweaver 案例教程" 的 ch02 子目录中，文件名为 hello.html。按实例说明，编辑并浏览该文档。

(4) 选中 Dreamweaver 的【启动时重新打开文档】功能。

6. 查看和编辑页面的头部元素

在 Dreamweaver 的【设计】视图下，选择菜单【查看】|【文件头内容】，则对应每一个头部元素，在【文档】窗口顶部都有一个图标；选择一个图标，则在属性面板显示对应的信息，并可以进一步编辑它的相关属性，如图 2.23 所示。

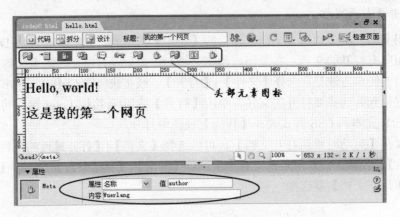

图 2.23　查看【文档】头部元素

注意　如果【文档】窗口被设置为仅显示【代码】视图，则【查看】菜单下的【文件头内容】
子菜单将灰显。

2.4.2　技术实训

对于应用 Dreamweaver 新建、编辑、保存、关闭和打开文档，以及页面预览这些基本操作，并不限于上述这些方法，请在今后的练习中逐步熟悉掌握。对于【页面属性】对话框，除了可以设置页面外观、标题和编码之外，还可以应用它来设置页面中超链接、1～6 级标题和跟踪图像的相关属性。限于篇幅，这些操作不再展开介绍。下面以实训的形式，在练习中学习掌握如何查看、编辑分析并保存网页源码，这对提高网页设计水平是很重要的。

1. 查看网页源代码

在 Dreamweaver 中，可以通过【代码】视图或【拆分】视图，或在单独的【代码检查器】窗口(选择【窗口】|【代码检查器】)中查看代码；而在网上冲浪时，可以通过如下方式查看网页源代码(以浏览器 IE 为例)，结果也如图 2.24 所示。

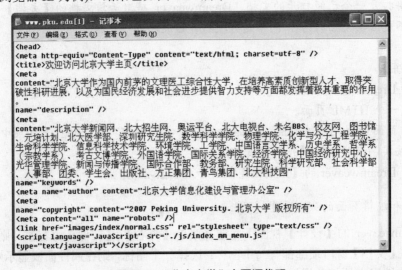

图 2.24　"北京大学"主页源代码

- 选择菜单【查看】|【源文件】，即可打开一个文本文件，以显示当前网页的源代码。
- 在当前网页的空白处右击，从上下文菜单中选择【查看源文件】。
- 单击 IE 工具栏上的【编辑】按钮右侧的下拉按钮，在上下文菜单中选择【使用 记事本 编辑】等选项，即可打开记事本，从而查看网页源代码。

2. 编辑分析浏览的网页

浏览网页时查看源代码，通常是用记事本来显示的纯 HTML 代码，不是我们在 Dreamweaver 的【设计】视图中"所见即所得"的形式。如何在 Dreamweaver 的【设计】视图中查看浏览的网页呢？可以使用 Dreamweaver、FrontPage 等可视化工具编辑网页。仍以 IE 为例，可以通过如下方式编辑浏览的网页(编辑好了，您可别想保存在人家的网站上哟)。

- 单击 IE 工具栏上的"编辑"按钮右侧的下拉按钮，在上下文菜单中选择【使用 Dreamweaver CS3 编辑】或【使用 Microsoft Office FrontPage 编辑】等选项。
- 选择菜单【文件】|【使用 Dreamweaver CS3 编辑】命令。

思考　如果 IE 的【编辑】按钮下拉菜单中没有 Dreamweaver 选项怎么办呢？

如果在 IE 的【编辑】按钮下拉菜单中没有 Dreamweaver 选项，可以在【文件夹选项】对话框中，编辑文件类型"HTML Document"来修改设置。

思考　如果 IE 的【文件】菜单中显示的是【使用 Microsoft Office FrontPage 编辑】又怎么办呢？

在 IE 窗口中，选择菜单【工具】|【Internet 选项】，切换到【程序】选项卡，在【HTML 编辑器】下拉列表中选择【Adobe Dreamweaver CS3】选项卡即可，如图 2.25 所示。

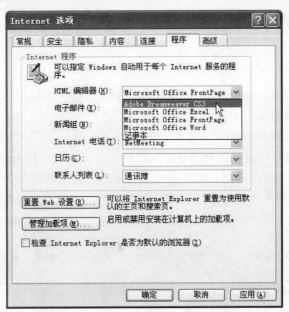

图 2.25　修改 IE 默认的 HTML 编辑器

提示　若要将 Dreamweaver 设置为 IE 的默认网页编辑器，必须首先将 Dreamweaver 添加为 IE 的网页编辑器。

【练一练】

(1) 在 IE 中添加 Dreamweaver 编辑器。

(2) 将 Dreamweaver 设置为 IE 的默认网页编辑器。

3. 保存浏览的网页

浏览网页时，仅仅查看源代码通常是不够的，而编辑浏览的网页也只能是作一时的分析，要想作为长期分析学习网页设计的资料，往往需要保存网页文件。如果是用 Dreamweaver 等可视化工具编辑网页，自然可以在编辑前后保存网页。另外，可以使用下面的经典方法保存网页，再进行编辑。

保存网页的经典方法是：选择菜单【文件】|【另存为】，弹出【保存网页】对话框，定位到站点 Dreamweaver 案例教程的 ch02 子目录，在【文件名称】文本框中，将文件名修改为 pku，单击【保存】按钮。

提示　如果保存的文件名为 pku，则该网页在 ch02 目录中保存为网页文件 pku.htm 和目录 pku.files 或 pku_files，该目录中保存了页面 pku.htm 需要的 CSS、图像等资源文件以及包含的一些网页文件。而且，这些包含的网页也是按类似的文件名和目录存储的。

【练一练】

(1) 应用 IE，访问中国高职高专网(http://www.tech.net.cn/)。

(2) 查看中国高职高专网主页文件的源代码。

(3) 将中国高职高专网主页文件保存到本地站点"Dreamweaver 案例教程"的 ch02 子目录中，文件名为 tech.html。

(4) 在资源管理器中查看目录 tech.files 或 tech_files 中保存的文件和目录。

4. HTML 与页面代码结构

HTML 是 Hyper Text Markup Language 的简称，称为超文本标记语言，是一种描述文档结构的语言，也是构成网页文档的主要语言。

HTML 是由一系列标签组合而成文本文件。基本 HTML 页面以<html>标签开始，以</html>结束。在它们之间，整个页面有两大部分：标题和正文。标题介于<head>和</head>标签之间。正文则夹在<body>和</body>之间，所有页面上显示的任何东西都包含在这两个标签之中。

文档 hello.html 的主体代码如下，请务必仔细揣摩页面代码的基本结构。

```
<html>
<head>
<meta http-equiv="Content-Type" content="text/html; charset=utf-8" />
<title>我的第一个网页</title>
<style type="text/css">
<!--
body {
    background-image: url(resource/background.gif);
    margin-left: 0px;
    margin-top: 6px;
    margin-right: 0px;
    margin-bottom: 8px;
```

```
}
-->
</style>
</head>

<body>
<h1>Hello, world! </h1>
<h1>这是我的第一个网页</h1>
</body>
</html>
```

2.4.3 案例拓展

1. 插入文档头部元素

要在网页中插入头部元素，可以在【插入】工具栏的【常用】类别中，单击【文件头】按钮，从弹出式菜单中选择要插入的对象即可，如图 2.26 所示。

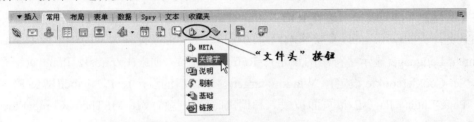

图 2.26   插入文档头部元素

插入头部元素的另一种常用方法是：选择菜单【插入】|【HTML】|【文件头标签】，然后在子菜单中选择一项即可。

当选择了要插入的头部元素对象类型后，即弹出相应的对话框，用以设置相关属性信息。

1) 设置 META

META 的本意是"在其中，在后"。META 标签用来描述一个 HTML 网页文档的页面属性(如字符编码、作者、版权信息或网页描述、关键词、页面刷新等)。这些标签也可以用来向服务器提供信息，如页面的失效日期、刷新间隔和 PICS 等级。

插入 META 主要是设置属性、值、内容，该对话框如图 2.27 所示。

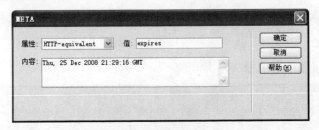

图 2.27   META 对话框

插入 META 对话框的各选项含义如下。

- 属性：指定 META 标签是否包含有关页面的描述性信息(name)或 HTTP 标题信息 (http-equiv)。
- 值：指定在该标签中提供的信息类型。有些值是已经定义好的，如 description(说明)、keywords(关键字)和 refresh(刷新)，而且在 Dreamweaver 中有它们各自的属性检查器，但是可以根据实际情况指定任何值，例如 author、creationdate、documentID、level 等。
- 内容：是实际的信息。例如，如果为"值"指定了等级，则可以为"内容"指定 beginner、intermediate 或 advanced 等。

META 有两种：名称(name)和 HTTP-equivalent。名称(name)用于描述网页，对应于 content (网页内容)，以便于搜索引擎查找、分类(目前几乎所有的搜索引擎都自动查找 meta 值来给网页分类)。name 可以指定：keywords(关键词)、description(说明)、author(作者)、copyright(版权)等。

```
<meta name="author" content="Wuerlang" />
<meta name="copyright" content="DWHome.tianxingjian.com" />
```

在【属性】下拉列表框中选择 HTTP-equivalent，则对应 http-equiv 变量，顾名思义，相当于 HTTP 文件头的作用，可以直接影响网页的传输。此时可以设置如下的"值"：Content-Type 和 Content-Language(显示字符集的设定)、Refresh(刷新)、期限(Expires)、Pragma(缓存 cache 模式)、Set-Cookie(cookie 设定)、Window-target(显示窗口的设定)、Pics-label(网页 RSAC 等级评定)、Page-Enter、Page-Exit(页面被载入和调出时的一些特效)、MSThemeCompatible(XP 主题)、IE6(页面生成器 generator)、Content-Script-Type(脚本相关)等。

- 指定字符集 gb2312(3.2 节已经介绍)。

```
<meta http-equiv="Content-Type" content="text/html; charset=gb2312" />
```

- 网页立即过期(数值表示多少分钟后过期，0 可使缓存的页立即过期)。

```
<meta http-equiv="expires" Content="0">
```

网页到 2008 年 12 月 25 日过期(图 2.27 所示，必须使用格林威治(GMT)的时间格式)：

```
<meta http-equiv="expires" Content=" Thu, 25 Dec 2008 21:29:16 GMT">
```

若 expires 属性在一个网页上设置了多次，则使用最短的时间。

- 禁止浏览器从本地机的缓存中调阅页面内容(网页不保存在缓存中，每次访问都刷新页面。这样设定，访问者将无法脱机浏览)。

```
<meta http-equiv="pragma" Content="no-cache">
```

- 指定页面使用 JavaScript 类型的脚本。

```
<meta http-equiv="Content-Script-Type" Content="text/JavaScript">
```

2) 设置关键词

多个关键词之间用英文逗号","隔开。

```
<meta name="keywords" content="Dreamweaver, HelloWorld, FirstPage" />
<meta name="Kyeowords" Lang="EN" Content="vacation,greece,sunshine">
```

3) 设置说明

用来告诉您搜索引擎网站的主要内容。

```
<meta name="description" content="这是我学习 Dreamweaver.的第一个网页;"Hello,
world!"是学习一门新技术的典型入门实例。" />
<meta name="description" content="Dreamweaver, 天行健工作室" />
```

提示　Meta 标签的内容设计对于搜索引擎营销来说是至关重要的一个因素,尤其是其中的
"Description"(网页描述)和"Keywords"(关键词)两个属性更为重要。尽管现在的搜
索引擎检索信息的决定搜索结果的排名很少依赖 Meta 标签中的内容,但 Meta 标签的
内容设计仍然是很重要的。如果不是滥用的话,对于您的网站排名,百利而无一害。

4) 设置刷新

设置网页间隔多少秒钟自我刷新,或多少秒钟后自动跳转到其他网页,即定时载入指定的
页面。

30 秒钟自动刷新一次:

```
<meta http-equiv="Refresh" Content="30">
```

3 秒钟后自动跳转到北京大学主页(www.pku.edu.cn):

```
<meta http-equiv="Refresh" Content="3; Url=http://www.pku.edu.cn">
```

5) 设置基础

网站内部文件之间的链接都是以相对地址的形式出现的,默认情况下,都是相对于首页设
置链接,这称之为基础网页。通过文件头内容可以设置基础网页的地址,简称为基址、基链接。
例如,一个网页上的大部分链接都基于 http://www.tianxingjian.com,就可以将其设置为基础地
址。当该页面中有一个超链接要指向 http://www.tianxingjian.com/hello.html 时,超链接可以直
接写成:hello.html。

```
<base href="http://www.tianxingjian.com/" target="_blank">
```

6) 设置链接

使用 link 标签可以定义当前文档与其他文件之间的关系,让其他文件为当前文档提供相
关的资源和信息,常用的是链接.css 文件。

```
<link href="../resource/css.css" rel="stylesheet" type="text/css" />
```

head 部分中的 link 标签与 body 部分中的文档之间的 HTML 链接是不一样的。

关于在当前文档的头部包含其他文档,常见的还有<script>...</script>标签,它用于包含
Javascript 或 Vbscript 脚本,如:

```
<script language="JavaScript" type="text/javascript" src="resource/mydate.js"
></script> >
```

【练一练】

(1) 应用 IE,访问 126 电子邮局(http://www.126.com/)。

(2) 查看 126 电子邮局主页文件的源代码。

(3) 将 126 电子邮局主页文件保存到本地站点"Dreamweaver 案例教程"的 ch02 子目录中，文件名为 126.html。

(4) 分析 126 电子邮局主页的头部信息。

2.4.4　本节知识点

本节从一个简单的网页实例入手，介绍了应用 Dreamweaver 新建、编辑、保存、关闭和打开文档以及页面预览等基本操作，应用【页面属性】对话框，设置页面外观、标题和编码等相关属性；接着在实训练习中介绍如何查看、编辑分析并保存网页源码，以及页面的 HTML 代码结构；最后补充介绍了页面文档的头部元素。

2.5　本章小结

本章简要介绍了 Dreamweaver 站点、Web 站点和虚拟目录的基本知识，重点介绍了虚拟目录和 Dreamweaver 本地站点的创建，并顺便介绍了站点目录结构的组织和规划。然后从一个简单的网页实例入手，介绍了新建、编辑文档以及页面预览等基本操作，以及如何设置页面属性和头部元素，如何查看、编辑分析并保存网页源码等。这是应用 Dreamweaver 织网建站非常基础和重要的一步，务必熟练掌握。

2.6　思考与实训

结束本章之前，请读者在复习回顾课本内容的基础上，结合上网冲浪已有的经验，围绕以下几个主题展开讨论和实训。

1. 课堂讨论

以小组为单位进行下列课堂讨论。

(1) 课堂讨论：Dreamweaver 站点包括哪几部分？什么是 Web 站点？什么是虚拟目录？它们之间的关系是什么？

(2) 课堂讨论：如何组织和规划站点的目录结构？

(3) 课堂讨论：页面的 HTML 代码结构是怎样的？包括哪几部分？

(4) 课堂广泛讨论：如何学习网页设计，或者如何设计出优质的网站和网页？

2. 上机练习

重点掌握如下几点。

(1) 应用 IIS 创建虚拟目录。

(2) 应用 Dreamweaver 创建和管理本地站点。

(3) 应用 Dreamweaver 新建、编辑、保存、关闭和打开文档以及页面预览。

(4) 应用 Dreamweaver 设置常见的页面属性和头部元素。

具体的实验步骤这里不再赘述，请读者参阅相关章节，独立完成，熟练掌握本章要点。

3. 课外拓展训练

(1) 课外拓展：常用 Web 服务器有哪些？它们的市场份额如何？

(2) 课外拓展：上网浏览你的学院主页，查看并保存网页源码，再尽力分析这个网页源码。

(3) 课外拓展：上网浏览校内网(www.xiaonei.com)，查看并保存网页源码。

(4) 课外查询讨论：当前网页设计的主流工具有哪些？当前页面布局的主流技术是什么？

2.7　习　　题

一、填空题

1. 测试服务器文件夹是 Dreamweaver 处理(　　　　)网页的文件夹。

2. 虚拟目录通常位于(　　　　　　)以外的其他目录，它有一个"(　　　　　　　)"。

3. Dreamweaver(　　　　　　　　　)可以实现对多个网站进行综合管理。

4. 删除站点只是从站点管理器中将(　　　　　　　)删除，文件仍然保留在硬盘上。

5. 站点导出，就是将站点导出为包含站点设置文件扩展名为(　　　　)的(　　　　)文件。

6. 项目开发的一个基本原则，即：一个项目对应(　　　　　　)。

7. Dreamweaver CS3 默认的 HTML 文档的文件扩展名是(　　　　)。

8. 在代码视图中直接修改<title>标记可以设置(　　　　　　　　)。

9. 要在启动 Dreamweaver 时，自动打开上次打开的文档，可以选择菜单【(　　　　)】|【打开最近的文件】|【启动时重新打开文档】。

10. HTML 是 Hyper Text Markup Language 的简称，称为(　　　　　　　　　　)。

11. 基本 HTML 页面以<html>标签开始，以</html>结束。在这二者之间，整个页面包括两部分：(　　　　)和(　　　　　)，前者介于<head>和</head>标签之间，后者夹在<body>和</body>之间。

12. 文档头部元素主要包括(　　　)、(　　　)、说明、(　　　)、基础、链接等几类对象。

二、选择题

1. Dreamweaver 站点最多由如下三部分组成(　　)。
   A. 本地根文件夹　　　　　　　　B. 远端文件夹
   C. 虚拟目录　　　　　　　　　　D. 测试服务器文件夹

2. 常用的 Web 服务器软件有(　　)。
   A. Internet　　　　　　　　　　B. Apache
   C. IIS　　　　　　　　　　　　 D. Dreamweaver

3. 要访问本地站点，可以在浏览器地址栏输入(　　)。
   A. http://localhost/　　　　　　B. http://thishost/
   C. http://privatelhost/　　　　　D. http://127.0.0.1/

4. 应用 Dreamweaver 站点管理器可以对网站进行如下综合管理(　　)。
   A. 新建或编辑站点　　　　　　　B. 复制或删除站点

C．导入站点　　　　　　　　D．导出站点

5．在站点中，网页文件名(　　)使用空格。

A．可以　　　　　　　　　　B．不可以

6．对于 HTML 文档，可以指定(　　)等扩展名。

A．.html　　　　B．.htm　　　　C．.shtml　　　　D．.shtm

三、操作实践题

1．准备 Windows 的安装光盘，试安装、测试和配置 IIS。

2．应用 IIS 创建虚拟目录，应用 Dreamweaver 创建和管理本地站点，并完成本章各案例、技术实训和练习。

第3章　旅行商务网概览

教学目标：

项目驱动，可谓最有效的学习和培训的捷径。

本章的主要内容如下。

- 建设旅行商务网的目的。
- 站点的主要功能，建立站点的目录结构。
- 站点的主要功能模块，浏览并认识站点主页以及各级页面。
- 什么是主页文件，了解页面的层级划分。
- 本书的学习路线图。

教学要求：

知识要点	能力要求	关联知识
项目需求分析	需求文档的写作	各类项目文档的写作
网站概要设计	网站功能分析	
网站详细设计	了解网站功能模块设计与实现	主页文件以及页面层级划分 站点目录结构的组织和规划
本书学习路线图	部署并预览本书综合实例站点	IIS 的安装 虚拟目录的创建 预览站点和网页

Project-Driven Training，即通过项目实战来带动理论的学习，可谓最有效的学习和培训的捷径。经过前面的基础学习和准备工作，从本章开始，将逐步带领您一层一层地揭开一个旅行商务网的面纱，在案例和项目驱动下，"各个击破"地学习并掌握 Dreamweaver 的相关功能，最终完成这一项目。

3.1　建设旅行商务网的目的

旅游，是对大自然的神秘向往，开阔了视野增长了知识；旅游，是挑战人生的运动过程，锻炼了身体健康了身心；旅游，就是回归自然，舒缓压力，展现自我，放飞心情。

随着人民生活水平的提高和电子商务的普及和发展，越来越多的旅游企业在互联网上建设自己的旅游网站开展旅游电子商务，把旅游网站建设成为企业形象宣传、旅游产品展示推广、客户沟通的最新最快捷的桥梁。我游天下旅行商务有限公司经过广泛调研，决定建设一个以旅游为主题的电子商务平台为：我游天下旅行商务网。

该项目计划分三期工程建设：一期工程要求完成静态部分，搭建网站主体；二期工程要求完成动态部分，搭起电子商务平台；三期工程要求实现业务拓展，在国内中心城市建立分公司，将公司打造成连锁企业，并争创国内一流旅游商务平台。鉴于 Dreamweaver 的基本功能和作用，本教程的任务就是首先完成一期工程。

需要特别说明的是，编写项目文档和代码设计同样重要，甚至前者更为重要。希望读者养成多写项目文档的良好习惯。

3.2　网站总体设计

经过了需求分析和架构设计后，接下来就要进行网站总体设计和概要设计，然后准备相关素材，继而展开进行详细的功能开发和模块设计，最后进行站点发布、测试和推广。由于本书不是一本介绍需求分析和架构设计的教程，所以这里略过这些问题的讲解，着重介绍网站功能模块的设计和开发。

3.2.1　站点功能分析

根据需求分析和架构设计，"我游天下旅行商务网"主要包括旅游资讯(新闻)、旅游风景、(景区和酒店等)热点排行、旅游百宝箱(酒店和机票预订等)、逍遥休闲游(自驾游和周边游等)、驴友社区 6 大模块以及相关若干子模块。该站点的逻辑结构如图 3.1 所示。

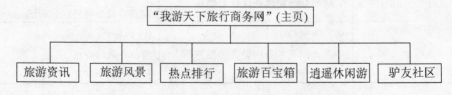

图 3.1　"我游天下旅行商务网"的逻辑结构

3.2.2　建立站点的目录结构

根据网站的总体设计和逻辑结构，以及各功能模块信息量的多少，可以建立站点的目录组织结构，如图 3.2 所示。

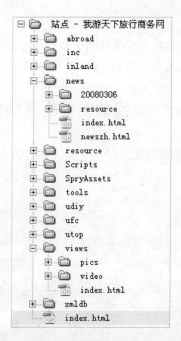

图 3.2　"我游天下旅行商务网"的目录结构

　　具体来说，该网站的模块划分及对应目录见表 3-1，为了吸引眼球，本站点尽量采用了一些口语化或者时尚一些的字眼作为模块标题(对应页眉导航菜单的各个项目)。

表 3-1　"我游天下旅行商务网"的模块划分及对应目录

功能模块	目　　录	备　　注
零差资讯	news	包括综合咨讯、景区新闻、旅行社新闻、交通新闻、酒店新闻、节庆展会、旅游日历等旅游新闻子模块
风景偶觉	views	包括品牌线路、华夏风情(inland)、海外掠影(abroad)、世界遗产、精彩视频、美食天地、红色旅游等子模块；子目录 pics 和 video 分别存放图片和视频文件
热点排行	utop	包括今日总榜、景区排行、酒店排行、Web 站点排行、旅行社排行、目的地排行、投诉排行等子模块
欲行天下	tools	包括线路精选、酒店查询、预订机票、机票打折、列车时刻、旅游天气、电子地图、旅游常识法规等子模块
休闲逍遥游	udiy	包括自驾游、农家乐、悠游周边、休闲度假、极限挑战、名人休闲、情侣游、老年游等子模块
"驴友"公社	ufc	包括会员登录、注册会员、热门群组、国内同行、出境约伴、"驴友"散记、合作媒、友情链接等子模块(ufc: u-travle, f-friend, c-community)
其他	inc	站点用到的一些包含文件(被包含的一些页面等)
	reource	站点公用的图片、CSS、js 脚本文件等
	Scripts	Dreamweaver 自动生成的存放脚本文件的目录
	SpryAssets	Dreamweaver Spry 功能自动生成的存放相关 CSS 文件和脚本文件的目录
	xmldb	存放区域及其城市的 XML 文件

【练一练】

(1) 启动 Dreamweaver，打开站点"我游天下旅行商务网"。

(2) 在该本地站点中创建相关目录结构。

3.3 站点的主要功能模块

下面选取站点主页和部分模块简要介绍，并展示直观的页面结果。

3.3.1 旅游商务网主页

1. 旅游商务网主页面

主页通常是访问一个站点见到的第一个页面，这好比一个人的脸面，非常重要。主页不仅要美观大方，而且要导航清晰，便于浏览。旅游商务网主页面如图 3.3 所示。

图 3.3　旅游商务网主页面

2. 页面主要构成

每个页面通常由页眉(logo、导航菜单等)、页脚(版权部分)和页面主体 3 部分构成。对于同一个网站而言,页眉和页脚通常是一样的,或者大同小异。本章介绍其他页面时将忽略页眉和页脚部分。在这个主页中的页面主体部分,我们又设计为纵向三列。这样的主页布局,通常称为三栏三列,主体部分的左右两列通常称为边栏。

【练一练】

辨析"我游天下旅行商务网"主页面的构成,哪些是页眉、页脚和主体的部分?

关于页面布局和规划以及如何创建图文声像等各类媒体对象,在稍后的章节中将逐步展开讲解。

3.3.2　旅游资讯页面(一级栏目页面)

旅游资讯对应零差资讯模块,主要包括综合资讯、景区新闻、旅行社新闻、交通新闻、酒店新闻、节庆展会、旅游日历等子模块(二级栏目)。该页面主体部分如图 3.4 所示。

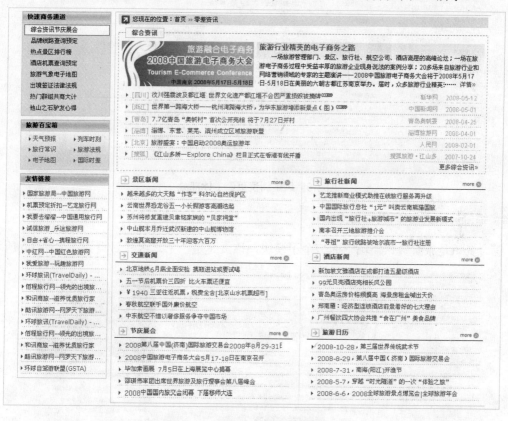

图 3.4　旅游资讯页面主体部分

3.3.3　风景倜傥页面(一级栏目页面)

风景倜傥模块,主要包括世界遗产、精彩视频、美食天地、红色旅游等子模块(二级栏目)。该页面主体部分如图 3.5 所示。

以上主要介绍了站点主页以及旅游资讯和风景倜傥两个一级栏目页面,其他一级栏目页面从页面布局上来说都是一样的,下面图例说明二级栏目和三级栏目页面的样式。

图 3.5　风景倜傥页面主体部分

3.3.4　综合资讯页面(二级栏目页面)

综合资讯是旅游资讯模块中的一个子模块，该页面是一个二级栏目页面，如图 3.6 所示。

图 3.6　综合资讯页面(二级栏目页面)主体部分

3.3.5　澳大利亚视频页面(三级栏目页面)

澳大利亚视频页面是风景倘傥模块中精彩视频子模块中的一个页面(三级栏目页面)，如图 3.7 所示。

图 3.7　澳大利亚视频页面(三级栏目页面)主体部分

3.3.6　案例拓展：主页文件以及页面层级划分

1. 什么是主页文件

Web 站点一般以国际通用的 Internet 地址(域名)来表示，例如：www.sina.com.cn、www.qq.com。进入某个站点所见到的第一个页面一般称为主页(HomePage)，其主文件名通常是 index 或 default，扩展名一般是.htm 或.html；如果是动态站点，也可能是.asp、.jsp、.php 之类的后缀。根据网站的约定，也可以使用其他形式的主页文件。

在站点根目录下通常需要建立一个主页文件；其他子目录，也可以根据需要建立该子目录的主页文件。这样，当访问该站点或其子目录时，如果没有指定文件名，则默认的显示这个页面。

创建主页文件，就是定义符合上述命名规范或网站约定的网页文件。

提示　在站点开发及本地测试阶段，为了发挥站点或虚拟目录"浏览"功能，即能以目录文件列表的查看所以子目录和文件，建议将主页文件暂时修改为 index1.html 等形式；到站点发布阶段，再恢复主页文件的命名。

2. 网站的目录结构和页面层级划分

网站的目录结构通常按功能模块来组织建立。而从客户角度来说，一个网站从首页开始浏览，一般按照首页→一级栏目页面→二级栏目页面→三级栏目页面→……的顺序层层展开，即首页导航菜单的链接指向一级栏目页面(站点功能模块)，一级栏目页面按照各子模块链接到相应的二级栏目页面，二级栏目页面根据其包含的内容链接到三级栏目页面，依次类推。

一般来说，网站的目录结构和页面层级划分具有这样的对应关系，但这只能是大致情况。对于一般的中小型站点来说，目录一般不超过三级，页面一般也不超过三级。为了保持页面的风格一致，同级页面的布局模式通常是一样的，甚至同级页面的边栏内容都是基本一样的。

【练一练】

(1) 启动浏览器，在地址栏中输入：http://localhost/travel/。

(2) 浏览本书综合实例站点：我游天下旅行商务网，体会主页和各级页面的布局样式。

(3) 访问新浪网新闻频道(http://news.sina.com.cn/)和财经频道(http://finance.sina.com.cn/)的主页及国内部分，注意观察它们对应的布局样式。

3.3.7 本节知识点

本节主要是以图例的方式介绍了本书综合实例"我游天下旅行商务网"的主页、二级栏目和三级栏目页面的概貌，请读者首先预览该站点，并体会主页和各级页面的布局。按照案例和项目驱动的模式，本书各章将带领您"各个击破"地学习并掌握 Dreamweaver 的相关功能，最终完成这一项目。

3.4 本书学习路线图

通过第 1、第 2 章的学习，我们已经初步搭建起学习 Dreamweaver 的平台；基于项目驱动理论，本章描绘了一个旅行商务网的概貌。为了使您能从全局了解学习 Dreamweaver 的切入点，本节给出 Dreamweaver 网页设计能力图表(见表 3-2)，作为本书的学习路线图。为便于您查阅本书，在相关的知识、技能和态度(核心点)后面的括号中，用数字标明对应的章节。

表 3-2 Dreamweaver 网页设计能力图表

模块篇章	本书章节	知识、技能和态度(核心点节)
Dreamweaver 网页设计基础	初识 Dreamweaver CS3	了解 Adobe CS3 套装软件，熟练安装 Dreamweaver CS3(1.1 节)
		熟悉 Dreamweaver CS3 的工作界面(1.2 节)
		初步了解 Dreamweaver CS3 的特点和新增功能(1.3 节)
		了解 Dreamweaver CS3 的帮助系统及在线资源(1.4 节)
	本地站点的搭建与管理	理解 Web 站点与虚拟目录的概念，了解常用 Web 服务器(2.1 节)
		应用 IIS，熟练创建虚拟目录(2.2 节)
		在 Dreamweaver 中，熟练创建和管理本地站点(2.3 节)
		熟练应用 Dreamweaver 新建、编辑、保存、关闭和打开文档以及页面预览等基本操作(2.4 节)
		熟练查看并保存网页源码，并能简单分析(2.4 节)
	站点开发常用工具	了解站点开发的常用工具(16.6 节)

续表

模块篇章	本书章节	知识、技能和态度(核心点)
主要的页面元素↑	网页文本的编辑	熟练掌握网页文本的输入、复制和导入(5.1 节)
		掌握网页文本段落格式的设置(5.1 节)
		掌握文本的颜色等格式设置(5.1 节)
		掌握网页中特殊符号的输入(5.2 节)
		掌握网页中水平线的插入及属性设置(5.2 节)
		掌握网页中日期时间的插入及格式设置(5.2 节)
		熟练掌握简单的项目列表和编号列表的制作(5.3 节)
		能较为灵活地创建自定义符号的项目列表(5.3 节)
		能较为灵活地创建前导图效果的"编号"列表(5.3 节)
	在页面中插入图像	熟悉插入图像以及相关图像元素的方法(6.2 节)
		掌握几种制作网站相册的方法(6.3 节、6.4 节)
		了解网页色彩的搭配技巧(6.5 节)
	插入 Flash 等多媒体对象	了解 Flash 类和音频、视频的媒体类型,掌握在网页中插入各类媒体的方法(7.1 节)
		掌握在网页中插入 Flash 动画、Flash 视频及其属性设置的方法,了解在网页中插入 Flash 文本、Flash 按钮和 FlashPaper 文档的基本方法(7.2 节)
		掌握在网页中插入 Shockwave 影片及其属性设置的方法(7.3 节)
		掌握在网页中插入 mp3 等音频文件及其常用属性的设置方法(7.4 节)
		掌握在网页中插入 wmv 等视频文件及其常用属性的设置的方法(7.4 节)
		掌握在网页中插入 Applet 及其常用属性的设置方法,掌握 Applet 和 QTVR 类型的全景摄影页面的制作(7.5 节)
	超链接、书签与导航条	理解与掌握超链接路径的概念(8.1 节)
		熟悉各种超链接的创建和应用(8.2 节、8.3 节)
		掌握超链接的美化(8.4 节)
		了解几种典型导航栏的应用(8.5 节)
	应用表格呈现数据	掌握插入表格的常用方法(4.2.1 节)
		掌握在表格中添加图片、文本等方法(4.2.1 节)
		掌握选中表格、行、列和单元格的方法(4.2.2 节)
		掌握表格和单元格的属性面板参数的设置方法(4.2 节)
		掌握插入行与列、更改行高和列宽的方法(4.2 节)
页面布局和统一风格	表格的布局模式	了解布局模式下布局页面的方法(4.2.2 节)
	创建和使用框架	了解框架与框架集的基本应用(9.1 节)
		掌握框架与框架集的概念与关系及框架集的常用属性设置,了解框架网页代码各个部分的含义,掌握框架网页的保存方法(9.2.2 节)
		掌握在框架网页中使用超链接的方法(9.2.3 节)
	使用 CSS 统一页面风格	理解 CSS 的基本概念和定义方式(10.1 节)
		能利用 CSS 对网页元素进行统一和美化(10.2 节)
		外部样式表的作用(10.3 节)
		熟练掌握 CSS 的基本应用:内联、外嵌式样式表(10.4 节)

模块篇章	本书章节	知识、技能和态度(核心点)
页面布局和统一风格	使用 AP Div	AP Div 的基本概念(11.1 节) AP Div 的属性关系(11.2 节) AP Div+CSS 布局页面(11.3 节) AP Div 结合时间轴制作简单动画(11.4 节)
	使用模板与库	了解创建模板的几种常用方法,熟悉如何在模板文件中生成可编辑区,掌握使用模板创建网页的方法,掌握修改模板文件的方法,了解从模板中分离页面的方法(12.2 节) 了解创建库项目文件的方法,掌握如何在页面中插入库项目文件,掌握编辑库项目文件的方法,掌握更新库项目文件的方法,了解从库项目文件中分离的方法(12.4 节)
页面「动态」技术	Dreamweaver 的内置行为和插件	理解对象、事件和动作的概念,了解行为面板的功能(13.1 节) 掌握 Dreamweaver 的内置行为的使用,创建常见的网页特效(13.2 节、13.3 节、13.4 节) 理解插件的概念,掌握插件的安装,了解插件的应用(13.5 节)
	应用 Spry 框架创建 Ajax 页面效果	了解 Ajax 与 Web 2.0 的基本概念,了解 Spry 框架的核心组成部分(14.1 节) 熟练制作 Spry 选项卡式面板等 Spry 装饰器构件(14.2 节) 熟练掌握 Spry XML 数据集的插入方法,熟练应用 Spry 动态区域呈现 XML 数据(14.3 节) 能够掌握级联菜单、主-从表的简单设计和实现(14.4 节) 了解各类 Spry 效果,能熟练地添加各类 Spry 效果(14.4 节)
	使用表单制作交互页面	掌握创建表单的方法(15.1 节) 熟练掌握各种普通表单对象的使用(15.2 节) 熟练掌握应用 4 类 Spry 表单构件创建验证表单(15.3 节)
站点规划与发布	规划和管理站点	站点目录结构的组织和规划(2.3 节) 了解网页设计和布局的原则及网页布局的类型(16.1 节) 了解网站策划与创建的原则(16.2 节) 掌握网站建设的基本流程(16.3 节) 了解使用属性面板管理 Assets,了解站点地图的使用(16.4 节) 掌握常用的站点开发工具(16.5 节)
项目开发实践	旅行商务网概览	项目需求分析(3.1 节) 网站概要设计(3.2 节) 网站详细设计(3.3 节) 主页文件以及页面层级划分(3.3.6 节)
	旅行商务网的设计和开发	结合本章概述和各章案例,参考综合实例素材(源代码),自行练习完成

3.5 本章小结

本章主要简要介绍本书综合实例站点"我游天下旅游商务网"。首先,简要分析了为什么要建设旅行商务网，这相当于项目的可行性分析。其次，分析了站点的功能，并以此建立了站点的目录结构；再次，概要介绍了综合实例站点的主页和各级页面；最后，提供了一个本书的学习路线图，作为学习本书的一个导航。

3.6　思考与实训

结束本章之前，请读者在复习回顾课本内容的基础上，结合上网冲浪的已有经验，围绕以下几个主题展开讨论和实训。

1．课堂讨论

请以小组为单位进行下列课堂讨论：

(1) 课堂讨论：为什么要建设旅行商务网？请在本章介绍的基础上撰写一个简单的项目可行性分析。

(2) 课堂讨论：旅行商务网的功能可以做哪些调整？

(3) 课堂讨论：如何通过学习本教材，掌握最基本的网页设计的基本技能？

2．上机练习

重点完成本书综合实例站点的虚拟目录的创建和预览。

3．课外拓展训练

(1) 课外拓展：学习项目需求文档的写作规范，结合本书综合实例的讨论，撰写一个项目需求文档。

(2) 课外拓展：以组为单位，确定一个主题，学习本书的同步，开发设计一个个人站点。

3.7　习　　　题

一、填空题

1．主页文件的主文件名一般命名为(　　　)或(　　　)。

2．对于主页文件，如果是静态页面，扩展名一般命名为(　　　)或(　　　)。

3．网站的目录结构一般不超过(　　　　　)。

二、简答题

1．什么是主页文件？主页文件一般如何命名？

2．如何确定网站的目录结构？网站的目录结构和页面层级划分的关系如何？

第4章　应用表格呈现数据

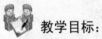　教学目标：

通过本章的学习，主要了解表格在网页设计中的作用，表格创建、编辑的方法以及表格作为布局工具如何使用。

本章的主要内容如下。

- 充分认识表格在页面排版中的作用。
- 创建 Web 表格。
- 设置表格属性，编辑表格。
- 应用表格，实现页面效果实例。
- 普通 Web 表格页面布局的局限性。

　教学要求：

知识要点	能力要求	关联知识
在网页中插入表格的方法	掌握插入表格的常用方法	插入表格
在表格中添加内容	掌握在表格中添加图片、文本等方法	在表格中添加内容
选中表格、行、列和单元格	掌握选中表格、行、列和单元格的方法	选择表格
表格和单元格的属性面板	掌握表格和单元格的属性面板参数的设置方法	设置表格及单元格的属性
插入和删除行与列、更改行高与列宽	掌握插入行与列、更改行高和列宽的方法	行与列的操作
在布局模式下布局页面	了解布局模式下布局页面的方法	布局模式

数据如何在页面中展示是网页设计中的一项重要内容。一个好的网页一般版面规整，内容摆放井井有条，令人赏心悦目。表格作为网页基本元素之一，以其简洁明了和高效快捷的方式将数据、文本、图片等元素有序规范地展示在页面上，在页面排版方面体现出强大的功能。

4.1　表 格 概 述

网页不像画布，无法在任意位置随意涂抹。网页中的元素，默认是一种标准的线性组织方式，即自上而下、从左向右，逐行逐列排列的。网页设计中，可以使用表格组织数据、排版布局，表格的运用是制作网页的一个重要技巧。

4.2　案例：使用表格布局的网页

 案例说明

本案例是使用表格布局的网页，整个页面布局由两个大表格组成，在大表格之间嵌套表格。效果如图 4.1 所示。

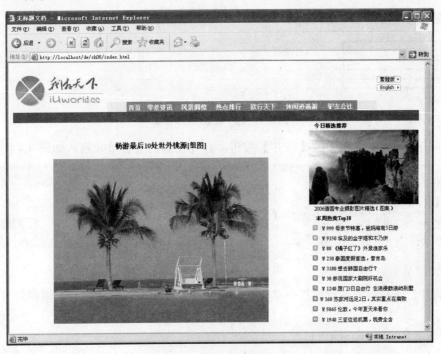

图 4.1　表格布局网页实例

4.2.1　操作步骤

1. 创建网页文件

在本地站点"Dreamweaver 案例教程"的目录 ch06 及其子目录 resource 中，放入本案例所需要的图片素材，详见光盘。新建一个网页文件，保存到 ch06 中，保存名称为 index.html。

2. 制作网页 Logo 区和导航区表格

(1) 选择菜单栏【插入记录】|【表格】，在【表格】对话框中设置参数，如图 4.2 所示。

图 4.2 【表格】对话框

(2) 在编辑区拖拽选中左列五行单元格，如图 4.3 所示。

图 4.3 选中左侧系列表格

(3) 单击【属性】面板中的【合并】按钮，合并左侧的五行单元格，如图 4.4 所示。

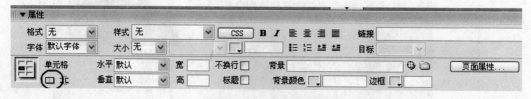

图 4.4 合并左侧单元格

(4) 同理，选择最后一行的三个单元格，单击【属性】面板的【合并】按钮将其合并，如图 4.5 所示。

图 4.5 合并最后一行单元格

单元格合并后效果如图 4.6 所示。

图 4.6　合并后效果

(5) 将光标定位到左上角单元格内，在【属性】面板中设置单元格宽度，如图 4.7 所示。将光标定位到右上角单元格中，设置单元格宽度，如图 4.8 所示。

图 4.7　设置左上角单元格宽度

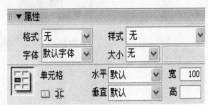

图 4.8　设置右上角单元格宽度

3．在表格中添加内容

(1) 将 resource 文件夹中的图片 logo.jpg 插入左上角单元格中，将图片 btn1.gif 和 btn2.gif 插入右二和右三单元格中，效果如图所示 4.9 所示。

图 4.9　在表格中插入图片

(2) 将光标定位到第二列第五行的单元格中，在【属性】面板中设置该单元格【背景颜色】，如图 4.10 所示。将光标定位到最后一行的单元格中，设置单元格【背景颜色】，如图 4.11 所示。

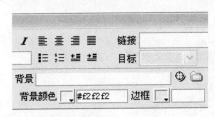

图 4.10　设置单元格背景颜色

图 4.11　设置单元格背景颜色

(3) 将光标定位到第二列第五行中，插入一新表格，参数设置如图 4.12 所示。

(4) 参照实例在该表格的单元格中输入相关文本信息，设置文字的颜色为白色，加粗显示。光标定位到该表格中的任意一单元格内，单击标签选择器中对应的 table 标记，在【属性】面板中设置【其背景色】，如图 4.13 所示，效果如图 4.14 所示。

(5) 选中标签选择器中的 td 标签，在【属性】面板中设置该单元格中表格为居中对齐，如图 4.15 所示，效果如图 4.16 所示。

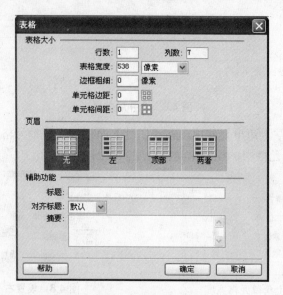

图 4.12 【表格】对话框

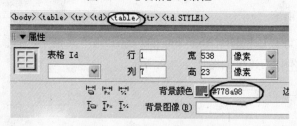

图 4.13 设置表格【背景颜色】

图 4.14 设置【背景色】后的效果

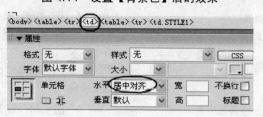

图 4.15 设置单元格中内容对齐方式为居中

图 4.16 居中后效果

4. 制作内容区表格

(1) 继续在编辑区插入一个一行两列，宽度为 948 像素的表格，边框、填充和间距都设置为 0。表格插入完成后，将光标定位到右侧单元格中，在【属性】面板中设置右侧单元格宽度为 259 像素，效果如图 4.17 所示。

图 4.17 插入新表格

(2) 光标定位到左侧单元格中，将【属性】面板的水平对齐方式改为居中对齐，如图 4.18 所示。

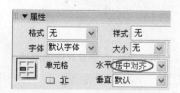

图 4.18 设置单元格中内容居中对齐

(3) 参考实例在左侧单元中插入相应文本和图片，效果如图 4.19 所示。

图 4.19 在单元格中插入图片和文本

(4) 在右侧单元格中插入 14 行 1 列表格，如图 4.20 所示。

(5) 参考实例将图片和文本插入到右侧单元格中的表格中，效果如图 4.21 所示。

(6) 测试页面，最终效果如图 4.1 所示。

图 4.20　右侧单元中的表格

图 4.21　插入图片和文本后的表格

4.2.2　技术实训

表格由一行或多行组成；每行又由一个或多个单元格组成，单元格是表格的基本组成单位。如图 4.22 所示 Dreamweaver 设计视图的一个表格外观，它反应了表格的基本组成。

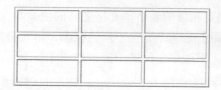

图 4.22　表格的基本组成

　　表格是用于在 HTML 页上显示表格式数据以及对文本和图形进行布局的强有力的工具。
Dreamweaver 提供了两种查看和操作表格的方式：标准模式和布局模式。标准模式，即最基本
的模式。在这种模式下，表格显示为行和列的网格，本案例是在标准模式下制作完成的。

　　1. 在页面中插入表格

　　在 Dreamweaver 中，要在网页的当前位置插入一个表格，有如下两种常用方式：

- 选择菜单【插入记录】|【表格】。
- 在【插入】工具栏的【常用】类别中，单击【表格】按钮。

　　默认情况下，将显示插入【表格】对话框，如图 4.23 所示。设置相关属性，单击【确定】
按钮，即在当前位置插入一个表格。

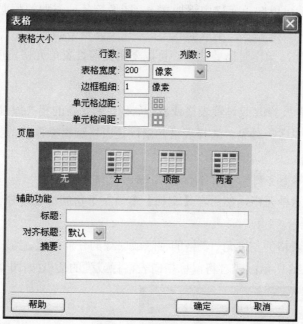

图 4.23　【表格】对话框

　　通过【表格】对话框，可以对表格的行数、列数、宽度等选项进行设置。选项的功能如下。

- 【行数】：确定表格行的数目，系统默认值为 3。
- 【列数】：确定表格列的数目，系统默认值为 3。
- 【表格宽度】：以像素为单位或按占浏览器窗口宽度的百分比指定表格的宽度，系统
  默认值为 200 像素。该值系指表格左右两条线最外延的距离，如图 4.5 所示。
- 【边框粗细】：指定表格边框的宽度，系统默认值为 1 像素。
- 【单元格边距】：确定单元格边框与单元格内容之间的像素数。

● 【单元格间距】：决定相邻的表格单元格之间的像素数。

单元格【间距】和【边距】是两个完全不同的概念，单元格间距是指单元格之间的距离；边距是指单元格中文本与单元格边框中间的距离，如图 4.24 所示。

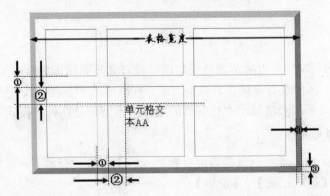

图 4.24 单元格间距和边距(①—间距；②—边距；③—边框粗细)

2. 在表格中添加内容

创建表格之后，就可以向单元格中添加文本、图像等各种类型的数据元素了。将光标插入到表格单元格中，则可直接输入文本或插入图像。在单元格中添加数据时，单元格及表格的宽度可能会发生一些变化，操作时需要注意，可以采用提前设置单元格宽度来解决这个问题。

3. 选择表格

插入表格之后，若要修改或设置表格或者行、列、单元格的相关属性，或合并单元格等编辑操作，都要首先选中这些对象。选择表格元素，是表格编辑操作的前提和基础。

1) 选择整个表格

选择整个表格对象有多种方法，掌握其中的任何一种即可。

● 单击表格任意单元格，然后在【文档】窗口左下角的标签选择器中选择 table 标签，如图 4.25 所示。

● 将鼠标指向表格的左上角、表格的顶缘或底缘的任何位置，当鼠标指针变成表格网格图标如图 4.26 所示；或者将鼠标指向表格行或列的边框(如图 4.8 所示)，单击鼠标。

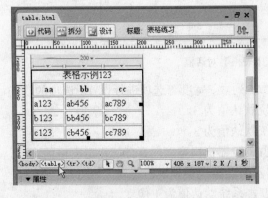

图 4.25 用【标签选择器】选择表格及选中表格

图 4.26 鼠标指向表格底缘

选择整个表格之后，所选表格的下边缘和右边缘上出现 3 个选择控制点。同时，【属性】面板切换为表格的【属性】面板，如图 4.27 所示。

图 4.27　表格【属性】面板

2) 选择行或列

关于行或列的选择也比较简单，可以执行如下操作之一。

- 将鼠标指向行的左边缘或列的上边缘，当鼠标指针变为选择箭头➡时，单击以选择单个行或列，或进行拖动以选择多个行或列，如图 4.28 所示。

表格示例123

aa	bb	cc
a123	ab456	ac789
b123	bb456	bc789
c123	cb456	cc789

(a) 选择单行

表格示例123

aa	bb	cc
a123	ab456	ac789
b123	bb456	bc789
c123	cb456	cc789

(b) 选择相邻的连续多行

图 4.28　选择一行或多行

3) 选择单元格

要选择单个单元格，单击单元格，然后在【文档】窗口左下角的标签选择器中选择【td】标签。选择一个单元格之后，则单元格边框显示为黑色矩形。

4. 设置表格及单元格属性

选中表格或者单元格、行、列之后，可以轻易地在属性面板中设置它们的属性。

1) 设置表格属性

选中表格，在属性面板中可以方便地设置它的相关属性，如图 4.29 所示。

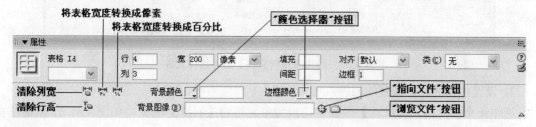

图 4.29　表格【属性】面板

提示　在属性面板的文本框中输入了值，按 Tab 或 Enter 键即可应用该值。

表格属性面板中，各选项的主要功能如下。

- 【表格 Id】：表格的 Id，一般可不填。如果要在代码中引用该表格，则要命名表格 Id。
- 【行】和【列】：设置表格中行和列的数量。
- 【宽】：设置以像素为单位或按浏览器窗口宽度的百分比指定的表格宽度。

- 【边框】：指定表格边框的宽度。若要在边框设置为 0 时，查看单元格和表格边框，请选择菜单【查看】|【可视化助理】|【表格边框】。
- 【填充】：即单元格边距，单元格内容与单元格边框之间的像素数。
- 【间距】：相邻的表格单元格之间的像素数。
- 【对齐】：表格与浏览器的对齐方式，默认左对齐。

提示 若要确保浏览器不显示表格中的边距和间距，请将【边框】、【边距】和【间距】都设置为 0。纯粹应用表格进行页面布局时，通常如此设置。

- 背景图像：设置表格的背景图像。

要设置背景图像，可以使用【指向文件】图标选取，还可以单击【浏览文件】按钮打开【选择图像源文件】对话框选择图像。

要使用【指向文件】图标，请将鼠标指向该图标，按下鼠标，拖拉到【文件】面板，指向要选择的图像文件，如图 4.30 所示。

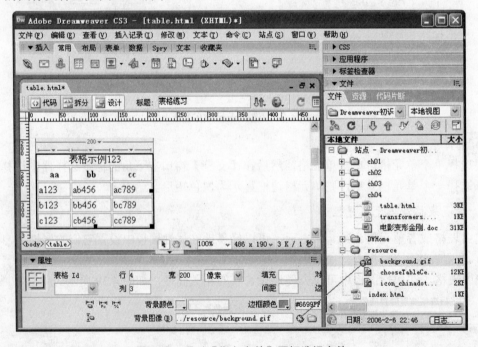

图 4.30 通过【指向文件】图标选择文件

2) 设置单元格、行或列的属性

选中一个单元格，【属性】面板即切换为单元格的【属性】面板，如图 4.31 所示(请注意面板左下角的单元格标志)。

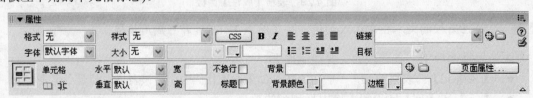

图 4.31 【属性】面板

表格单元格(行、列)属性面板中，各常用选项的主要功能如下。

- 【水平】：指定单元格、行或列中内容的水平对齐方式。
- 【垂直】：指定单元格、行或列中内容的垂直对齐方式。
- 【宽】和【高】：所选单元格的宽度和高度，以像素为单位或按整个表格宽度或高度的百分比指定。
- □【合并单元格】：将所选的单元格、行或列合并为一个单元格。只有当单元格形成矩形或直线的块时才可以合并这些单元格。
- 苴【拆分单元格】：将一个单元格分成两个或更多个单元格。一次只能拆分一个单元格，如果选择的单元格多于一个，则此按钮将禁用。
- 【不换行】：防止换行，从而使给定单元格中的所有文本都在一行上。

提示 可以按像素或百分比指定宽度和高度，并且可以在像素和百分比之间互相转换。

5. 行与列的操作

1) 插入和删除行或列

下面介绍一下插入和删除行或列的操作。

(1) 插入行或列。

要插入行，请首先确认插入的位置；其次单击相应的某个单元格(即将插入点置于该单元格内)；最后选择菜单【修改】|【表格】|【插入行】，即在插入点的上面出现一行，插入列的方法相同。

(2) 删除行或列。

首先确认要删除一行或一列，再单击其中的某个单元格，然后选择菜单【修改】|【表格】|【删除行】，即删除单元格所在的行，删除列的方式相同。

2) 更改列宽和行高

要更改列宽或行高，可以有如下几种方式。

- 通过【属性】面板，在行高或列宽中输入数值(像素或百分值)来精确设置。
- 可视方式：拖动行或列的边框来更改行高或列宽。
- 代码方式：使用"代码"视图直接在 HTML 代码中更改单元格的宽度和高度。

6. 表格的布局模式

布局模式是 Dreamweaver 为方便页面布局而专门设计的一种模式。在这种模式下，允许在将表格用作基础结构的同时在页面上绘制方框、调整方框的大小以及移动方框。

可以通过菜单栏【查看】|【表格模式】|【布局模式】进入布局模式，如图 4.32 所示。

在布局模式下，插入栏中有一个绘制布局表格按钮□和绘制布局单元格按钮目，分别用来绘制布局表格和布局单元格，其中布局表格为绿色边缘线，布局单元格为蓝色边缘线，如图 4.33 所示。

布局表格中可以插入布局表格或布局单元格，单击编辑区上边的 退出 按钮，可以将布局模式转换为表格模式，如图 4.33 所示转换到表格布局模式中，对应的表格如图 4.34 所示。

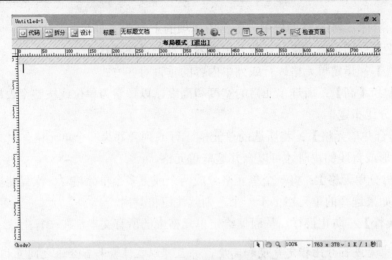

图 4.32 表格的布局模式编辑区

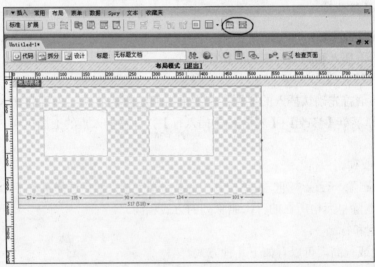

图 4.33 在表格布局模式中绘制表格和单元格

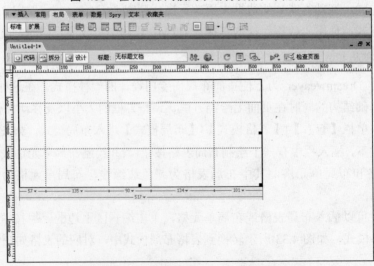

图 4.34 布局模式转换为标准模式

4.3　本　章　小　结

　　表格可以简洁明了地将文本、数据、图片、表单等元素有序和规范地显示在页面上，在网页的布局中，可以用表格进行布局，从而设计出版式精美的页面，是一种简单而有效的布局方式。同时，表格布局也有其不足的地方，比如当用了过多表格特别是嵌套表格时，页面的下载速度会受到影响。

4.4　思考与实训

　1. 思考

　(1) 思考：表格布局网页的缺陷是什么？现在流行的网页布局技术是什么？试试上网搜索一下。

　(2) 课堂讨论：表格、行、单元格是一种什么样的关系？

　2. 实训

　打开几个常见网站的主页，如果使用表格进行页面的布局应该如何编排？

4.5　习　　题

一、填空题

　1. 表格的最小单位是(　　　　　　　)。

　2. 表格属性面板中的对齐选项是设置表格与(　　　　　　　　)的对齐方式。

　3. 表格的边框宽度以(　　　　　　)为单位。

　4. 若要确保浏览器不显示表格中的边距和间距，请将【边框】、【边距】和【间距】都设置为(　　　　　)。

　5. 表格的宽度除了可以使用像素为单位外，还可以使用(　　　　　　　)。

二、选择题

　1. 单击表格单元格，然后在文档窗口左下角的标签选择器中选择(　　)标签，就可以选择整个表格。

　　　A. body　　　　　B. table　　　　　C. tr　　　　　D. td

　2. 在调整表格大小时，若要在水平方向调整表格的大小，应拖动哪边的选择控制点(　　)。

　　　A. 右边　　　　　B. 底部　　　　　C. 右下角　　　　D. 右上角

　3. 在合并单元格时，所选择的单元格必须是(　　)。

　　　A. 一个单元格　　　　　　　　B. 多个相邻的单元格

　　　C. 多个不相邻的单元格　　　　D. 多个相邻的单元格,并且形状必须为矩形

4. 设置表格背景的方法是( )。

    A. 选择【修改】|【页面属性】命令

    B. 选择属性检查器中的【边框】颜色框命令

    C. 选择【修改】|【属性】命令

    D. 选择【编辑】|【参数】命令

5. 【表格】对话框中,不能设置的参数是( )。

    A. 高度   B. 宽度   C. 行数   D. 列数

三、简答题

1. 为什么要用表格进行页面布局?

2. 单元格间距和单元格边距的区别是什么?

四、操作题

使用表格布局制作网页,如图 4.35 所示。

图 4.35 一个应用表格布局的示例页面

第**5**章　网页文本的编辑

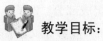教学目标：

　　网页是由图、文、声、像、影以及超链接等基本元素组成的。文本是网页中最基本的元素，熟练掌握文本编辑操作的方法和技巧，是网页制作的基本技能之一。

　　本章的主要内容如下。

- 文本段落及特殊文本的输入。
- 文本编辑及文本格式设置。
- 应用 CSS 创作项目列表和编号列表。
- HTML 中的颜色值与 Web 安全色。

教学要求：

知识要点	能力要求	关联知识
创建新闻页面	熟练掌握网页文本的输入、复制和导入 掌握网页文本段落格式的设置 掌握文本的颜色等格式设置	使用表格进行页面布局 分段与换行的区别 段落的 6 级标题 HTML 中的颜色值
创建版权页面	掌握网页中特殊符号的输入 掌握网页中水平线的插入及属性设置 掌握网页中日期时间的插入及格式设置	网页文本中的特殊符号 水平线的属性及日期时间的格式 文本的常规编辑方法
创建友情链接列表	熟练掌握简单的项目列表和编号列表的制作 能较为灵活地创建自定义符号的项目列表 能较为灵活地创建前导图效果的"编号"列表	超链接、列表的 CSS 设置

网页是由图、文、声、像、影以及超链接等基本元素组成的。从本章开始，逐一介绍文本、图像、Flash 等多媒体以及超链接等基本网页元素的插入和设置，学会图文并茂、影音俱全的多种媒体并举的网页制作。

文本是网页中最基本的元素，也是应用历史最长、使用最频繁的元素，可谓网页之根基。通常，文本内容构成了网页的基本内容，可以最直接最迅速地向浏览者传达信息。熟练掌握文本编辑操作的方法和技巧，是网页制作的基本技能之一。

本章主要介绍文本在网页中的输入、编辑、排版与格式化，并穿插简单介绍文本、段落和列表的常用 CSS 样式。关于 CSS 的概念和应用等更多详细信息，请参阅本书第 10 章。

5.1　网页元素概述

一般的，网页的构成包括 4 大元素：文本、图像、Flash 等多媒体、超链接。

网页主要通过文本来表达网页的内容和主题，文本是网页中非常重要的组成部分。为了美观，文本在网页中的展示风格是多种多样的，我们设计网页时主要就是考虑如何能够让文本在页面中展示得漂亮，便于阅读，及时地获取信息。一般我们使用 CSS 对文本进行格式化。

图像也是网页中必不可少的组成部分，合理地使用图像，可以让网页看起来更加美观、赏心悦目，更加充满生命力。文本与图像的结合还能避免大篇幅的文字使浏览者感到呆板。目前，在网页中最常用的图像格式有两种：gif 与 jpg。此外还可以使用 png 格式，png 格式是 Fireworks 固有的格式。

Flash 作为网上最流行的动画格式，在当今的网页中占有非常重要的位置。无论是广告、娱乐，还是信息展示，都能见到 Flash 动画。尤其是现在流行的 Flash 视频，更是各大视频网站展示信息的主要手段。

超链接就是可以从一个网页跳转到另一个目标的链接关系。目标可以是另外一个网页，也可以是同一个网页的不同位置；还可以是一幅图片、一个文件或是一个应用程序。超链接作为网页间的桥梁，起着相当重要的作用。网页中的很多对象都可以加入"链接"的属性。超链接的方式主要有相对链接和绝对链接两种；根据所链接对象的不同又可分为文档链接、图像链接、锚链接、热点链接、空链接和脚本链接等。

5.2　案例：创建一个新闻页面

 案例说明

新闻是一个网站重要的组成部分。新闻的种类不外乎文字新闻、图片新闻、视频新闻以及它们的组合，其中，最基本的就是文字新闻。本案例创建一个基本的文本新闻页面，如图 5.1 所示。

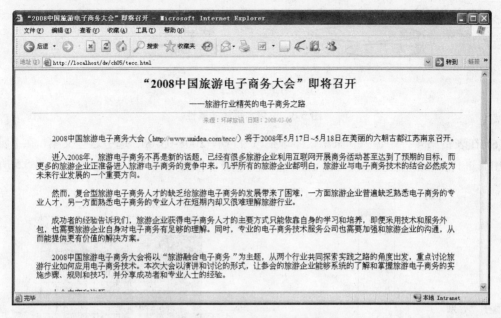

图 5.1　一个简单的新闻页面

5.2.1　操作步骤

(1) 启动 Dreamweaver，切换至站点"Dreamweaver 案例教程"，新建空白 HTML 页面，将其保存在 ch05 目录中，并命名为 tecc.html；设置页面标题为："2008 中国旅游电子商务大会"。

(2) 单击【插入】工具栏中的【表格】按钮▦，插入一个 7 行 1 列、宽度 916px、边框粗细为 0、单元格边距为 0、单元格间距为 0 的表格；在【属性】面板中将该表格设置为"居中对齐"；选中表格各列，将"行"的水平方式设置为"居中对齐"。

(3) 在表格第 1 行中输入："2008 中国旅游电子商务大会"，在【属性】面板中单击【格式】下拉列表框，选择【标题 2】，如图 5.2 所示。

图 5.2　设置段落格式为【标题 2】

提示　将 Dreamweaver 工具栏切换到"文本"类别，单击【标题 2】按钮 **h2** 同样可实现类似的格式设置。

(4) 在表格第 2 行中输入：——旅游行业精英的电子商务之路。

(5) 将光标定位在表格第 3 行，选择菜单【插入记录】|HTML|【水平线】，在该单元格中插入一条水平线，在属性面板中设置其宽度为 97%，高度为 1，无阴影，如图 5.3 所示。

图 5.3 设置水平线的属性

(6) 在表格第 4 行中输入，来源，环球旅讯 日期，2008-03-06。选中这些文本，在【属性】面板中将字体大小设置为：12，如图 5.4 所示；将字体颜色设置为：#999999，如图 5.5 所示。

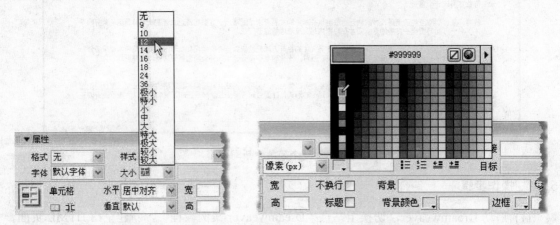

图 5.4 设置字体大小　　　　　　图 5.5 设置文本颜色

提示 第 6 步设置字体大小和颜色后，系统自动添加了样式 STYLE1，请自行查阅代码视图。

(7) 将光标定位在表格第 6 行，插入一个 1 行 1 列、宽度 97%、边框粗细为 0、单元格边距为 0、单元格间距为 0 的表格；选择该表格的单元格，将【行】的水平方式设置为【左对齐】，在【插入】的【表格】的单元格中输入新闻信息(具体内容参见素材文件 ch05\tecc.txt)。

(8) 选择"大会内容和议题"的 9 条信息，在属性面板中单击项目列表按钮▤，将这 9 个段落设置为列表，结果如图 5.6 所示。

> 大会内容和议题：
>
> • 旅游电子商务的现状和发展趋势
> • 如何制定正确的旅游电子商务战略
> • 旅游企业网站建设和运营
> • 怎样准备网站内容
> • 搜索引擎优化和搜索引擎广告投放
> • 如何选择合适的旅游电子商务平台
> • 博客营销：事件营销、视频营销等如何策划和实施
> • 学会分析访问数据了解潜在客户的心态
> • 如何提高网络营销的转化率，让流量变成交易

图 5.6 将"大会内容和议题"的 9 条信息设置为列表

(9) 类似地，将"主体演讲特邀嘉宾"的 8 条信息也设置为项目列表。

(10) 切换到代码视图，在 style 部分添加如下代码：p { text-indent: 2em; }，将各个段落设置为缩进 2 个字符。

(11) 保存文件，按 F12 键，预览页面 tecc.html。

5.2.2 技术实训

输入文本是 Dreamweaver 中最基本的操作之一。您可以直接输入普通文本，也可以插入版权符号(©)、货币符号(如英镑£)、章节符号(§)等多种特殊字符，以及水平线、日期时间等特殊的 HTML 对象。同时，为便于阅读和美观，还要对文本设置恰当的格式。

1. 分段与换行

当输入完一个段落，要重新开始另一个段落时，按 Enter 键即可。之后，两个段落之间自动插入一个空白行；想换行，可以按 Shift+Enter 键插入一个换行符，如图 5.7 所示。

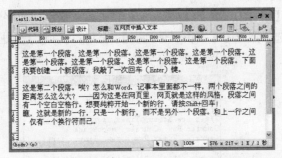

图 5.7　分段与换行

【练一练】

在目录 ch05 中新建网页 text1.html，页面标题：在网页中插入文本。在页面中输入图 5.7 所示的文本，体会分段与换行的区别。

提示　换行符是一个特殊字符，对应的 HTML 代码为<br/ >。按 Shift+Enter 键(无论是在【设计】视图还是【代码】视图)，或者直接在代码中输入<br/ >，都会产生一个换行符。

2. 段落标题

使用【属性】面板中的【格式】弹出菜单或选择菜单【文本】|【段落格式】子菜单可以应用标准的段落和标题标签。Dreamweaver 内置了 6 种段落标题(分别是"标题 1"、"标题 2"……"标题 6")和"预先格式化的"等段落格式(参阅图 5.2)。如果选择"无"则删除已设置的段落格式；选择"段落"即将该段设置为一个标准段落。

1～6 级标题的浏览效果如图 5.8 所示，其中，1～3 级标题使用较多。在一个标题段落之后按 Enter 键，Dreamweaver 将自动添加一行空文本作为标准段落。

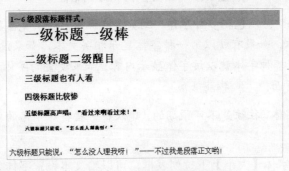

图 5.8　1～6 级标题的网页效果

提示　将一个段落设置为标题 1，则 Dreamweaver 自动将该段首尾的段落标记<p>和</p>替换为<h1>和</h1>。

【练一练】

打开网页 text1.html，通过一个表格布局，完成图 5.8 所示的标题练习。

3. 字体、大小与常规样式

选择文本，可以设置它们的字体、大小、颜色与样式等相关格式。如果没有选择文本，则选项将应用于随后输入的文本。

【属性】面板中的【字体】下拉列表框，可以给文本设置字体或字体组合，如图 5.9 所示。单击【编辑字体列表】选项，应用【编辑字体列表】对话框可以对字体进行编辑组合，如图 5.10 所示。

图 5.9 【属性】面板中的【字体】下拉列边框

图 5.10 【编辑字体列表】对话框

提示　一个"字体组合"可以包括多种字体，浏览者在浏览时，浏览器将自动检测计算机中是否有第一种字体，如果有就以第一种字体显示相关文本，如果没有就继续检测第二种、第三种字体，有哪种字体就以该字体显示内容。如果设置的字体都没有，就以浏览器的默认字体显示页面。

注意　关于客户端的字体，往往是不可预期的，建议将一些特殊字体的文本做成图片再插入到页面中。

【属性】面板中的字体【大小】下拉列表框，可以给文本设置字体大小。单击它右侧的下拉列表框，可以选择【字体】大小的单位，如图 5.11 所示。

若要设置文本样式，单击【属性】面板中的加粗按钮 **B** 或倾斜按钮 *I*，可以使选择的文本加粗或变成斜体。若要设置更为复杂的文本样式，请选择菜单【文本】|【样式】或从上下文菜单中选择【样式】，再从子菜单中选择相关样式即可。【样式】子菜单如图 5.12 所示。

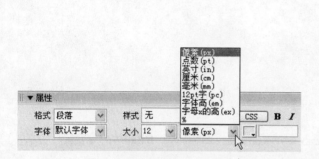

图 5.11　选择【字体】大小的单位　　　　图 5.12　【字体】的【样式】子菜单

此外，若要修改文本颜色，可以单击按钮□，打开颜色选择器选择一种颜色，或者在颜色文本框中直接输入颜色值。关于网页颜色的相关知识，请参阅 6.5 节《颜色配色方案》的相关知识。

5.2.3　案例拓展

Dreamweaver 提供了强大的文本处理功能，除了直接输入文本，也可以从其他文档复制和粘贴文本，或从其他文档导入文本等。此外，使用文本的"已编排格式"，可以巧妙地实现文本的特殊编排。

1．复制或导入文本和代码

文本录入通常是一件苦差事。如果 MS Word 等应用程序或其他 HTML 文件中已经有需要的文本或代码，尽管"拿来主义"，将它们复制或导入即可。

想要把文本复制到 Dreamweaver 中，与 Windows 中其他复制和粘贴操作并没有区别。但是，如果将文本粘贴到【设计】视图，可以保留相关格式设置；如果粘贴到【代码】视图中，则始终仅粘贴文本。类似的，可以复制您需要的 HTML 源代码，将它们粘贴到【代码】视图中需要插入代码的位置。

想要导入 MS Word 文档或 Excel 文档，您可以在【设计】视图中，将文件直接拖放到要在其中显示内容的页面中，或者选择菜单【文件】|【导入】|【Word 文档|Excel 文档】，将文档导入到页面的当前位置。

提示　如果要从 MS Word 等应用程序中获取文本，建议您【选择性粘贴】或【导入】为纯文本，再在 Dreamweaver 中编辑排版。这样，能更方便地应用自己的 CSS 样式表。

2. 已编排格式

使用文本的"已编排格式"，可以保留文本中的空格、换行等格式，在浏览器中浏览时，将按照文档中预先排好的形式显示内容。这是一个很有用的功能。在【属性】面板中选择段落【格式】为【预先格式化的】，则该段首尾的段落标记替换为<pre>和</pre>。

段落格式与"已编排格式"的 HTML 代码，如图 5.13 所示，其网页浏览效果，如图 5.14 所示，从此可见该格式的便利。

<p>段落格式: </p>
<p>古人学问无遗力，
少壮功夫老始成。
纸上得来终觉浅，
绝知此事要躬行。</p>
<hr />
<p>已编排格式: </p>
<pre>古人学问无遗力，
少壮功夫老始成。
纸上得来终觉浅，
绝知此事要躬行。

任何人ANYONE，任何时间ANYTIME，任何地点ANYWHERE，任何内容ANYTHING，让教与学成为一种自由与享受！</pre>

图 5.13 段落与"已编排格式"的 HTML 代码

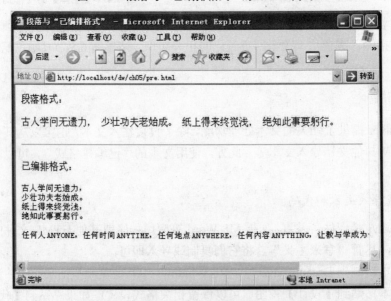

图 5.14 段落与"已编排格式"的网页效果

提示 "已编排格式"也不可乱用，如图 5.14 所示的最后一行就没有显示完整。这是因为，如果标记<pre>中的一行文本很长，在浏览器中显示时也会很长，直到遇到</pre>标记才会换行。

【练一练】

在目录 ch05 中新建网页 pre.html，页面标题：段落与"已编排格式"，完成图 5.14 所示的练习。

3. HTML 中的颜色值与 Web 安全色

在 HTML 里，颜色有两种常用的表示方式。一种是用颜色名称的英语单词来表示，例如 blue 表示蓝色。另一种是用 16 进制的数值表示 RGB 的颜色值。RGB 是 Red、Green、Blue(红、绿、蓝)的意思，RGB 每个原色的最小值是 0，最大值是 255，如果换算成 16 进制表示，就是 (#00)，(#FF)。例如白色的 RGB(255,255,255)，就用#FFFFFF 表示；黑色的 RGB(0,0,0)，就用 #000000 表示。红、绿、蓝色每一种都有 256 个取值(0～255)，可以创建出 1677216(256×256 ×256)种颜色。

提示　在 W3C 制定的 HTML 4.0 标准中，只有 16 种颜色可以用颜色名称表示：aqua(水绿)、black(黑)、blue(蓝)、fuchsia(紫红)、gray(灰)、green(绿)、lime(浅绿)、maroon(褐)、navy(深蓝)、olive(橄榄)、purple(紫)、red(红)、silver(银)、teal(深青)、white(白)和 yellow(黄)，其他的颜色都要用 16 进制 RGB 颜色值表示。不过 transparent(透明)也是一个正确的值。

当然，现在的浏览器支持更多的颜色名称。例如，IE 4.0 以上支持的颜色名称达 140 种。不过为保险起见，建议还是采用 16 进制(Hexadecimal)的 RGB 颜色值来表示颜色，并且在值前加上#这个符号，#后面跟随 3 位或 6 位数字。基本上，3 位是 6 位的压缩版(#f00 就是#ff0000，#c96 就是#cc9966)，建议使用 6 位数字以更清晰地表示颜色值。

以前，很多计算机显示器最多支持 256 色，因此出现了 216 种 Web 安全颜色，以保证网页的颜色能够正确显示。那为什么不是 256 种 Web 安全颜色呢？因为 Microsoft 和 Mac 操作系统有 40 种不同的系统保留颜色。这 216 种颜色对于所有系统都是一致的，若使用别的颜色，则可能出现颜色不一致而抖动。

适用于所有系统的这 216 种颜色就称为网络安全色或 Web 安全色，它是由 6 种 RGB 值组合得到(6×6×6=216)，见表 5-1。

表 5-1　Web 安全色的 RGB 元素值

RGB	00	51	102	153	204
HEX	00	33	66	99	CC

关于 HTML 中的颜色值的更多信息，请参阅随书素材 ch05 中的网页文件 webColor.html 和 webColors1.jpg、webColors2.jpg、webColors3.jpg 等 3 个图片文件。

5.2.4　本节知识点

本节主要介绍了 Web 页面中文本的输入和常见的格式设置，以及如何通过复制或导入的方式快速完成文本的编辑。通过本节的学习和实训，要理解分段与换行的区别，能够通过属性面板熟练地设置文本和段落的常用格式。

本节顺便介绍了 HTML 中的颜色方案，请读者初步了解并逐步熟悉，达到能够熟练地手写常用颜色值的程度。关于页面配色方案本书 6.5 节将详细介绍。

5.3 案例：创建一个简单的版权页面

 案例说明

版权声明是一个网站各个页面的重要组成部分，这些版权信息通常单独保存在一个页面中，本案例将完成如图 5.15 所示的一个简单的版权页面。

图 5.15 一个简单的版权页面

5.3.1 操作步骤

(1) 启动 Dreamweaver，切换至站点"Dreamweaver 案例教程"，新建空白 HTML 页面，将其保存在 ch05 目录中，并命名为 copyright.html；设置页面标题为：一个简单的版权页面。

(2) 单击【插入】工具栏中的【表格】按钮，插入一个 3 行 1 列、宽度 96%、边框粗细为 0、单元格边距为 0、单元格间距为 0 的表格；在【属性】面板中将该表格设置为居中对齐；选中表格各列，将【行】的水平方式设置为居中对齐。

(3) 将光标定位在表格第 1 行，选择菜单【插入记录】|HTML|【水平线】，在该单元格中插入一条水平线。

(4) 在表格的第 2 行中输入："Copyright © 2009 Tianxingjian Studio. All rights reserved."。其中，©为版权符号，可以选择菜单【插入记录】|HTML|【特殊字符】|【版权】。

(5) 在表格的第 3 行中输入：最后更新，然后选择菜单【插入记录】|【日期】，在弹出的【插入日期】对话框中，选择日期格式：1974-03-07，时间格式：22:18，单击【确定】按钮，如图 5.16 所示。

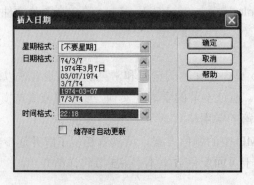

图 5.16 【插入日期】对话框

说明　【插入日期】对话框中显示的日期和时间仅仅代表显示的格式，并非当前时间。

(6) 保存文件，按 F12 键，预览页面 tecc.html。

5.3.2　技术实训

1. 插入特殊字符

要在文档中插入特殊字符，常用的有如下两种操作方式。

● 从【插入】|HTML|【特殊字符】子菜单中选择特殊字符，如图 5.17 所示。
● 在【插入】工具栏中的【文本】类别中，单击【字符】按钮 中的下拉按钮(向下的黑色三角)并从下拉菜单中选择字符，如图 5.18 所示。

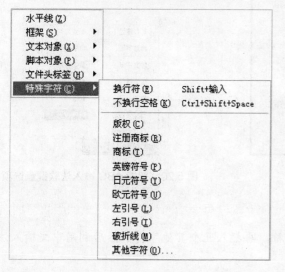

图 5.17　【插入】|HTML|【特殊字符】子菜单

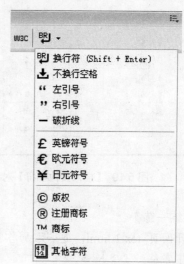

图 5.18　【插入】工具栏特殊字符下拉菜单

提示　两个菜单的区别在于后者给出了字符样例。建议初学者从工具栏"字符"按钮选择特殊字符。

在这些特殊字符中，"不换行空格"( )是出镜率最高的一个，只是在"设计"视图中，经常是"它看见我们，我们看不见它"，请特别注意这个字符，有时它会自动插入，有时还会悄悄溜走。例如，在创建表格时，就默认地在每个单元格中添加了一个" "；当我们在单元格中添加一段文本或几个字符之后，它又自动消失了。

提示　(1) 不换行空格也成为软空格，按 Ctrl+Shift+Space (空格键)即可输入。
　　　(2) 按键盘的空格键可以插入一个空格。但与 Word 不同的是，Dreamweaver 中，每个位置空格键只能使用一次，即使在代码中"插入"了多个空格，浏览时也只显示一个。这是因为在 HTML 语言中多于一个的空格都被忽略不计。

Dreamweaver 还提供了很多其他特殊字符供您选择。从图 5.17 所示的子菜单中选择【其他字符】选项，通过【插入其他字符】对话框如图 5.19 所示，可以插入一些特殊字符。这个对话框中，包括"不换行空格"( )、版权(©)等常见的特殊字符。

特殊字符的编码是以"&"开头，以";"结尾的特定数字或英文字母。如版权符号"©"、与符号为"&"、注册商标符号"®"。

由于 HTML 在代码中使用尖括号<>，但您可能需要使用大于号或小于号。在这种情况下，请在代码中使用">"、"<"分别表示大于号、小于号。

提示 要在网页中插入一些中文常用的符号，如希腊字母、数字序号以及五角星等特殊字符，可以直接右击输入法状态条的键盘按钮，选择适当的软键盘输入。如图 5.20 所示智能 ABC 输入法的软键盘选项。

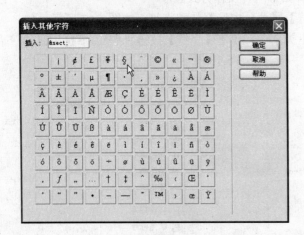

图 5.19 【插入其他字符】对话框　　　　　图 5.20　智能 ABC 输入法软键盘选项

【练一练】

打开网页 text1.html，逐一添加各特殊字符，再插入几个其他字符，然后利用中文输入法输入以下字符：£ § № ◆。

2. 插入彩色的水平线

水平线起到分隔文本的排版作用。在页面中，可以使用一条或多条水平线以可视方式分隔文本和对象。选择菜单【插入】|HTML|【水平线】即可插入一条水平线。选择水平线，可以在【属性】面板中设置它的宽度、高度、对齐方式和阴影等属性。

通过【属性】面板，无法给水平线设置颜色。能否制作彩色的水平线呢？

提示 给水平线设置颜色，只需单击【属性】面板中的【快速标签编辑器】按钮，或右击水平线，在上下文菜单中选择【快速标签编辑器】选项卡，在代码中输入"color="#颜色值""如图 5.21 所示，水平线就不再是灰头土脸，摇身一变，"灰姑娘"变成"白雪公主"了。

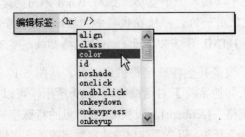

图 5.21　设置水平线的颜色

3. 插入自动更新的日期和时间

在网页中显示最后编辑网页的时间，浏览者往往比较喜欢，可以据此迅速做出很多判断。Dreamweaver 提供了一个方便的日期对象，在【插入日期】对话框中选中【存储时自动更新】复选框，则插入的日期将在每次保存网页时自动更新为最新的日期。

如果对日期格式不满意，可以单击已插入的日期文本，然后在属性面板中单击【编辑日期格式】按钮如图 5.22 所示，在弹出的【插入日期】对话框中，重新设置星期、日期和时间格式即可。

图 5.22　【属性】面板

如果只是希望插入一个日期文本而不希望它再变化，请取消选择【存储时自动更新】复选框。

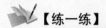【练一练】

完成版权页面 copyright.html 的设计。

5.3.3　案例拓展：文本的常规编辑

在页面中插入文本，是一件简单而又费力劳神的事情。在插入文本的过程中，复制、粘贴、删除、移动文本属于基本操作，撤销操作可以让历史回归，查找和替换可以极大地提高效率，而拼写检查则提供了专业字典级的文本校对。

1. 文本的复、剪、贴、删、移等操作

无论是在 Dreamweaver 与其他应用程序之间，还是 Dreamweaver 文档内部，对文本都可以进行复制、剪切、粘贴或选择性粘贴、删除、移动等基本操作。这些操作和常规的 Windows 中的对应操作，大同而小异，也是页面编辑时频繁使用的一些操作，要能够熟练掌握。

提示　将文本复制到【设计】视图时，如果需要将文本始终粘贴为纯文本或带有一定基本格式设置的文本，可以在【首选参数】对话框中设置【复制/粘贴】的默认选项。

2. 取消和恢复上次操作

在实际操作过程中，可能出现误操作或者其他原因，想要恢复到上一步甚至若干步之前的操作状态。为此，Dreamweaver 为我们提供了一剂良好的"后悔药"：选择菜单【编辑】|【撤销】(Ctrl+Z 键)，即可恢复到上一步的操作状态；如果您想恢复到若干步之前，则连续按多次 Ctrl+Z 键即可实现。

"撤销"之后又后悔了怎么办？Dreamweaver 细致周到，还提供了医治"后悔"的"后悔药"：选择菜单【编辑】|【重做】(Ctrl+Y 键，或 Ctrl+Shift+Z 键)，即可撤销刚才的撤销操作；

如果您想恢复到若干步之后，则连续按多次 Ctrl+Y 键即可。

如果想要更方便地管理各步操作，可以选择菜单【窗口】|【历史记录】(Shift+F10 键)，使用【历史记录】面板，如图 5.23 所示。

图 5.23 【历史记录】面板

3. 查找和替换

网页制作过程中，很可能录入一些错误的内容，甚至由于习惯性的操作，造成批量的同样错误。要在网页中一一查找并逐个更正，却是一件很麻烦的工作，特别是在【代码】视图中，更是让人眼花缭乱，容易错上加错。在 Dreamweaver 中，选择菜单【编辑】|【查找和替换】打开【查找和替换】对话框如图 5.24 所示，可以轻松实现查找和替换功能，快速而准确地完成相关修改任务。

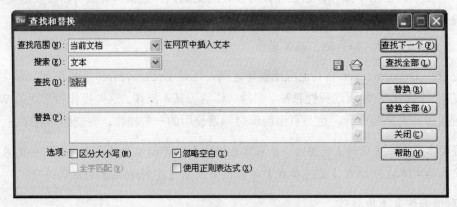

图 5.24 【查找和替换】对话框

在【查找和替换】对话框中，可以根据情况选择当前文档、打开的文档、所选文字、文件夹、站点中选定的文件、整个当前本地站点等【查找范围】内查找或替换指定的文本、HTML标签和属性。

4. 检查拼写

在网页中，会用到许多单词和词组。为了避免出现错误，在发布之前，需要进行校对检查。

选择菜单【文本】|【检查拼写】，在弹出的对话框中可以检查当前文档中的拼写，如图 5.25
所示。

图 5.25　【检查拼写】对话框

提示　有一些专用名词，Dreamweaver 可能不认识，可以单击【添加到私人】按钮，把它们加
入到个人词典，这样再执行拼写检查时 Dreamweaver 就不会对这些单词报错了。

注意　"检查拼写"命令忽略 HTML 标签和属性值，即代码中尖括号(<和>)内的部分不作拼写
检查。

说明　本节介绍的这些编辑方法，撤销、重做适用于页面绝大部分操作；复制、粘贴、移动、
删除等操作适用于绝大部分页面对象，以后章节，将不再重复说明。

5.3.4　本节知识点

本节主要通过一个简单的版权页面介绍了特殊字符的输入方法，以及水平线、日期时间的
输入及其格式设置。通过本节的学习和实训，务必能够熟练插入常见的特殊字符，能够通过菜
单等方式插入水平线、日期时间，并能通过属性面板设置它们的基本格式。

本节还简要介绍了文本的常规编辑方法，这些操作方法适用于页面及各类对象的绝大部分
操作，务必逐步熟练掌握这些操作方法。

5.4　案例：创建友情链接列表

 案例说明

在网站设计中，为方便网友在访问本站时了解相关站点的信息，通常以列表的方式列举一
些和本网站内容相关的其他网站，本案例以一个简单的项目列表方式展示综合实例中的【友情
链接】，效果如图 5.26 所示。

说明　本案例涉及超链接和 CSS 样式等相关内容，本书将在第 8、第 10 章详细介绍。

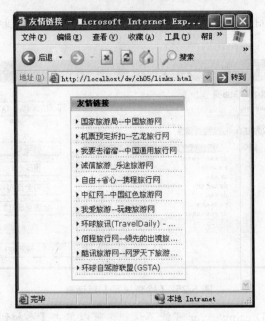

图 5.26 【友情链接】效果

5.4.1 操作步骤

(1) 启动 Dreamweaver，切换至站点"Dreamweaver 案例教程"，新建空白 HTML 页面，将其保存在 ch05 目录中，并命名为 links.html；设置页面标题为：友情链接。

(2) 在 ch05 目录中新建文件夹 resource，将素材中的 bk-dot1.jpg、markr.gif 和 ptitc.gif 等文件复制过来；新建一个 CSS 文件，保存在 resource 目录中，并命名为 links.css。

(3) 在 CSS 文件 links.css 中输入以下内容：

```
* { margin:0; padding:0; }/* 通配符* 意思是所有的标签都有的属性。*/
html, body  {
    margin-top: 16px;
    font: 100% Verdana, Arial, Helvetica, sans-serif; /*Verdana 是微软推荐的
页面字体*/
    color: black;
    text-align: center;
    font-size: 12px;
}

a, li {line-height:23px; height:23px;}
a, a:visited {
    color: #003399; /* 取的一个蓝色*/
    text-decoration: none; /* 取消超链接的下划线*/
}
a:active, a:hover {
    color: #b31b34; /* 红褐色#b31b34 */
    text-decoration: none; /* 取消超链接的下划线*/
    background: #fffabb;
}

.recbox{ /*定义矩形区域的边框的共同样式*/
```

```
        border: #b0c4de 1px solid;
    }

    .recbox .titlebar {  /*定义矩形区域的上部标题的样式*/
        padding-left: 9px; padding-right: 9px;
        text-align: left;
        height: 21px; line-height:21px;
        background: url(ptitc.gif);
        font-weight:bold;  color: black;
        /*以下重复左右边线，以视觉不内凹*/
        border-left: #b0c4de 1px solid;
        border-right: #b0c4de 1px solid;
        border-bottom: #b0c4de 1px solid;
    }

    #tolinks { width: 182px; margin: auto; }

    #tolinks ul {
        margin: 5px 3px 7px 6px;
        background: white url(bk-dot1.jpg) repeat;
        color: #003399;
    }

    #tolinks li {
        width: 161px;
        display: list-item;      /*设置或检索对象是否及如何显示。list-item: 将块对象指定
为列表项目，并可以添加可选项目标志 */
        height: 23px; line-height:23px;
        text-align: left;
        text-overflow:ellipsis; white-space:nowrap; overflow:hidden;   /*溢出文本
显示省略号;FF 中仅不超长*/
        background: url(markr.gif) no-repeat left 50%;  /*列表前导图像的效果*/
        padding-left: 8px;
    }
```

(4) 保存 CSS 文件 links.css；切换到页面 links.html，选择菜单【文本】|【CSS 样式】|【附加样式表】，弹出【链接外部样式表】对话框如图 5.27 所示，浏览选择 links.css 文件，单击【确定】按钮。

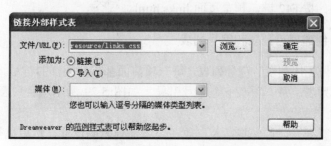

图 5.27 【链接外部样式表】对话框

(5) 选择菜单【插入】|【布局对象】|【Div 标签】，弹出【插入 Div 标签】对话框如图 5.28 所示，通过下拉列表依次选择 recbox 类和 tolinks 的 ID，单击【确定】按钮。

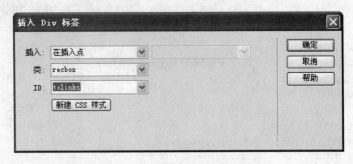

图 5.28 【插入 Div 标签】对话框

(6) 类似插入类为 titlebar 的一个 Div，并输入文本：友情链接。

(7) 在"友情链接"的 Div 后插入列表。

- 国家旅游局——中国旅游网。
- 机票预定折扣——艺龙旅行网。
- 我要去溜溜——中国通用旅行网。
- 诚信旅游——乐途旅游网。
- 自由+省心——携程旅行网。
- 中红网——中国红色旅游网。
- 我爱旅游——玩趣旅游网。
- 环球旅讯(TravelDaily)——专业旅游资讯网站。
- 佰程旅行网——领先的出境旅行服务商。
- 酷讯旅游网——网罗天下旅游资讯。
- 环球自驾游联盟(GSTA)。

(8) 选择第 1 个列表项：国家旅游局--中国旅游网，在属性面板中的"链接"列表框中输入 http://www.cnta.gov.cn/，类似完成其他列表项的超链接(各项链接详见素材文件 friendlinks.txt)。

(9) 切换到代码视图，在第 1 个列表项的超链接标记 a 中添加 title 属性，结果如下。

```
<li><a href="http://www.cnta.gov.cn/" title="国家旅游局--中国旅游网">国家旅游局
--中国旅游网</a></li>
```

类似添加其他列表项的 title 属性。

(10) 保存文件，按 F12 键，预览页面 links.html。

5.4.2 技术实训：创建项目列表和编号列表

项目列表也叫做无序列表、符号列表，每一项前面都显示同样的符号，各项没有顺序；编号列表也叫做有序列表，每一项有一个序号引导。如图 5.29 所示项目列表和编号列表的一个实例。

想要创建一个新列表，首先将插入点放在要添加列表的位置，然后执行下列操作之一。

(1) 单击属性检查器中的【项目列表】☰按钮或【编号列表】按钮☲。

(2) 选择菜单【文本】|【列表】，然后选择所需的列表类型：【项目列表】、【编号列表】或【定义列表】。

图 5.29　项目列表和编号列表实例

(3) 单击【插入】工具栏【文本】类别中的【项目列表】、【编号列表】或【定义列表】按钮，如图 5.30 所示。

图 5.30　【插入】工具栏【文本】类别中的【列表】相关按钮

这样，指定列表项目的前导字符就显示在文档插入点的位置，依次输入列表项目文本，然后按 Enter 键创建其他列表项目；如果要完成列表，连续按两次 Enter 键即可。

说明　定义列表是不使用项目符号或数字作为列表项前导符的列表形式。其结构是：在每个列表项目后带有一个缩进的定义字段(可以为空)。这就好像字典中对某个字的解释情况一样，所以，定义列表又称字典列表。它通常用于词汇表或说明的网页应用中，如站点友情链接的介绍、搜索引擎的查询结果显示、中英文对译等。

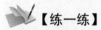【练一练】

在目录 ch05 中新建网页 list.html，页面标题：项目列表和编号列表，完成图 5.29 所示的列表练习。

5.4.3　案例拓展：前导图效果的“编号”列表

案例说明

默认的编号列表只能使用“1、2、3”等形式的编号，而图像形式的 ①，②，…，⑩ 则漂亮美观一些，本案例展示综合实例中的“一周点击荟萃”内容，效果如图 5.31 所示。

该实例实现步骤如下。

(1) 启动 Dreamweaver，切换至站点“Dreamweaver 案例教程”，新建空白 HTML 页面，将其保存在 ch05 目录中，并命名为 olist.html；设置页面标题为：前导图效果的“编号”列表。

(2) 将素材中的 numI01.gif，numI02.gif，…，numI10.gif 等文件复制到 ch05\resource 目录中。

(3) 在页面的 head 部分添加如下 CSS 的定义。

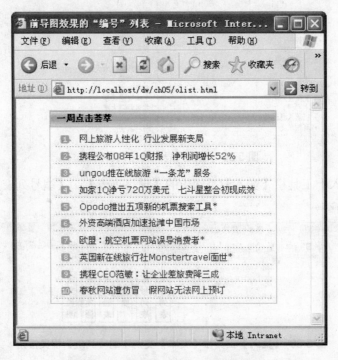

图 5.31 前导图效果的"编号"列表

```
<style type="text/css">
<!--
* { margin:0; padding:0; }
html, body {
    margin-top: 16px;
    font: 100% Verdana, Arial, Helvetica, sans-serif;
    color: black;
    text-align: center;
    font-size: 12px;
}

a, li {line-height:23px; height:23px;}

a, a:visited {
    color: #003399;                    /* 取的一个蓝色*/
    text-decoration: none;             /* 取消超链接的下划线*/
}
a:active, a:hover {
    color: #b31b34;                    /* 红褐色#b31b34 */
    text-decoration: none;             /* 取消超链接的下划线*/
    background: #fffabb;
}

.recbox{                               /*定义矩形区域的边框的共同样式*/
    border: #b0c4de 1px solid;
}

.recbox .titlebar {                    /*定义矩形区域的上部标题的样式*/
```

```
        padding-left: 9px; padding-right: 9px;
        text-align: left;
        height: 21px; line-height:21px;
        background: url(resource/ptitc.gif);
        font-weight:bold;  color: black;
        /*以下重复左右边线, 以视觉不内凹*/
        border-left: #b0c4de 1px solid;
        border-right: #b0c4de 1px solid;
        border-bottom: #b0c4de 1px solid;
    }

    #weekclick { width: 316px; margin: auto; }

    #weekclick ul {
        margin: 5px 6px; text-align:left;
        list-style-type: none;
        background: white url(resource/bk-dot1.jpg) repeat;
    }
    #weekclick li {
        width: auto;
        overflow: hidden; text-overflow:ellipsis; white-space:nowrap;
    }

    .numT1, .numT2,.numT3, .numT4, .numT5, .numT6, .numT7, .numT8, .numT9, .numT10
{
        width: 32px; height: 23px; float: left; text-align: center;
    }
    .numT1{background:url(resource/numI01.gif) center no-repeat; }
    .numT2{background:url(resource/numI02.gif) center no-repeat; }
    .numT3{background:url(resource/numI03.gif) center no-repeat; }
    .numT4{background:url(resource/numI04.gif) center no-repeat; }
    .numT5{background:url(resource/numI05.gif) center no-repeat; }
    .numT6{background:url(resource/numI06.gif) center no-repeat; }
    .numT7{background:url(resource/numI07.gif) center no-repeat; }
    .numT8{background:url(resource/numI08.gif) center no-repeat; }
    .numT9{background:url(resource/numI09.gif) center no-repeat; }
    .numT10{background:url(resource/numI10.gif) center no-repeat; }

    -->
    </style>
```

(4) 保存页面 olist.html，选择菜单【插入】|【布局对象】|【Div 标签】，弹出【插入 Div 标签】对话框，通过下拉列表依次选择 recbox 类和 weekclick 的 ID，单击【确定】按钮。

(5) 类似插入类为 titlebar 的一个 div，并输入文本：一周点击荟萃。

(6) 在"一周点击荟萃"的 div 后插入列表。

● 网上旅游人性化 行业发展新变局。

● 携程公布 08 年 1Q 财报　净利润增长 52%。

● ungou 推在线旅游"一条龙"服务。

● 如家 1Q 净亏 720 万美元　七斗星整合初现成效。

● Opodo 推出五项新的机票搜索工具*。

- 外资高端酒店加速抢滩中国市场。
- 欧盟：航空机票网站误导消费者*。
- 英国新在线旅行社 Monstertravel 面世*。
- 携程 CEO 范敏：让企业差旅费降三成。
- 春秋网站遭仿冒　假网站无法网上预订。

(7) 选择各列表项，在【属性】面板中的【链接】列表框中输入：#。

(8) 切换到代码视图，根据列表内容，在各列表项的超链接标记 a 中添加 title 属性。

(9) 保存文件，按 F12 键，预览页面 olist.html。

5.4.4　本节知识点

本节主要通过两个列表页面详细介绍了 Web 中列表项目的制作。通过本节的学习和实训，务必熟练掌握简单的项目列表和编号列表的制作，并逐步学习、灵活创建自定义符号的项目列表和前导图效果的"编号"列表。

5.5　本章小结

本章通过 3 个综合案例介绍了 Web 页面中文本和特殊字符的输入方法及其格式设置，水平线、日期时间的输入及其格式设置，以及项目列表和编号列表的制作。通过本章的学习和实训，务必理解分段与换行的区别，能够通过属性面板熟练地设置文本、段落和列表的常用格式，初步了解 HTML 中的颜色方案；能够熟练插入常见的特殊字符；能够通过菜单等方式插入水平线、日期时间，并能通过属性面板设置它们的基本格式；能够应用简单的 CSS 属性，逐步灵活创建自定义符号的项目列表和前导图效果的"编号"列表。

5.6　思考与实训

结束本章之前，请读者在复习回顾基础知识的基础上，结合案例实训的经验，围绕以下几个主题展开讨论和实训。

1. 课堂讨论

小组为单位进行下列课堂讨论。

(1) 课堂讨论：在 Web 页面中，分段与换行有什么区别？

(2) 课堂讨论：HTML 中的常用颜色方案有哪两种？如何设置文本的颜色值？

(3) 课堂讨论：HTML 中的段落有哪几种样式？通过属性面板，能够设置的文本格式有哪些？

(4) 课堂讨论：什么情况下，可以使用通过复制或导入文本和代码来快速"录入"文本？

(5) 课堂讨论：文本段落的已编排格式有什么优势？

(6) 课堂讨论：如何插入特殊字符、水平线和日期时间？

(7) 课堂讨论：文本的常规编辑都有哪一些？

2. 上机练习

重点掌握如下几点。

(1) 熟练应用表格进行简单的页面布局。

(2) 熟练输入文本并设置文本段落的格式。

(3) 熟练插入特殊字符、水平线和日期时间。

(4) 熟练掌握简单的项目列表和编号列表的制作，并逐步学习、灵活创建自定义符号的项目列表和前导图效果的"编号"列表。

具体的实验步骤这里不再赘述，请读者参阅相关章节，独立完成，熟练掌握本章要点。

3. 课外拓展训练

(1) 课外拓展：上网搜索并下载 CSS 2.0 的帮助文档，探索学习字体、文本、外补丁、列表等常用对象的属性。

(2) 课外拓展：上网浏览校内网(www.xiaonei.com)，查看并分析学习网站主页的 CSS 定义。

(3) 课外拓展：访问中关村在线计算机频道(http://pc.zol.com.cn/)，分析右上部"产品关注排行"、"编号列表"的实现；分析"今日更新"中"北京"部分的"项目列表"的实现。

5.7 习　题

一、填空题

1. 网页包括图、文、声、像、影以及超链接等基本元素，其中，(　　　　)是网页中最基本的元素。

2. Dreamweaver 的"文本"工具栏中按钮 **h2** 表示(　　　　)。

3. 在启动 Dreamweaver 中，选择菜单【插入记录】|HTML|(【　　　　】)，可以插入一条水平线，对应的 HTML 标记为(　　　　)，其默认(　　)阴影(填写：有、无)。

4. 设置 CSS 样式 p { text-indent: 2em; }，可以将各个段落设置为(　　　　　)。

5. 按(　　　　)键可以插入一个换行符，对应的 HTML 标记为(　　　　)。

6. 在 1～6 级标题中，默认(　　　　)的字体最大。

7. 在 HTML 中，常用的颜色方案有(　　　　)和(　　　　　)两种。

8. 在拼写检查时，Dreamweaver 会忽略(　　　　　)和(　　　　　)。

9. 在 Dreamweaver 中，撤销和重做的快捷键分别是(　　　　　)和(　　　　　)。

二、选择题

1. 通过 Dreamweaver 属性面板的(　　)列表框，可以将一个段落设置为标题 2。

 A. 样式   B. 格式   C. 链接   D. 字体

2. 在 HTML 中，字体大小的单位有(　　)等几种。

 A. 像素 px   B. 像素 pt   C. 点数 px

 D. 点数 pt   E. 英寸 inc   F. 字体高 em

3. Dreamweaver 中，单击属性面板中的(　　)按钮，可以将选中的连续多个段落设置为项目列表。

  A.   B.   C.   D.

4. 应用 Dreamweaver 设计网页，对于某段文本应用"迷你简启体"，(　　)是最佳实践方式。

  A. 直接应用该字体   B. 选用其他字体
  C. 处理成图片后插入   D. 在 Word 中应用该字体，再复制到页面中

5. 颜色值#c96 表示(　　)。

  A. #c96c96 B. #c9669c C. #c96666 D. #cc9966

6. Web 安全色包括 216 种颜色，它们是由 6 种 RGB 值组合得到，下列 16 进制的值中，(　　)不是 Web 安全色的组合值。

  A. 00   B. 99   C. 33
  D. cc   E. ee   F. ff

7. 在 HTML 中，特殊字符的编码是以(　　)开头，以(　　)结尾的特定数字或英文字母。

  A. 分号(;) B. 句号(.) C. and 符号(&) D. 下划线(_)

三、操作题

参考本章实例，制作一个个人求职简历，要求如下。

(1) 页面布局美观大方。

(2) 页面中包括文本、列表、水平线和日期对象等。

第6章 在页面中插入图像

教学目标：

图像也是网页中的主要元素之一，图像不但能美化网页，而且能够更直观地表达信息。在页面中恰到好处地使用图像，能使网页更加生动、形象和美观。

本章的主要内容如下。

● 图像与相关图像元素的插入。
● 图像属性的设置。
● 网站相册的制作方法。
● 图像查看器的制作方法。
● 页面配色方案。

教学要求：

知识要点	能力要求	关联知识
插入图像美化页面	掌握插入图像以及相关图像元素的方法	图像属性设置
制作网站相册展示图片	掌握几种制作网站相册的方法	相册的页面美化
常用页面配色方案	掌握网页色彩的搭配技巧	色彩搭配的原则

精美的网页中可能没有文本,但不可能没有图像等多媒体元素。在页面中恰当地使用图像,不仅可以使网页美观,更重要的是可以借此直观地向浏览者表达一些难以言传的信息。

6.1　页面图像概述

在网页中通过图像可以表示一些文字无法叙述的信息,传递一些文字无法承载的含义,本章对在网页中插入和编辑图像的方法进行详细介绍。

目前,因特网上支持的图像格式主要有 GIF、JPEG 和 PNG 3 种。其中,GIF 和 JPEG 两种格式的图片文件由于文件较小,适合于网络上的传输,而且能够被大多数的浏览器完全支持,所以是网页制作中最为常用的图像格式。

GIF 图像文件的特点是:最多只能包含 256 种颜色,支持透明的前景色,并支持动画格式。GIF 格式特定的存储方式使得 GIF 文件特别擅长于表现那些包含有大面积单色区的图像,以及所含颜色不多、变化不复杂的图像。如徽标、文字图片、卡通形象等。

JPEG 图像采用的是一种有损的压缩算法,支持 24 真彩色,支持渐进显示效果,即在网络传输速度较慢时,一张图像可以由模糊到清晰地慢慢显示出来,但不支持透明的背景色,适用于表现色彩丰富、物体形状结构复杂的图像,如照片等。

在将图像插入 Dreamweaver CS3 文档时,Dreamweaver CS3 自动在 HTML 源代码中生成对该图像文件的引用。为了确保此引用的正确性,该图像文件必须位于当前站点中。如果图像文件不在当前站点中,Dreamweaver CS3 会询问是否要将此文件复制到当前站点中?

6.2　案例:制作网页导航菜单

 案例说明

本案例将制作"北京清艺阳光幼儿园"的网页导航菜单,如图 6.1 所示。这个页面非常简单,目的是掌握在页面中插入图像、导航条等文档的基本操作,以及图像属性的设置。

图 6.1　页面效果

6.2.1　操作步骤

在制作网页时，先构想好网页布局，在图像处理软件中将需要插入的图片进行处理，然后存放在站点根目录下的文件夹里。

1．向网页中添加图像

(1) 启动 Dreamweaver，在 ch06 目录中新建名为 6.1.html 的网页文档。

(2) 在【文档】工具栏的【标题】文本框中输入【北京清艺阳光幼儿园】，按 Enter 键确认。

(3) 单击【插入】栏中的【表格】按钮，在工作区中插入一个 2 行 1 列，表格宽度为 100% 的表格。

(4) 把光标定在第 1 行的单元格，单击【插入】栏中的【图像】按钮，弹出如图 6.2 的对话框，查找并选择【ch06/resource/326.gif】，单击【确定】按钮。

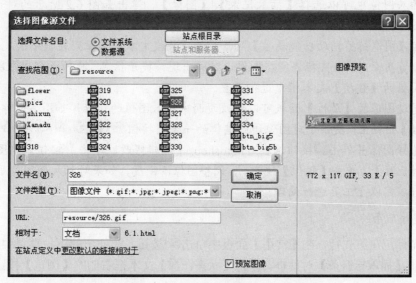

图 6.2　【选择图像源文件】对话框

(5) 弹出如图 6.3 所示的【图像标签辅助功能属性】对话框，单击【确定】按钮插入图像，效果如图 6.4 所示。

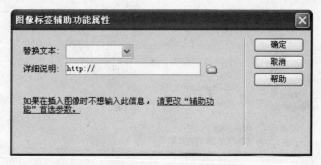

图 6.3　【图像标签辅助功能属性】对话框

图 6.4 插入图像

(6) 选中图像，如图 6.5 中所示的图像【属性】面板进行属性设置。

图 6.5 图像【属性】面板

提示 (1) 插入图像也可以选择【插入记录】|【图像】，弹出如图 6.2 所示的对话框来插入图像。

(2) 在【图像标签辅助功能属性】对话框的【替换文本】下拉列表框中输入内容后，在浏览页面时，当鼠标停留在图像上时将出现该提示信息。此项也可以在图像【属性】面板的【替换】文本框中进行设置。

(3) 通过图像的【属性】面板可以修改页面中插入图像的属性，如图 6.5 所示。在【属性】面板上，提供了对图像进行编辑的一系列按钮，可以直接选择图像并单击按钮，在 Photoshop 中编辑修改，单击按钮调整图像【亮度/对比度】，单击【锐化】按钮，调整图像清晰度，如果对插入的图像质量不满意，可以用以上工具进行处理。

2. 创建导航条

(1) 把光标定在第 2 行，在【常用】面板中单击按钮，在弹出的下拉菜单中选择【导航条】，将弹出【插入导航条】对话框，单击【状态图像】文本框右侧的【浏览】按钮，如图 6.6 所示。

图 6.6 【插入导航条】对话框

注意　导航条通常是由一系列的图像按钮组成，每个图像按钮可以设置为一个超级链接，但一
　　　个网页中一般只有一个导航条。导航条中每个图像按钮包含 4 个图像："状态图像"、
　　　"鼠标经过图像"、"按下图像"和"按下时鼠标经过图像"，这 4 个图像可以交替变化。

　　(2) 在打开的【选择图像源文件】对话框中选择"ch06/resource"文件夹中的 318.gif 图像
文件，单击【确定】按钮，如图 6.7 所示。

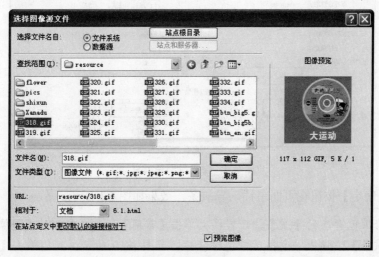

图 6.7　【选择图像源文件】对话框

　　(3) 单击【鼠标经过图像】文本框右侧的【浏览】按钮，在打开的【选择图像源文件】对
话框中选择"ch06/resource"文件夹中的 327.gif 图像文件，单击【确定】按钮返回【插入导航
条】对话框，单击 ⊞ 按钮添加导航条元件，并单击【确定】按钮，如图 6.8 所示。

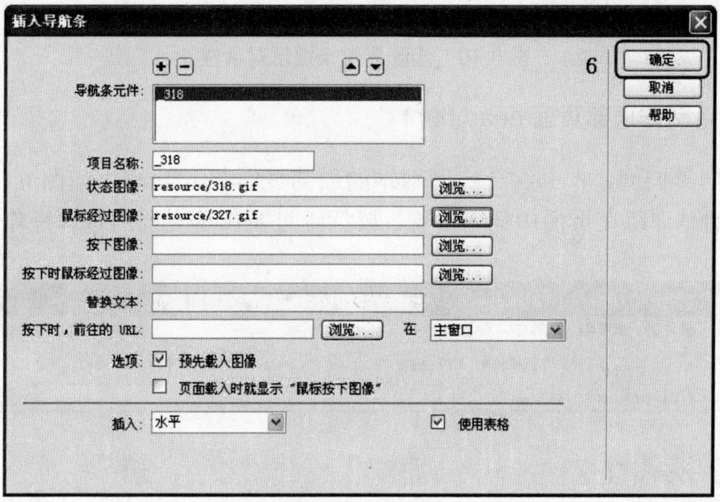

图 6.8　【插入导航条】对话框

　　(4) 用同样的方法，分别将 319.gif、320.gif、321.gif、322.gif、323.gif、324.gif 和 325.gif
图像设置为【状态图像】，分别将 328.gif、329.gif、330.gif、334.gif、331.gif、332.gif 和 333.gif
图像设置为【鼠标经过图像】。选中 ☑ 预先载入图像 和 ☑ 使用表格 复选框，在【插入】下拉列表框
中选择【水平】选项，如图 6.9 所示。

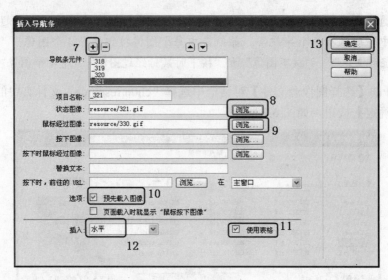

图 6.9　设置导航条元件

(5) 单击【确定】按钮在页面中插入导航条，效果如图 6.1 所示。

技巧　如果要修改已存在的导航条，只需再次单击【常用】插入工具栏的【图像】下拉菜单中的【导航条】，弹出一个提示信息对话框，如图 6.10 所示，直接单击【确定】按钮，即可重新打开【插入导航条】对话框来修改导航条。

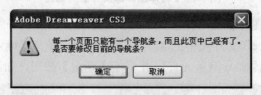

图 6.10　修改导航条提示对话框

6.2.2　技术实训：制作顶部页面 head.html

这里将指导同学们创建本书综合实例网站的顶部页面 head.html，如图 6.11 所示。这个页面非常简单，目的是训练在页面中插入图像、鼠标经过图像等文档的基本操作，以及图像属性的设置。

图 6.11　页面效果

1．插入图像

(1) 新建名为 head.html 的网页文档。

(2) 在【文档】工具栏的【标题】文本框中输入【天下任我行◆我游天下旅行商务网】，按键盘上的 Enter 键确认。

(3) 单击【插入】栏中的【表格】按钮，在工作区中插入一个 2 行 3 列，表格宽度为 100% 的表格。

(4) 把光标定在第 1 行第 1 个单元格，单击【插入】栏中的【图像】按钮，查找并选择【ch06/resource/logo.jpg】，单击【确定】按钮。

(5) 在弹出的【图像标签辅助功能属性】对话框中单击【确定】按钮插入图像，效果如图 6.12 所示。

图 6.12　插入 logo.jpg

(6) 选择插入的图像，在【属性】面板上的【对齐】选项中设置成【左对齐】，如图 6.13 所示。

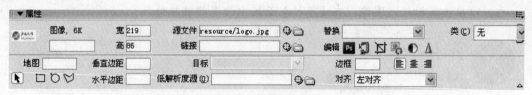

图 6.13　【属性】面板

2．【插入鼠标经过图像】

(1) 把光标定在第 1 行第 3 个单元格，单击【插入】栏中的【表格】按钮，插入一个 2 行 1 列，宽为 100%的嵌套表格 A。

(2) 把光标定在嵌套表格 A 的第 1 行，【常用】面板中单击·按钮，在弹出的下拉菜单中选择【鼠标经过图像】，弹出【插入鼠标经过图像】对话框，如图 6.14 所示。

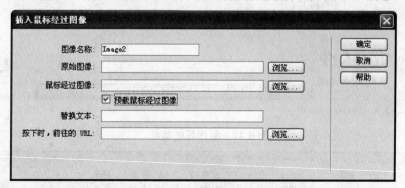

图 6.14　【插入鼠标经过图像】对话框

注意 选用 2 个或多个图像用于鼠标经过图像，将使用 2 个图像文件创建鼠标经过图像，即原始图像(当首次载入页面而显示的图像)和鼠标经过图像(鼠标指针移动到主图像而显示的图像)。鼠标经过图像中的 2 个图像大小必须相等，如果这 2 个图像的大小不同，Dreamweaver CS3 将自动调整第 2 个图像的大小以匹配第 1 个图像的大小。

(3) 单击【原始图像】文本框后的【浏览】按钮，插入图像【ch06/resource/btn_big5.gif】，单击【鼠标经过图像】文本框后的【浏览】按钮，插入图像【ch06/resource/btn_big5b.gif】，单击【确定】按钮，完成【鼠标经过图像】的插入，如图 6.15 和图 6.16 所示。

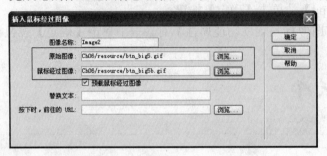

图 6.15 【插入鼠标经过图像】对话框

技巧 在【插入鼠标经过图像】对话框中，【替换文本】和前面说过的在插入图像时的【替换文本】是一样的功能。【按下时，前往的 URL】文本框中需要填写的是超链接地址，也可以单击鼠标经过图像，在【属性】面板中设置超链接地址。

图 6.16 插入鼠标经过图像

(4) 按照同样的制作方法，在嵌套表格 A 的第二行单元格插入鼠标经过图像。

3. 制作导航菜单

在第一行第二个单元格插入一个 1 行 7 列宽为 85%的嵌套表格 B，分别输入如图 6.17 所示的导航文字，第一个单元格的背景颜色设置为 "#B31B34"，其他单元格的背景颜色设置为 "#7D8F9D"。字体属性如图 6.18 所示，嵌套表格 B 的表格属性如图 6.19 所示。

图 6.17 制作导航菜单

图 6.18 字体属性设置

图 6.19　嵌套表格 B 的表格属性

4. 制作滚动文字

(1) 合并第二行单元格, 单元格的设置如图 6.20 所示。切换到"拆分"视图, 插入一段滚动文字代码"<marquee behavior="scroll" direction="left"><span class="STYLE6">欢迎光临我游天下旅游商务网! </span></marquee>", 页面如图 6.21 所示。

图 6.20　单元格的属性设置

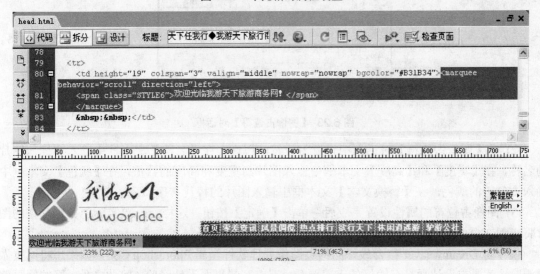

图 6.21　插入滚动文字代码

提示　在"拆分"视图中给文字添加"滚动"代码, 在页面中文字是静止的, 只有在预览效果中才可以看到文字滚动的效果。

(2) 保存顶部页面"head.html", 按 F12 键预览页面效果, 如图 6.11 所示。

思考　在第 6 个步骤, 为什么要选择插入的图像, 在"属性"面板上的"对齐"选项中设置成"左对齐"? 如果不设置成"左对齐", 对后面的步骤有什么影响?

【练一练】

(1) 根据步骤制作"head.html"。
(2) 将滚动文字的代码应用到别的页面, 改变滚动的文字。

6.2.3 案例拓展

有时因为布局的需要，要在网页中插入一幅图片。如果要用的图片或广告位不确定时,可以先不插入图片，而是使用占位符来代替图片的位置，网页布局好以后再使用平面设计软件创建图片，如图 6.22 所示。

图 6.22 用图像占位符布局页面

插入图像占位符的操作过程如下。

(1) 在【常用】插入工具栏中，单击 下三角按钮，在弹出的下拉菜单中选择"图像占位符"，弹出【图像占位符】对话框，如图 6.23 所示。

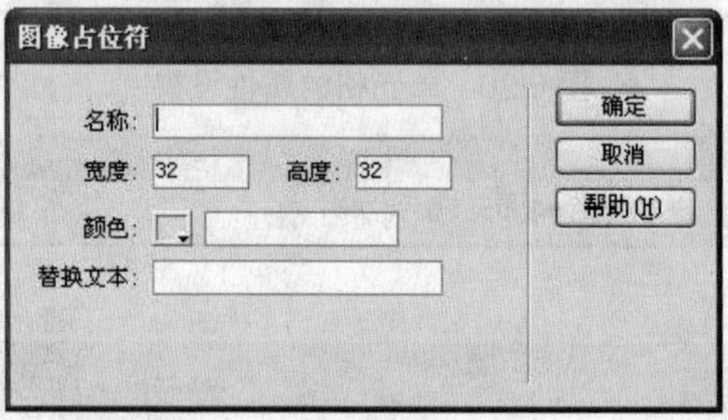

图 6.23 【图像占位符】对话框

(2) 在【图像占位符】对话框中设置占位符的属性。在【名称】文本框中输入要插入图片的名称，在【宽度】和【高度】文本框中输入图片的宽度和高度的数值，在【颜色】文本框中输入占位符的颜色，在【替换文本】文本框中输入图片的替代文字。

(3) 图像占位符的属性设置完成后，单击【确定】按钮，这样，一幅实际上并不存在的图片将出现在页面上。

现今与 Dreamweaver 结合最好的网页图像处理软件当属 Photoshop CS3，如果想将网页做得漂亮，就要求设计师具有较好的审美素质，有丰富的平面设计经验。除此之外，好的网页制作还要求必须要有创意。Photoshop CS3 在网页设计方面的应用很广，如网站 Logo 的设计、按钮制作，或者是图像的处理。

技巧 如果插入的是整张图像，图像文件比较大，那么就会花较长时间去加载，会使浏览者失去兴趣。这样我们可以用 Photoshop CS3 将图像进行切片处理，这样可以提高下载速度。

Photoshop CS3 附带的 Adobe Bridge CS3 是一个图片搜索、查看器，我们可以用来管理网站的图片文件夹，很方便。

6.2.4 本节知识点

本节主要介绍了在页面中插入图像和相关图像元素。插入图像是一个简单的操作，只需要用一个命令或者按钮就可以实现。然而，想正确地插入图像需要了解很多知识。除图像的格式外，图像的位置也很重要，提倡大家能够熟练地应用表格进行定位。还需要注意的是对图像属性的了解，包括对齐方式和留白大小等。

6.3　案例：制作网站相册

 案例说明

在这个案例中，我们学习用 Dreamweaver CS3 的【命令】|【创建网站相册】功能生成一个 Web 站点，该站点展示位于给定文件夹中图像的"相册"。Dreamweaver 使用 Fireworks 来为该文件夹中的每个图像创建一个缩略图和一个较大尺寸的图像。然后，Dreamweaver 创建一个 Web 页，它包含所有缩略图以及指向较大图像的链接。案例页面效果如图 6.24 所示。

注意　若要在 Dreamweaver 中使用"创建网站相册"功能，必须安装有 Fireworks 4 或更高版本。

图 6.24　页面效果

6.3.1　操作步骤

在开始之前，将相册的所有图像放置在一个文件夹中(该文件夹不必位于站点中)。另外，确保图像文件名包含以下任意一个扩展名：.gif、.jpg、.jpeg、.png、.psd、.tif 或 .tiff。带有无法识别的文件扩展名的图像不会包含在相册中。

若要创建网站相册，请执行以下操作。

(1) 在 Dreamweaver CS3 中，选择【命令】|【创建网站相册】，弹出【创建网站相册】对话框，如图 6.25 所示。

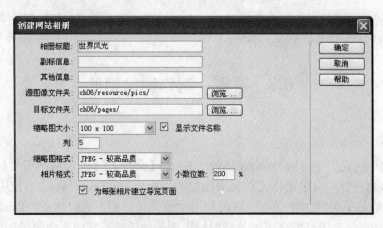

图 6.25 【创建网站相册】对话框

(2) 在【相册标题】文本框中输入一个标题。该标题将显示在包含缩略图的页面的顶部的灰色矩形中。如果需要,可以在【副标信息】和【其他信息】文本框中输入最多两行附加文本,该文本将直接在标题下显示。

(3) 单击【源图像文件夹】文本框旁的【浏览】按钮,选择包含源图像的文件夹。然后单击【目标文件夹】文本框旁的【浏览】按钮,选择(或创建)一个目标文件夹,用以放置所有导出的图像和 HTML 文件。

提示 目标文件夹不应该已包含相册——如果已包含相册,并且如果任何新图像与先前使用的图像同名,则可能会覆盖现有的缩略图和图像文件。

(4) 从【缩略图大小】弹出菜单中选择缩略图图像的大小。图像将按比例缩放,以创建适合具有指定像素尺寸的方框的缩略图。若要在相应的缩略图下显示每个原始图像的文件名,请选择【显示文件名称】。

(5) 输入显示缩略图的表的列数。

(6) 从【缩略图格式】弹出菜单中选择缩略图图像的格式,如图 6.26 所示。

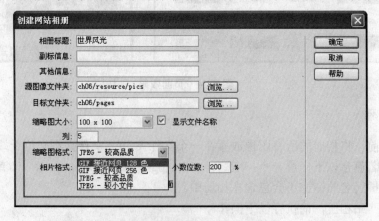

图 6.26 【缩略图格式】弹出菜单

- 【GIF 接近网页 128 色】创建 GIF 缩略图:这些缩略图使用包含多达 128 色的 Web 适应性调色板。

- 【GIF 接近网页 256 色】创建 GIF 缩略图:这些缩略图使用包含多达 256 色的 Web 适

应性调色板。

- 【JPEG－较高品质】：创建品质较高且文件大小较大的 JPEG 缩略图。
- 【JPEG－较小文件】：创建品质较低且文件大小较小的 JPEG 缩略图。

(7) 从【相片格式】弹出菜单中选择大尺寸图像的格式。对于每个原始图像，将创建一个具有指定格式的大尺寸图像。您为大尺寸图像指定的格式可以不同于为缩略图指定的格式。

注意　由于 GIF 和 JPEG 之外的原始文件格式可能无法在所有浏览器中正确显示，所以"创建网站相册"命令不允许您将原始图像文件用作大尺寸图像。请注意，如果原始图像是 JPEG 文件，则所生成的大尺寸图像的文件大小可能比原始文件大(或者其品质比原始文件低)。

(8) 选择大尺寸图像的缩放百分比：　如果将"缩放"设置为 100%，将创建与原始图像等大的大尺寸图像。请注意，缩放百分比将应用于所有图像；如果原始图像的大小不一样，那么按同一百分比缩放就可能不会产生所需的效果。

(9) 选择"为每张相片建立导览页面"，为每个源图像创建一个 Web 页，该 Web 页包含标为"后退"、"主页"、"前进"的导航链接。

如果选择此选项，缩略图会链接到导航页。如果不选择此选项，缩略图链接将直接链接到大尺寸图像。

(10) 单击【确定】以创建网站相册的 HTML 和图像文件。

Fireworks 启动(如果它尚未运行)并创建缩略图和大尺寸图像。如果所包含的图像文件数目较多，这可能会需要几分钟的时间。当处理完成后，Dreamweaver 将再次处于活动状态并创建包含缩略图的页。

(11) 当出现指示【相册已经建立】对话框时，单击【确定】。

相册页出现之前可能需要等待几秒钟。各缩略图根据文件名按字母顺序显示。

注意　如果在处理开始后单击 Dreamweaver 对话框中的【取消】按钮，创建相册的进程并不会停止；这只会防止 Dreamweaver 显示主相册页。

6.3.2　技术实训

按要求用 Dreamweaver CS3 创建一个网站相册，页面效果如图 6.27 所示。

图 6.27　页面效果

　　具体操作要求如下：创建相册，主标题为"大自然"，源文件夹为"Ch06/resource/flower"，目标文件夹为"ch06/resource/flower"，缩小尺寸为 144×144，每行显示 3 列，图像显示比例为 100%，并创建图像导航。

6.3.3　案例拓展：Photoshop CS3 结合 Dreamweaver CS3 制作网站相册

　　Photoshop CS3(以下简称 PS)的批处理功能是很强大的，如果利用好可以为我们做很多工作。这里我们介绍用 PS 批处理设计制作网站相册的方法，在 Photoshop CS3 中文版中译作"Web 照片画廊"。页面效果如图 6.28 所示。

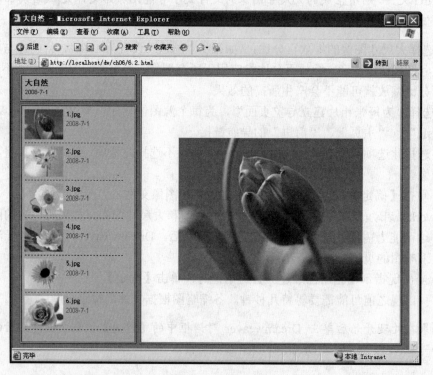

图 6.28　页面效果

　　(1) 准备好自己要做相册的素材，产品展示、案例展示、照片展示等都可以，统一将这些图片放在一个文件夹下，这个案例里将继续用"ch06/resource/flower"，这里面放的都是大的图片，小图片一会儿 PS 会为我们做的。

　　(2) 打开 PS，选择【文件】|【自动】|【Web 照片画廊】命令。

　　(3) 如图 6.29 所示为 PS 制作图片展示的主要界面，样式中可以选择生成不同的 HTML 页面的形式，PS CS3 版本中提供了 10 种格式，都不错的。这个案例里我们选择第一种"基本"样式。

　　(4) 选择源图像工作区，如图 6.30 所示。上面的【浏览】是选择你要批量做图片展示的文件夹，也就是上面我们准备好的"ch06/resource/flower"。下面的【目标】就是 PS 处理完后存放的文件夹，可以存在你想要保存的位置。

　　(5)【选项】里面就是具体的一些设置，一共有 6 项，其中一定要设置的是【横幅】、【大图像】和【缩览图】，如图 6.31 所示。

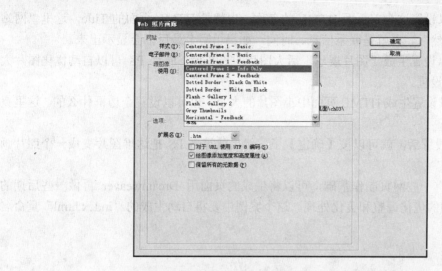

图 6.29 【Web 照片画廊】对话框

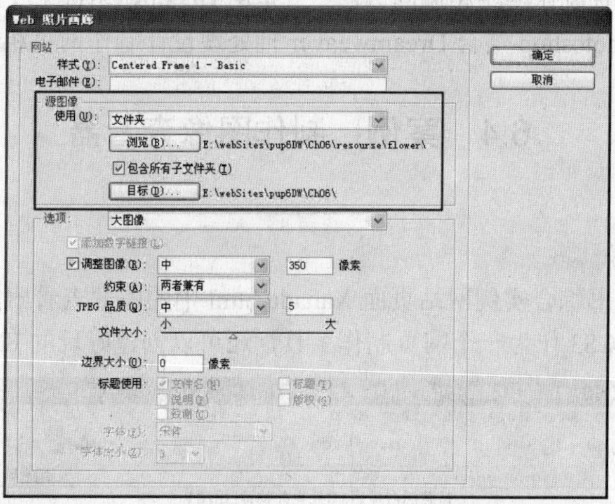

图 6.30 【Web 照片画廊】对话框【源图像】设置

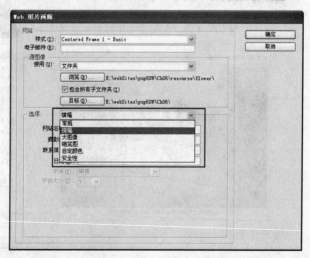

图 6.31 【Web 照片画廊】对话框【选项】设置

"横幅"中可以设置这个首页面 HTML 的名称,也就是 HTML 页面的 Title,这里"网站名称"设为"大自然"。再就是联系信息、时间,如果填写上最后都会显示出来。

"大图像"可以设置生成"图片展示"后大图片的长宽等,而且 PS 可以自动优化图片大小,当然也可以不设置。

"缩览图"可以设置生成 HTML 页面中小图片的大小,也可以设置个边框什么的。这里直接用默认的"0"。

(6) 通过以上设置后,就可以按【确定】了,然后就等着 PS 把这堆图片变成一个照片画廊吧。

(7) 如果大家有一些网页制作基础,可以将生成的页面用 Dreamweaver 再做一些后期的 CSS 以及布局方面的优化调整和美化处理。这个案例中要将自动生成的"index.html"重命名为"6.2.html"。

6.3.4 本节知识点

本节主要介绍两种制作网站相册的方法:一是用 Dreamweaver 和 Fireworks 做图片批处理并生成相册;二是 Photoshop 结合 Dreamweaver 批处理设计制作网页相册。

6.4 案例:制作图像查看器

 案例说明

本案例将介绍本书综合实例网站页面 Xanadu.html 中的图像查看器的制作方法,如图 6.32 所示。Dreamweaver CS3 作为一个网页制作工具,还可以创建好玩的 Flash 相册。

图 6.32 页面中的图像查看器

操作步骤

1. 插入 Flash 元素

(1) 运行 Dreamweaver CS3，新建一个页面，保存为"6.3.html"，页面标题设为"畅游国内最后 10 处世外桃源"。单击菜单【插入记录】|【媒体】|【图像查看器】，系统会自动弹出【保存 Flash 元素】对话框，输入保存的文件名。例如"Photo.swf"，单击【保存】按钮完成，如图 6.33 所示。

图 6.33　【保存 Flash 元素】对话框

(2) 现在一个 Flash 元素就被插入网页中了，为满足实际需要，下面我们需要进行简单的参数设置。单击编辑窗口中的"Flash 元素"，在属性面板中重新设置动画的宽、高值为实际所需，如图 6.34 所示。

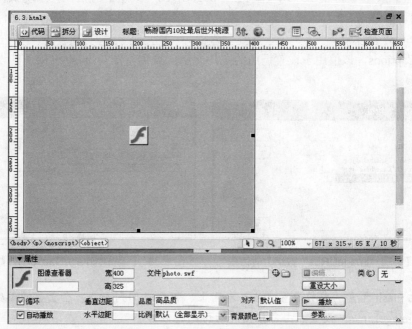

图 6.34　设置"Flash 元素"属性

2. Flash 元素参数设置

(1) 下面我们还需要设置"Flash 元素"的参数，为 Flash 相册指定调用的图片、设置相册外观。单击菜单【窗口】|【标签检查器】，现在我们可以在 Dreamweaver 右栏中看到一个"Flash 元素"面板，如图 6.35 所示。

(2) 这里可供选择的参数很多，下面我们主要讲几个基本的设置值。设置好的"Flash 元素"面板如图 6.36 所示。

图 6.35　未经设置的"Flash 元素"面板　　　　图 6.36　设置好的"Flash 元素"面板

imageURLs，该值用于设置调用的图片位置，我们一般将调用的图片放在同保存的"Photo.swf"文件同一文件夹为佳。鼠标单击 imageURLs 项目的值，系统自动在参数右侧增加【编辑数组值】按钮，单击进入【编辑"imageURLs"数组】对话框。系统默认内置了 3 组数值，我们可以单击"+"号增加新的数值，每一组的数值同需要调用的图片文件名一一对应即可，如图 6.37 所示。

imageCaptions，该值用于设置调用的图片介绍。设置方法与 imageURLs 的设置相同，如图 6.38 所示。

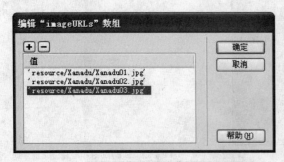

图 6.37　【编辑"imageURLs"数组】对话框　　　图 6.38　【编辑"imageCaptions"数组】对话框

提示　其他 Flash 元素的参数设置方法基本同上，下面我们列一下几个重要的参数。

(1) imageLinks: 设置点击每张图片后访问的网址。

(2) showControls: 定义是否显示 Flash 相册的播放控制按钮。

(3) slideAutoPlay：定义 Flash 相册是否自动播放。

(4) transitionsType：定义 Flash 相册过渡效果的类型，默认为随机效果：Random。

(5) title、titleColor、titleFont、titleSize：添加自定义的相册标题、颜色、字体、大小等值。

(6) frameShow、frameThickness、frameColor：用于定义 Flash 相册是否有边框及边框宽度、颜色值。

(3) 设置完成后，保存页面，预览效果如图 6.39 所示。

图 6.39　页面效果

注意　Dreamweaver 会在保存相册的文件夹中自动生成一个 scripts 文件夹，上传网页时要记住一起上传。

6.5　页面配色方案

根据网站的整体风格来确定网站的配色十分重要，当网站的内容、标题和配色一致时，就能发挥最大的效用。色彩是人的视觉最敏感的元素，网页色彩处理得好，可以锦上添花。

6.5.1　网页中的颜色方案

网页制作是用彩色还是非彩色好呢？根据专业的研究机构研究表明：彩色的记忆效果是黑白的 3.5 倍。也就是说，在一般情况下，彩色页面较完全黑白页面更加吸引人。

我们通常的做法是：主要内容文字用非彩色(黑色)，边框、背景、图片用彩色。这样页面整体不单调，看主要内容也不会眼花。

1. 色彩的基本知识

(1) 颜色是因为光的折射而产生的。

(2) 红、黄、蓝是三原色，其他的色彩都可以用这 3 种色彩调和而成。网页 HTML 语言中的色彩表达即是用这 3 种颜色的数值表示例如：红色是 color (255,0,0) 16 进制的表示方法为 (FF0000)，白色用十六进制表示为(FFFFFF)，我们经常看到的 "bgColor=#FFFFFF" 就是指背景色为白色。

(3) 颜色分非彩色和彩色两类。非彩色是指黑、白、灰系统色；彩色是指除了非彩色以外的所有色彩。

(4) 任何色彩都有饱和度和透明度的属性，属性的变化产生不同的色相，所以至少可以制作几百万种色彩。

2. 非彩色的搭配

黑白是最基本和最简单的搭配，白字黑底，黑底白字都非常清晰明了。灰色是万能色，可以和任何色彩搭配，也可以帮助两种对立的色彩和谐过渡。如果你实在找不出合适的色彩，那么用灰色试试，效果绝对不会太差。

3. 色彩的搭配

色彩千变万化,彩色的搭配是我们研究的重点。我们依然需要进一步学习一些色彩的知识。

(1) 色环。

将色彩按"红→黄→绿→蓝→红"依次过渡渐变，就可以得到一个色彩环。色环的两端是暖色和寒色，当中是中型色。

(2) 色彩的心里感觉：不同的颜色会给浏览者不同的心理感受。

红色：是一种激奋的色彩。刺激效果，能使人产生冲动、愤怒、热情、活力的感觉。

绿色：介于冷暖两种色彩的中间，显得和睦，给人宁静、健康、安全的感觉。它和金黄、淡白搭配，可以产生优雅、舒适的气氛。

橙色：也是一种激奋的色彩，具有轻快、欢欣、热烈、温馨、时尚的效果。

黄色：具有快乐、希望、智慧和轻快的个性，它的明度最高。

蓝色：是最具凉爽、清新、专业的色彩。它和白色混合，能体现柔顺、淡雅、浪漫的气氛。

白色：具有洁白、明快、纯真、清洁的感受。

黑色：具有深沉、神秘、寂静、悲哀、压抑的感受。

灰色：具有中庸、平凡、温和、谦让、中立和高雅的感觉。

每种色彩在饱和度、透明度上略微变化就会产生不同的感觉。以绿色为例，黄绿色有青春、旺盛的视觉意境，而蓝绿色则显得幽宁、阴深。

4. 网页色彩搭配的原理

(1) 色彩的鲜明性。网页的色彩要鲜艳，容易引人注目。

(2) 色彩的独特性。要有与众不同的色彩，使得大家对你网页的印象强烈。

(3) 色彩的合适性。就是说色彩和你表达的内容气氛相适合。如用粉色体现女性站点的柔性。

(4) 色彩的联想性。不同色彩会产生不同的联想，蓝色想到天空，黑色想到黑夜，红色想到喜事等，选择色彩要和你网页的内涵相关联。

6.5.2　页面配色方案

前面我们比较客观地了解了色彩设计的基础理论和配置方法，那么在网页设计实践中，我们如何进行页面内部的色彩分配呢？我们可以以相对标准的分栏式为可视模板,用以比较不同的配色方案，以及它们产生的不同的视觉感受，如图 6.40 所示。

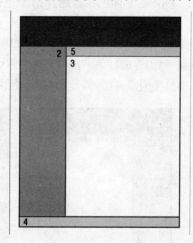

图 6.40　例图

例图中的网页由以下组件构成。

1 区：网页抬头(上部标志区、Banner 区)。

2 区：侧栏(功能区、附加信息区)。

1 区或 2 区：导航菜单。

3 区：网页内容(文字图片区)。

4 区：页脚(版权位置、其他元素信息)。

5 区：网页标题。

1.　网页内容

用户很可能对网页的内容最感兴趣。作为最重要的部分，尽可能使这一部分容易阅读，提高可视性。最常见的是白底黑字。

2.　网页标题

用户应能非常方便地看到它在该站点所在的位置。标题字体通常与页面其他部分有不同的"风貌"，它可以使用不同的颜色组合。

3.　导航菜单

导航菜单对用户很重要，但也不应该与网页内容竞争。人们通常在需要跳跃到站点内其他位置时才会用到它。

4.　侧栏

尽管不是所有网页都使用侧栏，但侧栏不失为显示附加信息的一个有效方式。它应与网页内容区清楚地分开，同时也要易于阅读。

5. 页脚

用户对页脚的兴趣最小，配色上不应该喧宾夺主。

根据各部分信息对用户的重要性，得出自己的配色方案相对来说很直截了当。先着手选择你认为适合于整个设计的一套颜色。在考虑页面如何配色时，必须先确定自己到底要什么样的配色效果。一般有以下几个步骤：①决定主体色；②选择搭配色；③选择背景色；④明彩度调整，完成配色。

如图 6.41 所示由桔红的暖色系变化到褐色的中性色系。如图 6.42 所示选择的都是单一型的配色，绿色系、蓝色系、玫瑰红。由图 6.41 和图 6.42 中，你可以看到在这一小型的缩略图中，整个页面的色调所发生的根本性变化。有时候这样做效果不错，但却并不是经常能奏效。

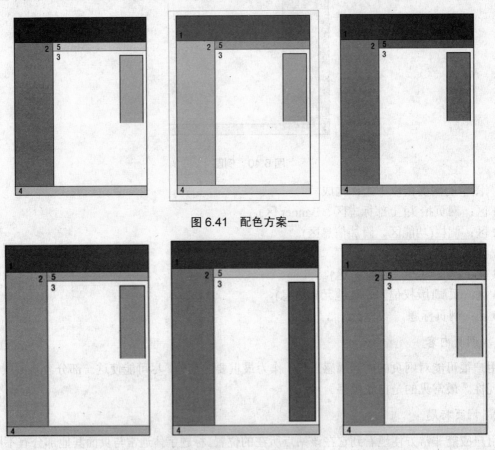

图 6.41　配色方案一

图 6.42　配色方案二

然后将导航菜单的背景设置为较为柔和的颜色，防止其与主要内容区域发生冲突，而转移了用户的注意力。或许侧栏的颜色稍嫌强烈了点，如果必须使用过大的侧栏，就可能需要将这一区域的颜色进行较大幅度地柔和化。

不仅在单一页面的配色方案中要考虑到很多实际问题，在进行整体网站色彩设计时，需要考虑的问题将会更多。门户类站点通常有很多栏目，每个栏目的内容相差很远，使用了统一颜色会失去它们自身的特色，感觉乏味。不同栏目可以采取不同的色彩结构，但要以风格统一这种方式来缓解其中的矛盾。

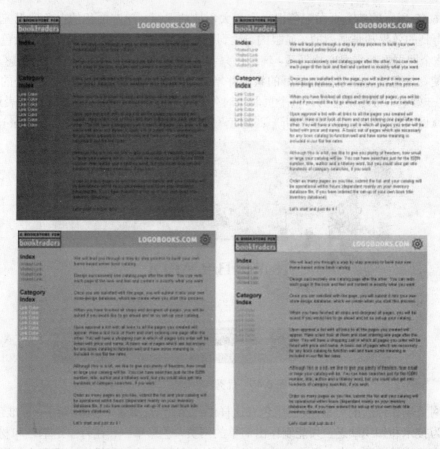

图 6.43　logobooks.com 配色方案

6.5.3　页面配色优秀实例欣赏

如图 6.44 所示网页中选取了主要的两种色系为组合，由于蓝色的明度稍低，饱和度较高，而玫瑰色的明度较高，该颜色纯度随之加强，因此玫瑰色相对蓝色对人的视觉刺激更强烈。整个页面颜色搭配协调、特色鲜明。(图片出处：《网页设计与配色实例分析》；纯度网页例图网址：http://www.minimalweb.de)

图 6.44　优秀实例欣赏一

如图 6.45 所示的整个页面配色很少：最大色块的翠绿，第二面积的白色，第三面积的深绿色，但得到的效果却是强烈的、显眼的，达到充分展现产品主题的目的。由于绿色本身的特性，所以整个网页看起来很安稳舒适。辅助色只在明度上降低，让页面多了些层次感、空间感。白色块面使得绿色的特性发挥到最好的状态并增强了视觉节奏感。点睛色恰到好处的体现出了"点睛"这一妙笔，极尽诱惑力，整个页面顿时生动提神起来，增强了页面主题的表达力。(图片出处：《网页设计与配色实例分析》；绿色网页例图网址：http://www.bacardimojito.com)

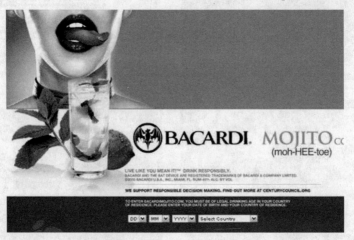

图 6.45　优秀实例欣赏二

随着网页制作经验的积累，我们用色有这样的一个趋势：单色→五彩缤纷→标准色→单色。一开始因为技术和知识缺乏，只能制作出简单的网页，色彩单一；在有一定基础和材料后，希望制作一个漂亮的网页，将自己收集的最好的图片、最满意的色彩堆砌在页面上；但是时间一长，却发现色彩杂乱，没有个性和风格；第三次重新定位自己的网站，选择好切合自己的色彩，推出的站点往往比较成功；当最后设计理念和技术达到顶峰时，则又返璞归真，用单一色彩甚至非彩色就可以设计出简洁精美的站点。

6.6　本 章 小 结

图像和文本一样，也是网页中最常用的元素。通过本章的学习，除了要掌握图像的基本操作外，还要掌握几种制作网站相册的方法，如 Dreamweaver CS3 结合 Fireworks、Photoshop CS3 结合 Dreamweaver，以及 Dreamweaver CS3 制作的 Flash 图像查看器。另外还要学习网页配色的技巧，制作出特色鲜明、设计精美的网页。

6.7　思考与实训

1．思考

在技术实训制作顶部页面 head.html 时，提出一个思考：为什么在第 6 个步骤要选择插入的图像，在【属性】面板上的【对齐】选项中设置成【左对齐】？这其实涉及图文混排的技巧，这里先思考以下两个问题。

(1) 网页中的图文混排时，如何调整图像与文字之间的间距？

(2) 网页中的图文混排时，如何创建文字环绕图像的效果？

2. 实训

下面根据本章所学，用"ch06/resource/shixun"的图片制作出如图 6.46 所示的页面 6.4.html，实现图文混排效果。

图 6.46　页面效果

6.8　习　　题

一、选择题

1. 网上常用的图像格式不包括以下哪种(　　)。

A. GIF　　　B. BMP　　C. JPEG　　D. PNG

2. 当布局需要时，我们用(　　)确定图片的位置。

A. 导航条　　　　　　　B. 鼠标经过图像

C. 图像占位符　　　　　D. 水平线

3. 网站的色彩并不是越多越好，一般应控制在(　　)种色彩以内。

A. 3　　　　　B. 4　　　　C. 5　　　　D. 6

4. 为突出重点，产生强烈的视觉效果，可以使用(　　)。

　　A. 邻近色　　　　　　　B. 同一种色彩

　　C. 对比色　　　　　　　D. 黑色

5. 设计网页时，为了避免色彩杂乱，达到页面和谐统一，下面方法正确的是(　　)。

　　A. 使用邻近色　　　　　B. 使用对比色

　　C. 使用互补色　　　　　D. 使用黑色

二、操作题

收集一些猫的图片，制作一个主题为"猫猫日记"的电子相册。

第7章　插入 Flash 等多媒体对象

教学目标：

　　网页设计中，在文字和图片等"静态"内容的基础上，添加一些 Flash 动画、Java 小程序、音频视频等多媒体"动态"对象，可以大大增强网页的表现力，丰富网页的显示效果。应用 Dreamweaver，用户可以插入和编辑多种媒体文件和对象：声音文件、Flash 类、Shockwave 影片、Java Applet(Java 小程序)和其他视频文件。

　　文本、图像等基本的网页元素对不同浏览器几乎没有什么区别，但 Flash 动画、WMV 视频等媒体对象则不同了。如何将它们很好地嵌入页面，兼容 IE、Firefox 等主流浏览器，使不同的用户能正常浏览，也是本章讨论的一个重要课题。

　　本章的主要内容如下。
- 多媒体对象的构成分类。
- Flash 对象的使用。
- 插入 Shockwave 影片。
- 应用 ActiveX 控件为网页添加音频和视频。
- 插入 Java Applet 及全景摄影页面的制作。

教学要求：

知识要点	能力要求	关联知识
媒体文件的类型	了解 Flash 类和音频、视频的媒体类型 掌握在网页中插入各类媒体的方法	媒体播放器
插入 Flash 媒体内容	掌握在网页中插入 Flash 动画、Flash 视频及其属性设置的方法 了解在网页中插入 Flash 文本、Flash 按钮和 FlashPaper 文档的基本方法	Flash 类的媒体类型 Adobe Flash Player 的安装
插入 SHOCKWAVE 电影	掌握在网页中插入 Shockwave 影片及其属性设置的方法	Adobe Shockwave Player 的安装 Shockwave 和 Flash 动画的关系
应用 ActiveX 控件 为网页添加音频 和视频	掌握在网页中插入 MP3 等音频文件及其常用属性的设置方法 掌握在网页中插入 WMV 等视频文件及其常用属性的设置方法	音频和视频文件的类型 了解 ActiveX 控件的特点 了解 Firefox 浏览器播放 MP3 和 WMV 等音频视频的基本方法
插入 Java Applet	掌握在网页中插入 Applet 及其常用属性的设置方法 掌握 Applet 和 QTVR 类型的全景摄影页面的制作	了解 Applet 的概念及 JRE 的安装 了解全景摄影的基础知识

Dreamweaver 使用户能够迅速、方便地为网页添加 Flash、声音、影片视频等多媒体内容，使网页更加生动。本章主要介绍插入和编辑媒体对象的基本方法，并简要探讨如何使它们兼容 IE、Firefox 等浏览器。

7.1 影音声像多媒体对象概述

在 Dreamweaver 文档中，可以插入 Flash 动画和视频、Shockwave 和 QuickTime 影片、Java Applet(Java 小程序)、ActiveX 控件或者其他音频或视频对象。在网页设计中应用这些文件，需要首先了解相关的文件类型，然后才是如何插入和应用媒体对象。

7.1.1 媒体对象的类型

1. Flash 类型的文件

Flash 类主要包括 Flash SWF 文件(.swf)、Flash 视频文件(.flv)、Flash 文本、Flash 按钮和 FlashPaper 文档等，Flash 相关的文档类型主要包括如下 3 种。

(1) .fla：Flash 项目的源文件，在 Flash 程序中创建。此类型的文件只能在 Flash 中打开，然后将它导出为 SWF 或 SWT 文件以在浏览器中使用。

(2) .swf(ShockWave Flash 的缩写)：Flash SWF 文件，通常称为 Flash 动画，是 Flash (.fla) 文件的压缩版本，可以在浏览器中播放并且可以在 Dreamweaver 中进行预览，但不能在 Flash 中编辑此类文件。使用 Flash 按钮和 Flash 文本对象时创建的就是这种文件类型。本章 7.2 节将演示一个 Flash 动画页面。

(3) .flv：Flash 视频文件格式，它包含经过编码的音频和视频数据，用于通过 Flash Player 进行传送。7.2 节"技术实训"部分将演示一个 Flash 视频页面。

2. 音频文件

在网页中可以添加.midi、.wav、.mp3、.ram 等格式的音频文件，这些格式的文件在 Web 设计中各有优、缺点。

(1) .midi 或.mid(乐器数字接口)：器乐声音.midi 文件，能够被大多数浏览器支持，并且不需要插件。尽管 MIDI 文件的声音品质非常好，但也可能因访问者的声卡而异。

(2) .wav(波形扩展)：具有良好的声音品质，能够被大多数浏览器支持，也不需要插件。可以从 CD、磁带、麦克风等录制 WAV 文件。但是，这种格式的文件尺寸通常比较大，会受到站点的限制。

(3) .aif(音频交换文件格式，即 AIFF)：具有较好的声音品质，与 WAV 格式类似。

(4) .mp3：一种压缩格式，它可使声音文件明显缩小。其声音品质非常好，如果正确录制和压缩 MP3 文件，其音质甚至可以和 CD 相媲美。MP3 技术使得可以对文件进行"流式处理"，以便访问者不必等待整个文件下载完成即可收听该文件。若要播放 MP3 文件，访问者必须下载并安装辅助应用程序或插件，例如 RealPlayer、Windows Media Player 或 QuickTime。本章 7.4 节将演示一个 MP3 音乐文件的播放页面。

(5) .ra、.ram、.rpm 或 Real Audio：此格式具有非常高的压缩度，文件大小要小于 MP3，音质较差。与 MP3 文件类似也可以"流式处理"，但访问者必须下载并安装 RealPlayer 辅助应用程序或插件才可以播放这种文件。.ra、.ram、.rpm 等格式的也可能是视频文件。

(6) .qt、.qtm、.mov 或 QuickTime：此格式是由 Apple Computer 开发的音频和视频格式。Apple Macintosh 操作系统中包含了 QuickTime，并且大多数使用音频、视频或动画的 Macintosh 应用程序都使用 QuickTime。PC 也可播放 QuickTime 格式的文件，但是需要特殊的 QuickTime 驱动程序。QuickTime 支持大多数编码格式，如 Cinepak、JPEG 和 MPEG。本章 7.5 节"案例拓展"部分将演示应用.mov 格式的文件创建一个全景摄影页面。

3．视频文件

除了上述介绍的.ra、.ram、.flv 等格式，网络上比较流行的视频文件还有.avi(Audio Video Interleaved，即音频视频交错格式)、.wmv、.mpg、.mpeg、.rm 和 rmvb 等类型，浏览者必须下载 Real Media、QuickTime 或 Windows Media 等辅助应用程序(如插件)才能查看这些流式处理格式。

(1) .wmv(Windows Media Video)：微软推出的一种采用独立编码方式并且可以直接在网上实时观看视频节目的文件压缩格式。其主要优点是：本地或网络回放、可扩充的媒体类型、部件下载、可伸缩的媒体类型、流的优先级化、多语言支持、环境独立性、丰富的流间关系以及扩展性等。本章 7.4 节"技术实训"部分将演示一个.wmv 视频页面。

(2) .rm(Real Media)，用户可以使用 RealPlayer 或 RealOne Player 对符合 RealMedia 技术规范的网络音频/视频资源进行实况转播，RealMedia 可以根据不同的网络传输速率制定出不同的压缩比率，而且可以在不下载音频/视频内容的条件下实现在线播放。RMVB 格式是一种由 RM 升级延伸出的新视频格式。另外，RM 作为目前主流网络视频格式，它还可以通过其 Real Server 服务器将其他格式的视频转换成 RM 视频并由 Real Server 服务器负责对外发布和播放。

(3) .asf(Advanced Streaming Format：是微软为了和现在的 Real Player 竞争而推出的一种视频格式，用户可以直接使用 Windows 自带的 Windows Media Player 对其进行播放。RM 和 ASF 格式可以说各有千秋，通常 RM 视频更柔和一些，而 ASF 视频则相对清晰一些。

(4) .mpeg(Moving Picture Expert Group，即运动图像专家组格式)，VCD、SVCD、DVD 就是这种格式。MPEG 文件格式是运动图像压缩算法的国际标准，它采用了有损压缩方法减少运动图像中的冗余信息。目前 MPEG 格式有 3 个压缩标准，分别是 MPEG-1、MPEG-2 和 MPEG-4。

4．其他媒体对象

(1) Shockwave 影片：是 Web 上用于交互式多媒体的一种标准，并且是一种压缩格式，是在 Adobe Director 中创建的媒体文件，文件后缀名是.dcr。本章 7.3 节将演示一个 Shockwave 影片页面。

(2) Java Applet：Java 是一种编程语言，通过它可以开发可嵌入网页中的小型应用程序(applets)，文件名后缀为.class。本章 7.5 节将介绍 Java Applet 在页面中的添加。

7.1.2　Dreamweaver 中插入媒体对象的方法

在 Dreamweaver 中，要插入媒体文件，可以选择菜单【插入记录】|【媒体】|【Flash…】如图 7.1 所示，或单击"常用"栏的"媒体"按钮 ，从下拉菜单如图 7.2 所示中选择相关选项即可。对于此，本章案例中将简述为这样的形式：插入媒体"××"。

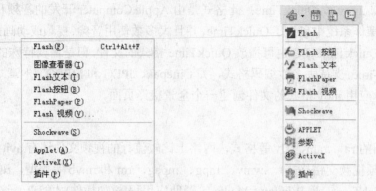

图 7.1 【插入记录】|【媒体】的子菜单　　图 7.2 【常用】栏的【媒体】下拉列表

7.2　案例：插入 Flash 媒体内容

 案例说明

Flash 动画是一种高质量、高压缩率的矢量动画，有超强的交互能力，这使得 Flash 在网络上得以迅速流行并飞速发展。本案例创建一个简单的 Flash 动画页面，如图 7.3 所示。

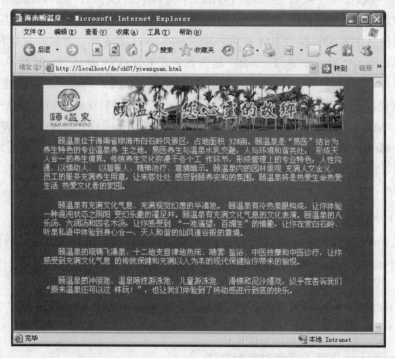

图 7.3　一个简单的 Flash 动画页面

7.2.1　操作步骤

(1) 启动 Dreamweaver，切换至站点"Dreamweaver 案例教程"，新建空白 HTML 页面，将其保存在 ch07 目录中，并命名为 yiwenquan.html；设置页面标题为海南颐温泉。

(2) 在 ch07 中新建目录 resource，将素材中的 555.swf 文件复制到该目录中。

(3) 在页面的 head 部分添加如下 CSS 的定义。

```
<style type="text/css">
<!--
body { background-color: #993366; }
#media, #intro {margin: auto; width: 555px;}

#intro { margin-top: 12px; text-align: left; font-size: 14px; color: white; }
#intro p { text-indent: 2em; }
-->
</style>
```

(4) 保存页面 yiwenquan.html，选择菜单【插入】|【布局对象】|【Div 标签】，弹出【插入 Div 标签】对话框，通过下拉列表选择 ID：media，如图 7.4 所示，单击【确定】按钮。

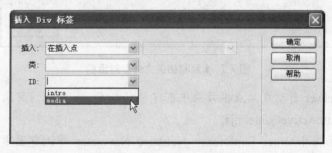

图 7.4　插入 ID 为 media 的 Div

(5) 删除该 Div 中的提示文本，插入媒体"Flash"，在【选择文件】对话框中浏览选择 ch07/resource 目录中的 555.swf 文件，如图 7.5 所示，单击【确定】按钮。

(6) 弹出【对象标签辅助功能属性】对话框，填写标题，海南颐温泉，如图 7.6 所示，单击【确定】按钮。

图 7.5　选择 Flash 动画文件 555.swf

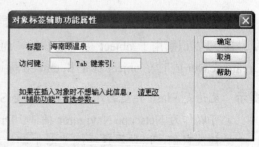

图 7.6　"对象标签辅助功能属性"对话框

提示 插入该 Flash 动画文件后，请自行查阅网页文件自动添加的代码。

（7）保存页面 yiwenquan.html，Dreamweaver 提示【复制相关文件】对话框，如图 7.7 所示，单击【确定】按钮。

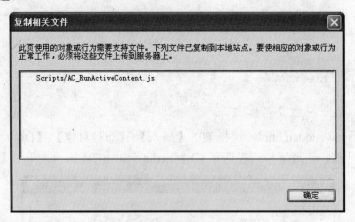

图 7.7 【复制相关文件】对话框

说明 （1）Dreamweaver 自动在站点根目录中创建 Scripts 目录，并在该目录中创建一个脚本文件 AC_RunActiveContent.js。

（2）为了确保在 Internet Explorer 和 Netscape Navigator 等浏览器中都获得最佳效果，Dreamweaver 同时使用 object 和 embed 标签插入 Flash 动画。

在页面中插入 Flash 对象后，可以通过 Flash【属性】面板如图 7.8 所示进一步编辑，比如调整宽和高的大小、设置页面加载时是否自动播放、Flash 是播放一次还是循环播放、播放品质、背景颜色等，还可以在 Dreamweaver 中预览播放。

说明 Flash 动画自动播放的参数是 play，循环播放的参数为 loop，默认值均为 true。

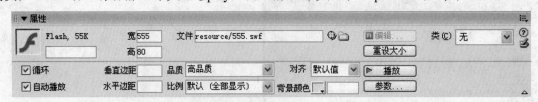

图 7.8 Flash 的【属性】面板

此外，单击 Flash 属性面板中的按钮 参数... ，可以详细地设置相关参数。需要注意的是：IE 可以识别用于 object 标记的参数，而 Netscape 则可以识别用于 embed 标记的属性。Dreamweaver 同时在 object 标记和 embed 标记中添加设置的参数/属性。

提示 无论是 Flash 类型的媒体元素，还是 Shockwave 电影，均既可以作为 ActiveX 控件，也可以作为 Netscape Navigator 插件。Dreamweaver CS3 使用<object>标记和<embed>标记插入它们，以便在这些浏览器中都能获得最佳效果。当用户在属性面板中做修改时，Dreamweaver CS3 将同时对<object>标记和<embed>标记中的参数/属性做适当的修改。

【练一练】

上网查询 Flash 的相关属性/参数，了解基本含义。

(8) 再添加 ID 为 intro 的 Div，并在其中添加文本介绍(具体内容参见图 7.3，详见素材文件 ch07\intro.txt)。

(9) 保存文件，按 F12 键，预览页面 yiwenquan.html。

提示　在浏览器中播放 Flash 动画等 Flash 媒体对象，必须在浏览器中集成 Flash 播放器(目前的最新版本是 Adobe Flash Player 10)。本节案例拓展部分将详细介绍。

7.2.2　技术实训：插入 Flash 视频文件

案例说明

FLV 流媒体格式是一种新的视频格式，全称为 Flash Video。Flash 对其提供完美的支持，它的出现有效地解决了视频文件导入 Flash 后，使导出的 SWF 文件体积庞大，不能在网络上很好地使用等缺点。本案例演示如何插入 Flash 视频，页面效果如图 7.9 所示。

图 7.9　Flash 视频页面效果

操作步骤

(1) 启动 Dreamweaver，切换至站点"Dreamweaver 案例教程"，新建空白 HTML 页面，将其保存在 ch07 目录中，并命名为 zibo.html；设置页面标题为：不一样的故事，看得见的春秋——中国淄博。

(2) 将素材中的 zibo.flv 文件复制到站点中的 ch07/resource 目录中。

(3) 在页面的 head 部分添加如下 CSS 的定义。

```
<style type="text/css">
<!--
#main { margin: auto; width: 600px; }
#main h3 { margin:0; padding: 10px 0 3px; text-align: center; border-bottom:
1px solid silver;}
#main .textnotes {
    padding: 3px 0 0px; /* 上、左右、下的内边距*/
    font-size: 12px;
    text-align: center; color: #999;
}
#main #video { text-align: center; margin: 12px auto;}
-->
</style>
```

(4) 保存页面 zibo.html，选择菜单【插入】|【布局对象】|【Div 标签】，弹出【插入 Div 标签】对话框，通过下拉列表依次选择 main 的 ID，单击【确定】按钮。

(5) 在 main 的 Div 中输入：不一样的故事，看得见的春秋——中国淄博，并设置格式为：标题 3。

(6) 在该标题后再添加类为 textnotes 的 Div，并输入"来源：淄博市旅游局 日期：2008-03-06"。设置文本"淄博市旅游局"的超链接为：http://www.zbta.com.cn/。

(7) 再添加 ID 为 video 的 Div；在该 Div 中插入媒体"Flash 视频"，在弹出的【插入 Flash 视频】对话框，单击 URL 右侧的【浏览】按钮，选择 ch07/resource 中的 Flash 视频文件 zibo.flv，如图 7.10 所示。单击【检测大小】按钮，自动填充 Flash 视频的宽度和高度，单击【确定】按钮。

图 7.10 【插入 Flash 视频】对话框

提示 ① 【视频类型】下拉菜单包括【累进式下载视频】和【流视频】两个选项。

② 一般地，保持默认选择【如果必要，提示用户下载 Flash Player】复选框。

③ 系统会自动生成一个视频播放器 SWF 文件(FLVPlayer_Progressive.swf)和一个外观 SWF 文件(如：Clear_Skin_1.swf)，它们用于在网页上显示 Flash 视频。

④ 插入该 Flash 视频文件后，请自行查阅网页文件自动添加的代码。

⑤ Flash 视频自动播放的参数是 autoPlay，自动重新播放(循环播放)的参数为 autoRewind，默认值均为 false。

(8) 保存文件，按 F12 键，预览页面 zibo.html。

如果对已经设置好的 Flash 视频大小或外观不满意，可以在【属性】面板中做一些修改，比如，将"外观"修改为"Clear Skin 3"，如图 7.11 所示。

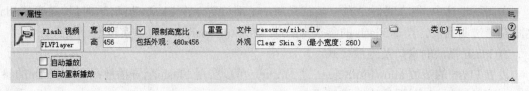

图 7.11　Flash 视频的【属性】面板

提示 修改这个外观后，请自行查阅网页文件代码的变化。

7.2.3 案例拓展

1. 安装 Flash 播放器：Adobe Flash Player

关于 Flash 播放器(Adobe Flash Player)，对于 IE 而言，是一个 ActiveX 控件；对 Mozilla Firefox 浏览器而言，是一个插件(plugin)。当浏览包含 Flash 对象的页面时，如果没有安装该播放器，视 Flash 对象的参数/属性的设置情况，浏览器可能会提示安装。

【练一练】

启动 Mozilla Firefox 浏览器，并浏览页面 yiwenquan.html 和 zibo.html，查看显示的结果。

如果没有安装 Flash Player 插件，Mozilla Firefox 浏览器将无法正常播放这个 Flash 动画，视浏览器属性设置的不同，可能提示安装插件，如图 7.12 所示。

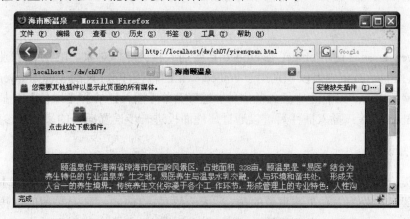

图 7.12　Firefox 浏览器提示安装插件

提示　应用 Firefox 浏览器从 Adobe 官方站点 http://get.adobe.com/flashplayer/下载该插件的 Windows 版安装文件 install_flash_player.exe，该插件支持 Firefox、Safari、Opera 等浏览器。

其实，对于 IE 浏览器也是一样，如果没有安装 Flash Player 对应的 ActiveX 控件，则同样会提示安装。

提示　Adobe 官方的安装协议(Agreement)不允许第三方发布所谓的"播放器下载"。因此，不要提供 Adobe Flash Player 或 Shockwave Player 的本地下载地址。

2．Flash 参数设置

1) 设置 Flash 动画背景透明

在网页设计中，很多时候是在一幅背景图片上面放置一个 Flash 动画，这时候，需要使 Flash 动画背景透明播放。设置 Flash 的参数 wmode 值为 transparent，可以实现这个效果。

2) Flash 播放的窗口及缩放模式

设置 Flash 的参数 allowFullScreen 值为 true，可以实现 Flash 全屏播放；设置 Flash 的参数 scale，可以控制 Flash 播放的缩放模式：

● showAll：显示全部内容，保持比例，但是上下，或者左右可能有空白。
● noBorder：放缩可以裁减内容，保持比例，但是不留空白。
● exactFit：放缩按照 flash 设置的高度和宽度，不保持比例。
● noScale：不放缩，原始比例。

3．插入其他 Flash 媒体对象

除了 Flash SWF 文件和 Flash 视频文件，Flash 类还包括 Flash 文本、Flash 按钮和 FlashPaper 文档等。Flash 文本和 Flash 按钮都是基于 Flash 模板的。关于 FlashPaper 文档，一般是为了保护版权和劳动成果，应用 Adobe FlashPaper 等软件将 Word、Excel 等 Office 文档转换成的.swf 文件。

【练一练】

在站点"Dreamweaver 案例教程"中的 ch07 目录中创建页面 flash.html，在该页面中练习插入 Flash 文本、Flash 按钮。请留意系统自动创建的 text1.swf、button1.swf 等文件。

4．插入插件

Dreamweaver 同时使用 object 和 embed 标签插入相关媒体对象，IE 可以识别用于 object 标记的参数，而 Netscape 则可以识别用于 embed 标记的属性，Firefox 的 MediaPlayerConnectivity 插件也支持网页中 embed 标记中插入的媒体。选择菜单【插入记录】|【媒体】|【插件】，就是插入一个 embed 标签；插入插件后可以通过属性面板进一步设置插件的属性和参数。

7.2.4　本节知识点

本节主要介绍了在页面中插入 Flash 动画、Flash 视频等 Flash 媒体对象的基本方法。Flash 媒体在网页设计中扮演着越来越重要的角色，无论是网站 Banner，还是公司的宣传链接(如"海南颐温泉"的 Flash 动画)，通常都是 Flash 动画，某些站点的引导页甚至整个站点也都制作成

Flash 动画。另外，Flash 视频的宣传片也成为推介自己、宣传形象的重要形式。请务必熟练掌握插入 Flash 媒体及其属性设置的方法。

要让浏览器正常显示 Flash 元素，需要安装 Flash 播放器(Adobe Flash Player)，对于 IE 而言，该播放器是一个 ActiveX 控件；对 Mozilla Firefox 浏览器而言，是一个插件(plugin)。

7.3 案例：插入 Shockwave 电影

 案例说明

Shockwave 是 Adobe 公司拥有的网上交互式多媒体的标准，可以用来播放 Adobe Director 创建的多媒体"电影"。Shockwave 电影能够快速下载，而且可以在大多数浏览器中快速下载和播放。Shockwave 电影可以集动画、图像、视频和音频于一体，并将它们合成为一个交互式界面。本案例结合汉诺威塔(也译作汉诺塔)益智小游戏，演示如何在页面中插入 Shockwave 电影，结果如图 7.13 所示。

图 7.13 汉诺威塔的 Shockwave 版益智游戏页面

说明 本案例的汉诺威塔小游戏由三辰卡通集团有限公司(topbluecat.com)出品。古老的汉诺威塔游戏是这样的：现有三根杆，最左边的杆上自上而下、由小到大顺序串着若干个圆盘构成的塔，游戏的目标是将最左边杆上的盘全部移到右边的杆上，游戏规则是一次只能移动一个盘，且不允许大盘放在小盘的上面。这就是著名的汉诺威塔问题。

7.3.1 操作步骤

(1) 启动 Dreamweaver，切换至站点"Dreamweaver 案例教程"，新建空白 HTML 页面，将其保存在 ch07 目录中，并命名为 HanoverTower.html；设置页面标题为：汉诺威塔益智小游戏。

(2) 将素材中的 HanoverTower.dcr 复制到 ch07/resource 目录中。

(3) 在页面的 head 部分添加如下 CSS 的定义。

```
<style type="text/css">
<!--
#main { margin: auto; width: 860px; font-size: 12px;}
#main h3 { margin:0; padding: 10px 0 3px; text-align: center; border-bottom:
1px solid silver;}
#main .notes, #main .tips  { margin-top: 6px; margin-left: 36px; }
#main .notes { color: #FF6633; }
#main .notes .content { color: black; }
#main .tips { color:#993300; }
#main #media { text-align: center; margin: 12px auto; }
-->
</style>
```

(4) 保存页面 HanoverTower.html，选择菜单【插入】|【布局对象】|【Div 标签】，弹出【插入 Div 标签】对话框，通过下拉列表依次选择 main 的 ID，单击【确定】按钮；再在该 Div 中插入：汉诺威塔益智小游戏，并设置为：标题 3。

(5) 类似地，在 main 的 Div 中再依次插入类为 notes、tips 和 ID 为 media 的 Div。

(6) 在类为 notes 的 Div 中输入："说明：游戏用鼠标左键点击移动。"，再选择文本"游戏用鼠标左键点击移动。"，将格式设置为：content。

(7) 在类为 tips 的 Div 中输入："温馨提示："汉诺威塔小游戏"对电脑硬件配置要求较高，特别是 3D 效果！"。

(8) 在 media 的 Div 中，插入媒体"Shockwave"，在弹出的【选择文件】对话框中选择 ch07/resource 目录中的 HanoverTower.dcr，单击【确定】按钮；再在弹出的【对象标签辅助功能属性】对话框中，填写标题：汉诺威塔益智小游戏，单击【确定】按钮。

(9) 在 Shockwave 的属性面板中设置宽：792，高：600。

(10) 保存页面，按 F12 键，预览页面 HanoverTower.html。

提示　播放 Shockwave 动画需要 Adobe Shockwave Player 播放器支持，如果没有安装，浏览器会提示并下载该软件。与 Adobe Flash Player 播放器类似，Adobe 官网会甄别用户的浏览器自动选择 ActiveX 控件(对于 IE)或插件(对于 Firefox 等)。

7.3.2 技术实训：安装 Shockwave 播放器

与 Flash 动画类似，播放 Shockwave 动画需要 Adobe Shockwave Player 播放器支持。不同的是，Flash 动画非常普及，用户有意或无意间可能就安装了 Flash Player；而 Shockwave 电影的使用率较低，用户一般都没有安装 Shockwave Player。本节技术实训就来简要介绍这个播放器的安装。

启动浏览器，访问 http://localhost/dw/ch07/HanoverTower.html。如果没有安装 Shockwave Player，浏览器可能会提示并下载该软件。与 Adobe Flash Player 播放器类似，Adobe 官网会甄别用户的浏览器类型而自动选择 ActiveX 控件(对于 IE)或插件(对于 Firefox 等)。如图 7.14 所示在 IE 和 Firefox 浏览器中的提示状态。根据向导提示，选择安装即可。

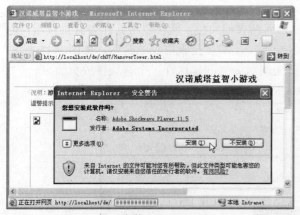 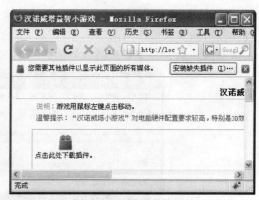

(a) IE 提示安装 Shockwave Player　　　　　(b) Firefox 提示安装插件

图 7.14　浏览器提示安装 Shockwave Player

7.3.3　案例拓展：Shockwave 和 Flash 动画的关系

Shockwave 和 Flash 是 Adobe 提供的两种网上流媒体播放技术。Flash 是一种网上矢量动画技术并带有一定的交互编程功能。Shockwave 是一种更加复杂的播放技术，由于它提供了强大的、可扩展的脚本引擎，使得它可以制作聊天室、操作 html、解析 xml2 文档、控制矢量图形，两者都是流媒体技术。但是 Flash 启动非常快，而 Shockwave 启动没有 Flash 快。Flash 是用 Flash 软件制作，文件后缀名是.swf，Shockwave 是用 Director 制作，文件后缀名是.dcr。由于 Flash 是矢量动画，因而，在制作 Flash 动画时，尽量不要在其中嵌入大量的位图，否则将使得文件很大。

帧速率决定了媒体可以播放的最高速率，Shockwave 和 Flash 的实际播放速率通常由于播放所需的计算量过大而达不到指定的播放率。两者的内部引擎不同，Shockwave 的帧速率通常在 30～60 之间，而 Flash 的帧速率在 7～12 之间。Shockwave 本质上使用一个高性能的点阵复合引擎，而 Flash 实质上是一个实时矢量到点阵的渲染引擎。通常矢量到点阵的渲染要比简单地将点阵图像复合更加耗时，这就是为什么 Shockwave 可以比 Flash 提供更高的帧速率。

简而言之：Flash 是一个矢量动画软件，而 Director 制作的 Shockwave 更多是基于点阵的动画。

7.3.4　本节知识点

本节以汉诺威塔益智小游戏为例，介绍了如何在页面中插入 Shockwave 电影；顺便介绍了 Adobe Shockwave Player 播放器在 IE 和 Firefox 浏览器中的安装；最后，简要介绍了 Shockwave 和 Flash 动画的关系。

7.4　案例：应用 ActiveX 控件为网页添加音频和视频

 案例说明

除了文本、图像和动画，声音文件是较早进入网页的角色，既可以将其作为背景音乐，也可以应用插件直接在页面中插入音频。"百度一下"，即可搜索需要的音乐，如图 7.15 所示大家非常熟悉的一个音乐播放界面。本案例就来演示如何创建这样一个音频播放页面。

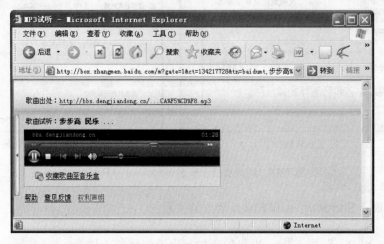

图 7.15　一个音乐播放页面

说明　关于设置页面的背景音乐，通常使用 Dreamweaver 的内置行为来添加，具体方式请参阅第 13 章 13.2 节。

7.4.1　操作步骤

(1) 启动 Dreamweaver，切换至站点"Dreamweaver 案例教程"，新建空白 HTML 页面，将其保存在 ch07 目录中，并命名为 bubugao.html；设置页面标题为：步步高——MP3 试听。

(2) 将素材中的 bubugao.mp3 和 bdbg.gif 文件复制到 ch07/resource 目录中。

(3) 在页面的 head 部分添加如下 CSS 的定义。

```
<style type="text/css">
<!--
* { margin: 0; padding: 0;}
body { background: #D7DFE6 url(resource/bdbg.gif) repeat-x; font-size:12px;
font-family:SimSun; }

#url_div { margin: 30px 10px 21px 16px;}
#song_div { margin: 5px 10px 5px 16px; }
#player_div { margin-left: 16px;}
-->
</style>
```

(4) 保存页面 bubugao.html，选择菜单【插入】|【布局对象】|【Div 标签】，弹出【插入 Div 标签】对话框，通过下拉列表选择 url_div 的 ID，单击【确定】按钮，并在该 Div 中输入

如下文本：歌曲出处：http://www.tianxingjian.tv/music/bubugao.mp3。

（5）类似地，在 url_div 的 Div 后添加 song_div 的 ID，并在其中输入："歌曲试听：步步高　民乐 ..."。选中"步步高　民乐 ..."，单击属性面板中的按钮 **B** 以加粗该段文本。

（6）再在 song_div 的 Div 后添加 player_div 的 ID，在该 Div 中插入媒体"ActiveX"，在弹出的【对象标签辅助功能属性】对话框中，填写标题：步步高，单击【确定】按钮。

提示　插入 ActiveX 控件后，Dreamweaver 自动在页面 head 部分添加两个脚本文件的链接：

```
<script src="../Scripts/AC_ActiveX.js" type="text/javascript"></script>
<script src="../Scripts/AC_RunActiveContent.js" type="text/javascript"></script>
```

同时，系统自动在页面中插入如下代码：

```
<script type="text/javascript">
AC_AX_RunContent( 'width','32','height','32','title','步步高' ); //end AC code
</script>
<noscript>
<object width="32" height="32" title="步步高">
</object>
</noscript>
```

（7）在 object 标记中单击鼠标，在 ActiveX 的属性面板中做如下设置，结果如图 7.16 所示。

图 7.16　在面板中下设置 ActiveX 的属性

- 【宽】：360，【高】：64；
- 选择或输入【ClassID】为 CLSID:6BF52A52-394A-11d3-B153-00C04F79FAA6。
- 选择【嵌入】后的复选框，并单击按钮 📁 浏览选择文件 bubugao.mp3，如图 7.17 所示，单击【确定】按钮。

图 7.17　浏览选择文件 bubugao.mp3

- 【基址】：http://activex.microsoft.com/activex/controls/mplayer/en/nsmp2inf.cab#Version= 6,4,7,1112。
- 【编号】：MediaPlayer1，对齐：基线。

提示　不能预览基于 ActiveX 控件的 MP3 等音频或影片、动画。

(8) 单击按钮 参数... ，在弹出的【参数】对话框中添加如下选项，结果如图 7.18 所示。
- URL：bubugao.mp3。
- autoStart：true。
- invokeURLs：false。
- playCount：100。
- defaultFrame：datawindow。

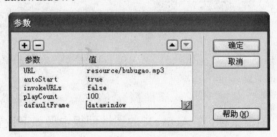

图 7.18　添加 AxtiveX 控件的参数

(9) 保存页面，按 F12 键，预览页面 bubugao.html，结果如图 7.19 所示。

图 7.19　MP3 播放页面

【练一练】

上网查询 MP3 类型对应 ActiveX 控件的相关属性/参数，了解基本含义，并进一步修改设置(建议参阅 ch07/bubugao.txt)。

7.4.2　技术实训：应用 ActiveX 控件为网页添加视频

案例说明

随着网络带宽的发展，网络视频也愈加火爆起来，迅雷看看、土豆网、优酷等已成为耳熟能详的名字。如图 7.20 所示为北京奥运会主题歌《我和你》的视频页面。本案例将引导读者创建这个页面的视频播放部分。

图 7.20 2008 北京奥运会主题歌《我和你》的播放页面

【练一练】

登录 http://www.beijing2008.cn/video/promotional/olympic-zhutige-mv/index.shtml，访问 2008 北京奥运会官方网站，欣赏主题歌《我和你》，并分析该页面的布局模式和视频文件类型。

创建视频播放示例页面的操作步骤如下。

(1) 启动 Dreamweaver，切换至站点"Dreamweaver 案例教程"，新建空白 HTML 页面，将其保存在 ch07 目录中，并命名为 beijing2008.html；设置页面标题为：北京奥运会主题歌《我和你》。

(2) 将 素 材 中 的 olympic-zhutige-mv.wmv 、mediaplaer_icon.gif、realone_icon.gif、col840_video_news_title.gif 和 video_icon2.gif 等 5 个文件复制到 ch07/resource 目录中。

(3) 分析选择官网页面中 CSS 的相关定义，并定义类 mainContent2 的 CSS 样式如下。

```
    .mainContent2 { margin: 36px auto; background-color: white; width: 900px;
padding-top: 8px; }
```

提示 关于该示例页面的 CSS 定义，可以参阅素材文件 beijing2008CSS.txt。

(4) 保存页面 beijing2008.html，依次添加 mainContent2 等 Div，关系如图 7.21 所示。

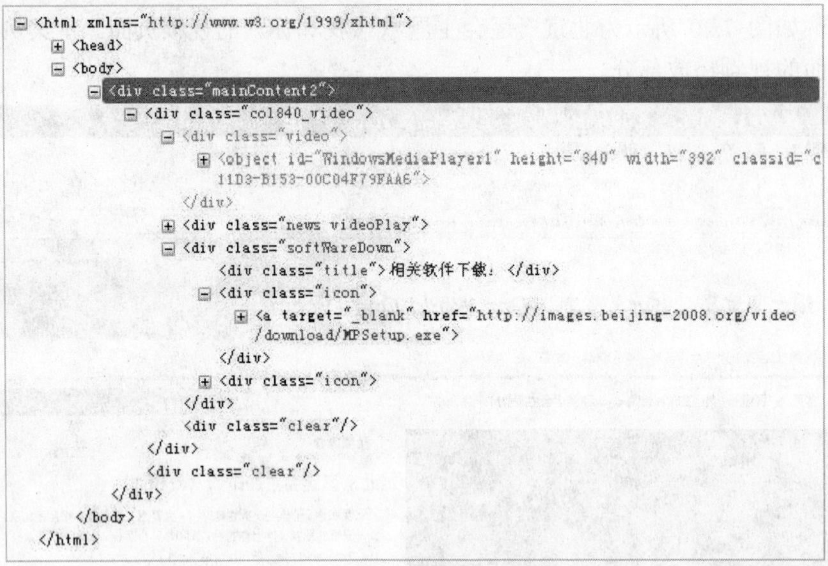

```
⊟ <html xmlns="http://www.w3.org/1999/xhtml">
    ⊞ <head>
    ⊟ <body>
        ⊟ <div class="mainContent2">
            ⊟ <div class="col840_video">
                ⊟ <div class="video">
                    ⊞ <object id="WindowsMediaPlayer1" height="340" width="392" classid="c
                        11D3-B153-00C04F79FAA6">
                    </div>
                ⊞ <div class="news videoPlay">
                ⊟ <div class="softWareDown">
                        <div class="title">相关软件下载: </div>
                    ⊟ <div class="icon">
                        ⊞ <a target="_blank" href="http://images.beijing-2008.org/video
                            /download/MPSetup.exe">
                        </div>
                    ⊞ <div class="icon">
                    </div>
                    <div class="clear"/>
                </div>
                <div class="clear"/>
            </div>
        </div>
    </body>
</html>
```

图 7.21　页面 beijing2008.html 的 Div 关系

(5) 按如下代码要求，在 ActiveX 的属性面板中设置相关属性或参数。

```
<object id="WindowsMediaPlayer1" height="340" width="392"
classid="clsid:6BF52A52-394A-11D3-B153-00C04F79FAA6"
title="北京奥运主题歌《我和你》">
    <param name="URL" value="resource/olympic-zhutige-mv.wmv"/>
    <param name="rate" value="1" />
    <param name="balance" value="0" />
    <param name="currentPosition" value="0" />
    <param name="defaultFrame" value="" />
    <param name="playCount" value="1" />
    <param name="autoStart" value="1" />
    <param name="currentMarker" value="0" />
    <param name="invokeURLs" value="0" />
    <param name="baseURL" value="" />
    <param name="volume" value="50" />
    <param name="mute" value="0" />
    <param name="uiMode" value="full" />
    <param name="stretchToFit" value="0" />
    <param name="windowlessVideo" value="0" />
    <param name="enabled" value="-1" />
    <param name="enableContextMenu" value="0" />
    <param name="fullScreen" value="0" />
    <param name="SAMIStyle" value="" />
    <param name="SAMILang" value="" />
    <param name="SAMIFilename" value="" />
    <param name="captioningID" value="" />
    <param name="enableErrorDialogs" value="0" />
    <param name="_cx" value="8467" />
    <param name="_cy" value="1667" />
</object>
```

（6）在类为 "news videoPlay" 的 Div 中，插入如下内容并按说明设置格式。

● 视频内容，标题 2。

● 北京奥运会主题歌 MV《我和你》，标题 1。

● 我和你，心连心，同住地球村，……，按图 7.16 所示一行一段。

（7）在类为 softWareDown 的 Div 中插入 "相关软件下载" 的图像、文本及超链接。

（8）保存页面，按 F12 键，预览页面 beijing2008.html，结果如图 7.22 所示。

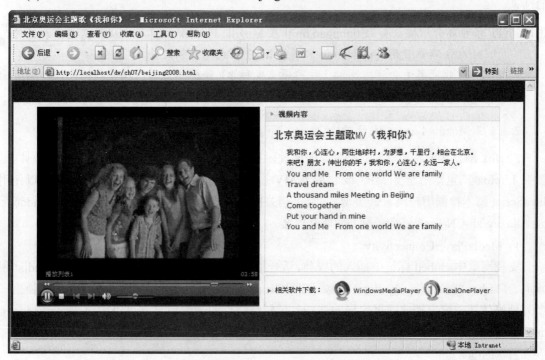

图 7.22　《我和你》视频播放播放页面

【练一练】

上网查询.wmv 类型对应 ActiveX 控件的相关属性/参数，了解基本含义，并进一步修改设置。

7.4.3　案例拓展：使 Mozilla Firefox 播放.mp3 和.wmv 等音频视频

1．ActiveX 控件简介

ActiveX 控件，是由软件提供商开发的可重用的软件组件。使用 ActiveX 控件，可以很快地在网络桌面应用程序以及开发工具中加入特殊的功能。

ActiveX 控件是通用的基于 Windows 平台的软件技术，ActiveX 控件用于 Web 的过程是将控件嵌入页面中，用户通过浏览器访问该页面时，将主页中的控件下载，并在用户机器上注册，以后就可在用户的浏览器上运行。开发面向 Web 的 ActiveX 控件比开发桌面的控件还要简单些，所复杂的是如何将该控件很好地嵌入页面，使用户能正常浏览。

在 HTML 页面中使用 ActiveX 控件包含 3 个基本操作：将控件放入 HTML 中；将该控件

下载给用户；将在用户机器上安装该控件。如果只是针对 IE 用户，在 HTML 中插入 ActiveX 控件比较简单；如果同时兼顾 Netscape 用户，通常使用 embed 标签来处理；若要再兼顾 Mozilla Firefox 浏览器，则要做更多的工作。

【练一练】

启动 Mozilla Firefox 浏览器，并浏览 bubugao.html 和 beijing2008.html 等页面，查看显示的结果。

说明　(1) 步步高音乐播放页面 bubugao.html 在 Mozilla Firefox 浏览器中提示需要下载插件，Firefox 默认使用 QuickTime 来播放 MP3 格式的音频文件。

　　　　(2) 2008 北京奥运会官方网站上主题歌《我和你》等视频页面以及我们据此设计的页面 beijing2008.html，在 Mozilla Firefox 浏览器中均无法正常播放。

2. 适应 Mozilla Firefox 浏览器

Firefox 浏览器的特色就是：插件，即通过附加组件扩展 Firefox，建立个性化的浏览体验。要在 Firefox 浏览器中享受 MP3 或欣赏 WMV 视频，必须安装相关的插件。为此，可以使用 JavaScript 脚本检测用户浏览器类型，并给出相关插件的链接；或者提示用户通过 https://addons. mozilla.org/zh-CN/firefox/搜索相关插件并安装。

1) MediaPlayerConnectivity

支持网页中 embed 标记中插入的媒体，适合播放 Real 媒体、QuickTime、WindowsMedia 视频流、Flash、背景音乐、Nullsoft 视频、Shockwave 等各种格式媒体文件，不足之处是弹出一个外部媒体播放窗口播放网页内嵌的视频。了解该插件的详细信息，可以访问 https://addons. mozilla. org/zh-CN/firefox/addon/446。

2) MediaWrap

Firefox 浏览器本身并不支持 ActiveX 控件。MediaWrap 能够将 ActiveX 控件方式的网页内嵌媒体转换成 Firefox 能够支持的 Plugin 方式，从而使 Firefox 也能够像 IE 一样正常播放 Wmplayer、Rmplayer、QtPlayer 和 FlashPlayer 格式的媒体文件。了解该插件的详细信息，可以访问 https://addons.mozilla.org/zh-CN/firefox/addon/1879。

3) mplayer-plugin

如果使用 Linux 系统，可以访问 http://mplayerplug-in.sourceforge.net/安装这个插件。mplayer-plugin 广泛支持多种媒体类型：Window Media 的.wmv、.avi、.asf、.wav 和.asx，QuickTime 的.mov 和.smil，MPEG 的.mpeg 和.mp3，Ogg Vorbis 的.ogg，AutoDesk FLI 的.fli 和.flc，Vivo 的.vivo，以及 Real Player 的.ram 和.rm 等。

【练一练】

启动 Firefox 浏览器，访问 https://addons.mozilla.org/zh-CN/firefox/，搜索安装 MediaPlayer Connectivity、MediaWrap 等媒体播放插件。

7.4.4　本节知识点

本节主要通过两个案例介绍了在页面中应用 ActiveX 控件插入音频和视频的基本方法。

ActiveX 控件是通用的基于 Windows 平台的软件技术，IE 对 ActiveX 控件有良好的支持，但 Firefox 通常不能正常播放基于 ActiveX 控件的.mp3 和.wmv 等格式的音频视频，需要安装一些扩展插件。请务必熟练掌握在网页中插入 ActiveX 控件的方法，了解 ActiveX 控件的特点和 Firefox 浏览器播放.mp3 和.wmv 等音频视频的基本方法。

7.5　案例：插入 Java Applet

 案例说明

Java 程序可以分为两类：一类是 Java 应用程序(Java Application)；另一类是 Java 小应用程序 Java Applet)。Java Applet 是一种嵌在 HTML 网页中，由支持 Java 的浏览器下载并启动运行的 Java 程序。虽然 Applet 运行在浏览器中，但由于 Java 本身的强大功能，它可以完成许多 HTML 本身无法做到的效果，比如网络通信、用户交互以及复杂的网页特效。

Dreamweaver 使用<applet>标记来标识对 Java Applet 程序的引用。本案例通过一个首都博物馆的全景摄影来演示 Java Applet 的基本用法，结果如图 7.23 所示。关于 Applet 文件本身的编写，请参阅 Java 程序设计的相关书籍。

图 7.23　首都博物馆 Applet 页面效果

说明　本案例和本节"案例拓展"部分的首都博物馆 QTVR 全景的素材均出自北京四方环视数字技术有限公司中国全景摄影网(chinavr.net)。

7.5.1 操作步骤

(1) 启动 Dreamweaver，切换至站点"Dreamweaver 案例教程"，在 ch07 中新建目录 panorama，在该目录中新建页面 bjmuseum.html；设置页面标题为，首都博物馆新馆(全景摄影) - Applet 示例。

(2) 将素材中的 ptviewer.jar、ptviewer.class(Java Applet 文件)和 chinavr_w.jpa、ptview02.jpa，以及两个图像文件 controlbarq.gif、controlbarq2.gif 文件复制到 ch07/panorama 目录中。

(3) 在页面的 head 部分添加如下 CSS 的定义。

```
<style type="text/css">
<!--
#main { margin: auto; width: 600px; font-size: 12px; }
#main h3 { margin:0; padding: 10px 0 3px; text-align: center; border-bottom:
1px solid silver;}
#main #media { text-align: center; margin: 12px auto; }
#main .notes { text-align: center; color: #FF6633;  }
#main .notes .title { color:#993300; }
-->
</style>
```

(4) 保存页面 bjmuseum.html，选择菜单【插入】|【布局对象】|【Div 标签】，弹出【插入 Div 标签】对话框，通过下拉列表依次选择 main 的 ID，单击【确定】按钮；再在该 Div 中插入，首都博物馆新馆-Applet 示例，并设置为标题 3。

(5) 类似地，在 main 的 Div 中标题后插入 ID 为 media 的 Div；在 app 的 Div 中，插入媒体"Applet"，在弹出的【选择文件】对话框中选择 ch07/panorama 目录中的 ptviewer.class，单击【确定】按钮；再在弹出的【Applet 标签辅助功能属性】对话框中，填写替换文本，首都博物馆新全景摄影，单击【确定】按钮。

(6) 在【属性】面板中将【Applet 名称】设置为 ptviewer，【宽】为 540，【高】为 384，将【基址】设置为"."(一个西文的句号)，结果如图 7.24 所示。

图 7.24　在面板中下设置 Applet 的属性

提示　用户在上传带有 Java Applet 的网页时，应同时上传 Java Applet 及相关文件。

(7) 切换到代码视图，在<applet>标记中插入属性：archive="ptviewer.jar"；在</applet>前输入(不包括引号本身)："您的浏览器不支持 Java(tm)。"；再手动换行；再输入：免费下载 Java(tm)，并设置其超链接为：http://java.com/zh_CN/download/index.jsp。结果如下。

```
<div id=" media">
    <applet code="ptviewer.class" codebase="." name="ptviewer" alt="首都博物馆
新全景摄影" width="540" height="384" archive="ptviewer.jar">
      您的浏览器不支持 Java(tm)。<br>
    <a href="http://java.com/zh_CN/download/index.jsp">免费下载 Java(tm)</a>
```

```
        </applet>
    </div>
```

说明　applet 标记中的 code、width、height 等 3 个属性是必需的。其中，code 属性给定了含有已编译好的 Applet 子类的文件名，也可用 package.appletFile.class 的格式来表示。需要特别注意的是，这个文件与要装入的 HTML 文件的基 URL 有关，它不能含有路径名。要改变 Applet 的基 URL，可使用 codebase 属性。本例中，codebase=".",表示当前路径，可以忽略不写。

(8) 单击按钮　参数…… ，在弹出的【参数】对话框中添加如下选项(注：//及以后部分是对参数的简单说明，不是参数值的一部分)。

- file：chinavr_w.jpa　　　　　//全景图像文件名，gif、jpg、jpa、mov 等格式均可
- cursor：move　　　　　　　//鼠标的形状
- bar_x：189　　　　　　　　//进度条起始位置的横坐标，从左边开始计算
- bar_y：223　　　　　　　　//进度条起始位置的纵坐标，从顶部开始计算
- bar_width：160　　　　　　//进度条长度
- bar_height：12　　　　　　//进度条高度
- barcolor：ff0000　　　　　//进度条背景色
- bgcolor：ffffff　　　　　　//等待下载时的背景色
- wait：ptview02.jpa　　　　//等待下载时需要载入的图片，通常为进度条或 Logo
- frame：controlbarq.gif　　//控制按钮图像文件名
- shotspot0：　x440 y364 a451 b382 u'ptviewer:startAutoPan(-0.9,0,1)'
- shotspot1：　x455 y360 a475 b371 u'ptviewer:startAutoPan(0,1,1)'
- shotspot2：　x456 y373 a475 b384 u'ptviewer:startAutoPan(0,-1,1)'
- shotspot3：　x480 y364 a490 b384 u'ptviewer:startAutoPan(0.9,0,1)'
- shotspot4：　x496 y365 a513 b382 u'ptviewer:startAutoPan(0,0,0.99)'
- shotspot5：　x517 y364 a534 b384 u'ptviewer:startAutoPan(0,0,1.01)'
- shotspot6：　x0 y361 a400 b384 p i'controlbarq2.gif' u'bjmuseum_q.html' t'_blank'
- hotspot0：　x0 y0 p q i'hot.gif' u'http://www.chinavr.net' t'_blank'
- showToolbar：true
- imgLoadFeedback：false
- auto：0.1
- pan：0　　　　//全景图像水平自动旋转的速度
- tilt：0　　　　//全景图像的倾斜度
- fov：90　　　　//全景图像的视野度 fov，即 Field of View 的缩写，意即视场、视野
- fovmax：120
- fovmin：30
- psize：80000
- tiltmin：-90

【练一练】

关于 applet 标记的上述参数，请适当调整，了解它们的基本含义。

(9) 在 main 的 Div 后插入一个类为 notes 的 Div，在其中输入：影像作品选在：北京四方环视数字技术有限公司中国全景摄影网(chinavr.net)；选择文本："影像作品选在："；在属性面板中设置样式为：title。

(10) 将素材中的脚本文件 urchin.js 复制到 ch07/panorama 目录中，选择菜单【插入】|【HTML】|【脚本对象】|【脚本】，在弹出的【脚本】对话框中浏览选择"源"文件：urchin.js，如图 7.25 所示，单击【确定】按钮。

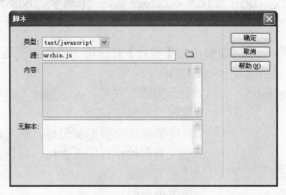

图 7.25 【脚本】对话框

(11) 类似地，再次打开【脚本】对话框，在【内容】列表框中输入如下代码。

```
_uacct = "UA-268537-1";
urchinTracker();
```

(12) 单击【确定】按钮；保存页面，按 F12 键，预览页面 bjmuseum.html。

7.5.2 技术实训：测试 JVM 并创建九宫格小游戏

1. 测试 Java 虚拟机(JVM)

要运行 Java Applet 小程序，必须安装 Java 虚拟机(JVM)。从 IE 6.0 起，在 Windows XP 中没有捆绑 Java 虚拟机。JVM 的安装与操作系统有关，与浏览器无关。而且，由于 Java 是跨平台的，包含 Applet 页面与操作系统和浏览器都无关碍。

访问 http://java.com/zh_CN/download/help/testvm.xml，可以测试 JVM 是否能够在用户的计算机上运行。此测试 Applet 程序可以显示有关操作系统、JVM 和 Java Runtime Environment (JRE)的信息。如果能看到舞动的吉祥物 Duke 徽标动画图像，如图 7.26 所示，则说明 JRE 运行正常；否则，请转到 http://java.com/zh_CN/download/，下载并安装 JRE。

图 7.26 测试 JVM 的 Applet

2．应用 Applet 创建九宫格小游戏

本案例通过一个九宫格小游戏来演示 Java Applet 的基本用法，结果如图 7.27 所示。

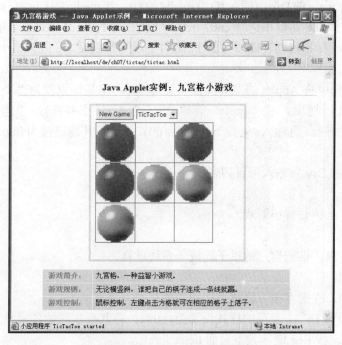

图 7.27　九宫格 Applet 页面效果

操作步骤

(1) 启动 Dreamweaver，切换至站点"Dreamweaver 案例教程"，在 ch07 中新建目录 tictac，在该目录中新建页面 tictac.html；设置页面标题为：九宫格游戏 -- Java Applet 示例。

(2) 将素材中的 TicTacToe.class(Java Applet 文件)和两个图像文件 p1.gif、p2.gif 文件复制到 ch07/tictac 目录中。

(3) 在页面的 head 部分添加如下 CSS 的定义。

```
<style type="text/css">
<!--
* {margin 0; padding: 0; }
html, body {text-align: center; font-size: 14px; }
#main { margin: auto; width: 600px; }
#main h3 { margin:0; padding: 10px 0 3px; border-bottom: 1px solid silver;}
#main # media { margin: 16px auto; border: 4px solid #cfdfff; width: 308px; }
#main ul { width: 500px; margin: 0 auto; list-style: none; }
#main li { height: 26px; line-height: 26px; background-color: #cfdfff;
margin-bottom: 1px; float: left; }
#main li.title { margin-right: 1px; width: 100px; font-weight: bold; color:
#ff6633; }
#main li.content { width: 390px; text-align: left; padding-left: 6px;  }
-->
</style>
```

(4) 保存页面 tictac.html，选择菜单【插入】|【布局对象】|【Div 标签】，弹出【插入 Div

标签】对话框，通过下拉列表依次选择 main 的 ID，单击【确定】按钮；再在该 Div 中插入，Java Applet 实例：九宫格小游，并设置为标题 3。

(5) 类似地，在 main 的 Div 中插入 ID 为 media 的 Div；在 media 的 Div 中，插入媒体"Applet"，在弹出的【选择文件】对话框中选择 ch07/tictac 目录中的 TicTacToe.class，单击【确定】按钮；再在弹出的【Applet 标签辅助功能属性】对话框中，填写替换文本：九宫格小游戏高，单击【确定】按钮。

(6) 在属性面板中将 Applet 的宽和高都设置为 300，将基址设置为"."。

(7) 切换到代码视图，在</applet>前输入(不包括引号本身)："您的浏览器不支持 Java(tm)。"；再手动换行；再输入：免费下载 Java(tm)，并设置其超链接为 http://java.com/zh_CN/download/index.jsp。

(8) 在 media 的 Div 后输入项目列表。

- 游戏简介。
- 九宫格，一种益智小游戏。
- 游戏规则。
- 无论横竖斜，谁把自己的棋子连成一条线就赢。
- 游戏控制。
- 鼠标控制，左键点击方格就可在相应的格子上落子。

将上述列表的第 1、3、5 项的样式设置为：title；将其余 3 项的样式设置为：content。

(9) 保存页面，按 F12 键，预览页面 tictac.html。

【练一练】

应用 Anfy，可以在网页、桌面墙纸或屏幕保护上添加魔术般的效果，如菜单树、焰火、水面、湖面、横幅/幻灯片放映、Anfy 网络摄影机、文字卷动等。访问 http://www.anfyteam.com/ajdownl.html，下载安装并了解 Anfy (Java)的基本功能，参照该软件的示例页面，应用该软件创建一个 Anfy3DLight 的页面。

7.5.3 案例拓展：Applet 与全景摄影

全景摄影(Panorama)是把相机环 360°拍摄的一组照片拼接成一个全景图像，用一个专用的播放软件在互联网上显示，并使您能用鼠标控制环视的方向，可左、可右、可上、可下、可近、可远，形式三维的感觉。全景摄影是互联网上发展最快的图像技术之一，虽然不能说它是全三维的图形技术，但是由于它实地拍摄接近真实环境，可以用鼠标拖动仿真摄像机的摇镜头的功能，具有有限的虚拟场景漫游功能，使全景摄影有了相当广泛的应用，包括：园林建筑与城市景观、虚拟旅游、文化艺术、游戏、商业与工业科技等。

全景摄影包括柱形全景、球形全景、对象全景和立方体全景等 4 类。三维全景有多种显示方式，主要包括 Java Applet、QTVR、Shockwave3d、Imove 等。早期的全景显示普遍使用 Java Applet，但这种方式的场景幅面小，图像质量差，动态显示有跳动感，不连续，占用系统的资源较多。美国的苹果公司把它的 Quicktime 全景叫做 QTVR(Quicktime VR，VR 即 Virtual Reality，意即虚拟现实)，是目前网络上应用较多的一种全景显示方式。可以从 http://www.apple.com.cn/quicktime/download/下载 QuickTime。同样，QuickTime 与操作系统相关，包含 QTVR 的页面也与浏览器无关。

下面创建一个 QTVR 的首都博物馆全景页面 bjmuseum_q.html，基本步骤如下。

(1) 将页面 bjmuseum.html 另存为 bjmuseum_q.html，修改页面标题为：首都博物馆新馆-全景摄影 QTVR 示例。

(2) 将素材中的 chinavr_q.mov 复制到 ch07/panorama 目录中。

(3) 在页面 CSS 的定义修改如下。

```
<style type="text/css">
<!--
* { margin: 0; padding: 0; }
#main { margin: auto; width: 100%; font-size: 12px; }
#main h3 { margin:0; padding: 10px 0 3px; text-align: center; border-bottom:
1px solid silver;}
#main #media { }
#main .notes { text-align: center; color: #FF6633;  }
#main .notes .title { color:#993300; }
#main .playfunction { text-align: center; }
-->
</style>
```

(4) 保存页面 bjmuseum_q.html，将标题修改为：首都博物馆新馆- QTVR 示例。

(5) 在 main 的 Div 中标题后插入类为 playfunction 的 Div；在 playfunction 的 Div 中输入：使用鼠标左键点按画面并上下左右转动，自由选择观赏视角。按 Shift 键放大，Ctrl 键缩小。按功能键 F11，使窗口最大化，浏览效果最佳。

(6) 删除 Applet，在 media 的 Div 中插入媒体"ActiveX"，按如下代码要求，在 ActiveX 的属性面板中设置相关属性或参数。

```
<object classid="clsid:02BF25D5-8C17-4B23-BC80-D3488ABDDC6B" width="100%"
height="100%" codebase="http://www.apple.com/qtactivex/qtplugin.cab">
    <param name="scale" value="tofit">
    <param name="controller" value="true">
    <param name="cache" value="false">
    <param name="bgcolor" value="#000000">
    <param name="fov" value="90">
    <param name="volume" value="30">
    <param name="kioskmode" value="true">
    <param name='moviename' value='spincontrolled'>
    <param name="src" value="chinavr_q.mov">
    <embed   src="chinavr_q.mov"   width="100%"   height="913"   type="video/
quicktime" controller="true" cache="false"
        volume="30" kioskmode="true" scale="tofit" pluginspage="http://www.
apple.com/quicktime/download/"
        bgcolor="#000000" moviename='spincontrolled'>
    </embed>
</object>
```

(7) 删除原来的两个脚本标记。

(8) 保存页面，按 F12 键，预览页面 bjmuseum_q.html，效果如图 7.28 所示。

图 7.28　首都博物馆新馆的一个 QTVR 全景页面

7.5.4　本节知识点

本节主要通过首都博物馆和九宫格小游戏两个案例介绍了在页面中插入 Java Applet 小程序及其相关参数设置的方法，顺便介绍了 JVM 的测试和 JRE 安装。在首都博物馆 Applet 示例的基础上，简要介绍了全景摄影的概念，并演示了一个 QTVR 全景页面的制作。请务必熟练掌握在网页中插入 Applet 及其常用属性的设置方法，掌握 Applet 和 QTVR 类型的全景摄影页面的制作。

7.6　本 章 小 结

本章通过案例详细介绍了在 Dreamweaver 中插入 Flash、Shockwave、ActiveX 和 Java Applet 等媒体的方法和属性设置。首先，简要介绍了 Flash 类和音频、视频等媒体类型，以及在网页中插入各类媒体的基本方法；其次，依次通过案例介绍了在页面中如何插入 Flash 动画和 Flash 视频、Shockwave 电影、基于 ActiveX 控件的音频和视频、Java Applet 小程序、Applet 和 QTVR 类型的全景摄影。灵活恰当地插入各种媒体可以使网页更加生动，使网页更具表现力，务必熟练掌握插入和编辑各类媒体对象及其属性设置的基本方法。

要把各种媒体很好地嵌入页面，同时兼容 IE、Firefox 等主流浏览器，使不同的用户能正常浏览，也是网页设计中必须正视的一个重要课题。要让浏览器正常显示 Flash 元素和 Shockwave 电影，需要安装 Adobe Flash Player 和 Adobe Shockwave Playe，对于 IE 而言，播放器是一个 ActiveX 控件；对 Mozilla Firefox 浏览器而言，是一个插件(plugin)；IE 对 ActiveX 控件有良好的支持，但 Firefox 通常不能正常播放基于 ActiveX 控件的 MP3 和 WMV 等格式的音频视频，需要安装一些扩展插件。

7.7　思考与实训

结束本章之前，请读者在复习回顾基础知识的基础上，结合案例实训的经验，围绕以下几个主题展开讨论和实训。

1. 课堂讨论

以小组为单位进行下列课堂讨论。

(1) 课堂讨论：在网页设计中，常用的多媒体文件类型都有哪一些？

(2) 课堂讨论：在插入 Flash 动画时，如何在必要时提示用户安装 Flash 播放器？

(3) 课堂讨论：要在页面中正常播放 Shockwave 影片，用户的计算机上需要安装什么播放器？

(4) 课堂讨论：Shockwave 和 Flash 动画有什么关系？

(5) 课堂讨论：IE 对 ActiveX 控件有良好的支持，但 Firefox 通常不能正常播放基于 ActiveX 控件的 MP3 和 WMV 等格式的音频视频，需要安装哪些扩展插件？

(6) 课堂讨论：Java Applet 是用什么程序语言编写的？要在网页中正常运行 Applet，用户的计算机上需要安装什么软件？

(7) 课堂讨论：什么是全景摄影？全景摄影都有哪些应用前景？

2. 上机练习

重点掌握如下几点。

(1) 熟练掌握 Dreamweaver 中插入媒体对象的方法。

(2) 熟练插入 Flash 动画和 Flash 视频，能熟练设置它们的常用属性，了解 Flash 文本、Flash 按钮和 FlashPaper 文档的应用领域和使用方法。

(3) 熟练插入 Shockwave 电影，能熟练设置 Shockwave 的常用属性。

(4) 熟练掌握应用 ActiveX 控件为网页添加音频和视频，了解 Firefox 浏览器正常播放 MP3 和 WMV 等格式的音频视频时，需要安装哪些扩展插件。

(5) 熟练插入 Applet 小程序。

(6) 熟练掌握 Applet 和 QTVR 类型的全景摄影页面的制作。

具体的实验步骤这里不再赘述，请读者参阅相关章节，独立完成，熟练掌握本章要点。

3. 课外拓展训练

(1) 课外拓展：上网搜索并下载 CSS 2.0 的帮助文档，结合本章案例，进一步学习文本、外补丁、内补丁、列表、边框等常用对象的属性。

(2) 课外拓展：参照综合实例中澳大利亚视频页面(travel/views/video/australia.html)，完成一个 WMV 类型的视频文件在 IE 和 Firefox 浏览器的正常播放页面的设计。

(3) 课外拓展：总结 Flash 类以及各类音频、视频文件的类型及播放器插件的对应关系。

(4) 课外拓展：访问百度(http://www.baidu.com/)，了解百度提供搜索的 MP3、视频等媒体的文件类型。

(5) 上网搜索并总结各种网页媒体播放器的代码。

7.8 习　　题

一、填空题

1. Flash 源文件、Flash 动画和 Flash 视频文件的后缀分别是(　　　)、(　　　)和(　　　)。

2. 音频文件、视频文件有多种格式，其中，MP3 和 WMV 格式的分别是(　　　)和(　　　)文件，这两种格式都属于流式媒体。

3. Shockwave 影片和 Java Applet 文件的后缀分别是(　　　)、(　　　)，MOV 格式的文件需要(　　　)的支持。

4. Dreamweaver 同时使用(　　)和 (　　)标签插入 Flash 动画和 Flash 视频等媒体。

5. Flash 动画自动播放的参数是(　　)，Flash 视频自动播放的参数是(　　)，基于 ActiveX 的 MP3 音乐自动播放的参数是(　　)。

6. 设置 Flash 的参数 wmode 的值为(　　)，可以实现 Flash 动画背景透明播放。

7. 要在页面中正常浏览 Flash 动画和 Shockwave 影片，用户的计算机上必须分别安装 Adobe (　　) Player 和 Adobe (　　) Player。

8. 要运行 Java Applet 小程序，用户的计算机上必须安装(　　)。

二、选择题

1. 下列类型的文件中，属于音频文件的有(　　)。
   A．.midi　　　B．.wav　　　C．.mp3　　　D．.ram
   E．.aif　　　F．.mpeg

2. 下列类型的文件中，属于视频文件的有(　　)。
   A．.mov　　　B．.wav　　　C．.dcr　　　D．.ram
   E．.asf　　　F．.mpeg

3. 在 Dreamweaver 中，可以插入到页面文件中的 Flash 类有(　　)；其中，(　　)是基于模板的。
   A．Flash 动画　　　　　　B．Flash 视频
   C．Flash 文本和　　　　　D．Flash 按钮
   E．FlashPaper 文档

4. 在 Dreamweaver 中，插入的 Flash 动画的播放品质，默认为(　　)。
   A．低品质　　　　　　　B．自动低品质
   C．自动高品质　　　　　D．高品质

5. Flash 是一种(　　)动画，而 Director 制作的 Shockwave 更多是基于(　　)的动画。
   A．点阵　　　B．位图　　　C．矢量　　　D．高品质

三、判断题

1. Flash 动画文件(.swf)既可以在 Dreamweaver 中预览，又能在 Flash 中编辑。

2. 插入 Flash 视频时，可以暂不指定 Flash 的宽度和高度，而在插入之后通过属性面板来设置。

3．ActiveX 控件是基于 Windows 平台的软件技术，都是有 Microsoft 公司开发的。

四、操作实践题

1．访问综合实例中的页面 http://localhost/travel/udiy/Xanadu.html，完成如图 7.29 所示 Flash 部分的设计(提示：【插入】|【媒体】|【图像查看器】)。

图 7.29　页面 Xanadu.html 上的图像查看器

2．参考本章实例，结合本校主页及各处室、院系的页面，制作一个学校简介或专业介绍的页面。要求如下。

(1) 页面布局美观大方。

(2) 页面中除了文本、图像等网页元素外，包含本章介绍的 3 种以上的多媒体类型。

第**8**章　超链接、书签与导航栏

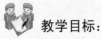教学目标：

　　在 WWW(World Wide Web)网页中浏览，当鼠标移动到某些文字、图像或其他文件上时，它会变成手的形状。单击鼠标会跳转到其他的网页。这些文字、图像等就是超链接(Hyperlink)。超链接实际上就是链接两个点的一条线，就是从用户单击的位置指向另一个位置的线。超链接是 Internet 的核心，它将 HTML 网页文件和其他资源连接成一个无边无际的网络。

　　本章的主要内容如下。

● 超链接的基本概念。
● 如何创建常规超链接。
● 如何创建其他类型的链接。
● 超链接的管理与美化。
● 导航栏简介。

教学要求：

知识要点	能力要求	关联知识
超链接的基本概念	理解与掌握超链接路径的概念	超链接路径的应用
各种超链接的创建	掌握各种超链接的创建和应用	超链接的管理与美化
导航栏知识	掌握几种典型导航栏的应用	页面中导航栏的布局

一个网站由许多网页组成，而各个网页之间通常是由超链接联系在一起的。超链接是网页中最基本的元素之一，利用它不仅可以进行网页间的相互链接，也可以使网页链接到图像、Flash 等多媒体文件，还可以提供文件下载、E-mail 等特殊链接。

导航栏实际上是超链接的综合应用。页面中清晰、统一的导航栏是网站的重要元素，浏览者可以通过导航栏对站点主要内容(如频道)和网页结构有一个大致的了解。

8.1　超链接概述

超链接是指站点内不同网页之间、站点与 Web 之间的链接关系，它可以使站点内的网页成为有机的整体，还能够使不同站点之间建立联系。超链接由两部分组成：链接载体和链接目标。

许多页面元素可以作为链接载体，如文本、图像、图像热区、动画等。而链接目标可以是任意网络资源，如页面、图像、声音、程序、其他网站、E-mail 甚至是页面中的某个位置。

8.1.1　什么是 URL

要深入了解超链接，首先要了解什么是 URL。URL(Uniform Resource Locator，统一资源定位符)是在 Internet 中用于指定信息位置的表示方法，可以看做是 Internet 上文件名称命名规范的一种扩展。换句话说，它就是网络世界的门牌号。在进行 WWW 浏览时，通常要在浏览器的地址栏中输入地址，这个地址就是 URL 的一种形式。URL 通常以"协议://文件路径/文件名称"的形式出现。

8.1.2　链接的路径

要保证能够顺利访问链接网页，链接路径必须书写正确。在一个网站中，链接路径通常有三种表示方法：绝对路径、相对路径、根相对路径。

1. 绝对路径

绝对路径就是被链接文档的完整 URL，包括所使用的传输协议(对于网页通常是 http://)。例如，http://www.china.com 就是一个绝对路径。

若要链接到其他网站的网页等站点资源文件，则必须使用绝对路径。

2. 相对路径

相对路径最适合网站的内部链接。如果链接到同一目录下，则只需要输入要链接文件的名称。要链接到下一级目录中的文件，只需要输入目录名，然后输入"/"入文件名。如链接到上一级目录中的文件，则先输入"../"，再输入目录名、文件名。

3. 根相对路径

根相对路径是指从站点根文件夹到被链接文档经由的路径，以斜杠"/"开头，例如，/fy/maodian.html 就是站点根文件夹下的 fy 子文件夹中的一个文件(maodian.html)的根路径。根相对目录也适用于创建内部链接。

4. 物理路径

物理路径指的是某一台计算机本地的路径，以盘符开头，例如 C:\、D:\temp 等。在 ASP 连接 Access 一类的数据库时，只能使用物理路径，而不能连接相对路径，所以需要用 server.mappath 对象把相对路径转化成物理路径。

8.1.3 超链接的分类

如果按超链接的载体分类，可以将超链接分为文本链接、图形图像链接等。所谓超链接的载体，就是显示链接的部分，即指包含连接的图像或文字。

如果按链接目标分类，可以将超链接分为以下几种类型。

- 内部链接：同一网站文档之间的链接。
- 外部链接：不同网站文档之间的链接。
- 锚点链接：同一网页或不同网页中指定位置的链接。
- E-mail 链接：发送电子邮件的链接。

8.2 案例：创建常规超链接

 案例说明

启动 Dreamweaver CS3，打开网页 ch08/8.1.html，如图 8.1 所示。本案例将在页面中为文本和图像分别创建超链接。

图 8.1　打开网页文档

本案例的操作步骤分为两个子案例依次展开。

8.2.1　子案例1：创建文本链接

文本链接是最常见的链接方式，其创建方法较简单，如在8.1.html页面中选择"首页"文本，在【属性】面板的【链接】文本框中输入需要【链接】文档的路径8.1.html，或单击【链接】文本框右侧的文件夹图标，通过浏览选择链接的文件；在【目标】下拉列表框中选择_blank选项，如图8.2所示。

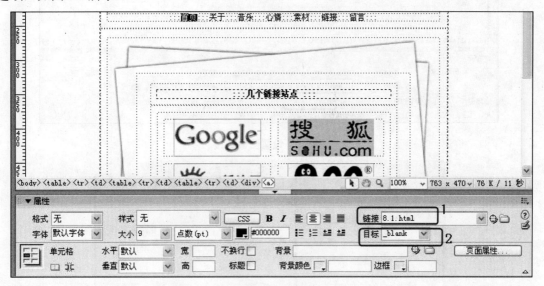

图 8.2　设置文本链接

提示　超链接的目标打开方式有以下4种。

(1) _blank：在一个新的未命名的浏览器窗口打开链接的网页。

(2) _parent：如果是嵌套的框架，则在父框架或窗口中打开；如果不是嵌套的框架，则等同于"_top"，链接的网页在浏览器窗口中打开。

(3) _self：在当前网页所在的窗口或框架中打开链接的网页，该选项是浏览器的默认值。

(4) _top：在浏览器窗口打开链接的网页。

保存网页，按F12键预览，用鼠标在设置的超链接处检验效果。

8.2.2　子案例2：创建图像链接

(1) 创建图像链接的方法与创建文本链接的方法相同。选择需要创建链接的Google图像，在【属性】面板的【链接】文本框中输入http://www.google.com，并在【目标】下拉列表框中选择_blank选项，如图8.3所示。

(2) 用同样的方法分别选择其他插入的图像，依次创建相应的链接。

(3) 保存网页为8.1_2.html，按F12键预览，用鼠标在设置的超链接处检验效果，如图8.4所示。

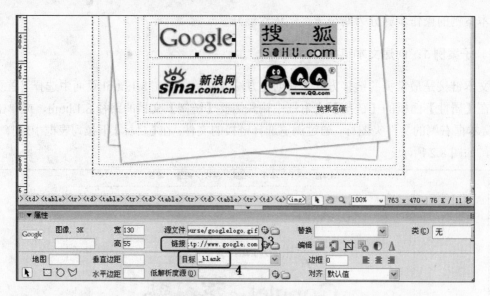

图 8.3 设置图像链接

图 8.4 图像链接效果

8.2.3 技术实训

按上述创建超链接的方法分别为 8.1.html 网页中的所有文本和图像创建超链接,并检查链接效果。

8.2.4 案例拓展 1:创建锚记链接

 案例说明

本案例用 8.2.html 页面创建命名书签链接,即是锚记链接。在浏览网页时,如果网页内容过长,需要拖动上下滚动条来查看网页的内容,会使浏览显得非常麻烦,这时可以使用锚记链

接跳转到当前网页的指定位置，还可以跳转到其他页面的指定位置。

操作步骤

(1) 启动 Dreamweaver CS3，打开"ch08/8.2.html"文件，如图 8.5 所示。

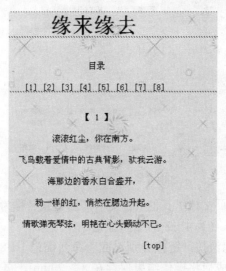

图 8.5　打开网页文档

(2) 将光标定在【目录】文本的左侧，选择【插入记录】|【命名锚记】，打开【命名锚记】对话框，如图 8.6 所示。

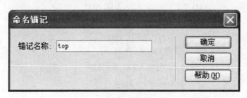

图 8.6　【命名锚记】对话框

(3) 在【锚记名称】文本框中输入锚记的名称，这里我们命名为 top，单击【确定】关闭对话框，即可看到命名锚记的标记 ，如图 8.7 所示。

图 8.7　命名锚记标记

提示　如果需要修改命名锚记的名称，可以选中锚记标记 ，然后在【属性】面板的【名称】
　　　文本框中输入新的名称，如图 8.8 所示。

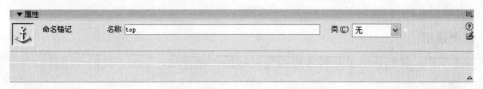

图 8.8　命名锚记【属性】面板

(4) 在网页文档中选择【top】文本，在【属性】面板的【链接】文本框中输入"#"和创建的锚记名称即可，如#top，如图8.9所示。

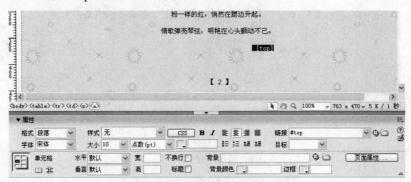

图 8.9　创建锚记链接

(5) 用同样的方法为网页文档里其他 top 文本都创建到名称为 top 的锚记链接。

(6) 在文本 1～8 处插入名为 1～8 的命名锚记。

(7) 在文本 1～8 上创建链接，链接分别对应着命名锚记 1～8。

(8) 调整整个页面，完成后将操作结果保存在 8.2_2.html，页面效果如图 8.10 所示。

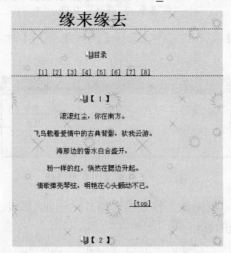

图 8.10　页面效果

提示　如果要链接的目标锚记位于其他网页中，在创建锚记链接时需要先在"链接"文本框中输入该网页的地址路径，再输入"#"号和锚记名称，如".index.html#top"。

8.3　案例：创建其他类型的链接

 案例说明

在 8.2 节中，我们介绍了几种常规的超链接的创建方法，下面，我们介绍其他类型的链接的创建方法。

启动 Dreamweaver CS3，打开"ch08/8.1_2.html"文件，如图 8.11 所示。本案例将分

为 4 个子案例依次介绍如何创建 E-mail 链接、文件下载的链接、空链接与脚本链接和跳转菜单。

图 8.11　打开网页文档

8.3.1　子案例 1：创建 E-mail 链接

在网页中创建 E-mail 链接，主要目的是便于网页访问者在有意见或建议时，可以直接单击 E-mail 链接发送邮件。E-mail 链接既可以建立在文字上，也可以直接建立在图像上。

(1) 在网页中选择文本"给我写信"，在【属性】面板的【链接】文本框中输入邮箱地址，如 mailto:abc@126.com，如图 8.12 所示。

图 8.12　创建 E-mail 链接

(2) 在邮箱地址的后面加上"?subject=对网站的意见与建议"，完整的语句为"mailto:abc@126.com?subject=对网站的意见与建议"。保存页面为 8.1_3.html，预览页面，用户单击链接时弹出的发信窗口会有现在的主题，如图 8.13 所示。

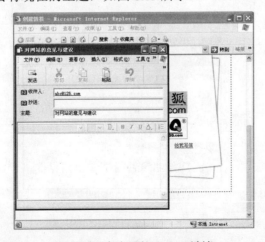

图 8.13　有主题的 E-mail 链接

8.3.2 子案例 2：创建文件下载的链接

在网络上可以看到许多网站提供文件下载式的服务，同样也可以在网页中创建下载文件的超链接。如果超链接指向的不是一个网页文件，而是其他文件，如 zip、exe、rar、mp3 等文件，则单击超级链接时就会下载文件。

(1) 在页面上选中要设置超链接的文本"音乐"，单击【属性】面板的【链接】文本框后的【浏览】按钮，弹出【选择文件】对话框，如图 8.14 所示。

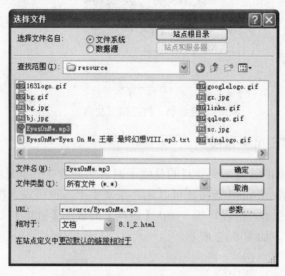

图 8.14 【选择文件】对话框

(2) 选中要放在网页中下载的文件，单击【确定】按钮。

注意 如果网页没有保存或要下载的文件不在站点的文件夹中，会弹出一个提示框，警告网页保存，并使用绝对地址方式书写文件的地址。当站点移至另外一台机器上或是远程的服务器上时，通常都找不到相关的文件，应特别注意。

(3) 保存页面 8.1_3.html，检验链接效果如图 8.15 所示。

图 8.15 创建文件下载链接

提示 网站中每个下载的文件必须对应一个下载超级链接。如果需要对多个文件或文件夹提供
下载，则必须将这些文件压缩为一个文件。

【练一练】

在网页文档 8.1_3.html 的文本 "素材" 上创建 "ch08/resource" 的文件夹下载。

8.3.3 子案例 3：创建空链接与脚本链接

1. 空链接

空链接是一个无指向的链接。使用空链接可以为页面上的对象或文本附加行为。

(1) 在文档窗口中，选中要设置链接的文本、图像或其他对象。这里选择文本 "关于"。

(2) 在【属性】面板的【链接】框中，只输入一个#号，如图 8.16 所示。

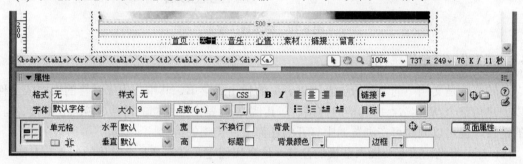

图 8.16 创建空链接

技巧 如果单击这种地址为 "#" 的空链接，浏览器会自动将当前页面重置到顶端，影响了用
户正常阅读内容。可以用 "javascript:" 来代替 "#" 创建空链接，单击这样的空链接的
时候，会保持当前页面的浏览位置。

2. javascript 脚本链接

创建 javascript 脚本链接用于执行 JavaScript 代码或者调用 JavaScript 函数，这样可以让来
访者不用离开当前 Web 页面就可以得到关于一个项目的其他信息。当来访者点击某指定项目
时，脚本链接也可以用于执行计算、表单确认和其他处理任务。

(1) 在文档窗口中选取文本、图像或对象。这里我们选择文本 "心情"。

(2) 在【属性】面板的【链接】栏中输入 "javascript:"，其后紧接 JavaScript 代码或函数
调用。例如，在链接栏中输入 "javascript:alert('我今天心情很好')"，如图 8.17 所示。

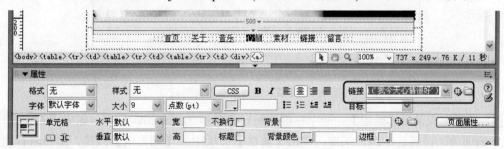

图 8.17 创建脚本链接

(3) 保存页面，单击超链接文本"关于"和"心情"检验效果，如图 8.18 所示。

图 8.18　脚本链接效果

8.3.4　子案例 4：创建跳转菜单

跳转菜单是文档中的一种来访者可以看见的弹出式菜单，其中列出了链接的文档或文件。可以创建与整个 Web 站点内文档的链接、与其他 Web 站点上文档的链接、E-mail 链接、与图像的链接，也可以创建可在浏览器中打开的任何文件类型的链接。

(1) 首先将光标放在要插入链接的位置，这里我们定在文本"几个链接的站点"右侧，单击【插入记录】|【表单】|【跳转菜单】，弹出【插入跳转菜单】对话框。

(2) 在【插入跳转菜单】对话框中单击加号(+)按钮添加一个菜单项，在【文本】框中，为菜单项输入要在菜单列表中出现的文本。在【选择时，转到 URL】文本框中，单击文件夹图标并通过浏览找到要打开的文件，或在文本框中输入该文件的路径，如图 8.19 所示。

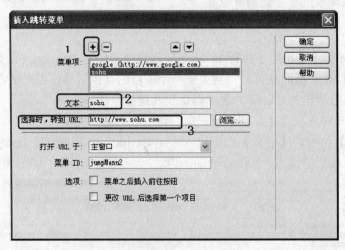

图 8.19　【插入跳转菜单】对话框

(3) 设置完成单击【确定】，一个标准的跳转菜单就出现在指定位置。如果还希望编辑跳转菜单的选项，可以选中跳转菜单，单击【属性】面板中的【列表值】按钮，然后进行更改，如图 8.20 所示。

图 8.20　设置属性面板

(4) 保存页面 8.1_3.html，检验跳转菜单效果如图 8.21 所示。

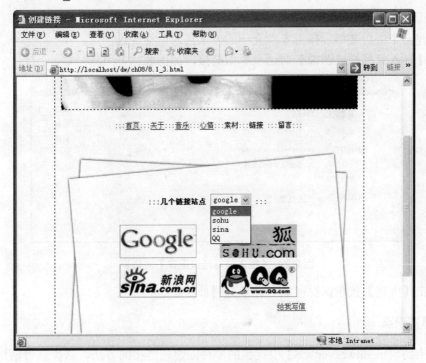

图 8.21　页面效果

【练一练】

在跳转菜单的【属性】面板的【类型】选项中选择"列表"，设置好高度并预览页面效果。

8.3.5　技术实训

打开网页 8.1_2.html，分别按上述方法为网页创建各种类型的超链接并检查链接效果。

8.3.6　案例拓展

案例说明

创建一个鼠标经过图像并设置链接为"http://cn.yahoo.com/"，参考效果如图 8.22 和图 8.23 所示。

图 8.22　鼠标经过图像效果　　　　　　图 8.23　链接效果

操作步骤

(1) 新建一个空白文档，按第 6 章介绍的方法插入鼠标经过图像。

(2) 在【插入鼠标经过图像】对话框中做链接，如图 8.24 所示。

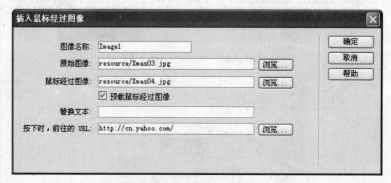

图 8.24　【插入鼠标经过图像】对话框

(3) 单击【确定】按钮保存网页，并预览网页效果。

8.3.7　本节知识点

本节介绍了 Dreamweaver CS3 中提供的多种创建超链接的方法，这样就可创建到文档、图像、多媒体文件或可下载软件的链接。

8.4　超链接的管理与美化

超链接是任何 Web 页面的基础部分，超链接的创建与管理有几种不同的方法。前面我们介绍了超链接的创建，下面我们来介绍超链接的管理与美化。

8.4.1　管理链接

1．查看站点导航

完成整个站点的页面之间的链接后，可以通过"地图视图"查看站点中的相关页面，以及页面之间的链接关系。以我们前面创建链接的网页 8.1_3.html 为例。

(1) 在【文件】面板中选择"8.1_3.html"文件，单击右键，在弹出菜单中选择【设为首页】命令，如图 8.25 所示。

(2) 在【文件】面板的【视图】下拉列表中选择【地图视图】选项，【文件】面板中就会出现【站点导航】，如图 8.26 所示。

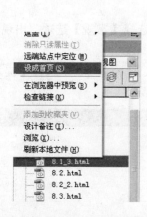

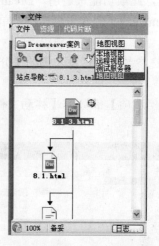

图 8.25 设为首页   图 8.26 查看"站点导航"

(3) 如果站点中的文件过多，可以单击【文件】面板中的【展开】按钮，以展开的方式显示站点导航。

2. 链接检查

利用链接检查器可以检查网站中的链接。检查过程如下。

(1) 在 Dreamweaver CS3 主窗口中，单击菜单【窗口】|【结果】，打开【结果】面板。

(2) 在【结果】面板中打开【链接检查器】选项卡，单击面板左上角的绿色箭头按钮，在弹出的下拉菜单中选择相应的命令，如选择【检查当前文档中的链接】，如图 8.27 所示。

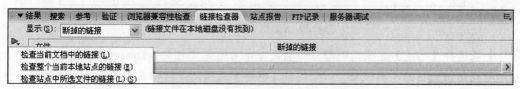

图 8.27 【链接检查器】选项卡

(3) 链接检查器会自动开始检查站点链接，检查完毕后，如果有无效链接，则会显示在该对话框中。如果要修改无效链接，直接单击链接内容，并对其进行修改即可，如图 8.28 所示。

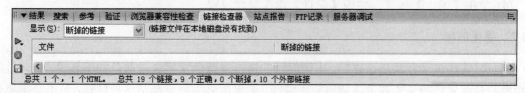

图 8.28 链接检查的结果

技巧 还有一种更简单的操作方法: 选择菜单【文件】|【检查页】|【链接】，系统就会自动检查网页中链接的有效性，并且把检查结果显示出来。

3. 更新链接

Dreamweaver CS3 可以设置自动更新链接的功能，每当在本地站点内移动或重命名文档时，Dreamweaver CS3 可更新指向该文档的链接。当将整个站点(或其中完全独立的一部分)存储在本地硬盘时，此项功能最适用。Dreamweaver CS3 中启用链接管理的方法如下。

(1) 在 Dreamweaver CS3 主窗口中，单击菜单【编辑】|【首选参数】，弹出【首选参数】对话框。

(2) 在【首选参数】对话框左侧的【分类】列表中选择【常规】选项，出现【常规】首选参数选项。

(3) 在【文档选项】部分的【移动文件时更新链接】下拉列表中选择【提示】确认，如图 8.29 所示。

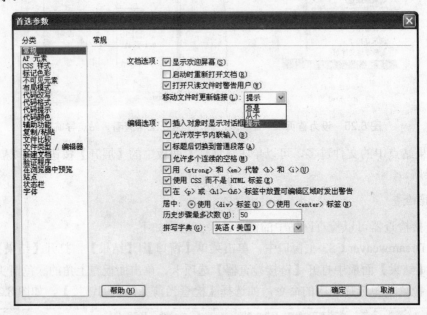

图 8.29 【首选参数】对话框

提示 如果选择【总是】选项，则每当移动或重命名选定文档时，Dreamweaver CS3 将自动更新指向该文档的所有链接。如果选择【从不】选项，当移动或重命名选定文档时将保留原文件不动。如果选择【提示】选项，每当移动或重命名选定文档时，将显示一个对话框，列出此更改将会影响到的所有文件，单击【更新】按钮可更新这些文件中链接，而单击【不更新】按钮将保留原文件不变。

(4) 单击【确定】按钮，完成【常规】首选参数设置。

8.4.2 美化链接

网页默认的链接方式是这样的：未访问过的链接是蓝色文字并带蓝色的下划线，访问过的超级链接是深紫色的文字并带深紫色的下划线。如果所有的网页都是这种样式，是不是很单调呢？下面我们介绍两种美化链接的方法。CSS 样式将在第 10 章详细介绍，这里只介绍涉及超链接美化的内容。

1. 设置链接属性

网页的页面属性可以设置网页的超链接文本的字体、颜色等属性，实现页面超链接的一致性。操作步骤如下。

(1) 新建一个页面，分别输入文本"首页"、"新闻"和"娱乐"，并分别建立空链接。

(2) 打开【页面属性】对话框。

(3) 在【分类】列表框中选择【链接】。

(4) 链接属性的各项设置值如图 8.30 所示。此时单击【确定】按钮或者【应用】按钮，完成链接属性的设置，保存页面并检验链接的效果。

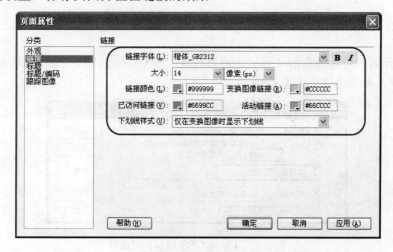

图 8.30　设置链接属性

(5) 按上面的方法在【页面属性】中对超链接文本设置属性，实际上即定义了超链接的 CSS 样式，在 Dreamweaver CS3 主窗口中，单击【窗口】|【CSS 样式】，或者单击【属性】面板上的 CSS 按钮，打开"CSS 样式"面板，就可以看到 CSS 样式，如图 8.31 所示。

图 8.31　【CSS 样式】面板

2. 使用 CSS 美化链接

如果想定义更高级更个性化的链接样式，我们也可以直接通过建立 CSS 样式来美化链接。具体步骤如下。

(1) 新建一个页面，分别输入文本"首页"、"新闻"和"娱乐"，并分别建立空链接。

(2) 单击【CSS 样式】面板中的【新建 CSS 规则】按钮，弹出【新建 CSS 规则】对话框，在该对话框中的【选择器类型】选项组中选中【高级】单选按钮。

提示 在 Dreamweaver CS3 中，链接样式属于高级样式。在【新建 CSS 规则】对话框的【选择器类型】中选择"高级"，其下拉列表提供的高级样式包括以下 4 种超链接的状态设置。

a:link：设定正常状态下链接文字的样式。

a:active： 设定鼠标单击时链接的外观。

a:visited：设定访问过的链接的外观。

a:hover： 设定鼠标放置在链接文字之上时，文字的外观。

(3) 在【定义在】选项组中，选中【仅对该文档】单选按钮，这样 CSS 样式就被定义在该文档中了。

(4) 下面开始对对超链接的 4 种状态进行设置。在【高级】下拉列表中，选择器"a:link"，如图 8.32 所示，并单击【确定】按钮。

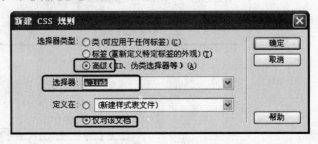

图 8.32 【新建 CSS 规则】对话框

(5) 在弹出的【a:link 的 CSS 规则定义】对话框中，对"类型"进行设置，如图 8.33 所示，单击【确定】结束设置。

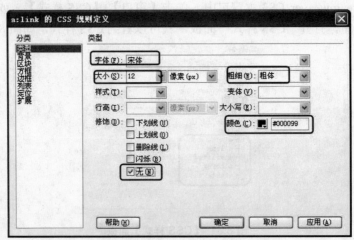

图 8.33 【a:link 的 CSS 规则定义】对话框

(6) 单击【CSS 样式】面板中的【新建 CSS 规则】按钮 ，弹出【新建 CSS 规则】对话框。同样选择【高级】与【仅对该文档】，并在【选择器】的下拉列表中选择【a:visited】，对弹出的【a:visited 的 CSS 规则定义】对话框进行设置，如图 8.34 所示。

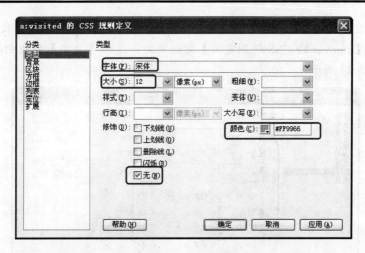

图 8.34 【a:visited 的 CSS 规则定义】对话框

(7) 用同样的方法分别设置【a:hover 的 CSS 规则定义】对话框和【a:active 的 CSS 规则定义】对话框，当然也可以不必 4 种状态都设置。这里我们设置【a:hover 的 CSS 规则定义】对话框，如图 8.35 所示。

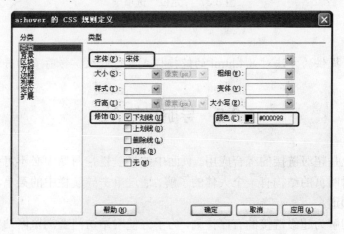

图 8.35 【a:hover 的 CSS 规则定义】对话框

提示　对超链接4种不同状态定义不同的样式，这样在网页中当超链接处于4种不同的状态时，就有了不同的样式表。在样式表中不但可以定义下划线，还可以定义颜色、字体样式和背景等许多样式。

(8) 保存页面为 8.4.html，按 F12 键在浏览器中浏览页面，效果如图 8.36 所示。

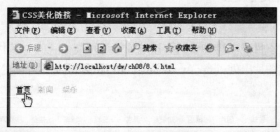

图 8.36 预览超链接效果

技巧　当鼠标经过链接文字时，还可以出现一种文字向上或者向下移动的效果。具体制作方法是在设置【a:hover 的 CSS 规则定义】对话框时，选择【分类】列表中的【定位】选项卡，如图 8.37 所示。

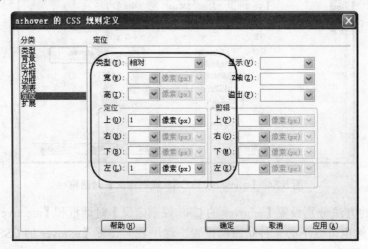

图 8.37　"定位"选项卡

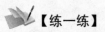【练一练】

根据"技巧"提供的方法对 8.4.html 的链接样式进行修改，保存页面并预览效果。

8.5　导航栏简介

导航栏实际上是超级链接的综合应用。页面中的导航栏是网站中必不可少的元素，浏览者可以通过导航栏对网页的结构有一个大体的了解，通过单击导航栏中的菜单，可以快速进入某个网页或者其他频道。

导航栏可以理解为超级链接的有序排列，为了方便网站访问者浏览网站中的相关信息，通常将许多超级链接有规律地排列在网页的上部或者左侧，这些超级链接就是浏览者访问网站的向导，形象地称为"导航栏"，尤其在首页一般都有导航栏。

导航栏的布局方式通常分为横向排列、纵向排列、弧形排列、浮动导航栏等多种形式；导航栏中的超级链接载体可以是文字、图片、Flash 动画、按钮等；导航栏也可以做成弹出式菜单形式。导航可以排列在页面的上方、左侧、右侧、底部，有的网站将导航栏置于页面的中部。

下面介绍几种典型的导航栏。

1. 横向导航栏

横向导航栏是指导航条目横向排列于网页顶端或接近顶端位置的导航栏，有的横向导航栏也位于页面的底部。如图 8.38(图片出处: http://www.iask.com/)和图 8.39(图片出处: http://www.sina.com.cn)所示。

图 8.38　置于网页顶端的横向排列的导航栏

新浪简介　｜　About Sina　｜　广告服务　｜　联系我们　｜　诚聘英才　｜　网站律师　｜　SINA English　｜　会员注册　｜　产品答疑　｜　客户投诉

图 8.39　置于页面底部的横向排列的导航栏

2. 纵向导航栏

纵向导航栏是指导航条目纵向排列，且位于网页左侧或右侧的导航栏，如图 8.40(图片出处：http://www.boc.cn/cn/static/index.html)所示。

图 8.40　纵向导航栏

横向和纵向导航条是网页中两种最基本的导航方案，可以使用表格、框架技术实现，也可以使用第 6 章中插入导航条的方法实现。

3. 浮动导航栏

浮动导航栏是指没有固定位置，浮动于网页内容之上的导航条，其位置可以随意移动，给用户带来极大的方便。

4. 下拉菜单式导航栏

下拉菜单式导航栏，与 Dreamweaver CS3 主窗口中的下拉菜单相似，由若干个显示在窗口顶部的主菜单和各个菜单项下面的子菜单组成，每个子菜单还包括几个子菜单项。当鼠标指针指向或单击主菜单项时就会自动弹出一个下拉菜单，当鼠标指针离开主菜单项时，下拉菜单则隐藏起来。这种形式的导航栏分类具体，使用方便，占用屏幕空间少，很多网页都使用这种形式的导航栏，如图 8.41 所示(图片出处：http://www.boc.cn/cn/static/index.html)。

图 8.41　下拉菜单式导航栏

浮动导航栏和下拉菜单式导航栏可以使用层、行为、JavaScript 脚本等技术实现，行为、JavaScript 脚本将在后面的章节学习。下拉菜单还可以使用 Flash 设计。

8.6　本章小结

制作网页时，经常需要通过超级链接将各个不同的页面联系起来，以达到快速指向需要浏览的页面的目的。通过本章学习，熟练掌握如何创建外部链接、页间链接、空链接、E-mail链接等，并能掌握如何管理和美化链接，以及理解链接的有序排列即导航栏的知识。

8.7 思考与实训

1. 思考

如何链接到网页文档中的特定位置？

2. 实训

根据本章所学内容对网页文档 8.5.html 进行如下设置。

(1) 创建图片 google.gif 到"http://www.google.com"的链接。

(2) 仕文本"公司信息"前面插入名为 top 的命名书签。在文档的正文右边内容"公司简介"到"Google 是什么意思？"处创建名为 1～6 的命名锚记。

(3) 在文本"top"上创建链接。链接至顶部名为 top 的命名书签。

(4) 在文档的顶部"Google"上创建电子邮件链接，电子邮件地址为 guest@google.com。

(5) 链接字体设为宋体，大小为 9pt，粗体。样式设置为鼠标划过出现下划线。

完成以上设置后将网页保存为 8.5_2.html，效果如图 8.42 所示。

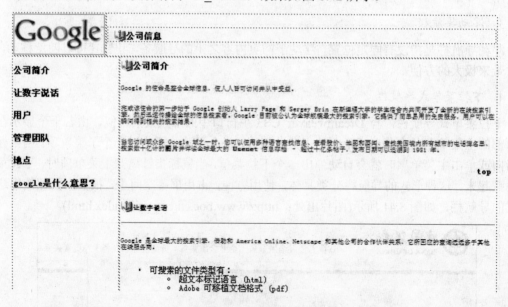

图 8.42 页面效果

8.8 习   题

一、选择题

1. 下列路径属于绝对路径的是(   )。

    A. http://www.sina.com/index.html   B. /student/webpage/10.html

    C. 10.html   D. webpage/10.html

2. 将超级链接的目标网页在新窗口中打开的方式是(   )。

    A. _parent   B. _blank   C. _top   D. _self

3．将超级链接的目标网页在当前窗口中打开的方式是(　　)。

　　A．_parent　　　　B．_blank　　　　C．_top　　　　　D．_self

4．具备单击后可直接返回网页顶部功能的超级链接是(　　)。

　　A．图像链接　　　B．锚点链接　　　C．空链接　　　　D．电子邮件链接

5．图像"属性"面板中的热区按钮不包括(　　)。

　　A．方形热区　　　B．圆形热区　　　C．三角形热区　　D．不规则形热区

二、操作题

在网页中复制一篇小说，并以章节为锚点创建锚记链接。

第 **9** 章　创建和使用框架

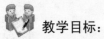教学目标：

框架网页是论坛和聊天室等网页常用的网页结构。本章的主要内容如下。

- 框架与框架集的概念与关系及框架集的常用属性设置。
- 在框架网页中使用超链接的方法。
- 框架网页代码各个部分的含义。
- 框架网页的保存方法。

教学要求：

知识要点	能力要求	关联知识
框架与框架集的概念	掌握框架与框架集的概念与关系	框架与框架集
框架与框架集的属性面板各选项	掌握框架和框架集的常用属性设置	框架与框架集的属性
超链接的目标	掌握在框架网页中使用超链接的方法	框架中的超链接
框架网页的 HTML 代码	了解框架网页代码各个部分的含义	嵌套框架集
框架网页的保存方法	掌握框架网页的保存方法	框架的保存

设置页面布局是网页制作必不可少的一个环节，第 4 章讲述了在布局模式下使用布局表格和布局单元格进行页面的布局，除了该种布局模式，还有一种布局的模式，即使用框架布局，本章将对框架布局网页进行讲述。

9.1　框　架　概　述

框架是的作用是把页面分成若干部分，每一部分都可以是一个独立的网页。框架网页是页面布局的一种方式，是聊天室、论坛之类的网页常用的结构。例如，搜狐网站的论坛(http://club.yule.sohu.com)，使用的就是框架网页技术，该网页被分成两大部分，左侧网页是各个讨论区的名称，单击左侧的超链接，右侧会显示相应的网页内容，如图 9.1 所示。

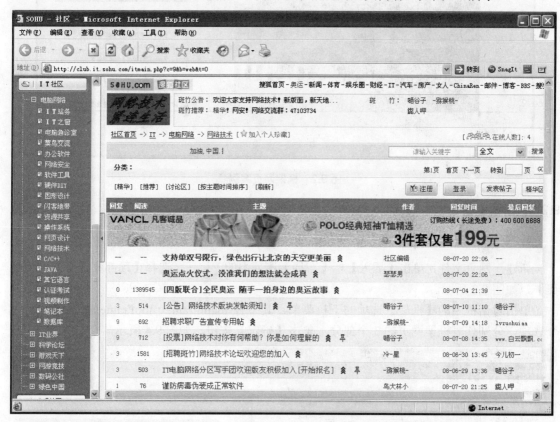

图 9.1　搜狐论坛

9.2　案例：框架网页的制作

　案例说明

本案例网页使用框架技术制作，页面由四部分组成，每一部分是一个独立的网页，左侧和右侧页面可以通过滚动条来上下拖曳显示，效果如图 9.2 所示。

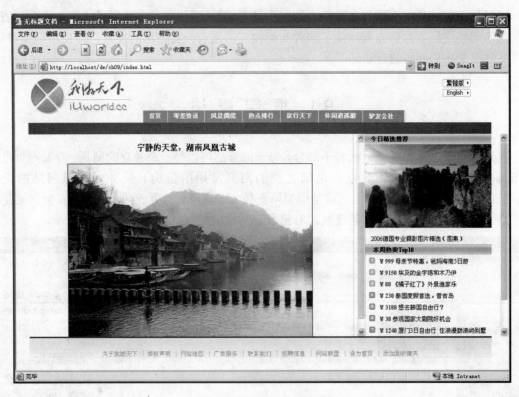

图 9.2　框架网页案例

9.2.1　操作步骤

1. 创建框架网页

新建一网页文件，单击【插入】栏【布局】选项中的 ▼ 按钮，选择【顶部和嵌套的左侧框架】，如图 9.3 所示。

单击对话框中的【框架】选项的下拉菜单，其中有 mainFrame、topFrame 和 leftFrame 3 个选项，分别代表框架网页的 3 个部分，单击【确定】按钮，如图 9.4 所示。

图 9.3　插入框架

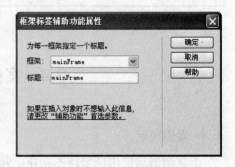

图 9.4　【框架标签辅助功能属性】对话框

　　框架插入完成后，将光标放到编辑区框架最下边缘，当光标变成双向箭头后，左键向上拖拽鼠标，生成下侧框架，如图 9.5 所示。

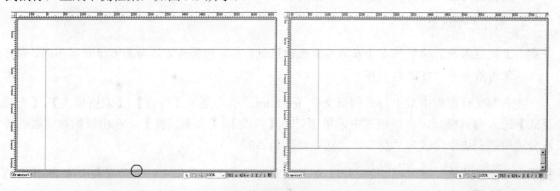

图 9.5　生成下侧框架

　　选择【窗口】|【框架】，右侧浮动面板区显示框架面板，可以发现，下侧框架没有名称。单击选中下侧框架，如图 9.6 所示，在【属性】面板的框架属性项中，设置下侧【框架名称】【bottomFrame】，如图 9.7 所示。

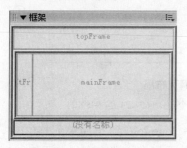

图 9.6　框架浮动面板

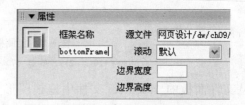

图 9.7　在框架属性面板中为框架命名

2.　保存框架网页

　　选择【文件】|【全部保存】，在【另存为】对话框中将文件第一次保存，命名为"index.html"，保存到本地站点"Dreamweaver 案例教程"的 ch09 子目录中。之后还需要保存 4 次，根据编辑区虚线定位的框架，将框架命名为 bottom.html、right.html、left.html 和 top.html。例如，对于右侧框架网页，在保存时，编辑区中右侧框架以虚线框包围，如图 9.8 所示。

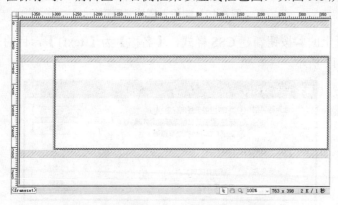

图 9.8　保存右侧框架时框架周围的虚线框

注意　在"Dreamweaver 案例教程"的 ch09 子目录中新建一名为 images 的文件夹，放入本案例需要的图片素材，以备后用，素材图片详见光盘。

3. 制作上侧框架页面

注意　上侧框架网页的制作方法在第 6 章里出现过，本章的制作方法与第 6 章稍有不同，也可使用第 6 章的方法来制作。

在右侧文件面板中双击打开网页文件 top.html。单击菜单【查看】|【表格模式】|【布局模式】进入布局模式，在该模式中，单击菜单【修改】|【页面属性】，在出现的对话框的外观分类中把左边距修改为"28"，上边距修改为"0"。

提示　边距修改为"28"，上边距修改为"0"是为了在上侧框架中的页面有大小为 28 像素的左边距，无上边距。

在编辑区使用布局表格按钮 和布局单元格按钮 编辑网页布局，如图 9.9 所示。

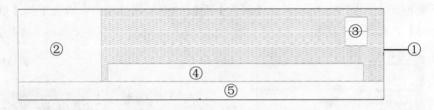

图 9.9　上侧框架网页布局

① 980×120　② 219×96　③ 57×19(两个)　④ 660×24　⑤ 948×24

从文件面板的 resource 文件中拖拽图形文件 logo.jpg 到布局单元格②中，分别拖曳 btn_big5.gif 和 btn_en.gif 到③对应的上下两个布局单元格中，选中布局单元格④，在【属性】面板中设置背景色为"#f2f2f2"，选中布局单元格⑤，在【属性】面板中设置背景色为"#b31b34"，效果如图 9.10 所示。

图 9.10　制作上侧框架网页

单击 CSS 面板上的 按钮新建 CSS 样式，【名称】为【.text1】，目的是为④的导航文本创建样式，如图 9.11 所示。

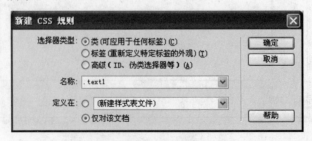

图 9.11　新建样式

单击【确定】后，出现【.text1 的 CSS 规则定义】对话框，在【类型】选项中进行参数设置，如图 9.12 所示。依次在【背景】选项中将【背景颜色】设置为【#778a98】，在【区块】选项中将【文本对齐方式】设置为【居中】，在【方框】选项中将【浮动项】设置为【左对齐】，将填充中的【上】、【右】、【下】、【左】分别设置为【0】、【1】、【2】、【0】、【12】，将边界中的【右】设置为【1】。

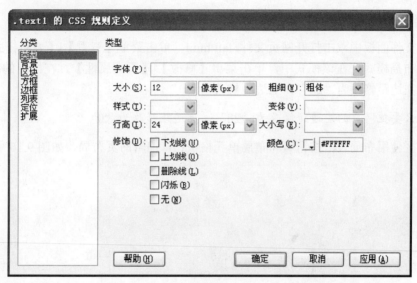

图 9.12　定义样式

在④中输入 7 段导航文本，文本之间用空格隔开，如图 9.13 所示。

图 9.13　输入导航文本

分别选择每段文本，套用 text1 样式，最终效果如图 9.14 所示。

图 9.14　套用样式

上侧网页完成后，大小与上侧框架可能不符合，因此，调整框架边缘到大小合适，或者选中框架浮动面板中的整个框架集，在框架集属性面板中单击图示区域，在面板中的行值中将行值设置为"120"，如图 9.15 所示。

提示　框架的属性面板只有在框架面板上选中对应框架后才能出现。

图 9.15　设置上侧框架的行高

4.　制作左侧框架页面

在右侧文件面板中双击打开网页文件 left.html。单击菜单【查看】|【表格模式】|【布局模式】进入布局模式，在该模式中，单击菜单【修改】|【页面属性】，在出现的对话框的外观分类中把左边距修改为 "28"，上边距修改为 "0"。

思考　为什么要把网页的左边距修改为 "28"，上边距修改为 "0"？

在编辑区使用布局表格按钮 ▦ 和布局单元格按钮 ▤ 编辑网页布局，如图 9.16 所示。

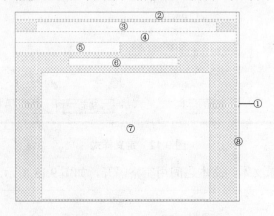

图 9.16　左侧框架网页布局

① 670×547　② 661×21　③ 538×29　④ 661×31　⑤ 316×30　⑥ 325×23　⑦ 502×366　⑧ 9×547

②、③、④、⑥ 4 个区域参照实例输入相应的文本，⑦、⑧分别插入图形文件 Xanadu01.2.jpg 和 bg_bignews2.gif，如图 9.17 所示。

图 9.17　插入文本和图片后的左侧框架网页

将光标定位到布局单元格⑤中，单击菜单【插入纪录】|【表单】|【列表/菜单】，在弹出的【输入标签辅助功能属性】对话框中，单击【确定】按钮，如图 9.18 所示。在是否添加标签中选择【否】，如图 9.19 所示。

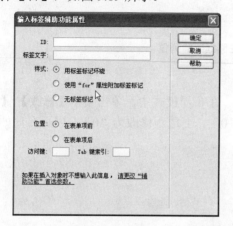

图 9.18 【输入标签辅助功能属性】对话框

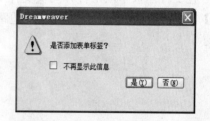

图 9.19 【是否添加表单标签】对话框

下拉菜单创建完成后，单击属性面板中的"列表值"选项，在【列表值】对话框的【项目标签】中输入相应的内容，如图 9.20 所示，最终下拉菜单效果如图 9.21 所示。

图 9.20 【列表值】对话框

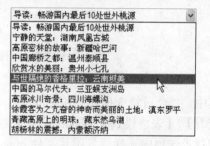

图 9.21 下拉菜单效果

提示 对话框中的"值"是对应列表项的超链接文件，这里没有设置。

在框架浮动面板上单击选中左侧框架，在属性面板上设置【滚动】选项的值为【是】，左侧框架网页在浏览时可以通过滚动条来滚动显示，如图 9.22 所示。

在框架浮动面板中选中中间的框架集，如图 9.23 所示，在框架集属性面板中设置左侧框架的列值为"717"，确保左侧框架网页和左侧框架水平方向大小一致，如图 9.24 所示。

保存并测试页面，网页效果如图 9.2 所示。

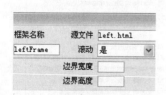

图 9.22 设置左侧框架滚动显示

图 9.23 选中中间的框架集

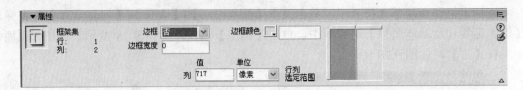

图 9.24 设置左侧框架的列值

5. 制作右侧框架页面

在文件面板中双击打开网页文件 right.html。在布局模式中，单击菜单【修改】|【页面属性】，在对话框的外观分类中把左边距修改为"0"，上边距修改为"0"，网页布局如图 9.25 所示。

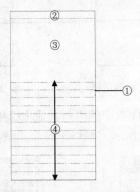

图 9.25 页面 right.html 的表格布局

① 259×461 ② 259×21 ③ 259×179 ④ 259×21(12 个)

其中，"今日精选推荐"和"本周热卖 Top10"两个布局单元格使用了背景图片，单击菜单【查看】|【表格模式】|【标准模式】进入标准模式，光标定位到布局单元格中，在属性面板中的背景选项中选择背景图片文件 ptitc.gif，如图 9.26 所示。同样的方法在布局单元格③中插入背景图片 photography.jpg。

切换到布局模式下，参照实例在布局单元格中插入相关图片并输入文字，布局单元格设置的效果如图 9.27 所示。

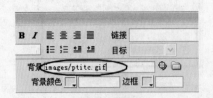

图 9.26 设置单元格背景图片

图 9.27 右侧框架网页

在右侧框架属性面板中，调整右侧框架的【滚动】选项的值为【是】。网页最终效果如图 9.2 所示。

6. 制作下侧框架页面

在文件面板中双击打开网页文件 bottom.html。在布局模式下设置页面上边距为"0"，左边距为"28"，创建一 948×68 的布局表格，在标准模式下，把图形文件 bg_bignews22.gif 设置为背景图片，在布局表格中输入文本，效果如图 9.28 所示。

图 9.28　下侧框架网页

7. 测试框架网页

测试框架网页，整个框架网页最终效果如图 9.2 所示。

9.2.2　技术实训

1. 框架与框架集

对于实例中的框架网页来说，整个网页是一个大的框架集，在框架集中又包含了框架和框架集。

框架集定义了一组框架的布局和属性，包括框架的数目、大小、位置和每个框架中显示的页面源文件。框架集中的每个框架都是浏览器中的一个独立的部分，它可以指定某个网页在其中显示。例如，如图 9.29 所示框架集来说，由上面的框架 1 和下面的一个框架集组成，其中，下面的框架集又由框架 2 和框架 3 组成。

```
框架 1

框架 2          框架 3
```

图 9.29　框架与框架集

2. 嵌套框架集

嵌套框架集就是在一个框架集内插入另外的框架集，很多复杂的网页都是使用的嵌套框架集生成的，对于图 9.29 来说，实际上就是一个嵌套的框架集，框架 1 为独立的一个框架，下侧为一个框架集，由框架 2 和框架 3 组成。对应的 HTML 语句如下。

```
<html>
<head>
<title>无标题文档</title>
</head>
<frameset>
  <frame>
```

```
    <frameset>
      <frame>
      <frame>
    </frameset>
  </frameset>
  </body>
  </html>
```

其中最外层的<frameset>和</frameset>标记用来定义一个框架集，其中包括一个<frame>，用来定义一个框架，即图 9.29 的框架 1，还包括一对<frameset>和</frameset>标记，用来定义下侧的框架集，在该框架集中，包括两个<frame>标记，表示该框架集中的左后两个框架。

3. 框架与框架集的属性

框架与框架集的属性面板必须在框架面板中选中框架或框架集后才能出现，可以选择【窗口】|【框架】来打开框架浮动面板，选中框架只需在相应的框架上单击一下，选中框架集需要在框架集的边缘上单击，如图 9.30 所示选中的上侧框架，如图 9.31 所示选中的中间的框架集。

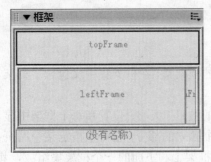

图 9.30　选中上侧框架

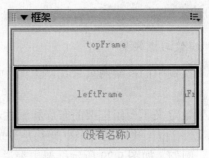

图 9.31　选中中间框架集

1) 框架属性

通过单击选中框架面板的某个框架后，属性面板为框架的属性。框架属性面板的源文件即为在该框架中显示的网页文件，当网页的大小超过定义的框架的大小时，可以选择滚动选项中使得框架中出现滚动条，边框选项可以决定是否显示边框。边界宽度和边界高度的值分别决定框架网页中的内容与框架边框的左右间距和上下间距，上侧框架属性面板如图 9.32 所示。

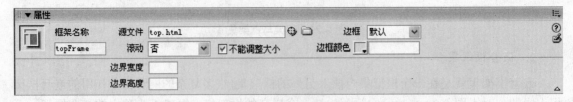

图 9.32　框架属性面板

2) 框架集属性

单击框架面板的某个框架集，属性面板为框架集的属性。在属性面板中可以调整框架集边框的宽度、颜色和是否需要显示边框，选中右侧的框架集对应的框架区域，在行值中可以修改框架的行高，在图 9.33 中，将框架集上侧框架的行高设置为【120】【像素】，如图 9.33 所示。

图 9.33 框架集属性面板

同样，也可以修改框架集中某个框架的列宽，如图 9.34 所示。

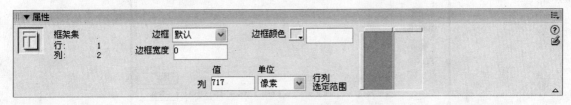

图 9.34 修改框架集中框架的列宽

4. 框架网页的保存

框架网页是通过【文件】|【全部保存】进行保存的，保存时需要保存整个框架集网页和其中的每个框架网页，对于上例图 9.29 的框架网页来说，需要保存 4 次，系统会用虚线框提示正在保存的部分。保存时，第一个保存的是整个框架集，左下方出现虚线框，如图 9.35 所示。

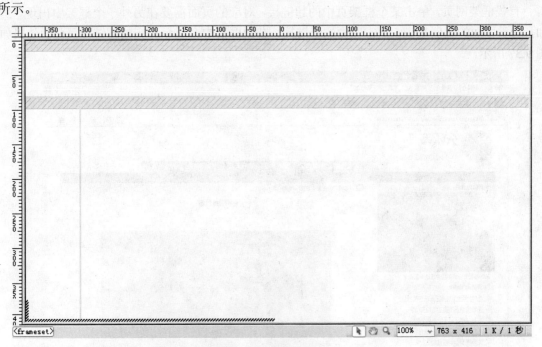

图 9.35 保存整个框架集时虚线框的位置

系统自动命名 UntitledFrameset-n.html(n 为编号)，表明第一个保存的是框架集，名称可以自行修改，如图 9.36 所示。

其余 3 个框架的保存同理，根据虚线框的提示来给框架网页逐一命名。

图 9.36　保存框架集时框架集的名称

9.2.3　案例拓展：框架网页中的超链接

有些框架网页，单击某个框架页中的超链接，对应的页面需要在另外一个框架中出现，例如，对于下面的案例来说，单击左侧的超链接，右侧框架中会显示相应的超链接页面，效果如图 9.37 所示。

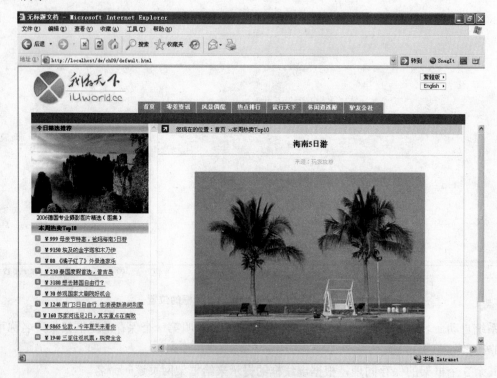

图 9.37　框架网页中的超链接

提示 对于本页面，是将本章案例中的左右框页面架稍作修改并互换，注意页边距的修改，原来的右侧框架页面左侧页边距改为"28"，原来的左侧框架页面的左侧页边距要改为"0"。

这种情况的设置，除了和一般的超链接一样设置目标文件外，还需要指定超链接的目标。例如，对于上面的网页来说，设置完超链接后，就需要设置目标为 mainFrame，表明超链接文件会在右侧框架中显示，如图 9.38 所示。

图 9.38 设置超链接的目标

在属性面板的目标选项中有很多选项，其中的_blank、_parent、_self、_top 在本书超链接第 8 章已作讲述，其余的 MainFrame、LeftFrame 和 TopFrame 为框架的名称，在制作框架网页时自动生成，被选中时表明超链接页面会在本框架中出现。

9.2.4 本节知识点

本节主要对框架网页进行了讲述，在讲述过程中分析区别了框架和框架集的概念、属性以及它们之间的关系，嵌套框架网页对应的 HTML 语言，框架网页中的超链接的设置，最后讲述了框架网页的保存方式。

9.3 本 章 小 结

本章主要通过"框架网页"案例介绍框架网页的制作技巧，此外还介绍了制作超链接框架网页技巧，在技术实训部分讲解了和框架网页相关的知识点。

框架网页有利于统一一系列网页的风格，提高制作的效率、方便更新维护和便于浏览的优点，与此同时也存在一些缺点。例如，并不是所有的浏览器都提供良好的框架支持，可能难以实现不同框架中各元素的精确图形对齐，对导航进行测试可能很耗时间等。

9.4 思考与实训

1. 思考

(1) 课堂讨论：一个框架结构的网页为什么保存时需要保存多次？

(2) 课堂讨论：框架网页与一般的网页相比有什么优势？

(3) 课堂讨论：框架网页中存在超链接，并且超链接的内容需要在框架网页中显示，不设置超链接的目标，会出现什么情况？

2. 实训

(1) 上网找一找除了论坛常采用了框架结构之外，还有什么网页常采用框架网页的结构？

(2) 如图 9.39 所示制作一个稍微复杂的框架网页，网页内容任意。

图 9.39　框架网页结构

9.5　习　　题

一、填空题

1．定义框架集的标记是(　　　　　　)，定义框架的标记是(　　　　　　)。

2．通过【文件】|【全部保存】的方式保存如图 9.39 所示框架网页，应该保存的次数为(　　　　　　)。

3．框架网页是页面布局的一种方式，是(　　　　)、(　　　　)之类的网页常用的结构。

4．选中框架集需要在框架浮动面板中框架集的(　　　　　)位置单击一下。

5．框架集与框架的关系是(　　　　　　)。

6．在框架集属性面板中可以调整边框的(　　　　)、(　　　　)和(　　　　)，还可以在行值中可以修改框架的行高，在列值中修改框架的(　　　　　)。

7．框架集定义了一组框架的布局和属性，包括框架的(　　　　)、(　　　　)、(　　　　)和每个框架中显示的(　　　　　)。

二、选择题

1．在框架式网页中添加超级链接时，"目标"选项选择以下哪个选项时，可以新窗口打开超链接页面(　　)。

　　A．_blank　　　　　　B．_parent　　　　　C．_self　　　　　　D．_top

2．在框架式网页中添加超级链接时，"目标"选项选择以下哪个选项时，可以当前框架窗口打开超链接页面(　　)。

　　A．_blank　　　　　　B．_parent　　　　　C．_self　　　　　　D．_top

3．下面关于创建一个框架的说法正确的是(　　)。

　　A．新建一个 HTML 文档，直接插入系统预设的框架就可以建立框架了

　　B．打开文件菜单，选择保存全部命令，系统会自动保存

　　C．如果要保存框架时，在编辑区中，所保存框架周围会看到一圈虚线

　　D．不能创建 13 种以外的其他框架的结构类型

4．设置分框架属性时，要使无论内容如何都不出现滚动条的是怎么设置属性的(　　)。

　　A．设置分框架属性时，设置滚动条的下拉参数为默认

　　B．设置分框架属性时，设置滚动条的下拉参数为是

  C．设置分框架属性时，设置滚动条的下拉参数为否

  D．设置分框架属性时，设置滚动条的下拉参数为自动

5．下面选项是框架面板作用的是(　　)。

  A．用来拆分框架页面结构

  B．用来给框架页面命名

  C．用来给框架页面制作连接

  D．用来选择框架中的不同框架

6．使用框架的优缺点下面说法正确的是(　　)。

  A．一些浏览器不支持框架网页

  B．在某些框架中产生滚动条，不利于浏览

  C．有利于统一页面风格

  D．难以实现不同框架中各元素的精确图形对齐

三、简答题

1．简述框架集和框架的关系是什么样子。

2．简述框架网页的用途是什么。

四、操作题

1．制作框架网页如图 9.40 所示。

图 9.40　制作框架网页

2．将上题中左侧框架中的内容设置超链接，超链接文件在右侧框架中显示。

第 **10** 章　使用 CSS 统一页面风格

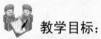 **教学目标：**

　　CSS 是为了简化 Web 页面的更新工作而诞生的，它的功能非常强大，它让网页变得更加美观，维护更加方便。

　　本章的主要内容如下。

- CSS 的基本概念。
- CSS 的主要应用。
- 利用 CSS 中的滤镜对网页进行美化。
- CSS 与传统网页设计方法的区别。
- 熟练掌握 CSS 的基本应用：内联式样式表、外嵌式样式表。
- 掌握 CSS 的价值体现：外联式样式表应用。

 教学要求：

知识要点	能力要求	关联知识
CSS 的基本概念	了解 CSS 的基本概念	网站与 Web 标准，CSS 设置规则，具体应用
CSS 的种类	熟练掌握内联式，外嵌式样式表	内联式样式表、外嵌式样式表
CSS 属性	对 CSS 的各种属性能熟练应用	类型，背景，区块，方框，边框，列表，定位
CSS 滤镜	了解 CSS 中滤镜的设置	CSS 各种滤镜的功能，参数设置

上一章着重介绍了框架的一些基本概念和应用,接下来就要学习美化网页的设计,对网页元素的美化和定位。

本章讲述 CSS,即层叠样式表,CSS 主要是设置网页内容面貌的一些设置规则,这些规则主要是设置网页元素的布局、大小、颜色、表现形式等。它的功能非常强大,它将让网页变得更加美观,维护更加方便。

10.1　层叠样式表 CSS 概述

CSS 是 Cascading Style Sheets 的缩写,称为层叠样式表。CSS 是一组格式设置规则,用于控制 Web 页内容的外观。通过设置 CSS,不但可以随意控制网页中文字的大小、字体、颜色、边框、链接状态等效果,而且还能统一网站的整体风格。

一般来说,在同一个网站的所有页面里,相同类型的网页元素具有相同的属性,例如所有正文的字体大小和颜色,所有表格的边框粗细和颜色等都是一样的,但是如果逐一设置会做许多重复的工作,而且很容易出错,并且当对属性修改时候,要逐个去改。而 CSS 就是解决这个问题的,当定义一个 CSS 样式后,就可以把它应用到不同的网页元素中,这样所有应用该 CSS 样式的网页元素就有相同的属性,当修改一个 CSS 后,所有应用该 CSS 样式的网页元素的属性都会被修改。

除设置文本格式外,还可以使用 CSS 控制 Web 页面中块级别元素的格式和定位。块级元素是一段独立的内容,在 HTML 中通常由一个新行分隔,并在视觉上设置为块的格式。例如,h1 标签、p 标签和 div 标签都在网页上生成块级元素。可以对块级元素执行以下操作:为它们设置边距和边框、将它们放置在特定位置、向它们添加背景颜色、在它们周围设置浮动文本等。对块级元素进行操作的方法实际上就是使用 CSS 进行页面布局设置的方法。

10.1.1　CSS 样式表的定义方式

网页里定义 CSS 方式有多种,但是主要的有三种,分别为标签 CSS 样式、类 CSS 样式、伪类 CSS 样式。

1. 标签 CSS 样式

标签 CSS 样式是直接为 HTML 标签定义样式,这样网页中所有使用该标签的内容都会具有相同的属性。

2. 类 CSS 样式

类 CSS 样式是定义的 CSS 样式可以应用于任何一个 HTML 标签,当所有的标签不使用同一个样式时,就可以使用类 CSS 样式,使用时,只需在标签内应用该类 CSS 样式即可。

3. 伪类 CSS 样式

在 HTML 页面中 id 参数指定了某一个单一元素,id 选择符是用来对这个单一元素定义单独的样式;伪类 CSS 样式,是指有的 HTML 标签具有不同的状态,这些不同的状态称为伪类,可以为每个伪类分别定义不同 CSS 样式,一个最常用的伪类就是超级链接。例如,超级链接的标签<a>有 link, visited, active, hover 4 种伪类,具体含义分别为还没有被访问过的超级链接,已经被访问过的超级链接,正在被访问的超级链接,鼠标指向时的超级链接。

10.1.2 创建 CSS 样式

创建 CSS 样式需要【CSS 样式】面板，按 Shift+F11 快捷键，就可以打开【CSS 样式】面板，单击【新建 CSS 规则】按钮 ，将弹出如图 10.1 所示的【新建 CSS 规则】对话框，在这个对话框里就可以创建 CSS 样式了。

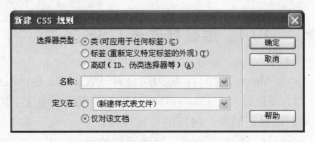

图 10.1 【新建 CSS 规则】对话框

10.2 案例：使用 CSS 统一、美化页面

案例说明

通过前面的讲述，对 CSS 样式有了一个大概的了解，下面就按照 CSS 3 种定义方式将下面的页面统一、美化一下。首先比较如图 10.2 所示和如图 10.3 所示的两个网页，图 10.2 只是经过简单的排版，图 10.3 页面的元素应用了 CSS。哪个页面更加美观呢？通过比较图 10.3 更加美观，如何进行美化呢？请看案例操作。

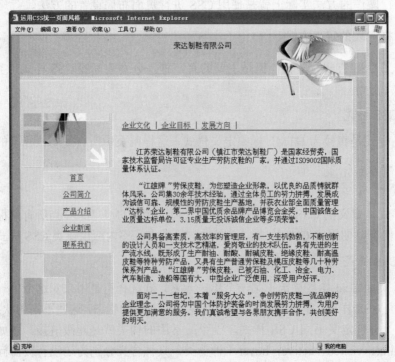

图 10.2 未应用 CSS 样式的页面效果

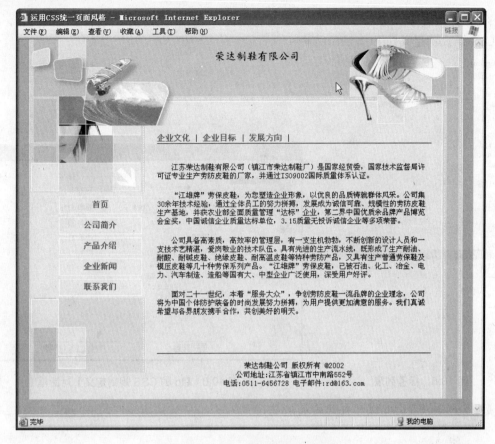

图 10.3 应用 CSS 样式的页面效果

10.2.1 操作步骤

(1) 打开素材文件夹 ch10 里的 10-1.html，按【Shift+F11】快捷键打开【CSS 样式】面板，选择【新建 CSS 规则】按钮，将打开如图 10.4 所示的【新建 CSS 规则】对话框。

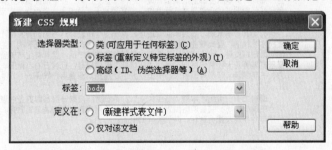

图 10.4 【新建 CSS 规则】对话框

注意 CSS 样式可以定义在文档内，还可以定义在文档外，如果定义到文档内就选择如图 10.4 所示的【仅对该文档】单选按钮；否则选择上一个单选命令。

(2) 在图 10.4 所示对话框中，在【选择器类型】选项组里选择【标签(重新定义特定标签的外观)】单选按钮，在【定义在】选项组里选择【仅对该文档】单选按钮，选择【标签】下拉列表框将出现如图 10.5 所示的列表，选择 td 标签，然后单击【确定】按钮。

（3）在出现的【td 的 CSS 规则定义】对话框进行如图 10.6 所示的设置。到此为止，一个标签 CSS 样式就定义好了。

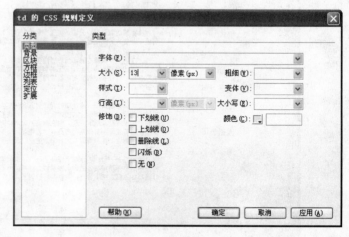

图 10.5　标签列表　　　　　　　　图 10.6　【td 的 CSS 规则定义】对话框

（4）按 F12 快捷键测试网页的效果如图 10.7 所示。

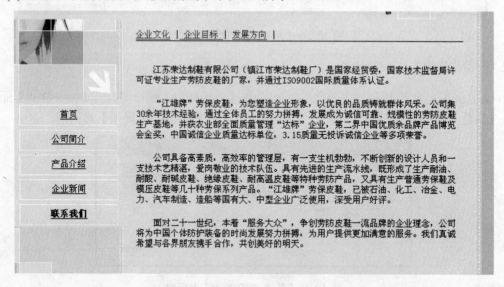

图 10.7　定义 CSS 样式后

提示　前面提到 3 种定义 CSS 样式方式，上面是利用第一种"标签 CSS 样式"定义方式来定义的。此种方式定义的样式只应用于特定 HTML 标签。接下来进行第二种"类 CSS 样式"定义方式来定义一个背景图像，这种方式定义的 CSS 样式可应用于任何网页元素。

（5）接着再新建一个 CSS 样式，具体设置如图 10.8 所示，然后单击【确定】按钮。

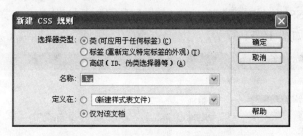

图 10.8 【新建 CSS 规则】对话框

注意 类名称必须以点开头，并且可以包含任何字母和数字组合(例如，.myhead1)。如果您没有输入开头的点，Dreamweaver 将自动为您输入它。

(6) 在出现的如图 10.9 所示的【.bg 的 CSS 规则定义】对话框中的【分类】里选择【背景】，在【背景图像】列表框处，单击【浏览】按钮。

图 10.9 【.bg 的 CSS 规则定义】对话框

(7) 在【选择图像源文件】对话框中选择所需要的图像，单击【确定】按钮，如图 10.10 所示。

图 10.10 【选择图像源文件】对话框

(8) 在【.bg 的 CSS 规则定义】对话框中的【重复】下拉列表中选择【不重复】选项，并单击【确定】按钮，如图 10.11 所示。

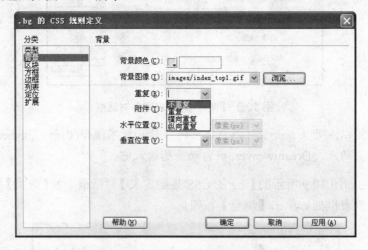

图 10.11 【.bg 的 CSS 规则定义】对话框

(9) 在出现的如图 10.12 所示的光标位置单击鼠标，在【属性】面板的【样式】列表框里选择 ".bg" 样式。

图 10.12 添加背景样式

提示 "类 CSS 样式"定义好了以后，应用的时候只需在【属性】面板的【样式】列表框里选择即可。

(10) 利用第三种"伪类 CSS 样式"方式来定义网页上的各种超级链接的风格，新建样式，并按照如图 10.13 所示的设置。4 个标签的设置方法完全相同，现在选择其中一个说明即可，例如【a.link】标签，单击【确定】按钮。

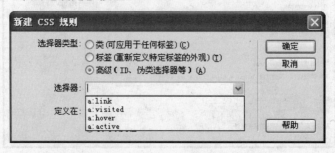

图 10.13 【新建 CSS 规则】对话框

提示 a:link 表示超级链接的文本在链接未被访问时的风格；a:visited 表示超级链接被访问过后的风格；a:hover 表示鼠标指向超级链接但未单击时的链接风格；a:active 表示鼠标单击链接时链接风格。链接的风格包括超级链接文字的字体、颜色、大小等。

(11) 按照如图 10.14 所示的设置，设置 a:link 这个超级链接文字的【字体】、【大小】、【粗度】、【颜色】等，单击【确定】按钮。

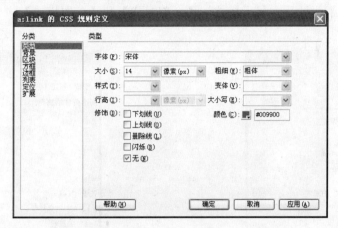

图 10.14 【a:link 的 CSS 规则定义】对话框

(12) 设置另外几个超级链接状态的风格，与步骤 11 类似，这里就不再说明。预览网页，可以看到网页里的所有的超级链接都按照上面步骤的设置显示，当然还可以将超级链接设置成不同的风格，新建样式，按照如图 10.15 所示，单击【确定】按钮。

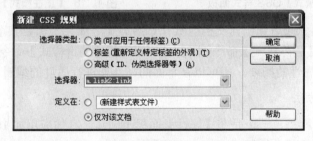

图 10.15 【新建 CSS 规则】对话框

(13) 按照如图 10.16 所示的设置，单击【确定】按钮。

图 10.16 【a:link2:link 的 CSS 规则定义】对话框

(14) 选中要设置的超级链接在【属性】面板依次设置即可，类似步骤 9。效果如图 10.3 所示。

10.2.2　技术实训

1. 管理 CSS 样式

CSS 面板提供了两种基本显示模式：【全部模式】和【正在模式】，分别如图 10.17 和图 10.18 所示。

图 10.17　【全部模式】CSS 样式面板

图 10.18　【正在模式】CSS 样式面板

【全部模式】将显示应用到当前文档的所有 CSS 规则，如果不需要某个规则，可以将其选中后，通过右下角的【删除样式】命令删除，还可以通过【编辑样式】命令编辑。【正在模式】将显示当前所选内容属性的摘要。还可以在下面的属性处进行属性的编辑。

2. 添加 CSS 的方法

添加 CSS 方法有两种，一个是在【属性】面板上创建，具体应用如 10.2 节所示案例。另外一种方法是直接把 CSS 代码粘贴到 html 代码中，例如可以将下面的代码复制到<style>与</style>标记里。

```
td {font-size: 13px;}
.bg {background-image: url(images/index_top1.gif);
background-repeat: no-repeat;}
a:visited {font-family: "宋体";
    font-size: 14px;
    font-weight: bold;
    color: #009900;
    text-decoration: none;}
a:link {font-family: "宋体";
font-size: 14px;
font-weight: bold;
color: #009900;
text-decoration: none;}
a.link2:link {font-family: "宋体";
```

```
        font-size: 12px;
        color: #000000;
        text-decoration: none;}
 a:hover {
        font-family: "楷体_GB2312";
        font-size: 15px;
        font-weight: bold;
        color: #3300FF;}
```

这样，在页面上再应用一下就可以了，那么就会看到 CSS 面板里有了样式；对于"类 CSS 样式"直接应用就可以了。

10.2.3　案例拓展

1. 浏览器兼容性检查

由于来控制前台显示界面在各个浏览器下显示的效果有很大的出入，通常情况下 IE 和 Firefox 存在很大的解析差异，所以在用 CSS 时要注意浏览器兼容性检查。

浏览器兼容性检查(BCC)功能可以帮助定位在某些浏览器中有问题的 HTML 和 CSS 组合。当您在打开的文件中运行 BCC 时，Dreamweaver 扫描文件，并在【结果】面板中报告所有潜在的 CSS 呈现问题。

检查的步骤为选择【文件】|【检查页】|【浏览器兼容性】将出现【结果】面板，如图 10.19 所示。

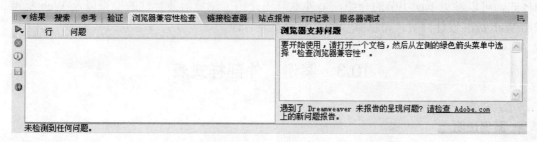

图 10.19　【结果】面板

默认情况下，BCC 功能对下列浏览器进行检查：Firefox 1.5、Internet Explorer (Windows) 6.0 和 7.0、Internet Explorer (Macintosh) 5.2、Netscape Navigator 8.0、Opera 8.0 和 9.0 以及 Safari 2.0。

此功能取代了以前的"目标浏览器检查"功能，但是保留该功能中的 CSS 功能部分。也就是说，新的 BCC 功能仍测试文档中的代码，以查看是否有目标浏览器不支持的任何 CSS 属性或值。

可能产生以下 3 个级别的潜在浏览器支持问题。

(1) 错误表示 CSS 代码可能在特定浏览器中导致严重的、可见的问题，例如导致页面的某些部分消失。

(2) 警告表示一段 CSS 代码在特定浏览器中不受支持，但不会导致任何严重的显示问题。

(3) 告知性信息表示代码在特定浏览器中不受支持，但是没有可见的影响。

注意　浏览器兼容性检查不会以任何方式更改您的文档。另外，很多在 IE 6.0 下正常显示的 js 页面，在 IE 7.0 下均不能正常显示，并且还没有提示错误。IE 7 对 js 语法要求更严格规范。

2. Web 标准

Web 标准是由 W3C(World Wide Web Consortium)和其他标准组织制定的一套规范集合。Web 标准不是某一个标准，而是一系列标准的集合。

网页主要由 3 部分组成：结构(Structure)、表现(Presentation)和行为(Behavior)。对应的标准也分 3 方面：结构化标准语言(主要包括 XHTML 和 XML)、表现标准语言(主要包括 CSS)和行为标准(主要包括对象模型(如 W3C DOM)、ECMAScript 等)。

这些标准大部分由 W3C 起草和发布，也有一些是其他标准组织制定的标准，例如 ECMA (European Computer Manufacturers Association)的 ECMAScript 标准。

符合 Web 标准能够为网站带来很多好处，例如更少的代码和组件，容易维护，带宽要求降低，成本降低，更容易被搜索引擎搜索到，改版方便，不需要变动页面内容。也同时为浏览者提供很多好处，例如文件下载和页面显示速度快，所有内容能够为更多的用户所访问，所有页面都能提供适于打印的版本。符合 Web 标准另外一层含义是使用 Web 标准中的各项技术将网站表现与内容完全分离，从根本上改变现有网站的结构，为网站带来新的活力和生机。

10.2.4　本节知识点

木节主要介绍了 CSS 的定义方法，如何创建 CSS，创建完成后可以对其修改，还可以管理 CSS，从本节的案例中不难看出，CSS 可以对网页的任何一个元素设置样式，比如设置网页的背景，设置网页文字的大小和样式，还可以对网页的超级链接进行设置。还可以设置更多的样式，可以参见下面小节的介绍，另外本节还介绍了浏览器兼容性的检查以及 Web 标准。按照 Web 标准设计网页，可以减少浏览器的不兼容性。

10.3　案例：外部样式表

 案例说明

本案例讲解创建外部样式表，上面案例只是定义了这个页面的 CSS。如果一个网站有很多页面的话，一个一个页面粘贴代码或者创建 CSS 是不大可能的。只能创建外部样式表，然后将这个文件链接到所需的页面上。这样做一个很大的好处就是，你可以把网站上所有页面都链接到一个 CSS 文件，一旦这个 CSS 文件修改，那么所有的页面风格面貌也随之改变。

操作步骤

(1) 新建 CSS 样式，在如图 10.20 所示的对话框里，在【定义在】选项中里选择【新建样式表文件】单选按钮，单击【确定】按钮。

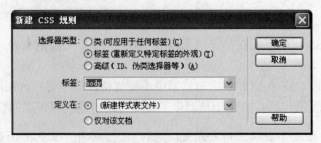

图 10.20　【新建 CSS 规则】对话框

(2) 在弹出的【保存样式表文件为】对话框里选择保存外部样式表的位置，如图 10.21 所示。

图 10.21　【保存样式表文件为】对话框

提示　另外 CSS 文件还可以这样定义，与定义网页类似，选择【文件】|【新建】命令在出现的【新建文档】对话框里选择 CSS 即可创建一个.CSS 文件。

(3) 在 dreamweaver 里，链接 CSS 文件，单击【CSS 样式】面板右下角的 ● 按钮，如图 10.22 所示。

(4) 在出现的【链接外部样式表】对话框中，单击【浏览】按钮，如图 10.23 所示。

图 10.22　【CSS 样式】面板

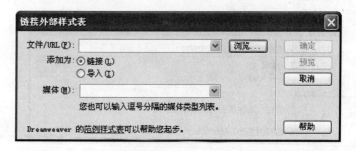

图 10.23　【链接外部样式表】面板

(5) 如图 10.24 所示的对话框中选择所要链接的样式表文件，单击【确定】按钮。

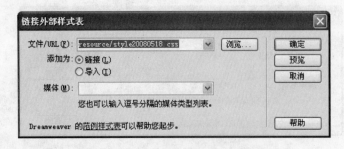

图 10.24 【选择样式表文件】对话框

(6) 按照如图 10.25 所示的对话框进行设置，单击【确定】按钮。

提示 不能使用链接标签添加从一个外部样式表到另一个外部样式表的引用。如果要嵌套样式表，必须使用导入指令。

(7) 如图 10.26 所示的对话框中就能看到链接过来的样式。对于"类" CSS 直接应用就可以了。

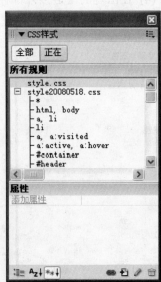

图 10.25 【链接外部样式表】对话框   图 10.26 【CSS 样式】面板

10.4　CSS 样式表实例

 案例说明

前面介绍了 CSS 编辑器中的【分类】里面的属性，只是涉及一两个属性，对于其他的属性没有说明，例如"区块"、"盒子"、"边框"等。下面的案例就是对其他的属性作介绍。如图 10.27 所示案例的效果图。

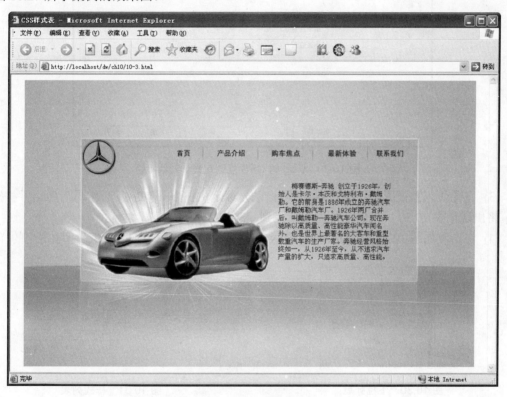

图 10.27　页面效果

10.4.1　操作步骤

(1) 新建一个网页，并命名为 10-3.html，在【CSS 样式】面板新建一个 CSS 样式，并按照如图 10.28 所示进行设置，单击【确定】按钮。

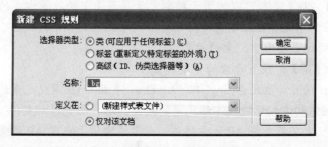

图 10.28　【新建 CSS 规则】对话框

(2) 弹出【.bg 的 CSS 规则定义】对话框,在【分类】里选择【背景】,背景图片,在 ch10/image/chebj.jpg 图片不重复填充,并且【水平位置】选择【居中】,具体设置如图 10.29 所示,单击【确定】按钮。

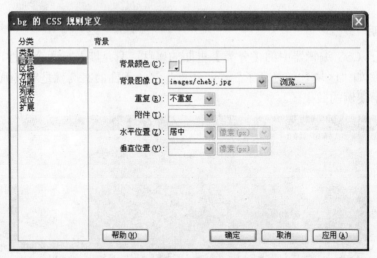

图 10.29 【.bg 的 CSS 规则定义】对话框

(3) 在【代码】视图里,找到 body 标记,光标定位在 body 的"y"字母后面,并按空格键,将出现如图 10.30 所示的下拉列表。找到 class 并双击。

(4) 将出现如图 10.31 所示的列表,鼠标双击 bg 文件,这样此网页应用了刚才定义的样式。

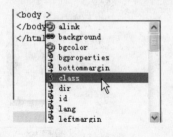

图 10.30 下拉列表

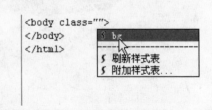

图 10.31 样式列表

提示 步骤 2、3 的鼠标双击也可以选中相应项后,单击 Enter 键确定。

(5) 插入素材文件夹里的 che.png 图像,新建名为"tupian"的样式,并按照如图 10.32 所示的【.tupian 的 CSS 规则定义】对话框进行设置。

提示 【分类】的【方框】类别可以为用于控制元素在页面上的放置方式的标签和属性定义设置。可以在应用填充和边距设置时将设置应用于元素的各个边,也可以使用"全部相同"设置将相同的设置应用于元素的所有边。

① 【宽】和【高】:设置元素的宽度和高度。

② 【浮动】:设置其他元素(如文本、AP Div、表格等)在围绕元素的哪个边浮动。其他元素按通常的方式环绕在浮动元素的周围。两种浏览器都支持"浮动"属性。

② 【清除】:定义不允许 AP 元素的边。如果清除边上出现 AP 元素,则带清除设置的元素将移到该元素的下方。两种浏览器都支持【清除】属性。

④ 【填充】：指定元素内容与元素边框之间的间距。

⑤ 【边界】：指定一个元素的边框与另一个元素之间的间距(如果没有边框，则为填充)。

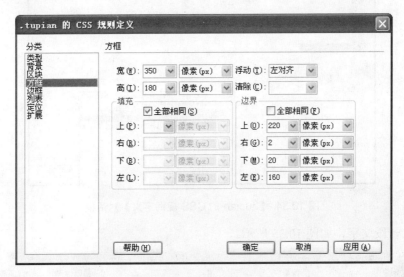

图 10.32　【.tupian 的 CSS 规则定义】对话框

(6) 应用一下，".tupian"在页面中的预览效果，如图 10.33 所示。图像的背景为白色，影响美观，下一步把图片背景变为透明。

图 10.33　页面效果图

(7) 在【CSS 样式】面板里选择".tupian"样式进行编辑，在【分类】的【扩展】类别选择【过滤器】，下拉列表里有很多滤镜，在这里选择"Chroma"滤镜。在如图 10.34 所示的【.tupian 的 CSS 规则定义】对话框里将参数设置为"color=FFFFFF"。

提示　Chroma 滤镜语法为 Chroma(Color=?)，其功能是将图片指定某个颜色变透明。这里的 color=FFFFFF，是指将图片的白色变为透明。

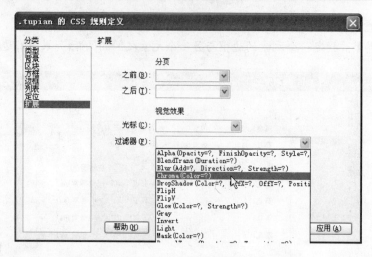

图 10.34 【.tupian 的 CSS 规则定义】对话框

(8) 输入一段文字，如图 10.35 所示。

图 10.35　输入文字

(9) 新建一个 "wz" 样式，在【分类】的【类型】类别里按照，如图 10.36 所示设置。

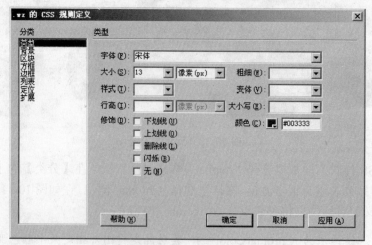

图 10.36 【.wz 的 CSS 规则定义】对话框

(10) 在【分类】的【区块】类别里按照，如图 10.37 所示设置。

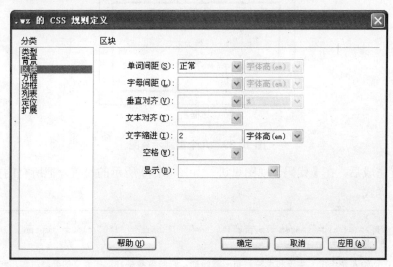

图 10.37　【.wz 的 CSS 规则定义】对话框

提示　【区块】指的就是网页中的文本、图像、层等网页元素，可以定义标签和属性的间距和
　　　对齐设置。如本步骤中设置【单词间距】为【正常】；当然也可以指定一个固定值以及
　　　单位【文字缩进】，指定第一行文本缩进的程度；可以使用负值创建凸出。仅当相应的
　　　标签应用于块级元素时。

(11) 在【分类】的【方框】类别里按照如图 10.38 所示设置。

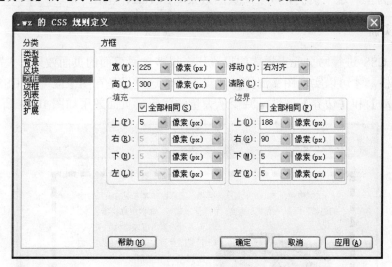

图 10.38　【.wz 的 CSS 规则定义】对话框

提示　为了更好地理解上面提到的几个类别，可以看如图 10.39 所示。可以把一部分内容(可
　　　能是几段文字，还有可能是图像，甚至两者的结合)作为一个方框来看，在图 10.38 所
　　　示的【方框】类别里定义的【填充】、【边界】、【区块内容】具体的就是指示意图里
　　　的部分。当然还可以为【方框】指定边框，边框的样式、粗度、颜色都可以指定。

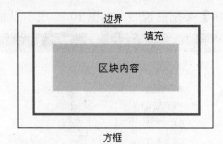

图 10.39　几个类别示意图

（12）设置完成后，在【代码】视图里进行如图 10.40 所示的设置。把所有的文字作为一个块应用"wz"样式。

```
<body class="bg">
<div class="wz1"><img src="images/che.png" width="350" height="150" class="tupian" /></div>
<div class="wz">梅赛德斯-奔驰

创立于1926年，创始人是卡尔·本茨和戈特利布·戴姆勒。它的前身是1886年成立的奔驰汽车厂和戴姆勒汽车
厂。1926年两厂合并后，叫戴姆勒—奔驰汽车公司。现在奔驰除以高质量、高性能豪华汽车闻名外，也是世界
上最著名的大客车和重型载重汽车的生产厂家。奔驰经营风格始终如一，从1926年至今，从不追求汽车产量的
扩大，只追求高质量、高性能。
</div>


</body>
```

图 10.40　【代码】视图

（13）到此为止，这个案例完成了。页面效果如图 10.27 所示。

10.4.2　技术实训

对于应用 CSS 进行网页元素样式的设置还有很多，看下面的页面效果，大家可能认为图片那里用了表格，才可以实现图文混排。其实不是，这里只是在图像应用的 CSS 中定义了一下图像的【浮动】和【边界】属性，减少了大量的代码。页面效果如图 10.41 所示。

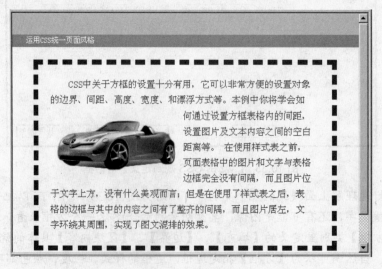

图 10.41　页面效果

操作步骤

(1) 新建名为 10-4.html 的网页文档。

(2) 按 Shift+F11 快捷键，打开【CSS 样式】面板，在【CSS 样式】面板新建一个名为".box1"的样式。

(3) 在【分类】的【类型】里按照如图 10.42 所示的【.box1 的 CSS 规则定义】对话框进行设置。

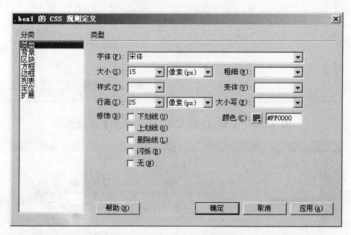

图 10.42 【.box1 的 CSS 规则定义】对话框

(4) 在【分类】的【区块】里按照如图 10.43 所示的【.box1 的 CSS 规则定义】对话框进行设置。

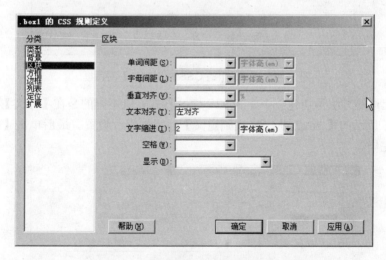

图 10.43 【.box1 的 CSS 规则定义】对话框

提示　【文本对齐】左对齐；【文字缩进】"2"个字体高，是设置段落首行缩进 2 字符。

(5) 在【分类】的【方框】里按照如图 10.44 所示的【.box1 的 CSS 规则定义】对话框进行设置。

(6) 在【分类】的【边框】里按照如图 10.45 所示的【.box1 的 CSS 规则定义】对话框进行设置。最后单击【确定】按钮。".box1"设置完毕。

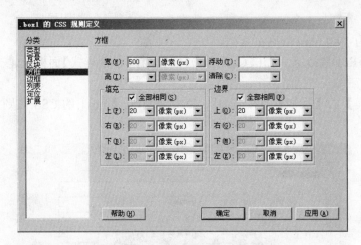

图 10.44 【.box1 的 CSS 规则定义】对话框

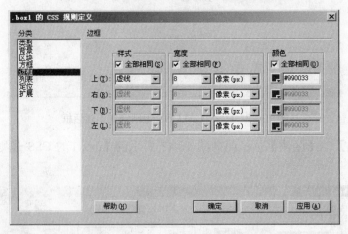

图 10.45 【.box1 的 CSS 规则定义】对话框

(7) 按照上述的方法再新建一个".box2" CSS 样式，所不同的是在【分类】的【方框】里按照如图 10.46 所示的【.box2 的 CSS 规则定义】对话框进行设置。最后单击【确定】按钮。".box2"设置完毕。

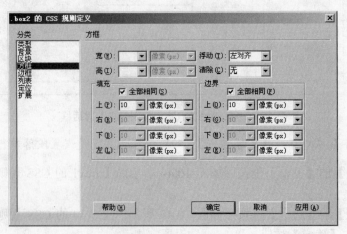

图 10.46 【.box2 的 CSS 规则定义】对话框

提示　【浮动】是使文字环绕在一个元素的四周；【清除】定义某一个边是否有文字环绕。

(8) 最后把.box1 应用在表格里，将.box2 应用在图像里。到此为止案例制作完毕。

10.4.3　案例拓展

在【分类】的【列表】类别里是对项目列表的控制。可以用里面【类型】给出的符号作项目符号，还可以用图片来做列表项目的标志。

在【分类】的【扩展】类别，一个是"分页"，是为了打印的页面设置分页用的。"视觉效果"是为网页中的元素添加特殊的效果用的。"光标"可以指定在某个元素上要使用的光标形状。"滤镜"这是一个很奇妙的参数，案例里已经应用了"Chroma 滤镜"，滤镜共包括 16 种滤镜，用这些滤镜，甚至可以替代 Photoshop 的一部分功能。滤镜结合动作脚本，能作出非常多的特效。

滤镜共有 16 种，分别为：Alpha 滤镜，Blur 滤镜，Chroma 滤镜，Dropshadow 滤镜，FlipH、FlipV 滤镜，Glow 滤镜，Gray 滤镜，Invert 滤镜，Light 滤镜，Mask 滤镜，Shawdow 滤镜，Wave 滤镜，X-ray 滤镜。下面对各种滤镜的参数作简要的说明。

Alpha 滤镜语法：Alpha(Opacity=?, FinishOpacity=?, Style=?, StartX=?, StartY=?, FinishX=?, FinishY=?)，其功能是使对象产生透明度。参数的具体功能见表 10-1。

表 10-1　Alpha 滤镜的参数与功能

参数名称	功　　能	参　　数
Opacity	图片的不透明度	值从 0~100，0 为完全透明，100 为完全不透明
FinishOpacity	设置渐变的透明效果时，用来指定结束时的透明度	值从 0~100，0 为完全透明，100 为完全不透明
Style	指定渐变的显示形状	0：没有渐进；1：直线渐进；2：圆形渐进；3：矩形渐进
StartX	渐变透明效果开始的 X 坐标值	
StartY	渐变透明效果开始的 Y 坐标值	
FinishX	渐变透明效果结束的 X 坐标值	
FinishY	渐变透明效果结束的 Y 坐标值	

Blur 滤镜：Blur(Add=?, Direction=?, Strength=?)，其功能是使对象产生模糊效果。参数的具体功能见表 10-2。

表 10-2　Blur 滤镜的参数与功能

参数名称	功　　能	参　　数
Add	指定图片是否显示原来的模糊方向	0：不显示原对象；1：显示原对象
Direction	设置模糊的方向	0(上)，45(右上)，90(右)，135(右下)，180(下)，225(左下)
Strength	指定模糊图像模糊的半径大小	以 pixels 为单位，默认为 5

Chroma 滤镜：Chroma(Color=?)，其功能是某个颜色变透明。参数的具体功能见表 10-3。

表 10-3 Chroma 滤镜的参数与功能

参数名称	功　能	参　　数
Color	把图片或文字中的某个颜色变为透明	RGB 格式的颜色值

Dropshadow 滤镜：DropShadow(Color=?, OffX=?, OffY=?, Positive=?)，其功能是阴影效果。这个功能对图片的支持不是很好，普遍用于文字。参数的具体功能见表 10-4。

表 10-4 Dropshadow 滤镜的参数与功能

参数名称	功　能	参　　数
Color	指定阴影的颜色	RGB 格式的颜色值
OffX	指定阴影相对于对象在水平方向的偏移	整数。正数表示阴影在对象右方，负数表示在左方
OffY	指定阴影相对于对象在水垂直方向的偏移	整数。正数表示阴影在对象上方，负数表示在下方
Positive	指定阴影的透明度	0：透明，无阴影；非 0：阴影的强度

FlipH、FlipV 滤镜：无任何参数。FlipH 使对象产生水平翻转效果；FlipV 使对象产生垂直翻转效果。

Glow 滤镜：Glow(Color=?, Strength=?)，其功能是使对象的外轮廓产生一种光晕效果。一般用于文字效果，参数的具体功能见表 10-5。

表 10-5 Glow 滤镜的参数与功能

参数名称	功　能	参　　数
Color	指定光晕的颜色	RGB 格式的颜色值
Strength	指定光晕的范围	设定值从 1~255，数字越大光晕越强

Gray 滤镜：无任何参数。使图片由彩色变为灰白色调。

Invert 滤镜：无任何参数。使图片的颜色变为反色。

Light 滤镜 Light(?)，参数和功能：模拟光源的投射效果。不过要通过调用方法来实现，这就需要用到 javascript 动态滤镜编程。在这里就不细说了。参数的具体功能见表 10-6。

表 10-6 Light 滤镜的参数与功能

参数名称	功　能
AddAmbient	加入包围的光源
AddCone	加入锥形光源
Addpoint	加入点光源
Changcolor	改变光的颜色
Changstrength	改变光源的强度
Clear	清除所有的光源

Mask 滤镜：Mask(Color=?)参数和功能：用指定的颜色在对象上建立一个覆盖于表面的膜。对图像的支持不好，普遍用于文字。

Shawdow 滤镜语法：Shadow(Color=?, Direction=?)参数和功能：与 dropshadow 非常相似，

也是一种阴影效果。dropshadow 没有渐进感，shadow 有渐进的阴影感。参数的具体功能见表 10-7。

表 10-7　Shawdow 滤镜的参数与功能

参数名称	功　能	参　数
Color	指定阴影的颜色	RGB 格式的颜色值
Direction	指定阴影的方向	0：垂直向上；每 45 度为一个单位

Wave 滤镜：Wave(Add=?, Freq=?, LightStrength=?, Phase=?, Strength=?)参数和功能：使对象在垂直方向上产生波浪的变形效果。参数的具体功能见表 10-8。

表 10-8　Wave 滤镜的参数与功能

参数名称	功　能	参　数
Add	表示是否显示原对象	0：不显示；1：显示
Freq	设置波动的数量	自然数
LightStrength	设置波浪效果的光照强度	0－100，1 为最弱，100 为最强
Phase	波浪的起始相位	0-100
Strength	设置波浪摇摆的幅度	自然数

X-ray 滤镜：无任何参数。使图片只显示其轮廓。

以上给出了 CSS 的静态滤镜。这里只是把一些参数以及功能给出，不再举例说明，不过，可以在网上找到很多现成的 JavaScripts 来使用，这里就不做详述。

10.4.4　本节知识点

通过上面的案例，对 CSS 样式有了更进一步的了解，对 CSS 美化网页有了一个全新的认识。它是一种设计网页样式的工具，可以用 CSS 来制作网页的背景，而且还可以用 CSS 来严格控制网页元素(例如本案例的图像、文字)的位置，还可以对网页元素进行美化，CSS 滤镜可以对一张图片做出很多类似 Phtoshop 滤镜的效果。

10.5　本　章　小　结

通过本章对 CSS 的介绍和案例的讲解，对 CSS 有个全新的认识和了解，对 CSS 的设置规则、控制 Web 页内容的外观有一定的掌握。通过设置 CSS，能够随意控制网页中文字的大小、字体、颜色、边框、链接状态等效果，而且还能统一网站的整体风格。其实完美的网页布局是下一章的 DIV 与 CSS 结合使用。

10.6　思考与实训

1. 思考

如果把 10.4.2 小节中图 10.46 里面【浮动】选项改为【右对齐】，最后页面的效果将会发生怎样的变化？

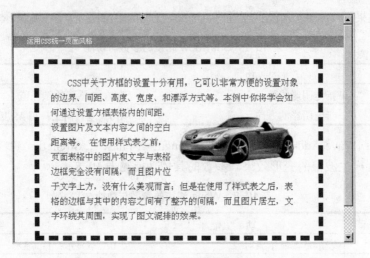

图 10.47　页面效果

2. 实训

下面根据本章所学的知识，结合 10.2 节案例步骤 10 里的提示，制作如图 10.48 所示的页面效果。页面见本书的素材 ch10 里的 10-5.html。

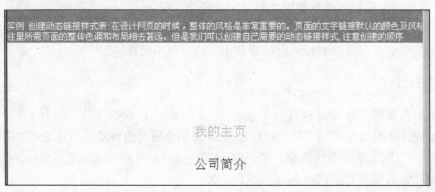

图 10.48　页面效果

10.7　习　　题

一、填空题

1. CSS 是 Cascading Style Sheets 的缩写，CSS 是一组格式(　　　　)。

2. (　　　　)用于控制 Web 页内容的外观。通过设置(　　　　)，不但可以随意控制网页中文字的大小、字体、颜色、边框、链接状态等效果，而且还能统一网站的整体风格。

3. 当定义一个 CSS 后样式后，就可以把它应用到不同的网页元素中，这样所有应用该 CSS 样式的网页元素就有相同的(　　　　)，当修改一个 CSS 后，所有应用该 CSS 样式的网页元素的(　　　　)都会被修改。

4. 网页里定义 CSS 方式有多种，但是主要的有 3 种，分别为(　　　)，(　　　)和(　　　)。

5. CSS 面板提供了两种基本显示模式：(　　　)和(　　　)。

二、判断题

1．除设置文本格式外，还可以使用 CSS 控制 Web 页面中块级别元素的格式和定位。块级元素是一段独立的内容　　　　　　　　　　　　　　　　　　　　　　　　（　　）

2．对块级元素进行操作的方法实际上不是使用 CSS 进行页面布局设置的方法。　（　　）

3．标签 CSS 样式是直接为 HTML 标签定义样式，这样网页中所有使用该标签的内容都会具有相同的属性。　　　　　　　　　　　　　　　　　　　　　　　　（　　）

三、简答题

1．CSS 的作用是什么？

2．CSS 各种滤镜的应用是什么？

四、操作实践题

运用本章所学的知识，举一反三，创建类似如图 10.49 所示效果的页面。

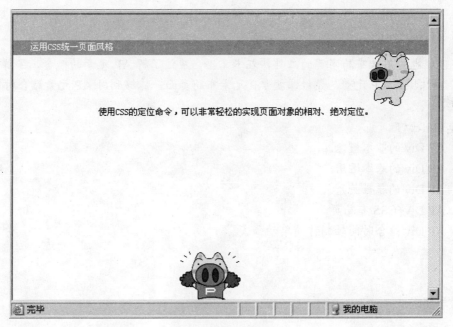

图 10.49　页面效果

第**11**章

使用 AP Div

教学目标:

AP Div 也是用来布局网页的工具,在本章里,应该了解 AP 元素的概念,了解 AP 元素的属性,熟练操作 AP 元素、熟练掌握 AP 元素布局页面,能够利用 AP 元素结合时间轴制作简单动画。

本章内容如下。

- AP Div 的基本概念。
- AP Div 的基本运用。
- AP Div 的属性关系。
- AP Div+CSS 布局页面。
- AP Div 结合时间轴制作简单动画。

教学要求:

知识要点	能力要求	关联知识
AP Div 的基本概念	理解 AP Div 的基本概念	AP 元素,设置 AP 元素
多个 AP Div 的关系以及属性的改变	掌握 AP Div 的属性,并进行相关的设置和应用	AP Div 的重叠、嵌套、显示和隐藏属性,AP Div 的属性
AP Div+CSS 网页	熟练使用 Div 标记,能结合 CSS 布局网页	AP Div 标记,CSS 的应用
时间轴	了解时间轴的应用	AP Div 与时间轴的关系及其应用

上一章着重介绍了 Dreamweaver 的 CSS，接下来学习 AP 元素，AP 元素也是用来布局网页的，AP 元素可以包含文本、图像或其他 HTML 文档。AP 的出现使网页从二维平面拓展到三维。可以使页面上的元素进行重叠或者复杂的布局。

11.1　AP DIV 概述

AP(绝对定位元素)是分配有绝对位置的 HTML 页面元素，具体地说，就是 DIV 标签或其他任何标签。AP 元素可以包含文本、图像或其他任何可放置到 HTML 文档正文中的内容。

布局网页的元素有表格和 AP Div，表格简单，很容易用，但是表格布局的页面下载速度慢，比较死板。而利用 AP Div 可以非常灵活地放置内容，AP Div+CSS 还可以精简代码，以较小的体积较快的速度显示网页。

可以将 AP 元素放置到其他 AP 元素的前后，隐藏某些 AP 元素而显示其他 AP 元素，以及在屏幕上移动 AP 元素。还可以在一个 AP 元素中放置背景图像，然后在该 AP 元素的前面放置另一个包含带有透明背景的文本的 AP 元素。AP 元素主要用 CSS 来控制，需要很熟悉 CSS。

下面首先简单地认识一下 AP 元素。

AP 元素通常是绝对定位的 Div 标签。可以将任何 HTML 元素(例如，一个图像)作为 AP 元素进行分类，方法是为其分配一个绝对位置。所有 AP 元素都将在【AP 元素】面板中显示。【AP 元素】面板如图 11.1 所示。

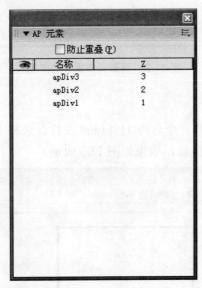

图 11.1　【AP 元素】面板

在使用▣工具绘制层时，Dreamweaver 会在文档中插入 Div 标签，并为 AP 元素分配 id 值(默认情况下，apDiv1 表示绘制的第一层，apDiv2 表示绘制的第二层，第一层在最底下，第二层在第一层的上面，依此类推)，还可以使用【AP 元素】面板或【属性】检查器将 AP 元素重新命名为想要的任何名称。

可以在【属性】检查器上设置页面上 AP 元素的属性，其中包括 x 和 y 坐标、z 轴(也称作堆叠顺序)以及可见性。具体的设置参见案例。

11.2 案例：页面元素重叠

 案例说明

通过前面的讲述，对 AP 元素有了一个大概的了解，下面这个案例是在一个页面中将 3 张图片放置 3 个 AP 元素里，并且可以重叠放置，这是表格布局做不到的。如图 11.2 所示的效果页面。

图 11.2 页面元素重叠效果图

11.2.1 操作步骤

(1) 在 Dreamweaver 里新建一个名为 11-1.html 文件，选择【插入】|【布局】下面的 工具按钮，用鼠标在文档空白处拖动，效果如图 11.3 所示。

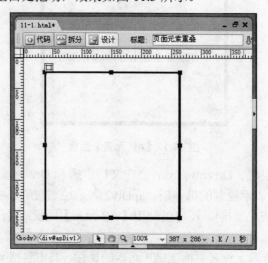

图 11.3 插入 AP 元素

提示　通过周围的黑色调整柄拖动控制 AP 元素的大小；另外还可以选中 AP 元素，将鼠标放
　　　置在边框上移动 AP 元素。

（2）一个 AP 元素就这样建好了，可以在里面放置网页的元素或者设计背景色或背景图像，
选中 AP 元素，给 AP 元素设置背景图像，具体设置如图 11.4 所示。为了区分还可以在 AP 元
素里输入数字"1"。

图 11.4　设置 AP 元素的背景

（3）重复步骤 2，在"1"的 AP 元素上再建立两个 AP 元素，并分别设置另外两个图像做
背景。具体效果如图 11.5 所示。

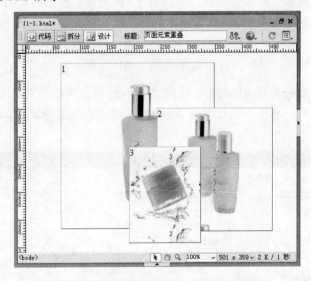

图 11.5　设置另外两个 AP 元素的背景图

11.2.2　技术实训

　　一个页面中可以画出很多的 AP 元素，这些 AP 元素都会列在 AP
元素面板中。AP 元素之间也可以相互重叠。AP 元素面板如图 11.6
所示。可以通过【窗口】|【AP 元素】打开；还可以按 F2 快捷键。

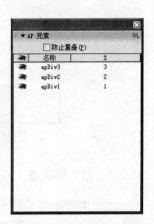

图 11.6　AP 元素面板

　　每个 AP 元素都有显示和隐藏属性，这是 AP 元素的一个重要属
性，AP 元素和行为相结合就变成了重要的参数。单击 AP 元素面板
列表的左边，可以打开或者关闭"眼睛"。"眼睛"睁开和关闭分别
表示 AP 元素的显示和隐藏。

　　多个 AP 元素之间有很多关系，下面就是它们的几种关系。

1．AP 元素的重叠顺序

多个 AP 元素重叠时哪个 AP 元素在上面，哪个 AP 元素在下面

都可以进行设置。例如上一个案例里有 3 个 AP 元素，哪个在上，在中间，在下都可以进行设置，AP 元素面板上有个"Z"列，数为 2 的 AP 元素在中间。双击"Z"列下的数字可以改变数字大小，改变 AP 元素"Z"列数值就可以改变 AP 元素的重叠顺序，即数值大的 AP 元素在数值小的 AP 元素上层。

注意　数字大的 AP 元素在上，反之在下。如图 11.5 和图 11.6 所示就可以比较 AP 元素的层叠顺序。选中层还可以在【属性】面板的【Z 轴】改变其数字大小进而改变其层叠顺序。

2. AP 元素的防止重叠

AP 元素面板上面还有一个参数就是防止 AP 元素重叠，一旦选中，页面中 AP 元素就无法重叠了，如图 11.6 所示。

3. AP 元素的嵌套关系

AP 元素还有一种关系是嵌套关系，有的 AP 元素可以嵌套在其他的 AP 元素中。

在制作嵌套 AP 元素的时候要注意，不能将【AP 元素】面板的"防止重叠"选中，只要在一个 AP 元素内创建另外一个 AP 元素，这样这两个 AP 元素就链在一起了，并且有隶属关系。外边的称为父 AP 元素，里面的称为子 AP 元素。移动父 AP 元素，子 AP 元素就动；反之则不可以，也就是移动子 AP 元素不会影响到父 AP 元素。

注意　有时候绘制不出嵌套的 AP 元素，是因为在如图 11.7 所示的首选参数中禁用了"嵌套"功能。如果禁用，也可以通过按住 Alt 键将其拖动在现有 AP Div 内部进而嵌套在这个 AP Div 里。

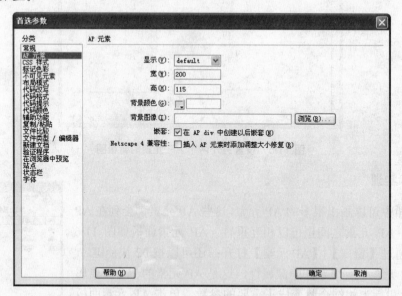

图 11.7　【首选参数】对话框

11.2.3　本节知识点

本节主要介绍了多个 AP 元素的关系，单个 AP 元素本身有显示和隐藏属性，多个 AP 元素之间有嵌套、层叠等关系。对 AP 元素无论是单个元素，还是多个 AP 元素的属性要熟练掌握，这直接涉及后面案例的制作。

11.3　案例：DIV+CSS 布局页面

 案例说明

通过前面的讲述，对 AP 元素有了一定的认识。现在比较流行用 DIV+CSS 来进行网页布局设计，因为简洁的代码极大地提高了下载速度，而且没有冗余的代码。下面这个案例就是用 DIV+CSS 来制作的，这里只是做一个框架，里面内容的具体制作可以参见本案例的制作，制作效果如图 11.8 所示。

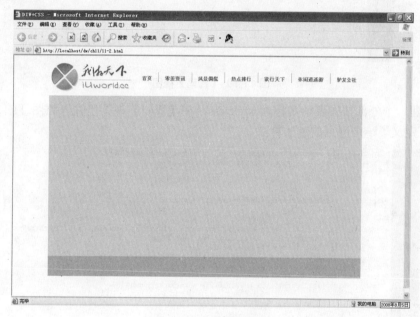

图 11.8　案例效果图

11.3.1　操作步骤

(1) 一般在用 DIV+CSS 布局页面时候，最好先自己设计一个构思图。通过前面内容的学习能够知道，一个网页的结构，包含的页面元素都有哪些。在容器(Container)中，网页从上至下将内容分成了几个区域，分别放置各部分内容，形成一个纵向布局，构思如图 11.9 所示。

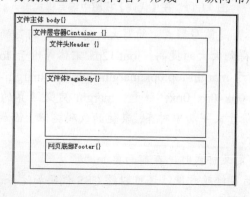

图 11.9　网页构思图

(2) 新建一个名为"11-2.html"的页面,【代码】视图如图 11.10 所示。这是标准的 XHTML 的基本结构。

图 11.10 【代码】视图

(3) 新建一个外部样式表,名称为 style.css,在【代码】视图里输入如图 11.11 所示的内容。这样,定义了一个网页的基本样式。

图 11.11 在【代码】视图中编写样式表

提示 (1) "font:12px 宋体"是简写形式,简写大大地缩小了网页的体积,且不会生成冗余代码,因此网页速度得到大大的提高。font:12px 宋体等价于 font-size:12px;font-family:宋体; margin:0px 等价于 margin-top:0px;margin-right:0px;margin-bottom:0px;margin-left:0px 或者 margin: 0px 0px 0px 0px;注意,margin 定义边界的顺序为上、右、下、左。 text-align:center 等价于文字居中对齐;其他的代码类似上面的介绍,这里不再详细介绍了。详见 CSS 手册。

(2) 在给标签的 ID 定义样式时,在前面要加"#"。

(3) 为了编辑以及后期修改方便,还可以给 CSS 代码加注释,如图 11.11 所示的"/*页面层容器*/"就是注释。

(4) 在【设计】视图里，新建一个 AP 元素，并在【CSS 样式表】检查器的 ID 栏里输入"container"，如图 11.12 所示。

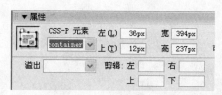

图 11.12 定义 AP 元素"container"的样式

(5) 在页面中按照如图 11.13 所示的嵌套关系再建立 3 个 AP 元素，由上到下依次给出 ID 标志。具体 ID 标识名如图 11.13 所示。

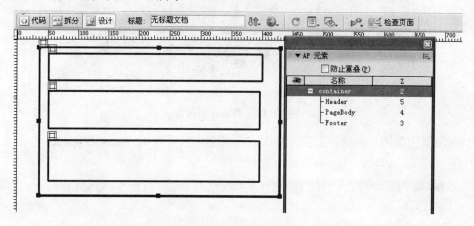

图 11.13 【代码】视图下的页面及 3 个 AP 元素

注意 一般情况下，用 DIV+CSS 布局页面时候，是这样加 Div 标记的，即选择【布局】工具栏里的 █ 【插入 Div 标签】命令，在出现的如图 11.14 所示的【插入 Div 标签】对话框里输入相应的参数。如果已经定义好了 CSS，可以在【类】列表框里进行选择；如果没有定义，还可以选择【新建 CSS 样式】命令新建 CSS 样式。

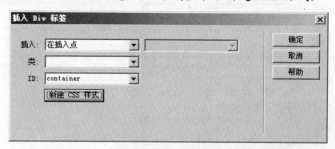

图 11.14 插入一个 Div 标签的 container

(6) 为了避免样式的重复定义，现在将 11-2.html【代码】视图的 <style></style> 里的样式删除掉，然后在【CSS 样式】面板里将步骤 3 里的 style.css 附加过来。现在页面雏形效果如图 11.15 所示。

注意 如果比较熟悉 CSS 和 AP 元素，以上步骤可以手写。这里是为了更好地理解，初学者可以手写和【设计】视图并用。熟练掌握后，再手写代码。

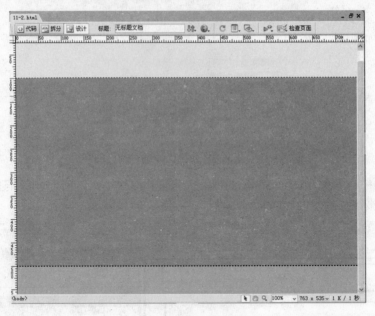

图 11.15 页面雏形效果

(7) 往网页头部添加内容，在左面添加 logo 图像，只需在 sytle.css 的 header 里加入下面的代码即可。

```
background:url(images/logo.jpg) no-repeat;width:800px; height:86px;margin:
0 auto;
```

注意 (1) url 里的路径要正确。上述代码还定义了背景图片不重复、大小(宽和高)和边界等属性。

(2) 在插入图形时候，如果 CSS 定义的宽(width)和高(height)，指的是填充内容的宽和高。因此，一个元素的实际宽度=左边界+左边框+左填充+内容宽度+右填充+右边框+右边界，如图 11.16 所示。

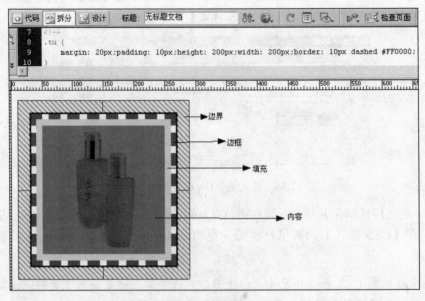

图 11.16 元素实际宽度

(8) 在文件头的右边放置一个导航条。为了编辑方便，把导航条的文字以列表的形式给出，并且把列表放在一个 AP div 里，具体输入如图 11.17 所示。

```
14    <div id="Header">
15      <div id="menu">
16       <ul>
17        <li><a href="#">首页</a></li>
18        <li class="menuDiv"></li>
19        <li><a href="#">零差资讯</a></li>
20        <li class="menuDiv"></li>
21        <li><a href="#">风景倘览</a></li>
22        <li class="menuDiv"></li>
23        <li><a href="#">热点排行</a></li>
24        <li class="menuDiv"></li>
25        <li><a href="#">欲行天下</a></li>
26        <li class="menuDiv"></li>
27        <li><a href="#">休闲逍遥游</a></li>
28        <li class="menuDiv"></li>
29        <li><a href="#">驴友公社</a></li>
30       </ul>
31      </div>
32    </div>
```

图 11.17 【代码】视图

提示 CSS 中最常用的元素类型有以下 4 种。

(1) 块级元素。块级元素(block element)一般是其他元素的容器元素，块级元素都从新行开始，它可以容纳内联元素和其他块元素。例如列表、标题、段落、表格、Div 和 BODY 等元素都是块元素。

(2) 内联元素。内联元素不必在新行显示也不要求其他元素在新行显示，如 A、EM、SPAN 等元素以及大多数的替换元素，内联元素可以可作为其他元素的子元素。

(3) 隐藏元素。在 display 属性的 4 个值中，除了 block、inline 和 list-item 之外，还有一个值是 "none"。当设置 "display: none" 时，浏览器会忽略掉这个元素，那么这个元素就不会显示。

(4) 列表项元素。在 html 内 li 默认就是此选项。在一般的新闻类页面中，li 出现的比较多，例如下面的代码就是。

```
<h1>大标题</h1>
<h2>子标题</h2>
<p>内容</p>
<ul>
<li><a href="" id="" class="" target="_blank">检索标题一</a></li>
<li><a href="" id="" class="" target="_blank">检索标题二</a></li>
<li><a href="" id="" class="" target="_blank">检索标题三</a></li>
<li><a href="" id="" class="" target="_blank">检索标题四</a></li>
<li><a href="" id="" class="" target="_blank">检索标题五</a></li>
</ul>
```

(9) 根据图 11.17 所示的各 Div 里的 ID，在 style.css 里加入代码以对导航条各个元素进行定位，并定义导航条各个超级链接的样式。其实，CSS 文件用记事本编辑比较方便，加入的代码如图 11.18 所示。

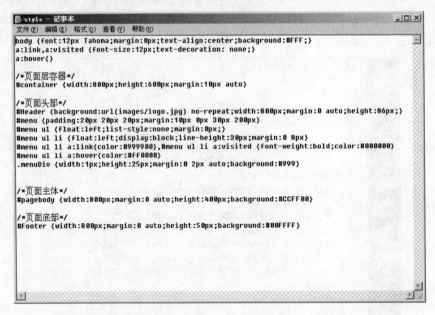

```
style - 记事本
文件(F) 编辑(E) 格式(O) 查看(V) 帮助(H)
body {font:12px Tahoma;margin:0px;text-align:center;background:#FFF;}
a:link,a:visited {font-size:12px;text-decoration: none;}
a:hover{}

/*页面层容器*/
#container {width:800px;height:600px;margin:10px auto}

/*页面头部*/
#Header {background:url(images/logo.jpg) no-repeat;width:800px;margin:0 auto;height:86px;}
#menu {padding:20px 20px 20px;margin:10px 0px 30px 200px}
#menu ul {float:left;list-style:none;margin:0px;}
#menu ul li {float:left;display:block;line-height:30px;margin:0 8px}
#menu ul li a:link{color:#999900},#menu ul li a:visited {font-weight:bold;color:#000000}
#menu ul li a:hover{color:#ff0000}
.menuDiv {width:1px;height:25px;margin:0 2px auto;background:#999}

/*页面主体*/
#pagebody {width:800px;margin:0 auto;height:400px;background:#CCFF00}

/*页面底部*/
#Footer {width:800px;margin:0 auto;height:50px;background:#00FFFF}
```

图 11.18 【代码】视图

提示　#menu 定义导航条的样式；#menu ul 定义列表的样式；#menu ul li 定义列表项的样式；
#menu ul li a:link 以及#menu ul li a:visited 和#menu ul li a:hover 定义超级链接的三种样
式；#menuDiv 定义几个分隔符即"|"。

　　从上面的定义可以看出：CSS 结构好的话，没有必要使用过多的类或者标识选择符。

　　可以用英文半角空格间隔选择符。使用嵌套，可以让 CSS 代码读起来更清晰。

　　(10) 在网页主体还可以加入内容，在页面的底部可以加入版权信息等，这里就不再叙述
了，加入的方法类似上面的操作步骤。

11.3.2　技术实训

　　在网页制作中，有许多的术语，例如：CSS、HTML、DHTML、XHTML 等。在上面的案
例中用到一些有关 HTML 的基本知识，要想进一步学习使用 DIV+CSS 进行网页布局设计，对
HTML 和 CSS 和 AP 元素都应该比较熟悉，能够熟练应用。

　　通过本节的实训和练习，读者需注意以下几点。

　　(1) 要养成良好的注释习惯，这在修改时是非常重要的。

　　(2) body 是一个 HTML 元素，页面中所有的内容都应该写在这对标签之内。

　　(3) padding 属性和 margin 有许多相似之处，它们的参数是一样的，但是含义不相同，margin
是外部距离，而 padding 则是内部距离。

　　(4) 要使页面居中，只需要通过 margin 的左右都设置为"auto"就可以轻易地使 AP 元素
自动居中了。

　　(5) 不要给层和一幅图像相同的命名，每个 AP 元素都应该有自己唯一的并区别于页面中
的其他元素的名字。

　　(6) 注意浏览器兼容问题：同一个网页在不同的浏览器显示的效果可能不同，在测试时候
可以将几个浏览器都安装在机器上分别进行测试。以下问题要注意一下，例如 Firefox：div 设

置 margin-left，margin-right 为 auto 时已经居中，IE 不行；Firefox：body 设置 text-align 时，div 需要设置 margin：auto(主要是 margin-left,margin-right)方可居中；Firefox：支持!important，IE 则忽略，可用!important 为 FireFox 特别设置样式；Firefox：设置 padding 后，div 会增加 height 和 width，但 IE 不会，故需要用!important 多设一个 height 和 width。

11.3.3　案例拓展：创建始终居中显示的页面

根据需要，制作如图 11.19 所示的构思图的页面。而大多数的网页的布局都类似这个，效果如图 11.20 所示。

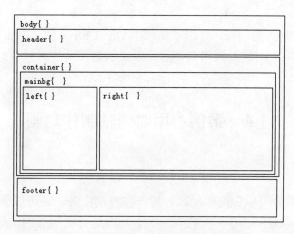

图 11.19　构思结构图

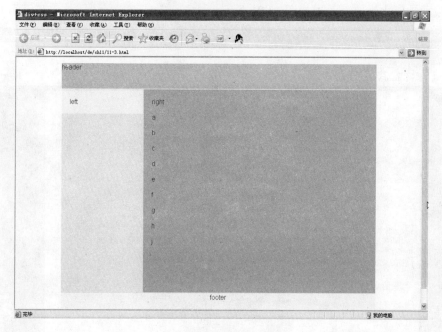

图 11.20　页面效果图

 案例说明

(1) 定义 body 和顶部第一行 header，这里面的关键是 body 中的 text-align:center 和 header

中的 margin-right: auto;margin-left: auto，通过这两句使得 header 居中。

(2) 定义中间的两列 right 和 left。为了使中间两列也居中，我们在它们外面嵌套两个 Div，一个是 container，另外一个是 mainby，并对 container 设置 margin:auto；这样 right 和 left 就自然居中了。mainby 嵌套两个自适应高度的 Div，一个是 left，一个是 right。

(3) 定义底部的 footer。这个定义的关键是：clear:both；这一句话的作用是取消 footer AP 元素的浮动继承，否则的话，会看到 footer 紧贴着 header 显示，而不是在 right 的下面。

具体制作步骤就不再叙述了，读者自行完成。

11.3.4　本节知识点

本节主要通过两个案例的制作，介绍了如何用 Div+CSS 来创建网页，在用 Div+CSS 来创建页面时候要考虑的内容，创建页面的整体思路以及创建页面的时候考虑的一些细节，另外还提到浏览器兼容问题。

11.4　案例：用时间轴制作动画

 案例说明

AP 元素与时间轴结合可以做简单动画，像一些浮动广告。还可以制作按钮控制动画的停止和播放。下面的案例就是制作了一个浮动广告，动画是自动播放的，此外，还制作了两个超级链接控制动画的播放和停止，当单击"走"超级链接时，动画就继续播放，当单击"停"超级链接时，动画停止播放，效果如图 11.21 所示。

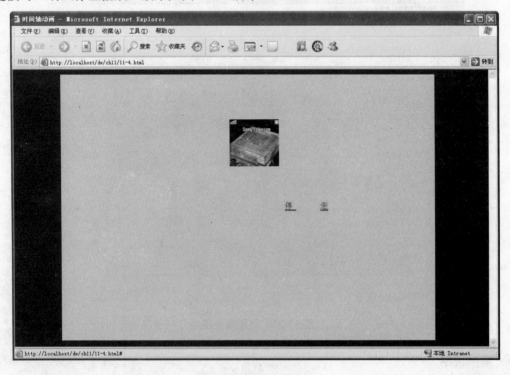

图 11.21　页面效果图

11.4.1　操作步骤

(1) 新建一个页面并命名为 11-4.html，并设置一个蓝色背景，选择【布局】|【绘制 apDiv1】命令，在页面上绘制一个 AP 元素，具体设置如图 11.22【属性】检查器所示。

图 11.22　【属性】检查器

(2) 在 apDiv1 上再新建一个 AP 元素，并设置一个背景图像，具体设置如图 11.23 所示。

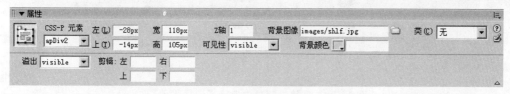

图 11.23　【属性】检查器

(3) 注意两个 AP 元素是嵌套的，如图 11.24 所示的嵌套关系。

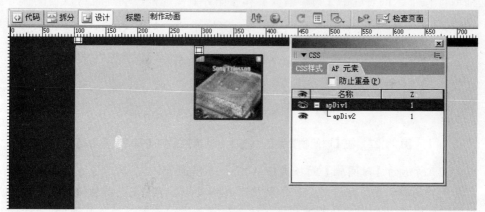

图 11.24　【AP 元素】面板以及效果图

(4) 开始制作动画，按 Alt+F9 组合键打开时间轴面板，如图 11.25 所示。

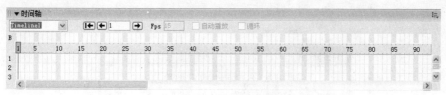

图 11.25　【时间轴】面板

(5) 右击 apDiv2，在出现的快捷菜单中选择【记录路径】，如图 11.26 所示。然后按照你想要运动的路径拖动 apDiv2，将在页面中出现一条线，图像就是沿着这条线运动。用这种方法就可以创建比较复杂的曲线运动。

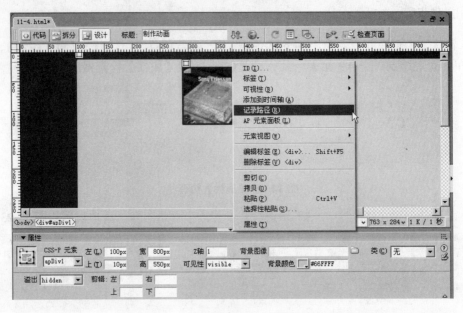

图 11.26　在快捷菜单中选择【记录路径】

　　(6) 将【时间轴】上淡蓝色条的动画条的起始位置拖动至时间轴的起始位置，此时的动画不自动播放，接下来同时选中【自动播放】和【循环】复选框，动画就可以自动循环播放，如图 11.27 所示。

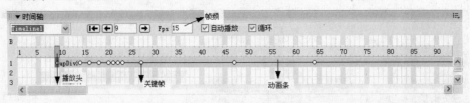

图 11.27　在【时间轴】面板中选【自动播放】和【循环】复选框

提示　　图 11.27 所示的【时间轴】面板类似 Adobe 的 Flash 面板，只不过这个面板比较简单，只是制作简单动画，无论哪个软件制作动画都类似，只要将关键帧做好就可以了。所谓的关键帧就是动画改变的关键的点，比如位置、方向、颜色的改变等。

　　另外还可以将这个 AP 元素拖至时间轴上来做简单动画，此种方法制作动画将出现如图 11.28 所示的对话框。这个对话框只是一个提示，单击【确定】即可。在时间轴上将出现一个淡蓝色动画条，可以通过改变动画条的关键帧里 AP 元素的位置来让系统制作动画。

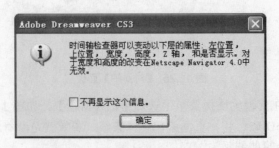

图 11.28　【时间轴】面板以及提示对话框

(7) 按 F12 键，预览网页，可以看到，图片运动超出 APDiv1。当然这个问题完全可以避免，选中 apDiv1，然后在【属性】检查器的【溢出】下拉列表中选择 "hidden" 命令，如图 11.29 所示，这样，图片运动超出 apDiv1 范围时就自动隐藏了。

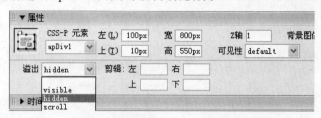

图 11.29 【时间轴】面板以及快捷菜单

(8) 制作两个空链接，来控制动画的播放和停止。新建一个 AP 元素，在 AP 元素里输入两个字 "走" 和 "停"，并分别设置成空链接，如图 11.30 所示。

注意 一定要将里面的 "走" 和 "停" 设置成链接，超级链接能响应鼠标事件。因为动画的播放和停止是通过鼠标单击链接来控制的。

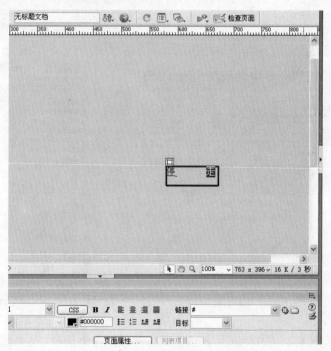

图 11.30 【时间轴】面板以及快捷菜单

(9) 选中 "停" 空链接，按 Shift+F4 组合键打开【行为】面板，单击【添加行为】按钮，并按照如图 11.31 所示进行设置。

(10) 在出现的如图 11.32 所示的对话框中选择是停止哪个时间轴还是所有时间轴，此项根据需要选择即可。

(11) 在如图 11.33 所示的【行为】面板选择哪种鼠标事件来停止时间轴。

(12) 同样的方法，选中 "走" 空链接，具体操作如图 11.31 所示，注意这次选择 "播放时间轴"。按 F12 快捷键预览网页效果如图 11.21 所示。

图 11.31 【时间轴】面板以及快捷菜单

图 11.32 【时间轴】面板以及快捷菜单

图 11.33 【行为】面板

11.4.2 技术实训

通过上面的实例可以看出时间轴是通过改变 AP 元素的位置、大小、可见性以及叠放顺序来创建动画，也就是说时间轴只能移动 AP 元素。所以，如果要移动图像或文本，就要先创建个 AP 元素，然后将图像、文本或其他类型的内容插入到 AP 元素中，然后通过移动 AP 元素来移动这些元素。

通过上面的实例还可以看出 AP 元素结合时间轴可以作出动画，另外结合脚本语言可以作出很多特效。AP 元素结合"行为"也有很多的应用，比如 AP 元素的显示和隐藏，还可以改变 AP 元素里的一些属性，可以练习下面的案例。如图 11.34 所示为最终的效果图。

具体操作步骤如下。

(1) 新建两个 AP 元素，两个 AP 元素里都写上文字。书写的具体内容如图 11.35 所示。

(2) 将 apDiv2 的文字设置成空链接，如图 11.36 所示。

(3) 选择"文字变黑色"链接，在【行为】面板添加行为，在出现的快捷菜单中选择【改变属性】命令，如图 11.37 所示。

(4) 在出现的【改变属性】对话框中进行如图 11.38 所示的设置。

图 11.34　最终的效果图

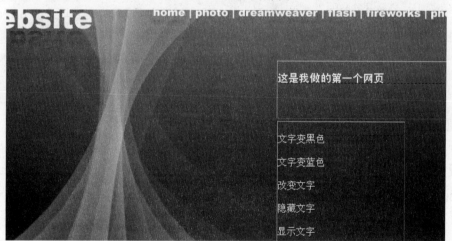

图 11.35　书写的具体内容

图 11.36　设置空链接

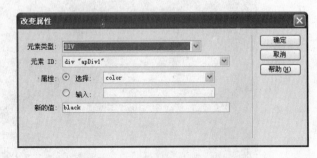

图 11.37 添加【行为】快捷菜单 　　　　图 11.38 【改变属性】对话框

（5）用同样的方法将"文字变蓝色"进行类似步骤 3、4 的设置，在图 11.38 所示的对话框中将【新的值】改为【blue】。

（6）选择【改变文字】，并添加行为，并按照如图 11.39 所示的级联菜单进行设置，先选择【设置文本】，在出现的级联菜单中选择【设置容器的文本】。

（7）将【设置容器的文本】对话框，如图 11.40 所示，在【容器】下拉列表里选择 div"apDiv1"，在【新建 HTML】文本框里输入改变后的文字"这是改变后的文字"。

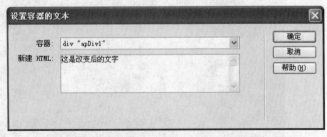

图 11.39 【设置文本】级联菜单 　　　　图 11.40 【设置容器的文本】对话框

（8）选择"隐藏文字"，在图 11.37 所示的图中选择【显示-隐藏元素】命令，在出现的如图 11.41 所示的对话框中选择要设置显示隐藏的 AP 元素。这里按照图中所示的设置就可以。

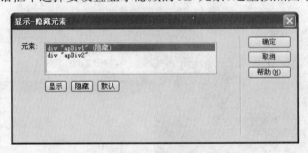

图 11.41 【显示-隐藏元素】对话框

（9）"显示文字"的设置类似步骤 8，在这里只不过设置 apDiv1 元素为【显示】。到此为止，这个案例完成了。

【练一练】

制作动态菜单。所谓动态菜单，就是指网页中排列着一排导航菜单，当鼠标移到其中一个菜单时，在网页其他位置(一般为右侧)就会出现相应的子菜单，这样不但生动了网页，而且节省了有限空间，使网页充满新意。

提示　这里的菜单都是用 AP 元素，为了让菜单大小相同、排列整齐，在做的时候可以将其全部选中并按照如图 11.42 所示进行对齐，并设置宽度、高度都相同。设置好 AP 元素后，让出现的菜单显示，其他的菜单隐藏。

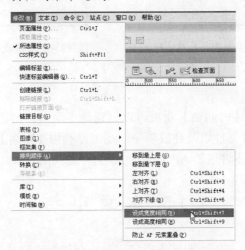

图 11.42　设置多个 AP 大小相同

11.4.3　案例拓展：AP 元素和表格之间转换

由于 AP 元素在网页布局上非常方便，所以，一些人可能不喜欢使用表格或"布局"模式来创建自己的页面，而是喜欢通过 AP 元素来进行设计。Dreamweaver 可以使用 AP 元素来创建自己的布局，然后将它们转换为表格。

在转换为表格之前，请确保 AP 元素没有重叠。可以按照如图 11.43 所示的进行选择。选

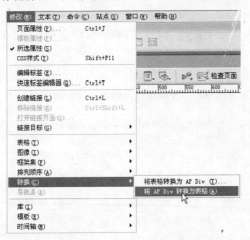

图 11.43　将 AP Div 转换为表格

择以后将出现如图 11.44 所示的【将 AP Div 转换为表格】对话框，在此对话框里根据需要进行设置就可以。

反过来，当然也可以将表格转换为 AP Div，如图 11.45 所示。

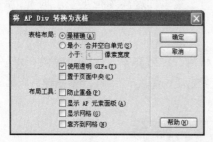

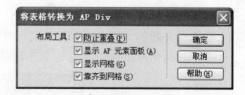

图 11.44　【将 AP Div 转换为表格】对话框　　　　图 11.45　【将表格转换为 AP Div】对话框

11.4.4　本节知识点

本节主要讲述了通过【时间轴】面板可以创建简单动画，创建简单动画主要是通过改变 AP 元素的位置、大小、可见性以及叠放顺序。还可以利用【行为】面板，添加【行为】来控制动画的播放。另外本节还讲述了 AP 元素与 AP Div 之间的转换。

11.5　本 章 小 结

本章介绍了 AP Div 元素的一些基本概念以及一些属性，以及如何改变 AP 元素的属性，多个 AP 元素的关系，并且重点介绍了用 AP Div+CSS 布局网页的方法。使用 CSS 页面进行布局实际上是通过创建 Div 标签并对其应用 CSS 定位或浮动属性来实现的。在本章的后面还介绍了 AP 元素结合时间轴制作简单动画。

11.6　思考与实训

1. 思考

在 11.3 节案例结果的基础上，开始添加内容，实现类似图 11.46 所示的网页效果，仍然用 DIV+CSS 布局页面。

图 11.46　页面效果

2.　实训

下面根据本章所学的知识，制作类似 11.4 案例的页面效果，页面效果如图 11.47 所示，页面参见本书的素材 ch11 里的 11-7.html。

走　　停

图 11.47　页面效果

11.7　习　　题

一、填空题

1.　布局网页的元素有(　　　　)和(　　　　)。

2.　利用层可以非常灵活地放置内容，可以将 AP 元素放置到其他 AP 元素的(　　　　)。

3.　时间轴是通过改变(　　　　)的位置、大小、可见性以及叠放顺序来创建动画。

4.　AP(绝对定位元素)是分配有(　　　　)的 HTML 页面元素，具体地说，就是 Div 标签或其他任何标签。

5.　AP 元素面板上面还有一个参数就是(　　　　)。一旦选中，页面中 AP 元素就无法重叠了。

二、判断题

1.　表格简单，很容易用，但是表格布局的页面速度慢，比较死板。　　　　　　(　　)

2.　AP 元素里放置的网页元素不能重叠。　　　　　　　　　　　　　　　　(　　)

3.　可以隐藏某些 AP 元素而显示其他 AP 元素，以及在屏幕上移动 AP 元素。　(　　)

4.　AP 元素主要用 CSS 来控制，不需要很熟悉 CSS，布局比较容易。　　　　(　　)

5.　AP 元素和表格之间可以相互转换。　　　　　　　　　　　　　　　　(　　)

三、简答题

1.　AP 元素有哪些属性？如何改变？

2. 简述用 AP Div+CSS 布局网页的优缺点。

四、操作实践题

用本章讲述的知识，制作如图 11.48 所示的页面效果，单击【展开图片】会从左上角展开图片单击【关闭图片】会从右下角收敛并隐藏图片。

图 11.48 页面效果

第 **12** 章　使用模板与库

　教学目标:

通过本章学习使学生了解模板和库的概念及其在网站制作过程中的用处,掌握创建和使用模板与库的方法。

本章主要内容如下。

- 创建模板的几种常用方法。
- 如何在模板文件中生成可编辑区。
- 使用模板创建网页的方法。
- 修改模板文件的方法。
- 从模板中分离页面的方法。
- 创建库项目文件的方法。
- 如何页面中插入库项目文件。
- 编辑库项目文件的方法。
- 更新库项目文件的方法。
- 从库项目文件中分离的方法。

　教学要求:

知识要点	能力要求	关联知识
两种创建模板文件的方法	掌握创建模板的几种常用方法	创建模板文件
创建模板可编辑区	掌握如何在模板文件中生成可编辑区	编辑模板文件
使用模板创建网页的方法	掌握使用模板创建网页的方法	使用模板创建网页
修改模板并应用到各个页面	掌握修改模板文件的方法	修改模板
从模板中分离页面	了解从模板中分离页面的方法	从模板中分离页面
创建库项目文件的方法	掌握创建库项目文件的方法	创建库项目文件
向页面中插入库项目文件	掌握如何页面中插入库项目文件	插入库项目
在库项目文件中编辑文件	掌握编辑库项目文件的方法	编辑更新库项目
对库项目文件进行更新	掌握更新库项目文件的方法	编辑更新库项目
从库项目中分离	了解从库项目文件中分离的方法	分离库项目

在制作网站的过程中经常会有大量的重复性操作，例如制作具有相同风格的多个网页，在多个网页中插入相同的内容等，针对这种情况，可以使用模板和库提高网站设计者的工作效率。

12.1　模　板　概　述

在一个网站中，通常会存在大量布局十分相似的页面，不同的只是页面中某些具体的内容。如果逐一制作该类网页会浪费大量的时间，Dreamweaver 提供了模板技术来解决该问题，使用模板可以帮助网页设计者快速的制作出相似的页面，节省大量的时间。制作模板与制作普通页面完全相同，只是不把页面的所有部分都完成，而是制作出所有页面的公共部分。制作页面时，只要套用一下模板，就可以轻松完成公共部分内容的制作，非公共部分单独进行编辑。

12.2　案例：模板的使用

 案例说明

本案例的两个页面除了中心图片以及图片上的标题外，其余的部分都是相同的。如果分别制作两个页面，将浪费不必要的时间和精力。本案例首先生成模板文件，制作出两个页面的所有相同的部分，最后通过套用模板文件的形式，迅速地完成两个页面的制作工作。套用模板的页面，用户只能对可编辑区进行编辑，其他的所有公共部分都是不可编辑的，效果如图 12.1 所示。

图 12.1　模板案例

12.2.1　操作步骤

1. 创建网页文件

在本地站点"Dreamweaver 案例教程"中新建一文件夹，命名为 ch12，在该文件夹中创建一个名为 resource 的文件夹，放入本案例所需要的图片素材，详见光盘。

新建一网页文件，在布局模式下，绘制一个长宽为"968×763"的布局表格，布局表格中插入若干布局单元格，布局单元格大小及位置详见第 9 章案例，如图 12.2 所示。

参照实例添加内容，其中非公共部分两个布局单元格不需要添加任何内容，如图 12.3 所示。

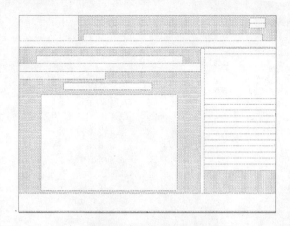

图 12.2　创建页面布局　　　　　　　　　图 12.3　添加网页内容

2．保存为模板文件

选择【文件】|【另存模板】，在弹出对话框的【另存为】选项中为模板文件命名为【muban】，如图 12.4 所示。

图 12.4　【另存模板】对话框

3．编辑模板文件

分别在两个非公共布局单元格上右击选择【模板】|【新建可编辑区域】，在弹出的【新建可编辑区域】对话框中为区域命名，一般使用默认名称，如图 12.5 所示。

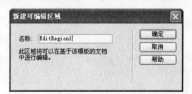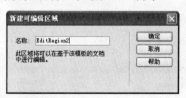

图 12.5　创建可编辑区域

创建好编辑区后，出现图标如图 12.6 所示。可编辑区图标 EditRegion1 和 EditRegion2 下的 EditRegion1 和 EditRegion2 内部即为可编辑区。

4．使用模板创建网页文件

选择【文件】|【新建】，在对话框中选择【模板中的页】，对应的选项中选择【muban】，单击【确定】，如图 12.7 所示。

套用模板后生成的网页如图 12.8 所示，除了两个可编辑区，其他的任何内容都处于不可编辑状态。

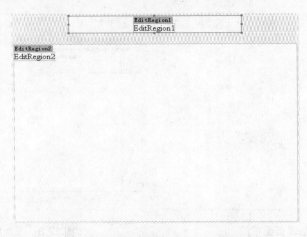

图 12.6　创建完成的两个可编辑区

图 12.7　创建模板网页

　　在两个可编辑区中，删除编辑区默认文本 EditRegion1 和 EditRegion2，参照实例输入相应的文本信息和图片信息，如图 12.9 所示。

图 12.8　套用模板后的网页

图 12.9　在可编辑区内添加内容

5．测试页面

测试页面，效果如实例所示。

12.2.2　技术实训

1．创建模板文件

常用的有两种创建模板的方式。

一种是先创建网页文件，然后使用【文件】|【另存模板】保存成模板格式，即模板案例中所用的方式。

另一种是直接选择【文件】|【新建】，在出现的对话框左侧选项中选择【空模板】，单击【创建】按钮，进入模板编辑模式，如图 12.10 所示。

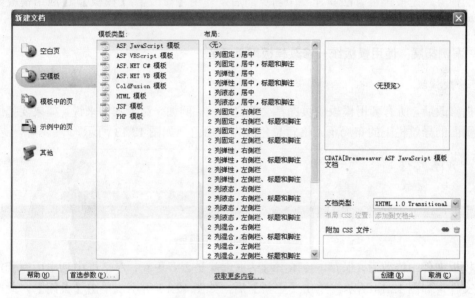

图 12.10　创建模板文件

模板文件编辑完成后，直接保存，并在弹出的对话框中给模板文件命名，如图 12.11 所示。

只要使用了模板的站点，站点根目录中会自动生成一个名称为 Templates 的文件夹，用来存放所有的模板文件，模板文件的默认扩展名为 dwt，如图 12.12 所示，该文件夹为系统文件夹，不能随意修改。

图 12.11　为模板命名

图 12.12　模板文件所在目录

2．编辑模板文件

对于需要创建可编辑区的区域，在其上右击，选择【模板】|【新建可编辑区域】，在布局单元格出现可编辑区图标 `EditRegion1` 和其对应的可编辑区文本 `EditRegion1`，可编辑区图标只是个标记，在测试页面时不会出现，也不占用布局单元格中的空间，可编辑区文本可以先删除，然后在其中插入相关内容。

除了创建可编辑区外，还可以创建可选区域和重复区域，分别能完成不同的功能。

3．使用模板创建网页

可以使用两种方式使用模板文件创建新页面。

一种方式是使用【文件】|【新建】，在弹出的对话框的左侧选择【模板中的页】。

另一种方式是按正常方法新建一个新页面后，使用【修改】|【模板】|【应用模板到页】来套用模板文件。

12.2.3 案例拓展：使用模板统一修改模板网页颜色

1．修改模板

模板修改后，所有套用模板的页面都会随之更改。例如，对于案例来说，如果要把所有套用模板页面的导航栏下的布局单元格背景色改为墨绿色，如图 12.13 所示。

图 12.13　修改模板颜色

在模板文件中修改后，保存，会弹出对话框询问是否要更新，对话框中列出所有套用过了模板的文件，如图 12.14 所示。单击【更新】后，如图 12.15 所示，单击【关闭】，此时，所有套用模板的页面都自动进行了更新。

图 12.14　更新模板文件　　　　　　　　　　　图 12.15　更新成功

2．从模板中分离网页

在制作网站的过程中，有些套用过模板的页面可能会需要对不可编辑区域进行修改，则必须从模板中分离出来，不可编辑区才能变成可编辑区。使用【修改】|【模板】|【从模板中分离】可以实现此功能。

12.2.4　本节知识点

本节主要讲述了模板文件制作及使用的整个过程，包括创建模板文件、编辑模板文件、使用模板创建网页、修改模板文件和从模板中分离网页等。

12.3　库　概　述

使用库可以在文档中快速输入站点中需要重复的元素对象，库项目使用方便，而且具有维护更新方面的优势，如果需要修改，不必到使用该内容的页面中修改，就可以实现站点中所有使用库项目的页面修改。

12.4　案例：库的使用

案例说明

对于上例的网页来说，假设页面不是通过模板制作的，而是个独立的页面，在页面的左上角有 Logo 图片，对于该网站来说，此类的图片还有很多，如果 Logo 图片需要进行修改，就要对每个网页的 Logo 图片进行更换，这显然是个工作量很大的工作。为了减少工作量，可以把该图片放入库中，作为库项目引用到各个页面当中，只要库中的图片有修改，所有引用该图片的网页都会随之改变。本案例把上个案例中的两个套用模板的页面从模板中分离出来，成为两个独立的页面，然后把左上角的 Logo 图片中的圆形进行修改，如图 12.16 所示。

图 12.16　库案例

12.4.1　操作步骤

1. 创建页面

将上例中的 12-1.html 和 12-2.html 另存为 12-01.html 和 12-02.html，使用【修改】|【模板】|【从模板中分离】，把两个页面分别从模板中分离出来，成为两个独立的页面。

2. 创建库项目

打开 12-01.html，单击文件面板中的资源选项，单击其中的 📖 按钮，此时的库中没有任何文件，如图 12.17 所示；拖拽网页上的 Logo 图片到库面板中，将文件命名为"logo"，如图 12.18 所示。

图 12.17　库面板　　　　　　　　　　　　　　图 12.18　为库文件重新命名

此时，Logo 图片已由原来的图片形式变为库项目，并灰色显示，如图 12.19 所示。

图 12.19　变为库项目后的 Logo 图片

3. 插入库项目

打开 12-02.html，删除左上角图片，从库面板中拖拽库文件 logo 到该布局单元格中。现在，两个页面中的 logo 都是库项目文件。

4. 编辑并更新库项目

双击库面板中的 logo 文件，进入 logo.lbi 库文件的编辑模式，如图 12.20 所示。删除编辑区的 Logo 图片，插入 images 文件夹中的 logo1.jpg，如图 12.21 所示。

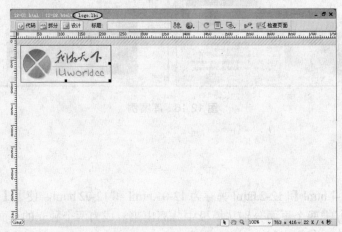

图 12.20　初始图片

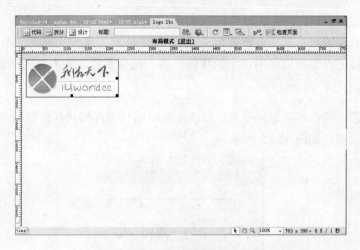

图 12.21　新图片

保存库项目文件，出现对话框，单击【更新】按钮，如图 12.22 所示。

图 12.22　更新库项目

5. 测试页面

保存并测试页面，可以发现 12-01.html 和 12-02.html 两个文件的 Logo 图片都变了。

12.4.2　技术实训

1. 创建库项目

单击文件面板中的资源选项，单击其中的 📖 按钮打开库面板，把需要创建库项目的内容从网页编辑区拖拽到该面板中即可，如图 12.23 所示。在库面板中可以看到库项目的名称、大小和完整路径等属性，如图 12.24 所示。

图 12.23　库面板及库文件　　　　　　　图 12.24　库项目文件夹及文件

库项目创建完成后，在文件面板中可以看到，ch12 目录中新增了一个名字为 Library 的文件夹，里面存放着库项目，其文件扩展名为 lbi。该文件夹为系统文件夹，不能随意修改。可以创建库项目文件的内容可以是网页上的任何东西，包括图片、文本、表格等。

2. 插入库项目

光标定位到需要插入库项目的位置，直接拖拽库项目文件到目标位置即可；或者单击库面板上的【插入】按钮，如图 12.25 所示。

图 12.25　插入库项目

3. 编辑更新库项目

如果库项目文件需要修改，则直接双击打开库面板中的库项目文件，在该文件的编辑模式下进行编辑，编辑方法同普通文件相似。对于图形文件，可以选中该文件，单击属性面板中的 ![Ps] 按钮，进入 Photoshop 进行编辑，修改完成并保存后，会弹出【更新这些文件的库项目吗？】对话框，对话框中列出所有使用了该库项目的文件，如图 12.26 所示。单击【更新】后，单击【关闭】，此时，所有使用了库项目的页面都自动进行了更新。

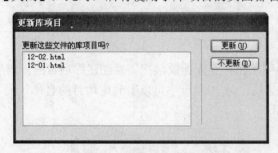 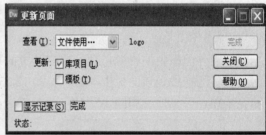

图 12.26　更新库项目文件

12.4.3　案例拓展：将库项目与网页分离

有时有些页面可能不希望某个插入的库项目随着库项目的更新而变化，这就需要将库项目从文件中分离出来。在需要与库项目分离的内容上右击，在弹出的菜单中选择【从源文件中分离】，在弹出的对话框中单击【确定】，则库项目重新变成一独立的文件，如图 12.27 所示。

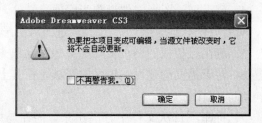

图 12.27　分离库项目

12.4.4　本节知识点

本节主要讲述了库项目文件制作及使用的整个过程,包括创建库项目文件、编辑库项目文件、使用库项目文件、修改修改库项目文件和分离库项目文件等。

12.5　本 章 小 结

在网页制作过程中,模板和库都是一种经常使用的技术,它们可以简化网页制作工序,为网页制作人员节省大量的宝贵时间,有利于整个网站风格的统一。本章通过两个案例,介绍了模板和库的基本使用方法。由于篇幅的限制,不能对其所有的功能进行介绍,有兴趣的读者可以查阅相关资料以更好地掌握并使用它们。

12.6　思考与实训

1. 思考

(1) 使用模板的方便之处体现在哪里?

(2) 使用库的方便之处体现在哪里?

(3) 模板文件的扩展名是什么?模板可以直接作为普通网页来预览吗?

2. 实训

进入搜狐网站,判断一下有哪些网页可能会用到模板或库?

12.7　习　　题

一、填空题

1. 模板常用的 3 种类型的模板区域有(　　　　　)、(　　　　　)和(　　　　　)。

2. 模板文件创建后,站点根目录中会自己生成一个名称为(　　　　　)的文件夹,专门存放站点中的模板文件。

3. 库文件创建后，站点根目录中会自己生成一个名称为(　　　　)的文件夹，专门存放站点中的库文件。

4. 假设把一图形文件设置为库项目文件，在该文件编辑模式下，单击属性面板中的 **Ps** 按钮，会打开的软件是(　　　　)，进而对图形进行编辑。

5. 套用过模板的网页文件如果想独立出来需要与模板文件(　　　　)。

6. 对于需要创建可编辑区的区域，在其上右击，选择(　　　　)，在布局单元格出现可编辑区图标。

7. 将库项目从文件中分离出来，需在与库项目分离的内容上右击，在弹出的菜单中选择(　　　　)。

二、选择题

1. 在创建模板时，下面关于可编辑区的说法正确的是(　　)。
   A. 只有定义了可编辑区才能把它应用到网页上
   B. 在编辑模板时，可编辑区是可以编辑的，锁定区是不可以编辑的
   C. 一般把共同特征的标题和标签设置为可编辑区
   D. 以上说法都错

2. 在创建模板时，下面关于可选区的说法正确的是(　　)。
   A. 在创建网页时定义的
   B. 可选区的内容不可以是图片
   C. 使用模板创建网页，对于可选区的内容，可以选择显示或不显示
   D. 以上说法都错误

3. 下列哪一种格式是 Dreamweaver 中的库文件格式(　　)。
   A. dwt　　　　B. html　　　　C. lbi　　　　D. cop

4. 下列哪一种格式是 Dreamweaver 中的模板文件格式(　　)。
   A. .dwt　　　　B. .html　　　　C. .lbi　　　　D. .cop

5. 下列说法正确的是(　　)。
   A. 使用库文件的网页库文件发生变化会自动更新
   B. 使用库文件的网页库文件发生变化不会自动更新
   C. 使用模板文件的网页模板文件发生变化会自动更新
   D. 使用模板文件的网页模板文件发生变化不会自动更新

三、简答题

1. 模板的用途。
2. 库的用途。

四、操作题

(1) 制作一模板，使用该模板生成网页，如图 12.28 所示。

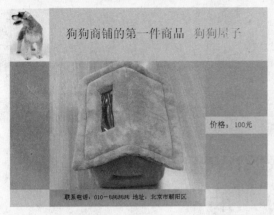 

图 12.28　模板练习

(2) 将本章库案例中的文件的版权区的文本内容设置为库项目文件，将文本信息中的"Copyright ©2008 iUworld.cc"改为暗红色显示，如图 12.29 所示。

图 12.29　库练习

第13章　Dreamweaver 的内置
行为和插件

教学目标:

行为是预置的 JavaScript 程序，使用行为使得网页制作人员不用编程而通过添加行为而在网页中加入程序动作，以实现动态与交互网页的功能。本章主要介绍如何通过行为面板使用 Dreamweaver 的内置行为制作网页特效；以及 Dreamweaver 插件的安装和应用方法。

本章的主要内容如下。
● 行为及相关知识。
● 使用行为创建网页特效。
● 插件相关知识。
● 精彩插件应用。

教学要求:

知识要点	能力要求	关联知识
行为及相关知识	了解行为、对象、事件、动作等相关概念 掌握行为面板的使用	认识行为 认识对象、事件和动作 行为面板的使用
添加并设置行为	掌握添加并设置行为	播放声音 设置状态栏文本 显示弹出式菜单 弹出信息窗口 打开浏览器窗口 交换图像
插件的应用	了解插件的概念 掌握插件的安装和使用	插件的概念 插件的安装 插件的应用

一般说来，动态网页是通过 JavaScript 或基于 JavaScript 的 DHTML 代码来实现的。包含 JavaScript 脚本的网页，还能够实现用户与页面的简单交互。Dreamweaver 提供的"行为"机制就是基于 JavaScript 来实现动态网页和交互的，但不需手工编写任何代码。在可视化环境中按几个按钮、填几个选项就可以实现丰富的动态页面效果，实现用户与页面的简单交互。还有一些令人耳目一新的网页特效就是通过 Dreamweaver 的插件来实现的。

本章主要介绍行为的概念，如何在 Dreamweaver 中添加行为并设置行为，以及如何利用插件创建网页特效。

13.1　关 于 行 为

行为是事件与动作的彼此结合。例如，当鼠标移动到网页的图片上方时，图片高亮显示，此时的鼠标移动称为事件，图片的变化称为动作，一般的行为都是要有事件来激活动作。动作由预先写好的能够执行某种任务的 JavaScript 代码组成，而事件与浏览者的操作相关，如 onclick、onmouseover、onmouseout 等。

13.1.1　认识行为

Dreamweaver 内置了许多行为动作，好像是一个现成的 JavaScript 库。除此之外，第三方厂商供给了更多的行为库，下载并在 Dreamweaver 中安装，可以获得更多的可操作行为。如果熟悉 JavaScript 语言，也可以自行设计新动作，添加到 Dreamweaver 中。

"行为"可以创建网页动态效果，实现用户与页面的交互。行为是由事件和动作组成的，例如：将鼠标移到一幅图像上产生了一个事件，如果图像发生变化，就导致发生了一个动作。与行为相关的有 3 个重要的部分：对象、事件和动作。

13.1.2　认识对象、事件和动作

1. 对象(Object)

对象是产生行为的主体，很多网页元素都可以成为对象，如图片、文字、多媒体文件等，甚至是整个页面。

2. 事件(Event)

事件是触发动态效果的原因，它可以被附加到各种页面元素上，也可以被附加到 HTML 标记中。一个事件总是针对页面元素或标记而言的，例如：将鼠标移到图片上、把鼠标放在图片之外、单击鼠标，是与鼠标有关的三个最常见的事件(onmouseover、onmouseout、onclick)。不同的浏览器支持的事件种类和多少是不一样的，通常高版本的浏览器支持更多的事件。

3. 动作(Action)

行为通过动作来完成动态效果，如：图片翻转、打开浏览器、播放声音都是动作。动作通常是一段 JavaScript 代码，在 Dreamweaver 中使用 Dreamweaver 内置的行为可以自动在页面中添加 JavaScript 代码，而不必手工编写。

4. 事件与动作

将事件和动作组合起来就构成了行为，例如，将 onclick 行为事件与一段 JavaScript 代码

相关联，单击鼠标时就可以执行相应的 JavaScript 代码(动作)。一个事件可以同多个动作相关联(1：n)，即发生事件时可以执行多个动作。为了实现需要的效果，还可以指定和修改动作发生的顺序网页中常用的事件见表 13-1。

表 13-1　常见事件一览表

事　件	含　义
onabort	当访问者中断浏览器正在载入图像的操作时产生
onafterupdate	当网页中 bound(边界)数据元素已经完成源数据的更新时产生该事件
onbeforeupdate	当网页中 bound(边界)数据元素已经改变并且就要和访问者失去交互时产生该事件
onblur	当指定元素不再被访问者交互时产生
onbounce	当 marquee(选取框)中的内容移动到该选取框边界时产生
onchange	当访问者改变网页中的某个值时产生
onclick	当访问者在指定的元素上单击时产生
ondblclick	当访问者在指定的元素上双击时产生
onerror	当浏览器在网页或图像载入产生错位时产生
onfinish	当 marquee(选取框)中的内容完成一次循环时产生
onfocus	当指定元素被访问者交互时产生。
onhelp	当访问者单击浏览器的 help(帮助)按钮或选择浏览器菜单中的 help(帮助)菜单项时产生
onkeydown	当按下任意键的同时产生
onkeypress	当按下和松开任意键时产生。此事件相当于把 onkeydown 和 onkeyup 这两事件合在一起
onkeyup	当按下的键松开时产生
onload	当一图像或网页载入完成时产生
onmousedown	当访问者按下鼠标时产生
onmousemove	当访问者将鼠标在指定元素上移动时产生
onmouseout	当鼠标从指定元素上移开时产生
onmouseover	当鼠标第一次移动到指定元素时产生
onmouseup	当鼠标弹起时产生
onmove	当窗体或框架移动时产生
onreadystatechange	当指定元素的状态改变时产生
onreset	当表单内容被重新设置为缺省值时产生
onresize	当访问者调整浏览器或框架大小时产生
onrowenter	当 bound(边界)数据源的当前记录指针已经改变时产生
onrowexit	当 bound(边界)数据源的当前记录指针将要改变时产生
onscroll	当访问者使用滚动条向上或向下滚动时产生
onselect	当访问者选择文本框中的文本时产生
onstart	当 marquee(选取框)元素中的内容开始循环时产生
onsubmit	当访问者提交表格时产生
onunload	当访问者离开网页时产生

13.1.3　行为面板

在 Dreamweaver CS3 中，行为包括有很多种，如弹出信息、打开浏览器窗口、播放声音、交换图像等，这与 Dreamweaver 8 中的行为略有不同，如增加了效果和拖动 AP 元素。

在 Dreamweaver CS3 中，对行为的添加和控制主要通过对【行为】面板的操作来实现。选择【窗口】|【行为】命令(Shift+F4 组合键)，打开【行为】面板，如图 13.1 所示。

【行为】面板具有下列选项。

(1)【+】：动作的弹出式菜单，它可以被附加到当前选取的元素中。当从该列表中选择一个动作时，将出现一个对话框，在该对话框中可以指定动作的参数。

(2)【-】：从行为列表中移除选取的事件和动作。

(3)【上】和【下】：箭头按钮在行为列表中向上或向下移动选取的动作。

(4)【事件】：包含所有能触发动作的事件的弹出式菜单，该菜单仅在行为列表中某个事件被选取时才可见。根据所选取的对象不同，将显示不同的事件。如果所需的事件未显示，确保选取了正确的页面元素或标签，还确保已在【显示事件】子菜单中选取了合适的浏览器。

(5)【显示事件】：指定当前行为在哪些浏览器中起作用。在该菜单中所做的选择决定了【事件】弹出式菜单中显示的事件。较旧的浏览器通常所支持的事件少于较新的浏览器，并且大多数情况下，所选择的目标浏览器的范围越大，所显示的事件越少。

【行为】面板中按钮的作用如图 13.2 所示。

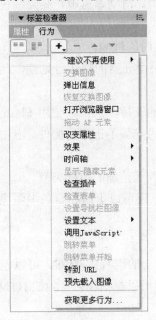

图 13.1 【行为】面板

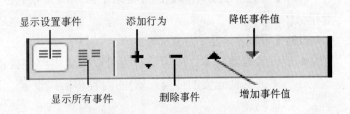

图 13.2 【行为】面板中的按钮作用

【行为】面板中的事件如图 13.3 所示。

图 13.3 【行为】面板中的事件

Dreamweaver CS3 提供的内置基本行如图 13.1 所示的功能如下。

(1)【交换图像】：通过更改 img 标签的 src 属性将一个图像和另一个图像进行交换。

(2)【弹出信息】：在页面上显示一个信息对话框，给用户一个提示信息。使用此动作可以提供信息，而不能为用户提供选择。

(3)【恢复交换图像】：将最后一组交换的图像恢复为它们以前的源文件。

(4)【打开浏览器窗口】：使用"打开浏览器窗口"动作在一个新的窗口中打开 URL。您可以指定新窗口的属性。

(5)【拖动 AP 元素】：可让访问者拖动绝对定位的(AP)元素。使用此行为可创建拼板游戏、滑块控件和其他可移动的界面元素。

(6)【改变属性】：这个行为允许你动态地改变对象属性的值，例如，图像的大小、层的背景色、表单的动作等。需要注意的是，这个行为的设置取决于浏览器的支持。

(7)【效果】：可以设置增大/收缩、挤压、显示/渐隐、晃动、滑动、窗帘、高亮颜色等特殊效果。

(8)【时间轴】：可以设置停止时间轴、播放时间轴和转到时间轴帧。

(9)【显示-隐藏元素】：可显示、隐藏或恢复一个或多个页面元素的默认可见性。此行为用于在用户与页进行交互时显示信息。

(10)【检查插件】：有时候我们制作的页面需要某些插件的支持，例如，使用 Flash 制作的网页，所以有必要对用户浏览器的插件进行检查，看看它是否安装了指定的插件。应用这个行为就可以实现。

(11)【检查表单】：检查指定文本域的内容以确保用户输入了正确的数据类型。

(12)【设置导航栏图像】：可将某个图像变为导航栏图像，还可以更改导航条中图像的显示和动作。

(13)【设置文本】：
- 设置容器文本：应用该行为可以指定内容替换将页面上的现有容器(即，可以包含文本或其他元素的任何元素)的内容和格式设置。该内容可以包括任何有效的 HTML 源代码。
- 设置文本域文本：应用该行为可以指定内容替换表单文本域的内容。
- 设置框架文本：该行为允许您动态设置框架的文本。
- 设置状态栏文本：应用该行为在浏览器窗口底部左侧的状态栏中显示消息。

(14)【调用 JavaScript】：这个行为允许你设置当某些事件被触发时，调用相应的 JavaScript 脚本，以实现相应的动作。

(15)【跳转菜单】：该行为主要是用于编辑跳转菜单。跳转菜单是文档中的弹出菜单，对站点访问者可见，并列出链接到文档或文件的选项。

(16)【跳转菜单开始】：该行为与"跳转菜单"行为密切关联；"跳转菜单转到"允许将一个"转到"按钮和一个跳转菜单关联起来。(在使用此行为之前，文档中必须已存在一个跳转菜单。)

(17)【转到 URL】：你可以制定当前浏览器窗口或者指定的框架窗口载入指定的页面。

(18)【预先载入图像】："预先载入图像"动作会使图像载入浏览器缓存中。这样可防止当图像应该出现时由于下载而导致延迟。

以下 5 个行为从 Dreamweaver CS3 开始已被弃用。若要访问这些行为，必须从"行为"面板的"动作"菜单中选择"建议不再使用"菜单项。

(1) 控制 Shockwave 或者 Flash：Shockwave 和 Flash 是目前网页制作经常插入的对象，这个行为就是用于控制这些对象的。用它可以控制动画的播放、停止、返回，还可以控制直接跳转到第几帧。

(2) 播放声音：使用"播放声音"动作来播放声音。

(3) 显示弹出菜单：创建或编辑 Dreamweaver CS3 弹出菜单，或者打开并修改已插入文档的弹出菜单。

(4) 检查浏览器：不同浏览器的支持能力有一定的差异，利用这个行为，我们可以检查浏览器的版本，以跳转到不同的页面。

(5) 隐藏弹出菜单：只在应用"显示弹出菜单"之后使用。

13.2　案例：设置状态栏文本

上节介绍了行为的基础知识，本节结合实例介绍如何利用行为动作创建丰富的网页特效。

案例说明

浏览器下端的状态行通常显示当前状态的提示信息，利用"设置状态栏文本"行为，可以重新设置状态行信息。实现效果如图 13.4 所示。

图 13.4　状态栏文本效果

13.2.1　操作步骤

(1) 启动 Dreamweaver，切换至站点"Dreamweaver 案例教程"，打开素材文件夹下 ch13 目录中的 13-2-1.html。

(2) 选中要附加行为的对象，这里选择网页的<body>标记。

(3) 单击【行为】面板上的【+】按钮，在打开的动作菜单中选择【设置文本】|【设置状态文本】命令。

(4) 在打开的【信息】对话框中输入需要显示的文本，单击【确定】按钮，如图 13.5 所示。

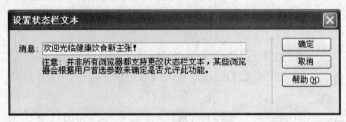

图 13.5 【设置状态栏文本】对话框

(5) 在【行为】面板中将事件设为"onLoad"。

(6) 按 F12 键，可以看到打开网页后，浏览器下端的状态栏上有了新输入的信息，"欢迎光临健康饮食新主张！"如图 13.4 所示。

13.2.2 技术实训

状态栏的文本可以在网页加载的时候直接显示，也可以让鼠标滑过文字或者图片时再显现出来。

(1) 打开素材文件夹下 ch13 目录中的网页文件 13-2-1.html。

(2) 选中图片 mm_health_photo.jpg，单击【行为】面板上的【+】按钮，选择【设置文本】|【设置状态文本】命令。

(3) 在打开的【信息】对话框中输入需要显示的文本"*****饮食天下，健康未来*****"，单击【确定】按钮。

(4) 在【行为】面板中将事件设为"onMouseOver"。

(5) 按 F12 键查看效果。

13.2.3 案例拓展：添加状态栏特效

 案例说明

在上网时我们往往注意的是网站页面内容，而静态的状态栏不会被人太多注意，如果我们给页面的状态栏加一些特效，肯定会使你的网站增添一道风景。下面介绍几种通过 JavaScript 代码产生的一些状态栏特效。

特效一：不断闪烁的状态栏

操作步骤

(1) 打开素材文件夹下 ch13 目录中的网页文件 13-2-1.html。

(2) 切换到代码视图，在<body>中插入如下代码。

```
<body onLoad="flash()">
<script language="Javascript">
<!--
var yourwords = "*****饮食天下，健康未来*****";
```

```
var speed = 700;
var control = 1;
function flash()
{
if (control == 1)
{window.status=yourwords;
control=0;}
else
{window.status="";
control=1;}
setTimeout("flash()",speed);
}
//-->
</script>
```

(3) 将网页另存为 13-2-2.html，按 F12 键预览效果，如图 13.6 所示。

图 13.6　不断闪烁的状态栏

特效二：文本逐个显示的状态栏

操作步骤

(1) 打开素材文件夹下 ch13 目录中的网页文件 13-2-1.html。

(2) 切换到代码视图，在 <head>…</head> 之间插入如下代码。

```
<script language="Javascript">
var MESSAGE = "欢迎来到健康饮食新主张，请多提意见。谢谢！"
var POSITION = 150
var DELAY = 10
var scroll = new statusMessageObject()
function statusMessageObject(p,d) {
this.msg = MESSAGE
this.out = " "
this.pos = POSITION
```

```
this.delay = DELAY
this.i = 0
this.reset = clearMessage}
function clearMessage() {
this.pos = POSITION}
function scroller() {
for (scroll.i = 0; scroll.i < scroll.pos; scroll.i++) {
scroll.out += " "}
if (scroll.pos >= 0)
scroll.out += scroll.msg
else scroll.out = scroll.msg.substring(-scroll.pos,scroll.msg.length)
window.status = scroll.out
scroll.out = " "
scroll.pos--
if (scroll.pos < -(scroll.msg.length)) {
scroll.reset()}
setTimeout ('scroller()',scroll.delay)}
function snapIn(jumpSpaces,position) {
var msg = scroll.msg
var out = ""
for (var i=0; i<position; i++)
{out += msg.charAt(i)}
for (i=1;i<jumpSpaces;i++)
{out += " "}
out += msg.charAt(position)
window.status = out
if (jumpSpaces <= 1) {
position++
if (msg.charAt(position) == ' ')
{position++ }
jumpSpaces = 100-position
} else if (jumpSpaces > 3)
{jumpSpaces *= .75}
else
{jumpSpaces--}
if (position != msg.length) {
var cmd = "snapIn(" + jumpSpaces + "," + position + ")";
scrollID = window.setTimeout(cmd,scroll.delay);
} else { window.status=""
jumpSpaces=0
position=0
cmd = "snapIn(" + jumpSpaces + "," + position + ")";
scrollID = window.setTimeout(cmd,scroll.delay);
return false }
return true}
snapIn(100,0);
</script>
```

(3) 将网页另存为 13-2-3.html，按 F12 键预览效果，如图 13.7 所示。

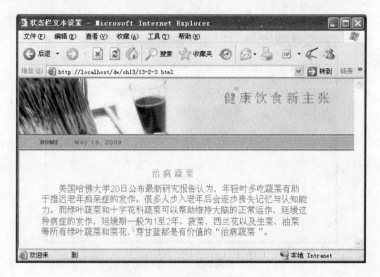

图 13.7   文本逐个显示的状态栏

特效三：状态栏显示时钟

操作步骤

(1) 打开素材文件夹下 ch13 目录中的网页文件 13-2-1.html。

(2) 切换到代码视图，在<body>中插入如下代码。

```
<BODY onLoad="startclock()">
<SCRIPT LANGUAGE=JAVASCRIPT>
<!--
var timerID = null;
var timerRunning = false;
function stopclock (){
if(timerRunning)
clearTimeout(timerID);
timerRunning = false;
}
function showtime () {
var now = new Date();
var hours = now.getHours();
var minutes = now.getMinutes();
var seconds = now.getSeconds()
var timeValue = "" + ((hours >12) ? hours -12 :hours)
timeValue += ((minutes < 10) ? ":0" : ":") + minutes
timeValue += ((seconds < 10) ? ":0" : ":") + seconds
timeValue += (hours >= 12) ? " PM." : " AM."
window.status = timeValue;
timerID = setTimeout("showtime()",1000);
timerRunning = true;
}
function startclock () {
stopclock();
showtime();
}
-->
</SCRIPT>
```

(3) 将网页另存为 13-2-4.html，按 F12 键预览效果，如图 13.8 所示。

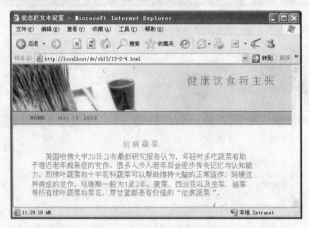

图 13.8　显示时钟的状态栏文本效果

13.2.4　本节知识点

状态栏位于浏览器的下方，可以通过浏览器菜单栏上的【查看】|【状态栏】选项将其打开或关闭。网页状态栏可以及时显示网页中的各种状态提示信息，如页面中超链接的 URL 地址，页面下载速度。利用 Dreamweaver 的行为可以自动生成 JavaScript 代码，动态给出状态栏的文字信息。

13.3　案例：交换图像

 案例说明

"交换图像"动作就是通过更改 img 标签的 src 属性将一个图像和另一个图像进行交换，使用此动作可以创建"鼠标经过图像"等图像效果。插入"鼠标经过图像"时，Dreamweaver会自动将一个"交换图像"行为添加到网页中。本案例要实现的效果如图 13.9 和图 13.10 所示。

图 13.9　交换图像前网页

图 13.10　交换图像后网页

注意　因为只有 src 属性受此行为的影响，所以应该换入一个与原图像具有相同尺寸(高度和宽度)的图像。否则，换入的图像显示时会被压缩或扩展，以使其适应原图像的尺寸。

13.3.1　操作步骤

(1) 新建一个文档命名为 ch13.3.html，标题命名为"交换图像"，并视图切换到设计视图。

(2) 选择【插入】|【图像】或单击【插入】栏的【图像】按钮，插入一个图像【dahai01.jpg】。选择图像，在【属性】检查器最左边的文本框中为该图像输入一个名称，命名为【img01】。如图 13.11 所示。

图 13.11　【属性】检查器

注意　如果您未为图像命名，"交换图像"动作仍将起作用。建议大家学习时将所有插入的图像都预先命名，则在【交换图像】对话框中就更容易区分它们。

(3) 选择一个将要交换的图像"dahai02.jpg"，然后从【行为】面板的【动作】菜单中选择【交换图像】，弹出对话框如图 13.12 所示。

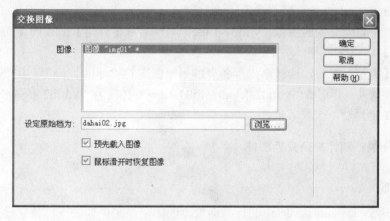

图 13.12　【交换图像】对话框

(4) 单击【浏览】按钮，选择事先准备好的另一张图片"dahai02.jpg"，或在【设定原始档为】文本框中输入新图像的路径和文件名。

(5) 选择【预先载入图像】选项，则在载入页时将新图像载入到浏览器的缓存中。

(6) 单击【确定】。按 F12 键预览，查看效果。

13.3.2　技术实训

在浏览网页时，会遇到将鼠标放到一张模糊不清的图片上时，该图片会立刻变清晰，这种效果就是利用行为中的交换图像实现的。事先要将清晰的图片处理得模糊一些。本实训要实现的效果图如图 13.13 所示。

图 13.13 "交换图像"效果图

(1) 打开素材文件夹下 ch13 目录中的网页文件 13.2.1.html，并视图切换到设计视图。

(2) 单击【插入】栏的【图像】按钮，分别将 "ydfj01-1.jpg~ydfj04-1.jpg" 4 张图片插入到相应的位置。并在【属性】检查器的文本框中分别为图像输入名称，依次命名为："tupian01~tupian04"。

(3) 选择一个将要交换的图像 "ydfj01-1.jpg"，然后从【行为】面板的【动作】菜单中选择【交换图像】。

(4) 单击【浏览】按钮，选择事先准备好的另一张图片 "ydfj01.jpg"，单击【确定】。

(5) 重复步骤 4，分别将 "ydfj02-1.jpg~ydfj04-1.jpg" 替换为 "ydfj02.jpg~ydfj04.jpg"。

(6) 按 F12 键预览，查看效果。

13.3.3 案例拓展：制作复杂交换图像

 案例说明

本例将应用到 Dreamweaver 中的行为面板上的 "交换图像" 命令。将它设置成为当产生鼠标悬停在某一个按钮图片的动作的时候，让按钮本身实现一个图像的交换，与此同时设计按钮旁边图标图像的交换，以实现上述效果的实现。

这里演示的是 3 张按钮图片的翻转，所以，我们需要 6 张按钮图片和 4 张图标图片共 10 张图片的制作来实现所示效果。其中 3 张前台按钮图片分别命名为 "qian1.jpg~qian3.jpg"，3 张后台按钮图片分别命名为 "hou1.jpg~hou3.jpg"，其中 4 张图标图片分别命名为 "tubiao.jpg、tubiao01.jpg~tubiao03.jpg"。

(1) 新建网页文件。

(2) 插入一个 3 行 2 列的表格，左边一列用来插入图标图片，右边一列表格用来插入按钮图片。

(3) 在左边的三个表格中插入同一张图标图片 "tubiao.jpg"，在右边的 3 行单元格中分别插入红色的前台按钮 "qian1.jpg~qian3.jpg"，效果如图 13.14 所示。

（4）点击【窗口】|【行为】，调出【行为】面板。

（5）选中第一个要设置行为的图片，这里是写有"系部概况"按钮图片，即图片"qian1.jpg"。

（6）单击加号按钮，在弹出菜单中选择【交换图像】，弹出【交换图像】对话框。

（7）单击对话框当中的【浏览】按钮，然后选择好这张按钮图片将要翻转成的目的图片，即图片"hou1.jpg"。选择"tubiao01.jpg"，设置翻转成的目的图片为"tubiao01.jpg"，然后单击【确定】按钮。按 F12 键预览。把鼠标放置在写有"系部概况"的按钮图片，效果如图 13.15 所示。

图 13.14 "交换图像"之前效果图

图 13.15 图标图片和按钮图片同时翻转效果

（8）重复第 6 步的操作，在图像的文本框中选中图标图片"tubiao.jpg"，然后，再次点击【浏览】按钮，把它翻转成第 2 个图标文件，即"tubiao2.jpg"。单击【确定】按钮。

（9）依以上步骤，分别将下面 2 张图片分别设置成为交换图像的行为。

（10）按 F12 键预览，把鼠标的指针悬停在每张图片上就可以看到效果。

13.3.3 本节知识点

本节主要介绍了"交换图像"动作的使用。"交换图像"动作主要用于动态改变图像对应的<img>标记的 src 属性值，利用该动作，不仅可以创建普通的翻转图像，还可以创建图像按钮翻转效果，也可以设置在同一时刻改变页面上多幅图像的翻转。

13.4 案例：弹出信息窗口和浏览器窗口

 案例说明

在浏览一些网页时，经常会看到有的网页弹出一些信息窗口或浏览器窗口来显示一些网站公告或一些广告信息，引起访问该页面的用户的注意。本案例即实现这样一种效果，如图 13.16 所示。

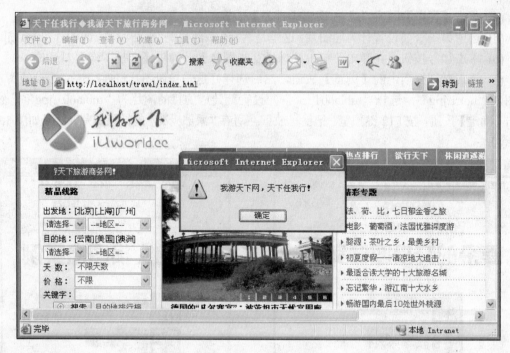

图 13.16　弹出信息效果

13.4.1　操作步骤

(1) 打开素材文件夹下 ch13 目录中的网页文件 index.html，选中要附加行为的对象，如图片 logo.gif。

(2) 单击【行为】面板上的"+"按钮，打开动作菜单，选择【弹出信息】命令。

(3) 在打开的【弹出信息】对话框中输入需要显示的文本，单击【确定】按钮，如图 13.17 所示。

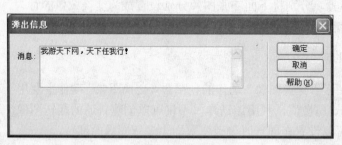

图 13.17　【弹出信息】对话框

(4) 按 F12 键，可以看到打开网页后，单击图片会弹出一个对话框，如图 13.16 所示。

13.4.2　技术实训

弹出浏览器窗口和弹出信息窗口都能够起到提醒浏览者注意的作用。而且使用打开浏览器窗口动作可以在一个新窗口中打开 URL，可以指定新窗口的属性，包括其大小、属性、无菜单条、名称。如果不为窗口设置属性，那么它将使用启动它的窗口的大小和属性打开。图 13.18 显示了一个浏览器自动弹出窗口的实例。

操作步骤

(1) 打开素材文件夹下 ch13 目录中的网页文件 13.4.2.html，然后在【行为】面板上单击【+】按钮并从动作弹出式菜单中选择【打开浏览器窗口】命令。

(2) 单击【浏览】选取文件，或者输入需要显示的 URL，并设置如下选项。

● 【窗口宽度】：指定以像素为单位的窗口宽度。

● 【窗口高度】：指定以像素为单位的窗口高度。

● 【导航工具栏】：浏览器按钮包括前进，后退，主页和刷新。

● 【地址工具栏】：浏览器地址域。

● 【状态栏】：浏览器窗口底部的区域，用于显示信息(如剩余加载时间，和 URL 关联的链接)。

● 【菜单条】：浏览器窗口菜单。

● 【需要时使用滚动条】：指定如果内容超过可见区域时滚动条自动出现。

● 【调整大小手柄】：指定用户是否可以调整窗口大小。

● 【窗口名称】：新窗口的名称。

如果想使用其作为链接目标或者用 JavaScript 控制它，那么应该给新窗口命名。

(3) 设置好的【打开浏览器窗口】对话框如图 13.19 所示。

图 13.18　浏览器窗口预览效果　　　　图 13.19　【打开浏览器窗口】对话框

(4) 单击【确定】按钮，然后保存网页。

13.4.3　案例拓展：两个行为的综合应用

 案例说明

单击图片先后调用两个行为——调用 JavaScript 脚本、打开浏览器窗口，如图 13.20，图 13.21 所示。

图 13.20　弹出消息　　　　　　　　　　图 13.21　弹出的浏览器窗口

操作步骤

(1) 准备一个网页文件 pop2.html，作为浏览器弹出的窗口。

(2) 打开素材文件夹下 ch13 目录中的网页文件 13.4.3.html，并打开【行为】面板。

(3) 选中图片，其设置两个行为：弹出消息和打开浏览器窗口，调整两个行为的顺序，弹出消息在前，则打开网页时即可依次执行各动作。

(4) 按 F12 键预览。

13.4.4　本节知识点

本节主要介绍行为中的弹出信息窗口和弹出浏览器窗口的创建方法。合理应用弹出窗口可以起到事半功倍的效果，例如宣传网站、发布网站的公告、制作弹出广告等。但凡事都应该有一个度，在同一个网页中建议大家最好只设置一个弹出窗口，因为过多的弹出窗口将影响用户浏览的爱好，那样就会起到得不偿失的效果。

13.5　插 件 概 述

插件(Extension)也称为扩展，是一段可以添加到 Adobe 应用程序以增强应用程序功能的软件。可以将扩展添加到 Adobe Dreamweaver CS3 中。插件是 Dreamweaver 中最迷人的地方之一，相信用过 Dreamweaver 的朋友都会有这样的感受。Dreamweaver 的插件安装方便、使用简单，更重要的是在今天的因特网上，你可以发现丰富的 Dreamweaver 插件，有很多织网高手正在不断地为 Dreamweaver 编写各种功能的插件，插件正确安装后，即可感受插件带来的迷人效果。

使用 Adobe Extension Manager(扩展管理器，又称插件管理器)，可以在许多 Adobe 应用程序中轻松便捷地安装和删除扩展，并查找关于已安装的扩展的信息。安装 Dreamweaver、Flash 或 Fireworks 时将自动安装 Extension Manager。

注意　Extension Manager 只显示使用 Extension Manager 安装的那些扩展。Extension Manager 中不会自动显示使用第三方安装程序安装的扩展，也不会自动显示对配置文件所做的本地更改。

13.5.1　插件的安装

只有安装插件，我们才能利用插件功能制作出各种样式效果的网页。Adobe 公司的网站上提供了 600 多种 Dreamweaver 插件，我们可以从中选择适合 Dreamweaver CS3 版本的插件来使用。因为在安装 Dreamweaver 的同时也安装 Extension Manager(扩展管理器)，利用这一程序可以轻松地安装插件了。Dreamweaver 扩展插件具有统一的封装格式和安装方式，扩展名为.mxp。

Macromedia Extension Manager(扩展管理器，又称插件管理器)：使用 MXP 类型的插件需要安装插件管理器，在安装 Dreamweaver 时自动安装。下面介绍利用 Extension Manager 安装插件的方法。

操作步骤

(1) 在 Dreamweaver 中，选择【命令】|【扩展管理】，或者【开始】|【所有程序】|【Adobe Exchange Manager CS3】，打开【扩展管理器】对话框，如图 13.22 所示。

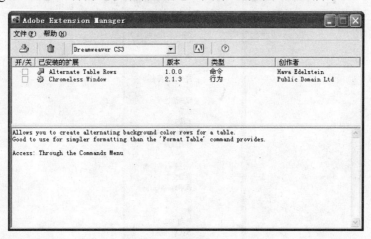

图 13.22　【扩展管理器】对话框

(2) 单击【安装新扩展】按钮，在弹出的对话框中选择要安装的 mxp 文件，如 "Marquee.mxp" 后，单击【安装】按钮。

(3) 接着弹出关于插件版权信息和注意事项的对话框，阅读后单击【接受】按钮。

(4) 然后开始安装插件，显示进度条，进度条完成后弹出对话框提示插件成功安装。安装好的插件将显示在 Adobe 扩展管理器列表中，如图 13.23 所示。

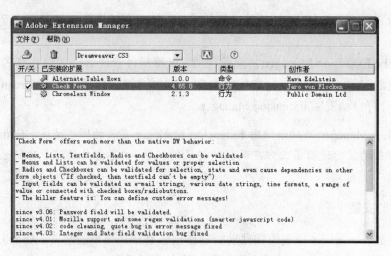

图 13.23　显示安装好的插件

注意　Adobe 公司提供了许多类型的扩展。扩展插件可以从 Exchange Web 站点 www.adobe. com/ go/exchange_cn 下载，也可在网上通过搜索"dreamweaver 插件"后查找并下载。安装后的扩展插件出现在列表框中，单击要查看的扩展插件，可以获取该扩展插件的说明，包括用法。

(5) 如果需要删除已安装的插件，可选择要删除的插件，单击【删除扩展】按钮 。

(6) 安装好插件后，启动 Dreamweaver 程序，在【行为】面板会找到刚刚安装的插件"Marquee.mxp"，如图 13.24 所示。单击后打开对话框就可以使用了。

图 13.24　在行为中显示安装的插件

13.5.2 插件的应用

 案例说明

应用扩展插件就是将已经安装好的插件应用到网页当中。

下面介绍如何应用横幅广告创建器 Banner_Image_Builer 插件。

扩展插件名称：Banner_Image_Builer.mxp。

功能：用于制作具有精彩效果的广告条。

安装所在位置：在命令菜单中新增一个 Banner Image Builer 菜单项。

操作步骤

(1) 安装插件 Banner_Image_Builer.mxp。安装好后，在命令菜单中会出现 Banner_Image_Builer 菜单项。

(2) 选择【命令】菜单中的 Banner Image Builera 命令，打开对话框。

(3) 在对话框中设置以下参数。

● Banner Image：用于指定图片的相对路径或绝对路径(要求每幅图片的大小一致)。

● Url：用于指定图片的链接地址。

● Target：用于指定链接地址的打开方法：New Window(在新窗口打开)、Main Window(在主窗口打开)、This Window(在当前窗口打开)。

● Rotate every：每个图片的循环时间。

设置好的参数如图 13.25 所示。

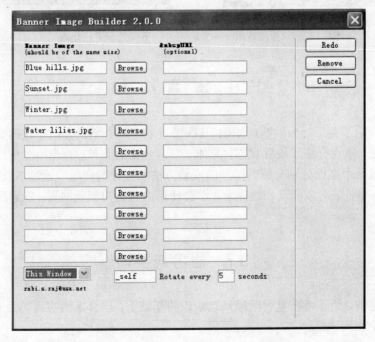

图 13.25 【Banner Image Builera】对话框

(4) 保存文件，预览效果如图 13.26 所示。

图 13.26 预览效果——多幅图片以不同效果进行切换

13.6 本章小结

本章首先介绍了关于行为的基础知识；其次通过 6 个综合案例介绍了在网页中为对象设置内置行为的方法，重点介绍了设置状态栏文本、显示弹出式菜单、弹出信息窗口等内置行为的使用；最后通过两个案例分别介绍的插件的安装方法和插件的应用。通过本章的学习和实训，务必理解行为、事件、对象和动作的概念，学会使用内置行为创建网页；能够进行插件的安装和使用。

13.7 思考与实训

结束本章之前，请读者在复习回顾基础知识的基础上，结合案例实训的经验，围绕以下几个主题展开讨论和实训。

1. 课堂讨论

以小组为单位进行下列课堂讨论。

(1) 课堂讨论：网页中的背景音乐能否循环播放？

(2) 课堂讨论：网页中的背景音乐能否循环播放？

(3) 课堂讨论：如何添加状态栏文本？

(4) 课堂讨论：怎样让当前时间在状态栏显示？

(5) 课堂讨论：怎样设置状态栏文本呈现跑马灯效果？

(6) 课堂讨论：如何添加弹出式菜单？

2. 上机练习

上机练一练，重点掌握如下几点。

(1) 熟练掌握设置状态栏文本并设置特效。

(2) 熟练掌握显示弹出式菜单。

(3) 熟练掌握设置弹出信息窗口。

具体的实验步骤这里不再赘述，请读者参阅相关章节，独立完成，熟练掌握本章要点。

3. 课外拓展训练

(1) 课外拓展：上网浏览一些网站，查看并分析使用了哪些行为及特效？

(2) 课外拓展：从网上下载 Dreamweaver 插件，安装后使用，查看能产生哪些特殊效果。

13.8　习　　题

一、填空题

1. 行为是由(　　　)和(　　　)组合而成。

2. 给文本附加行为时，在文字属性面板的"链接"文本框中应输入(　　　)。

3. 在行为面板中给选定的对象附加行为时，应选择(　　　)按钮。

4. 制作一个网页当装载时自动播放音乐，需要把事件调整为(　　　)。

二、选择题

1. 如果希望在鼠标滑过对象时候产生行为，应该将鼠标事件设置为(　　　)。

    A．onmousedown　　　　　　　B．onmouseover

    C．onmouseup　　　　　　　　D．onmouseout

2. 在 Dreamweaver 中，Behavior(行为)是由哪几项构成(　　　)。

    A．事件　　　　　B．动作　　　C．初级行为　　　　　D．最终动作

3. 如果要在用户打开某个网页时弹出一个消息框,则需要将"弹出信息"动作附加给以下哪个对象(　　　)。

    A．body　　　　　　B．a　　　　　C．span　　　　　　D．img

4. 下列关于行为、事件和动作的说法正确的是(　　　)。

    A．动作的发生是在事件的发生以后

    B．事件的发生是在动作的发生以后

    C．事件和动作是同时发生的

    D．以上说法都错

5. 在 Dreamweaver 中，使用(　　)组合键可以调出行为面板。

　　A．Shift+F3 　　　　　　　　B．Shift+F5

　　C．Ctrl+F3 　　　　　　　　D．Ctrl+F5

6. 用行为面板创建一个行为之前，首先要做的是(　　)。

　　A．选择行为的对象 　　　　B．选择行为的事件

　　C．设定行为发生的时间 　　D．给这个行为起一个名字

三、实践操作题

1. 在一个网页文档中，创建一个弹出式菜单。

2. 制作一个文档当访问者关闭或者离开当前页面时弹出消息"有空常来哦！"。

第**14**章　应用 Spry 框架创建 Ajax 页面效果

　教学目标：

　　Spry 是 Adobe 公司为应对 Web 2.0 浪潮而推出的 Ajax 框架。Spry 框架是一个面向 Web 设计人员的 JavaScript 库。应用 Spry 框架，可以进行动态用户界面的可视化设计、开发和部署。Spry 构件是预置的常用用户界面组件，而 Spry 效果是一种提高网站外观吸引力的简洁方式。本章主要介绍如何应用 Spry 构件、使用 Spry 显示数据和制作 Spry 效果。

　　本章的主要内容如下。

- Ajax 与 Web 2.0 的基础知识。
- Spry 框架及其核心组成部分。
- 应用 Spry 装饰器构件。
- 使用 Spry 显示数据。

　教学要求：

知识要点	能力要求	关联知识
Ajax 与 Spry 基础	了解 Ajax 与 Web 2.0 的基本概念 了解 Spry 框架的核心组成部分	Web 2.0 的概念 Ajax 的基础知识 Spry 框架及其核心组成
应用 Spry 装饰器构件	熟练制作 Spry 选项卡式面板 熟练掌握其他 Spry 装饰器构件的基本应用	Spry 装饰器(Widgets)构件
使用 Spry 显示数据	熟练掌握 Spry XML 数据集的插入方法 熟练应用 Spry 动态区域呈现 XML 数据 能够掌握级联菜单、主-从表的简单设计和实现	XML 文件的基本格式和规范 主-从表的概念及关系
制作 Spry 效果	了解各类 Spry 效果 能熟练地添加各类 Spry 效果	Spry 效果可以应用的 HTML 页面元素

Spry 框架主要面向专业 Web 设计人员或高级非专业 Web 设计人员，帮助 Web 设计人员以可视方式设计、开发和部署动态用户界面，实现一些 Ajax 的功能和效果。本章首先简要介绍 Ajax 和 Spry 框架，再通过案例详细介绍如何应用 Spry 构件、使用 Spry 显示数据和制作 Spry 效果。

14.1　Ajax 与 Spry 框架概述

Spry 框架是 Adobe 公司为应对 Web 2.0 浪潮而推出的 Ajax 框架，本节概要介绍 Web 2.0 和 Ajax 的基本概念，以及 Spry 框架的基础知识。

14.1.1　Ajax 与 Web 2.0

Web 2.0 是相对 Web 1.0 而言(2003 年以前的互联网模式)、新的互联网应用的统称，是一次从核心内容到外部应用的革命。Web 1.0 到 Web 2.0 的转变，从模式上来说，是单纯的"读"向"写"、"共同建设"发展，即由被动地接收互联网信息向主动创造互联网信息迈进；从基本构成单元上来说，是由"网页"向"发表/记录的信息"发展；从工具上来说，是由互联网浏览器向各类浏览器、RSS 阅读器等内容发展；运行机制上来说，由"Client Server"向"Web Services"转变，作者由程序员等专业人士向全部普通用户发展，应用上由初级的"滑稽"的应用向全面大量应用发展。总之，Web 2.0 是以 Blog、TAG、SNS、RSS、wiki 等应用为核心，依据六度分隔、XML、Ajax 等新理论和技术实现的新一代互联网模式。

Ajax(Asynchronous JavaScript And XML，异步 JavaScript 和 XML)，是指一种创建交互式网页应用的网页开发技术。各大浏览器和平台都支持 Ajax，Ajax 是一种客户端方法，可以创建更为友好、自然的用户体验，Ajax 也可以与.NET、J2EE、PHP、CGI 和 Ruby 等服务器端技术交互。

Ajax 并不是一门新的语言或技术，而是一系列流行技术的集合，实际上是几项技术按一定的方式组合在一起，这些技术在共同协作中又发挥各自的作用：XHTML 和 CSS 实现标准化的页面呈现，DOM 实现动态显示和交互，XML 和 XSLT 进行异步数据查询、检索，XMLHttpRequest 进行异步数据读取，而 JavaScript 起到桥梁和纽带作用，用于绑定和处理所有对象和数据。

14.1.2　Spry 框架概述

1. Spry 的框架结构

Spry 是 Adobe 公司为了适应 Web 2.0 针对 Ajax 应用需求而推出的一种 Ajax 框架。Spry 与其他 Ajax 框架不同，可以同时为设计人员和开发人员所用，因为实际上它的 99% 都是 HTML。

说明　Spry 的意思就是活跃的、敏捷的、充满活力的(尤其指老人)、活跃的、精力充沛的。
Adobe 公司的这个命名，真是完全应对了 Ajax "新瓶装老醋"的特点。

Spry 框架本质上是一个客户端的 JavaScript 类库，包含了一组 JavaScript 文件、CSS 和图片文件，Spry 框架的核心包括 4 部分：XML 数据器(XML Data Sets)，动态区域(Dynamic Regions)，装饰器库(Widgets)和变化效果库(Transition Effects)，如图 14.1 所示。

(1) XML 数据器：是一个提供了从 XML 文档中载入和管理数据的 JavaScript 对象。它是 Spry 框架中处理 XML 格式数据的一个 JavaScript 功能实现。

(2) 动态区域：建立了 XML 数据器，就可以在动态区域中去显示这个数据器的数据了。在动态区域，可以有条件的选择要输出的数据，也可用循环输出。动态区域还可以分为 master 和 detail 两个区域类型。

(3) 装饰器：是由一组 HTML、CSS、JavaScript 封装成的高级 UI(用户界面)，如可折叠的菜单、选项卡式面板、树型菜单等。

(4) 变化效果库：Spry 框架的变化效果库都存于 SpryEffects.js 文件中，是基于 JavaScript 的一些动态变化效果，如淡入淡出、改变形状等。

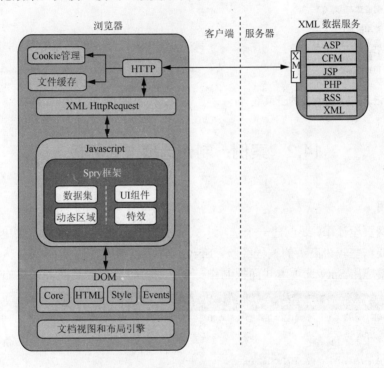

图 14.1　Spry 框架运行在客户端浏览器上的示意图

2. Spry 框架的获取和升级

Spry 可以从 Adobe 免费下载，其中包括大量演示、示例、技术文章和文档。文档还可以通过 Adobe's LiveDocs 下载，这里还有一个 Spry 用户的开发中心，可以从中获得大量技术文章。Spry 框架的官方网址：http://labs.adobe.com/technologies/spry。

说明　适用于 Dreamweaver CS3 的 Spry 最新版本为 1.6.1，请从本章素材中查找文件 spry_p1-6-1_updater_022508.mxp 并安装这一插件。

14.1.3　插入 Spry 构件的基本方法

Spry 构件是预置的常用用户界面组件，Spry 构件包括折叠构件、选项卡式界面、XML 驱动的列表和表格，以及具有验证功能的表单元素。关于验证表单及 Spry 表单构件，请参阅第 15 章创建验证表单部分。

在 Dreamweaver 中，要插入 Spry 构件，可以选择菜单【插入记录】|【Spry】|【Spry 菜单栏】如图 14.2 所示，或选择 Spry 工具栏如图 14.3 所示单击相关按钮。对于此，本章案例中将简述为这样的形式：插入 Spry 构件"××"。

图 14.2 【插入记录】|【Spry】的子菜单

图 14.3　Spry 工具栏

14.2　案例：制作选项卡式面板

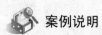 案例说明

在传统的网页设计中，要创建一个选项卡式面板、可折叠的菜单或树型菜单等对象都比较困难，往往需要一些较为高级的编程经验。Spry 构件可以帮助普通 Web 设计人员实现这些功能，本案例主要应用 Spry 选项卡式面板制作一个"遍游华夏"的页面，效果如图 14.4 所示。

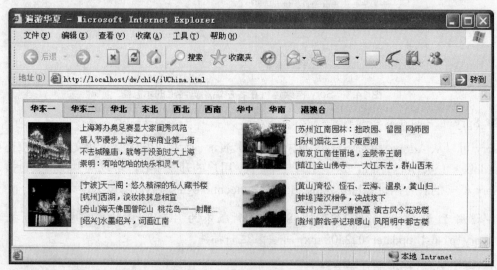

图 14.4 【遍游华夏】的页面

14.2.1　操作步骤

(1) 启动 Dreamweaver，切换至站点"Dreamweaver 案例教程"，将本章素材中的页面文

件 iUChina.html 复制到 ch14 目录中；打开该页面，设置页面标题为：遍游华夏。

(2) 将本章素材中的 resource 目录及其文件复制到站点的 ch14 目录中。

(3) 插入 Spry 构件 "Spry 选项卡式面板"，在设计视图中结果如图 14.5 所示，【属性】面板如图 14.6 所示。

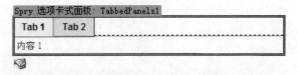

图 14.5　在页面中插入一个 "Spry 选项卡式面板"

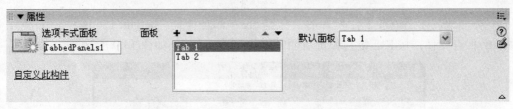

图 14.6　【Spry 选项卡式面板】的【属性】面板

提示　插入 Spry 构件 "Spry 选项卡式面板" 后，Dreamweaver 自动在页面文档头中链接一个脚本文件和 CSS 样式文件，类似如下代码所示。

```
<script src="../SpryAssets/SpryTabbedPanels.js" type="text/javascript"></script>
<link href="../SpryAssets/SpryTabbedPanels.css" rel="stylesheet" type="text/css" />
```

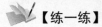【练一练】

保存并预览页面，单击 Tab1、Tab2 标签，体验 Spry 选项卡式面板的应用。

(4) 在属性面板的【面板】列表框中单击 "Tab2" 项，再单击列表框上方的按钮 +，依次添加面板 Tab3，Tab4，…，Tab9，并分别选择 Tab1，Tab2，…，Tab9 等选项卡标签文本，将它们依次修改华东一、华东二、华北、东北、西北、西南、华中、华南、港澳台，如图 14.7 所示。

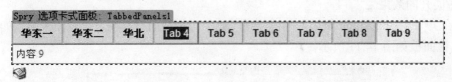

图 14.7　修改各选项卡标签文本

(5) 将鼠标指向第 1 个选项卡标签 "华东一"，单击出现的按钮 👁，再选择该选项卡面板的内容，如图 14.8 所示。

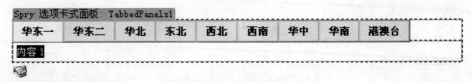

图 14.8　选择第 1 个选项卡面板

(6) 切换到代码视图，根据注释，将"华东 1：沪皖苏浙"中的内容覆盖第 1 个选项卡面板中的内容"内容 1"；类似地，将"华东 2：闽赣齐鲁"中的内容覆盖第 2 个选项卡面板中的内容"内容 2"。

(7) 将第 3 个选项卡面板中的内容修改成："华北：北京市、天津市、河北省、山西省、内蒙古自治区
练一练，自己来完成吧:)"(不包括引号本身)，并酌情修改其他选项卡面板的内容。

(8) 在"华东 1：沪皖苏浙"所在的父标签 div 中添加样式"height: 156px;"，结果如下。

```
<div class="TabbedPanelsContent" style="height: 156px;"><!--华东 1：华东沪皖苏浙-->
```

(9) 类似地，在"华东 2" 所在的父标签 div 中添加样式"height: 156px;"。

(10) 保存文件，按 F12 键，预览页面 iUChina.html，效果如图 14.9 所示。

图 14.9　页面 iUChina.html 的预览效果

14.2.2　技术实训：应用可折叠面板创建折叠/展开效果

本节技术实训部分在页面 iUChina.html 中增加一个 Spry 可折叠面板，创建一个内容可以自由折叠/展开的效果。

(1) 在页面 iUChina.html 中插入 Spry 构件"Spry 可折叠面板"，在设计视图中结果如图 14.10 所示，属性面板如图 14.11 所示。

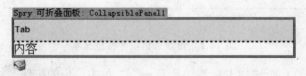

图 14.10　在页面中插入一个"Spry 可折叠面板"

图 14.11　"Spry 可折叠面板"的属性面板

提示 插入 Spry 构件"Spry 可折叠面板"后，Dreamweaver 自动在页面文档头中链接一个脚本文件和 CSS 样式文件，类似如下代码所示。

```
<script  src="../SpryAssets/SpryCollapsiblePanel.js"  type="text/javascript">
</script>
    <link href="../SpryAssets/SpryCollapsiblePanel.css" rel="stylesheet" type=
"text/css" />
```

【练一练】

保存并预览页面，单 Tab 栏，体验 Spry 可折叠面板的收敛/展开效果。

(2) 切换到代码视图，观察该折叠面板的代码如下。

```
<div id="CollapsiblePanel1" class="CollapsiblePanel">
  <div class="CollapsiblePanelTab" tabindex="0">Tab</div>
  <div class="CollapsiblePanelContent">内容</div>
</div>
```

(3) 根据注释，将"收敛/展开按钮"中的内容覆盖该可折叠面板的选项卡标签文本"Tab"。

(4) 删除该可折叠面板的内容部分的内容("内容"两个字本身)，选择选项卡式面板 TabbedPanels1，将其移动到可折叠面板的内容部分。

(5) 保存文件，按 F12 键，预览页面 iUChina.html，最终效果如图 14.4 所示；单击 Spry 可折叠面板右侧的按钮 ，结果如图 14.12 所示。

图 14.12 页面 iUChina.html 中单击按钮 后的效果

提示 如果页面 iUChina.html 的预览效果与图 14.4 有出入，请检查自动插入的 Spry 构件的 CSS 样式文件的位置，请将它们移动到页面自定义 CSS 样式之前。

14.2.3 案例拓展：关于 Spry 装饰器库(Widgets)

本节案例拓展部分主要从理论上进一步简要介绍 Spry 装饰器库的 UI 构件。

Spry 装饰器是由一组 HTML、CSS、JavaScript 封装成的高级 UI(用户界面)，包括可折叠的菜单、选项卡式面板、Spry 折叠式和 Spry 折叠式面板等。

【练一练】

在 ch14 目录中新建页面 Widgets.html，随着本节案例拓展部分的介绍，在页面中练习插入相关构件，请留意属性面板，分析构件的 Div 组成，并及时保存页面预览页面效果。

(1) Spry 菜单栏：是一组可导航的菜单按钮，当站点访问者将鼠标悬停在其中的某个按钮上时，将显示相应的子菜单。Spry 菜单栏包括水平和垂直两种形式，如图 14.13、14.14 所示。

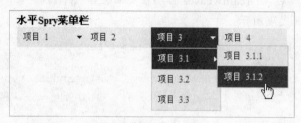

图 14.13　水平 Spry 菜单栏　　　　　　图 14.14　垂直 Spry 菜单栏

(2) Spry 选项卡式面板：是一组面板，用来将内容存储到紧凑空间中。可以单击要访问的面板上的选项卡来隐藏，或显示存储在选项卡式面板中的内容。选项卡式面板构件中只有一个内容面板处于打开状态。

(3) Spry 折叠式：一组可折叠的面板，可以将大量内容存储在一个紧凑的空间中。可以通过该面板上的选项卡来隐藏，或显示存储在折叠构件中的内容。当单击不同的选项卡时，折叠构件的面板会相应地展开或收缩。在折叠构件中，每次只能有一个内容面板处于打开且可见的状态，如图 14.15 所示。

(4) Spry 折叠式面板：是一个面板，可将内容存储到紧凑的空间中。单击构件的选项卡即可隐藏或显示存储在可折叠面板中的内容。

在创建上述 Spry 表单构件时，Dreamweaver 会自动在文档头中添加一个特定的脚本链接和 CSS 样式链接。它们相互配合，当构件以用户交互方式进入其中一种状态时，Spry 框架逻辑会在运行时向该构件的 HTML 容器应用特定的 CSS 类，以实现特定的样式显示。这些脚本文件和 CSS 样式文件默认保存在站点根目录下

图 14.15　Spry 折叠式

的 SpryAssets 目录中。上述 4 类 Spry 构件对应的这些文件见表 14-1，请注意在部署站点时将它们一并发布。

表 14-1　Spry 表单构件的脚本文件和 CSS 样式文件

Spry 表单构件	脚本文件(.js)	CSS 样式文件
Spry 菜单栏	SpryMenuBar.js	水平：SpryMenuBarHorizontal.css 垂直：SpryMenuBarVertical.css
Spry 选项卡式面板	SpryTabbedPanels.js	SpryTabbedPanels.css
Spry 折叠式	SpryAccordion.js	SpryAccordion.css
Spry 折叠式面板	SpryCollapsiblePanel.js	SpryCollapsiblePanel.css

14.2.4　本节知识点

Spry 装饰器(Widgets)包括可折叠的菜单、选项卡式面板、Spry 折叠式和 Spry 折叠式面板等。本节通过一个案例演示了 Spry 选项卡式面板和折叠式面板的应用，并汇总介绍了各类 Spry 装饰器 UI 构件的基本样式，请熟练掌握这些构件的基本应用。

14.3　案例：使用 Spry 显示 XML 数据

　案例说明

　　XML(Extensible Markup Language，可扩展标记语言)是一种简单的数据存储语言，是 Internet 环境中跨平台的，依赖于内容的技术，是当前处理结构化文档信息的有力工具。Spry 的 XML 数据器和动态区域为 XML 数据提供了处理和展示的功能。

　　在传统的桌面应用程序中，主-从表的设计是比较简单的。而在网页设计中，要实现这一功能则需要一些较为高级的编程经验。本章案例均将演示应用 Spry 框架轻松实现这一功能。

　　本案例将创建综合实例中的旅游精品线路的查询页面，实现 XML 数据的展现，并完成"主-从表"的"级联"菜单设计，结果如图 14.16 所示。

14.3.1　操作步骤

1.　准备素材

　　(1) 启动 Dreamweaver，切换至站点"Dreamweaver 案例教程"，将本章素材中的 iUsearch 目录及其子目录(resource 和 xmldb)和文件(iUsearch.html)复制到站点的 ch14 目录中，打开页面 iUsearch.html。

　　(2) 插入 Spry 构件"Spry 折叠式"，在属性面板的"面板"列表框上方，单击按钮 **+** 添加一个面板，并将标签文本依次修改精品线路、机票预订、酒店查询，结果如图 14.17 所示。

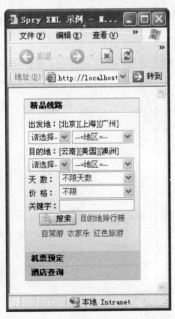
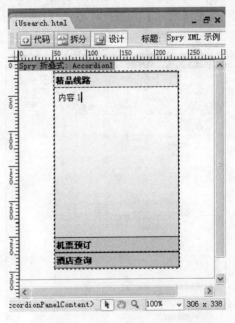

图 14.16　旅游精品线路查询页面　　　　图 14.17　在素材页面中插入一个"Spry 折叠式"构件

　　(3) 切换到【精品线路】面板，删除面板内容文本"内容 1"，选择菜单【插入记录】|【表单】|【表单】，插入一个表单(请留意红色的虚轮廓线)，如图 14.18 所示。

　　(4) 选择素材列表(ul)，将其移动到表单之中，结果如图 14.19 所示。

图 14.18 【精品线路】面板中插入一个表单　　　　图 14.19　将列表移动到表单之中

2. 定义 XML 数据集

【练一练】

打开 xmldb 目录中的 XML 文件：regions.xml、area.xml 以及各省份 bj.xml、sd.xml 等文件，查看 XML 数据。关于 XML 文件，详见本节案例拓展部分的介绍。

(1) 在 "Spry" 栏中单击按钮□，插入一个【Spry XML 数据集】，在弹出的窗口中依次完成如下 5 步操作。

① 浏览选择【XML 源】为：xmldb/regions.xml。

② 单击按钮【获取架构】，获取数据源 regions.xml 的架构，在【行元素】列表框中自动显示数据源 regions.xml 中的数据结构(请特别留意【行元素】列表框)，如图 14.20 所示。

③ 在【行元素】列表框中单击【region】节点，XPath 框中自动更新为：regions/region；【数据集列】列表框中也随之更新，如图 14.21 所示。

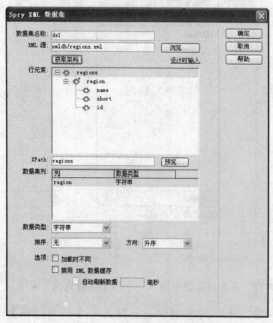

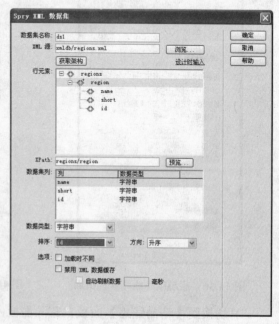

图 14.20 【Spry XML 数据集】对话框-1　　　　图 14.21 【Spry XML 数据集】对话框-2

提示　在 XML 数据集中，各列【数据类型】均默认为【字符串】，可酌情设置为字符串、数字、日期或图像链接。

④ 在"排序"下拉列表框中选择"id"。

⑤ 单击【确定】按钮，在页面中插入一个"Spry XML 数据集"。

提示　插入一个"Spry XML 数据集"后，在文档头中自动链接脚本文件 SpryData.js 和 xpath.js，并定义了一个脚本对象 ds1(数据集的名称). 请注意查看如下代码。

```
<script src="../../SpryAssets/xpath.js" type="text/javascript"></script>
<script src="../../SpryAssets/SpryData.js" type="text/javascript"></script>
<script type="text/javascript">
<!--
var ds1 = new Spry.Data.XMLDataSet("xmldb/regions.xml", "regions/region",
        {sortOnLoad:"id",sortOrderOnLoad:"ascending"});
//-->
</script>
```

(2) 类似地，插入一个"Spry XML 数据集"(ds2)，浏览选择"XML 源"为：xmldb/area.xml；获取架构后再在【行元素】列表框中单击【region】节点。

(3) 类似地，插入一个"Spry XML 数据集"(ds3)，同样选择"XML 源"为：xmldb/area.xml；获取架构后再在【行元素】列表框中单击【region】节点。

3. 添加动态区域，显示 XML 数据

(1) 插入"省份"下拉列表框：将插入点放在"出发地"下一行的列表(li)中，在"Spry"栏中单击按钮，在弹出的"插入 Spry 重复列表"对话框中，对话框中选择【容器标签】：选择【(下拉列表)】，修改【值列】为：【short】，如图 14.22 所示，单击【确定】按钮；再在弹出的是否【添加 Spry 区域】对话框中，单击【是】按钮，如图 14.23 所示。

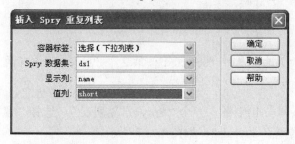

图 14.22　【插入 Spry 重复列表】对话框　　　图 14.23　【添加 Spry 区域】对话框

提示　① 为精确地放置插入点，可以切换到"代码"视图，如图 14.24 所示。

② 对于"Spry 区域"，可以选择<div>或<span>，默认使用<div>容器，请在代码视图中修改为使用<span>标记。当然，也可以在"Spry"栏中单击按钮，插入一个"Spry 区域"。

插入这个"Spry 重复列表"，页面设计效果如图 14.25 所示，预览效果如图 14.26 所示，代码如下(已将 Spry 区域是 div 标记修改为 span，请留意代码斜体部分)：

```
<li>出发地: [北京][上海][广州]</li>
<li><span spry:region="ds1">
  <select name="select" spry:repeatchildren="ds1">
   <option value="{short}">{name}</option>
  </select>
</span></li>
```

图 14.24　在代码视图定位插入点　　　图 14.25　页面设计效果　　　图 14.26　页面预览效果

(2) 设置下拉列表的属性，并使"请选择—"作为默认选择项，同时，将"出发地"设置为国内省份(使 id<90，过滤亚洲、欧洲等)，代码结果如下(请留意代码斜体部分)。

```
<span spry:region="ds1">
  <select name="select" spry:repeatchildren="ds1" style="width: 66px">
   <option spry:if="{ds_RowNumber} == 0"
        value="{short}" selected="selected">{name}</option>
   <option spry:if="{ds_RowNumber} != 0 && {id} < 90 "
        value="{short}">{name}</option>
  </select>
</span>
```

提示　一组"spry:if"选项为第一个项目增加了选定属性 "selected"；第 2 个"spry:if"中有两个 and 关系的条件。

(3) 插入"地区"下拉列表框：继续在该列表(li)中插入一个"Spry 重复列表"，选择"容器标签"：选择(下拉列表)，修改"Spry 数据集"为：ds2，如图 14.27 所示。

(4) 类似的 9 步，修改"地区"下拉列表框，代码结果如下。

```
<span spry:region="ds2">
  <select name="select2" spry:repeatchildren="ds2"
        style="width:96px!important;width: 98px;">
   <option spry:if="{ds_RowNumber} == 0"
        value="{region}" selected="selected">{region}</option>
   <option spry:if="{ds_RowNumber} != 0" value="{region}">{region}</option>
  </select>
</span>
```

保存页面，预览效果如图 14.28、图 14.29 所示。

图 14.27 插入第二个"Spry 重复列表"

图 14.28 省份下拉列表框

4. 实现主-从表的"级联"菜单设计

(1) 实现省-地区下拉列表框的级联：即在用户选择了"省份"后，"地区"下拉列表自动变化。为此，要为"省份"下拉列表框添加 onchange 处理器(重置 ds2 的数据源，并重新加载数据)。

```
<select name="select" spry:repeatchildren="ds1" style="width: 66px;"
    onchange="ds2.setURL('xmldb/'+this.value+'.xml'); ds2.loadData();">
```

页面演示效果如图 14.30 所示。

图 14.29 地区下拉列表框

图 14.30 "级联"效果的地区下拉列表框

思考 如何实现"省 - 地市 - 县市区"的三级级联下拉列表？

(2) 参照第 8~12 步，完成"目的地"下一行的列表(li)中的两个"Spry 重复列表"的设计，代码结果如下。

```
<li>
  <span spry:region="ds1">
    <select name="select3" spry:repeatchildren="ds1" style="width: 66px;"
            onchange="ds3.setURL('xmldb/'+this.value+'.xml'); ds3.loadData();">
      <option spry:if="{ds_RowNumber} == 0"
              value="{short}" selected="selected">{name}</option>
      <option spry:if="{ds_RowNumber} != 0" value="{short}">{name}</option>
    </select>
  </span><span spry:region="ds3">
    <select name="select4" spry:repeatchildren="ds3"
            style="width:96px!important;width: 98px;">
      <option spry:if="{ds_RowNumber} == 0"
              value="{region}" selected="selected">{region}</option>
      <option spry:if="{ds_RowNumber} != 0" value="{region}">{region}</option>
    </select>
  </span>
</li>
```

(3) 保存文件，按 F12 键，预览页面 iUsearch.html，查看各个下拉列表框并体验"级联"菜单效果。

【练一练】

解压本章素材文件 spry_p1-6-1_022508.zip，查看 data\states 中 states.xml、alabama.xml 等 XML 数据文件及"主-从表"示例文件 samples\data_region\DataSetMasterDetailSample.html 的效果，并分析这个示例及 XML 文件与本节案例设计的不同。

14.3.2 技术实训：应用表格呈现 XML 数据

案例说明

表格是呈现数据的最通用的形式之一。本案例将创建一个 XML 数据表格呈现页面，并通过技术实训进而完成"主-从表"的设计，结果如图 14.31 所示。其中，有上、下两个表格分别显示图书信息和图书订购的历史记录，当在图书信息表格数据行中单击时，图书订购记录自动更新为该本图书的订购信息(默认为现实所有图书的订购信息)。

完成本案例的操作步骤如下。

1. 准备素材

启动 Dreamweaver，切换至站点"Dreamweaver 案例教程"，将本章素材中的 masterDetail 目录及其文件(bookOrders.html、books.xml 和 orders.xml)复制到站点的 ch14 目录中，打开页面 bookOrders.html。

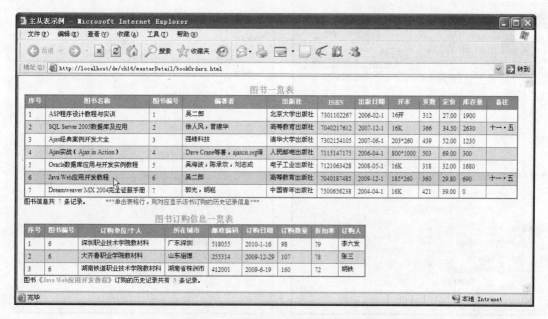

图 14.31　图书及其订购信息的表格呈现页面效果

2. 定义 XML 数据集

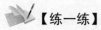【练一练】

打开 XML 文件：books.xml 和 orders.xml，查看 XML 数据。

(1) 在 Spry 栏中单击按钮，插入一个"Spry XML 数据集"，在弹出的窗口中依次完成如下 6 步操作，结果如图 14.32 所示。

① 浏览选择【XML 源】为：books.xml(图书表)。

② 单击按钮【获取架构】，获取数据源 books.xml 的架构，在【行元素】列表框中自动显示数据源 books.xml 中的数据结构(请特别留意"行元素"列表框)。

③ 在【行元素】列表框中单击 book 节点，XPath 框中自动更新为：books/book；【数据集列】列表框中也随之更新。

④ 在【数据集列】列表框中选择 stock(库存量)，将【数据类型】设置为：【数字】；类似，将@id 列的数据类型也设置为：【数字】。

⑤ 在【排序】下拉列表框中选择@id。

⑥ 单击【确定】按钮，在页面中插入一个"Spry XML 数据集"(ds1)。

(2) 类似地，插入一个"Spry XML 数据集"(ds2)，结果如图 14.33 所示。

① 浏览选择【XML 源】为：orders.xml(图书订购表)。

② 单击按钮【获取架构】，获取数据源 orders.xml 的架构。

③ 在【行元素】列表框中单击 order 节点。

④ 在【数据集列】列表框中依次选择 bookId、quantity 和@id，将这 3 列的数据类型设置为：【数字】。

⑤ 在【排序】下拉列表框中选择@id。

⑥ 单击【确定】按钮，在页面中插入一个"Spry XML 数据集"(ds2)。

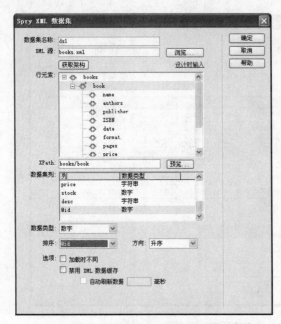
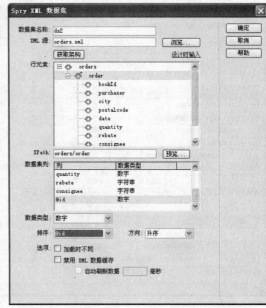

图 14.32 插入图书表 books.xml 数据集　　图 14.33 插入图书订购表 orders.xml 数据集

3. 添加动态区域，显示 XML 数据

(1) 在"Spry"栏中单击按钮 ，插入一个"Spry 表"，在弹出的窗口中做如下 4 条设置，如图 14.34 所示，单击【确定】按钮；再在弹出的是否【添加 Spry 区域】对话框中，单击【是】按钮。

① 依次单击【列】：name、authors、publisher、date、stock(图书名称、编著者、出版社、出版日期、库存量)，选择【单击标题时将对列排序】复选框。

② 选择【列】：@id，单击按钮 ，将"@id"列移动到 authors 列上方。

③【奇数行类】、【偶数行类】和【悬停类】分别选择：td1、td2 和 tdfocus。

④ 选择复选框：【单击行时将使用"更新"详细区域】。

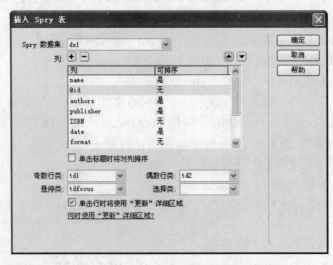

图 14.34 【插入 Spry 表】对话框(books.xml)

提示 如果要创建 Spry 主动态表格，请务必选择复选框：单击行时将使用"更新"详细区域；
如果要创建简单的 Spry 表格，无需选择该复选框。查看表格的行代码如下。

```
<tr spry:repeat="ds1" spry:setrow="ds1" spry:odd="td1"
        spry:even="td2" spry:hover="tdfocus">
```

(2) 选择表格，在属性面板中设置填充为 0，间距为 1，边框为 0；在代码视图中为表格添加 caption 属性(表格标题)；在 table 标记后添加说明文本，代码结果如下。

```
<table border="0" cellpadding="0" cellspacing="1">
  <caption>图书一览表</caption>
  <tr>…</tr>
  <tr>…</tr>
</table>
图书信息共<span class="orangeBold">{ds_RowCount}</span>条记录。<span class=
"tips" style="margin-left: 32px;">***单击表格行，则对应显示该书订购的历史记录信息
***</span>
```

(3) 在表格最左侧添加一列，列表为"序号"，对应的值为{ds_RowNumberPlus1}。

提示 每个数据集有一组内置的数据引用，当重新生成区域的时候很有用：

(1) ds_RowID：数据集中数据行的 ID。这个 id 可以用来调用数据集的特定行。即使数据集被排序这个 ID 也不会改变。

(2) ds_RowNumber：当前行号。在一个循环结构中，这个数字代表当前行的位置。

(3) ds_RowNumberPlus1(注：最后一个字符是数字 1 而非字母 l)：和 ds_RowNumber 类似，但是第一行是 1 而不是 0。

(4) ds_RowCount：数据集中的行数。如果数据集上有非破坏型的过滤器，这是过滤后的结果行数。

(5) ds_EvenOddRow：这将视当前 ds_RowNumber 的值返回 "even"(偶数行) 或 "odd"(奇数行)，这在交替行背景颜色很有用。

(4) 依次修改各列列标为对应的中文，设计效果如图 14.35 所示，预览效果如图 14.36 所示。

序号	图书名称	图书编号	编著者	出版社	ISBN	出版日期	开本	页数	定价	库存量	备注
{ds_RowNumberPlus1}	{name}	{@id}	{authors}	{publisher}	{ISBN}	{date}	{format}	{pages}	{price}	{stock}	{desc}

图书信息共 {ds_RowCount} 条记录。 ***单击表格行，则对应显示该书订购的历史记录信息***

图 14.35 设计视图中的图书表格

图书一览表

序号	图书名称	图书编号	编著者	出版社	ISBN	出版日期	开本	页数	定价	库存量	备注
1	ASP程序设计教程与实训	1	吴二郎	北京大学出版社	7301102267	2006-02-1	16开	312	27.00	1900	
2	SQL Server 2005数据库及应用	2	徐人凤, 曾建华	高等教育出版社	7040217612	2007-12-1	16K	366	34.50	2630	十一·五
3	Ajax经典案例开发大全	3	强锋科技	清华大学出版社	7302154105	2007-06-1	203*260	439	52.00	1230	
4	Ajax实战（Ajax in Action）	4	Dave Crane等著, ajaxcn.org译	人民邮电出版社	7115147175	2006-04-1	800*1000	503	69.00	300	
5	Oracle数据库应用与开发实例教程	5	吴海波、陈承欢, 刘志刚	电子工业出版社	7121063428	2008-05-1	16K	318	32.00	1680	
6	Java Web应用开发教程	6	吴二郎	高等教育出版社	7040187485	2009-12-1	185*260	360	29.80	690	十一·五
7	Dreamweaver MX 2004完全征服手册	7	郭光, 胡崧	中国青年出版社	7500656238	2004-04-1	16K	421	39.00	0	

图书信息共 7 条记录。 ***单击表格行，则对应显示该书订购的历史记录信息***

图 14.36 图书表格的预览效果

(5) 类似地，添加图书订购表格，设计效果如图 14.37 所示。

图书订购信息一览表								
序号	图书编号	订购单位/个人	所在城市	邮政编码	订购日期	订购数量	折扣率	订购人
{ds_RowNumberPlus1}	{bookId}	{purchaser}	{city}	{postalcode}	{ds1::date}	{quantity}	{rebate}	{consignee}

图书订购的历史记录共有 {ds_RowCount} 条记录

图 14.37　设计视图中的图书订购表格

提示　这个图书订购表格下方的说明文本的代码为：

```
图书<span id="bookName"></span>订购的历史记录共有<span class="orangeBold">
{ds_RowCount}</span>条记录。
```

4. 实现主-从表的设计，添加区域状态，体验设计效果

(1) 为"图书"表格的数据行添加 onclick 处理器，代码如下。

```
<tr spry:repeat="ds1" spry:setrow="ds1" spry:odd="td1" spry:even="td2" spry:
hover="tdfocus" onclick="ds1.setCurrentRow({ds_RowID}); myfilter();">
```

提示　注意这个 onclick 处理器中的两个函数顺序不能颠倒，必须先设置数据集的当前行。因为，在 myfilter()函数中，要调用 getCurrentRow()方法。

(2) 为 Spry 表添加区域状态，利用 spry:state 显示正在加载和错误提示信息，结果如下。

```
<div spry:region="ds1"><div spry:state="loading">正在加载图书信息...</div>
    <div spry:state="error">图书信息加载失败:)</div>
    <table border="0" cellpadding="0" cellspacing="1" spry:state="ready">
```

(3) 类似的，为图书订购信息表格添加区域状态。

(4) 保存文件，按 F12 键，预览页面 bookOrders.html，查看页面效果并体验这些表格设计：表格奇、偶行和悬停(鼠标经过)、表格列排序、主-从表格设计等。

14.3.3　案例拓展：XML 概述

本节案例拓展部分主要从理论上简单介绍一下扩展标记语言 XML。

XML 是一种简单的数据存储语言，使用一系列简单的标记描述数据，易于在任何应用程序中读写数据。XML 文件(图书表)的内容片段如下：

```xml
<?xml version="1.0" encoding="utf-8"?>
<books>
    <book id="1">
        <name>ASP 程序设计教程与实训</name>
        <authors>吴二郎</authors>
        <publisher>北京大学出版社</publisher>
        <ISBN>7301102267</ISBN>
        <date>2006-02-1</date>
        <format>16 开</format>
        <pages>312</pages>
        <price>27.00</price>
        <stock>1900</stock>
        <desc></desc>
    </book>

</books>
```

每个 XML 文档都由 XML 序言开始(代码中的第一行<?xml version="1.0" encoding="utf-8"?>)，它告诉解析器和浏览器按 XML 规则进行解析，字符编码为 utf-8。

第二行代码<books>则是文档元素(document element)，id 是<book>节点的一个属性，引用时，所有的属性名称都要加"@"前缀；name、authors 等则是<book> 节点的子节点。

如果某个文档符合 XML 语法规范，那么这个文档是"结构良好"的文档；对于通过 DTD 的验证的，并具有良好结构的 XML 文档，则成为有效的 XML 文档。

关于 XML 的更多详细信息，请访问官方网站 http://www.w3.org/XML/、中国 XML 联盟 http://www.xml.org.cn/等网络资源。

在 Spry 框架中，动态区域依赖于 XML 数据器提供数据源，XML 数据器通过动态区域展现数据。关于 Spry 数据集和动态区详细帮助，请参阅本章素材 spryapi\spryapi.html(中文文档)。

14.3.4　本节知识点

XMl 数据在网页设计中的应用越来越广泛。本节通过两个案例演示了应用 Spry 的 XML 数据器和动态区域处理和展示 XML 数据的方法，并演示了主-从表的设计。通过本节的学习和实训，请了解扩展标记语言 XML 的基本格式和规范，能够熟练添加 Spry XML 数据集并能通过 Spry 重复列表、Spry 表格呈现 XML 数据，并结合桌面应用程序的设计，掌握主-从表的设计和实现。

14.4　案例：添加 Spry 效果

 案例说明

"Spry 效果"是视觉增强功能。效果可以修改元素的不透明度、缩放比例、位置和样式属性(如背景颜色)，从而在一段时间内高亮显示信息、创建动画过渡等。本案例将演示简单的图像放大和显示/渐隐的 Spry 效果，如图 14.38 所示。

图 14.38　龙门石窟的一个 Spry 效果示例

14.4.1 操作步骤

(1) 启动 Dreamweaver，切换至站点"Dreamweaver 案例教程"，将本章素材中的 effect 目录及其子目录(images、thumbnails)和文件(effect.html、photos.xml)复制到站点的 ch14 目录中，打开页面 effect.html。

说明　页面 effect.html 也是一个主-从表的设计，该页面使用了一个 XML 文件 photos.xml，当单击缩略图时，可以显示对应的原图(大图，id 为 img_large)。请查看页面设计并体验页面效果。

(2) 选择缩略图对应的 img 标记，在 Dreamweaver 右侧的面板组中展开【标签选择器】面板，并切换到【行为】面板，单击按钮 **+.**，在弹出的菜单中选择【效果】|【增大/收缩】，如图 14.39 所示。

(3) 在弹出的【增大/收缩】对话框中做 3 项操作，选择【目标元素】：img "img_large"；选择【效果】：【增大】；再设置【增大自】：17，如图 14.40 所示，单击【确定】按钮。

图 14.39　添加行为-效果-增大/收缩

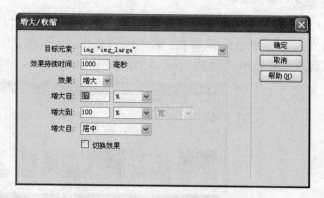

图 14.40　【增大/收缩】对话框

提示　插入一个"Spry 效果"后，在文档头中自动链接脚本文件 SpryEffects.js 和行为效果对应的一个函数(MM_effectGrowShrink)。请注意查看如下代码。

```
<script src="../../SpryAssets/SpryEffects.js" type="text/javascript"></script>
<script type="text/javascript">
<!--
function MM_effectGrowShrink(targetElement, duration, from, to, toggle,
referHeight, growFromCenter) {
    Spry.Effect.DoGrow(targetElement, {duration: duration, from: from, to:
```

```
to, toggle: toggle, referHeight: referHeight, growCenter: growFromCenter});
    }
    //-->
    </script>
```

在目标元素的 onclick 事件中自动添加了函数(MM_effectGrowShrink)的调用代码：

```
MM_effectGrowShrink('img_large', 1000, '17%', '100%', false, false, true)
```

(4) 保存文件，按 F12 键，预览页面 effect.html，查看页面并体验图像放大的设计效果。

提示　这些效果都是基于 Spry 框架的，因此，当用户单击应用了效果的对象时，只有对象会进行动态更新，不会刷新整个 HTML 页面。

14.4.2　技术实训：体验 Spry 效果的"切换效果"

本节技术实训部分继续为页面 effect.html 添加一个【显示/渐隐】对话框。

(1) 类似的，选择 id 为 img_large 的大图标记，再添加行为效果【显示/渐隐】，在弹出的窗口中做两项设置：【渐隐到】【10】；选择【切换效果】复选框【打勾】，如图 14.41 所示，单击【确定】按钮。

提示　这个 Srpy 效果对应的函数(MM_effectGrowShrink)代码为。

```
function MM_effectAppearFade(targetElement, duration, from, to, toggle) {
    Spry.Effect.DoFade(targetElement, {duration: duration, from: from, to: to,
toggle: toggle});
    }
```

在目标元素的 onclick 事件中自动添加了函数(MM_effectGrowShrink)的调用代码：

```
MM_effectAppearFade(this, 1000, 100, 10, true)
```

(2) 保存文件，按 F12 键，预览页面 effect.html，查看页面效果并体验选择【切换效果】复选框的区别。

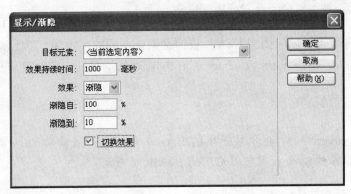

图 14.41　【显示/渐隐】对话框

14.4.3　案例拓展：Spry 效果概览

本节案例拓展部分主要从理论上简要介绍 Spry 效果，并给出一个 Spry 效果综合演示的示例。

1. Spry 效果概述

Spry 效果通常用于在一段时间内高亮显示信息，创建动画过渡或者以可视方式修改页面元素，如元素的不透明度、缩放比例、位置和样式属性(如背景颜色)等，还可以组合两个或多个属性来创建有趣的视觉效果。Spry 包括下列 7 种效果如下。

(1) 显示/渐隐：使元素显示或渐隐。

(2) 高亮颜色：更改元素的背景颜色。

(3) 向上遮帘/向下遮帘：模拟百叶窗，向上或向下滚动百叶窗来隐藏或显示元素。

(4) 上滑/下滑：上下移动元素。

(5) 增大/收缩：使元素变大或变小。

(6) 晃动：模拟从左向右晃动元素。

(7) 挤压：使元素从页面的左上角消失。

为 HTMl 对象添加 Spry 效果后，可以从对象中删除一个或多个效果行为。要删除效果，可以在【行为】面板中单击要从行为列表中删除的效果，在【行为】面板的标题栏中单击【删除事件】按钮 −，如图 14.42 所示。

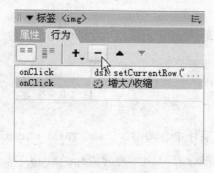

图 14.42　删除选定的 Spry 效果

2. Spry 效果与 HTML 页面元素

"Spry 效果"是视觉增强功能，可以将它们应用于使用 JavaScript 的 HTML 页面上几乎所有的元素。各种效果可以应用的 HTML 页面元素是不同的，例如，"上滑/下滑"效果仅适用于 blockquote、dd、div、form 或 center 等 HTML 对象，而且，滑动效果要求在要滑动的内容周围有一个<div>标签。

【练一练】

启动 Dreamweaver 帮助，依次展开导航目录："以可视方式构建 Spry 页" → "添加 Spry 效果"，依次查看各种 Spry 效果可以应用的 HTML 页面元素。

3. Spry 效果综合演示

Spry 官方帮助文档 spry_p1-6-1_022508.zip 中包括各类 Spry 效果示例(详见 samples\effects 目录中各个页面)，目录 demos\effects 中还有一个综合演示示例。如图 14.43 所示本章素材资料 demoEffects 中的 Spry 效果演示效果(效果名称中添加了部分中文)。

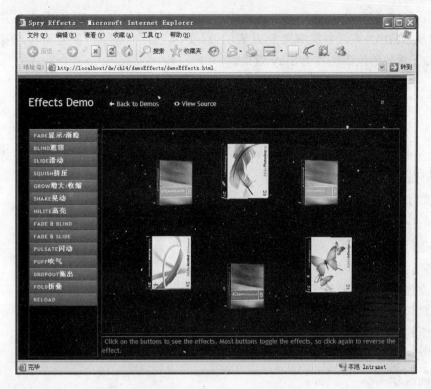

图 14.43　Spry 效果综合示例

14.4.4　本节知识点

"Spry 效果"是视觉增强功能，可以将它们应用于使用 JavaScript 的 HTML 页面上几乎所有的元素。本节通过一个案例演示了的图像放大和显示/渐隐的 Spry 效果，在感性认识的基础上，简要介绍了 7 种 Spry 效果及其与 HTML 页面元素的关系，最后，介绍了 Spry 效果的一个综合演示示例。通过本节的学习和实训，能够了解各类 Spry 效果，能够针对相关 HTML 元素熟练地添加 Spry 效果。

14.5　本章小结

Spry 框架是 Adobe 公司为应对 Web 2.0 浪潮而推出的 Ajax 框架，主要面向专业 Web 设计人员或高级非专业 Web 设计人员。本章首先概要介绍了 Web 2.0 和 Ajax 的基本概念，以及 Spry 框架的基础知识，进而通过案例详细介绍如何应用 Spry 构件、使用 Spry 显示数据和制作 Spry 效果。

Spry 装饰器(Widgets)包括可折叠的菜单、选项卡式面板、Spry 折叠式和 Spry 折叠式面板等；在 Spry 框架中，动态区域依赖于 XML 数据器提供数据源，XML 数据器通过动态区域展现数据，动态区域主要包括 Spry 重复列表和 Spry 表；"Spry 效果"是视觉增强功能，可以将它们应用于使用 JavaScript 的 HTML 页面上几乎所有的元素，Spry 效果主要包括显示/渐隐、高亮、遮帘、滑动、增大/收缩、晃动和挤压等 7 种。

通过本章的学习和实训，务必理解 Spry 和 Ajax 的关系，能够熟练掌握 Spry 装饰器构件的基本应用；能够了解 XML 的基本格式和规范，能够熟练添加 Spry XML 数据集并通过 Spry 动态区域呈现 XML 数据，并能掌握主-从表的设计和实现；能够了解各类 Spry 效果，并针对相关 HTML 元素熟练地添加各类 Spry 效果。

14.6　思考与实训

结束本章之前，请读者在复习回顾基础知识的基础上，结合案例实训的经验，围绕以下几个主题展开讨论和实训。

1. 课堂讨论

以小组为单位进行下列课堂讨论。

(1) 课堂讨论：Web 2.0 和 Ajax 的概念及关系。

(2) 课堂讨论：Ajax 主要是哪些技术的组合和综合应用？

(3) 课堂讨论：Spry 框架的组成包括哪些核心部分？

(4) 课堂讨论：如何获取和升级 Spry 框架？

(5) 课堂讨论：Spry 框架的使用方法是什么？

(6) 课堂讨论：Spry 框架所能够完成的特效有哪些？

2. 上机练习

重点掌握如下几点。

(1) 熟练掌握在页面中插入 Spry 构件的基本方法。

(2) 熟练使用各类 Spry 装饰器构件进行页面设计。

(3) 熟练使应用 Spry 重复列表和 Spry 表等动态区域呈现 XML 数据。

(4) 能够掌握级联菜单、主-从表的简单设计和实现。

(5) 了解各类 Spry 效果，能熟练地添加各类 Spry 效果。

具体的实验步骤这里不再赘述，请读者参阅相关章节，独立完成，熟练掌握本章要点。

3. 课外拓展训练

(1) 课外拓展：查阅 Spry 官方帮助文档，分析 widgets、samples\effects 和 demos 目录中相关示例页面。

(2) 课外拓展：综合应用 Spry 技术设计一个个人网站。

14.7　习　　题

一、填空题

1. (　　　　　　　　)是 Adobe 公司为应对 Web 2.0 浪潮而推出的 Ajax 框架。

2. Ajax(Asynchronous JavaScript And XML)是指一种创建交互式网页应用的网页开发技术。Ajax 可以翻译为(　　　　　　　　)。

3. Spry 框架本质上是一个客户端的(　　　　　　)类库，包含了一组 JavaScript 文件、CSS

和图片文件。

　　4．XML(Extensible Markup Language)的中文意思是(　　　　　　　)。

　　5．在页面中插入一个"Spry XML 数据集"后，在文档头中会自动链接两个脚本文件(　　　　　)和(　　　　　)。

　　6．在页面中插入一个"Spry 效果"后，在文档头中会自动链接一个脚本文件(　　　　　)。

　　7．在页面中插入 Spry 构件时，Dreamweaver 将自动添加脚本文件和 CSS 样式文件，这些文件默认保存在站点根目录下的(　　　　　)目录中。

二、选择题

　　1．Web 2.0 是新一代互联网模式，以(　　)等应用为核心。

　　A．Blog　　　　　　B．TAG　　　　　　C．SNS

　　D．RSS　　　　　　E．wiki　　　　　　F．Spry

　　2．Spry 框架的核心包括(　　)等几部分。

　　A．XML 数据器(XML Data Sets)　　　　B．动态区域(Dynamic Regions)

　　C．装饰器库(Widgets)　　　　　　　　D．变化效果库(Transition Effects)

　　3．在 Dreamweaver 设计视图中，要切换"Spry 选项卡式面板"中的面板，可以将鼠标指向选项卡标签，再单击出现的按钮是(　　)。

　　A．🖳　　　　　B．🔲　　　　　C．👁　　　　　D．✚⌄

　　4．水平 Spry 菜单栏的 CSS 文件是(　　)。

　　A．SpryMenuBarHorizontal.css　　　　B．SpryTabbedPanels.css

　　C．SpryMenuBarVertical.css　　　　　D．SpryCollapsiblePanel.css

　　E．SpryMenuBar.css

　　5．在"Spry"栏中，单击按钮(　　)，可以插入一个"Spry XML 数据集"。

　　A．📑　　　　　B．📄　　　　　C．📋　　　　　D．⬚

　　6．在用表格呈现 Spry XML 数据时，可以使用内置的数据引用(　　)表示记录的行号。

　　A．ds_RowID　　　　　　　　　　B．ds_RowNumber

　　C．ds_RowNumberPlus1　　　　　　D．dsCurrentRow

　　7．引用 XML 数据时通常使用｛节点名称｝的形式，对于节点的属性，则要在属性名称前加(　　)。

　　A．#　　　　　B．$　　　　　C．::(双冒号)　　D．@

三、判断题

　　1．Ajax 常常与.NET、J2EE、PHP、CGI 和 Ruby 等服务器端技术交互，因而是一种服务器端技术。　　　　　　　　　　　　　　　　　　　　　　　　　　　　(　　)

　　2．插入 Spry 构件时，Dreamweaver 自动添加了脚本文件和 CSS 文件的链接，这些文件在设计阶段有用，在站点部署时可以忽略它们。　　　　　　　　　　　　　(　　)

　　3．Spry 菜单栏包括水平和垂直两种形式。　　　　　　　　　　　　　　　(　　)

　　4．Spry 选项卡式面板和 Spry 折叠式构件都是一组面板，但只有一个面板的内容处于可见的状态。　　　　　　　　　　　　　　　　　　　　　　　　　　　　　(　　)

　　5．在传统的桌面应用程序中，可以轻松实现主-从表的设计；而在网页设计中，则是无法

实现主-从表功能的。（　　）

6．XML 数据集中的各列数据类型均默认为"字符串"，还可以酌情设置为数字、日期或逻辑值。（　　）

7．Spry 数据集内置的数据引用 ds_RowNumber，表示当前行号，即 1，2，3，…（　　）

8．可以选择菜单【插入记录】|【行为】|【效果】，插入一个 Spry 效果。（　　）

9．Spry 效果不能叠加，即对于一个 HTML 对象，最多只能添加一种 Spry 效果。（　　）

10．对 HTML 对象，可以随意添加任意 Spry 效果。（　　）

四、操作题

1．访问综合实例中的页面 http://localhost/travel/views/index.html，完成"环游天下"部分的设计，结果如图 14.44 所示。

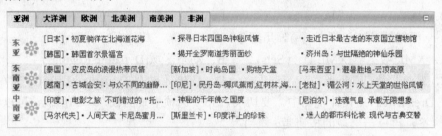

图 14.44　综合实例中"环游天下"的设计效果

2．参照本书综合实例主页，完成"热点排行"部分的设计，效果如图 14.45 所示。

图 14.45　"热点排行"的设计效果

第15章

使用表单制作交互页面

教学目标：

　　表单在网页中有着广泛应用，如邮箱登录、注册邮箱/论坛、论坛发布信息、网上购物填写购物单、信息搜索等。应用 Dreamweaver，可以创建包含文本域、密码域、单选按钮、复选框、弹出菜单、按钮以及其他表单对象的表单，也可以创建验证表单，即应用 Spry 表单构件创建表单，并验证指定表单对象的内容。

　　本章的主要内容如下。
- 表单和表单对象概念。
- 创建表单和添加表单对象的基本方法。
- 各类表单对象的基本应用。
- 创建验证表单，实现基本的客户端验证。

教学要求：

知识要点	能力要求	关联知识
创建表单	掌握创建表单的方法	表单属性设置 表单及其常用属性的 HTML 标记
添加各种普通表单对象	熟练掌握各种普通表单对象的使用	表单对象的属性设置 表单对象及其常用属性的 HTML 标记
创建验证表单	熟练掌握应用 4 类 Spry 表单构件创建验证表单，实现数据的客户端验证	Spry 框架的基础知识 Spry 表单构件的属性设置

　　表单是动态网页的基础和灵魂，主要就是采集和提交用户输入的信息，从而实现网上交流。本章主要通过案例介绍创建表单和插入表单对象的基本方法，以及普通表单和验证表单的制作和简单应用。

15.1　认　识　表　单

　　本节简要介绍表单的概念及文本域、密码域、单选按钮、复选框、弹出菜单、按钮等表单对象，以及在页面中插入它们的基本方法。相对于验证表单，本书将一般的表单称为普通表单。普通表单是验证表单的基础。关于验证表单及 Spry 表单构件，请参阅本章 15.3 节创建验证表单。

15.1.1　表单和表单对象的基本概念

　　在网页设计中，表单就是指 HTML 表单，是指网页上包含用户交互控件的集合。表单也称为表单域，所谓表单域，就是表单的区域范围，它相当于一个容器。可以这样理解，表单就是网页上的"对话框窗口"，这个窗口容器中除了说明性的文本标签，主要包含文本框、单选按钮、复选框、提交按钮和重置按钮等特定的表单对象。表单对象是允许用户在表单中输入或选择数据的机制，这些数据称为表单信息。一个页面可以包含一个或多个表单。

15.1.2　创建表单域和插入表单对象的基本方法

　　在 Dreamweaver 中，表单输入类型称为表单对象，表单对象通常依附于某个表单。要插入表单域或表单对象，可以选择菜单【插入记录】|【表单】如图 15.1 所示，或选择【表单】工具栏，单击表单按钮□等如图 15.2 所示。对于此，本章案例中将简述为这样的形式：插入表单，或插入表单对象"××"。

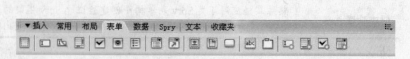

图 15.1　【插入记录】|【表单】
　　　　的子菜单

图 15.2　【表单】工具栏

15.2　案例：创建普通表单

 案例说明

　　表单在网页中有着广泛应用，如邮箱登录、注册邮箱、论坛发布信息、网上购物填写购物单、信息搜素等。例如，腾讯汽车频道的一个页面 http://auto.qq.com/a/20090508/000035.htm 就包括：在线调查、"搜搜"搜索和腾讯评论 3 个表单，如图 15.3 所示。本案例将创建一个包含这 3 个表单的页面。

网友调查

您如何看待克莱两家公司的结合？
○ 有前途，能够多赢
○ 一般，这只是现阶段的最好选择
○ 不好说，形势依然不明朗

通用会不会走上同样的"破产"之路？
○ 很可能　　　○ 不一定　　　○ 不知道

美巨头的变动对中国汽车业有影响吗？
○ 肯定有　　　○ 短期看不出　　　○ 没什么影响

〔提交〕〔查看〕

(a) 在线调查部分

Ⓢ 克莱斯勒　　　　　　　　　　　〔新闻搜索〕〔网页搜索〕

(b) 搜索部分

现在有7人对本文发表评论　查看所有评论

请填写标题

☑ 匿名发表　□ 申请加精　〔提交评论〕

(c) 评论部分

图 15.3　腾讯汽车频道 000035.htm 页面中几个表单示例

15.2.1　操作步骤

1. 准备素材

　　(1) 启动 Dreamweaver，切换至站点"Dreamweaver 案例教程"，将本章素材中的页面文件 form35.html 复制到 ch15 目录中；打开该页面，设置页面标题为：普通表单示例。

　　(2) 在 ch15 中新建目录 resource，将本章素材中的 CSS 文件 form35.css 和 sosoUi_bt2.gif、vote_f1.gif、vote_fb.gif 等 11 个 gif 文件复制到该目录中。

　　(3) 选择菜单【文本】|【CSS 样式】|【附加样式表】，在【链接外部样式表】对话框中选择 resource/form35.css，单击【确定】按钮。

2. 制作在线调查表单

(1) 保存页面 form35.html，在线调查部分的初始效果如图 15.4 所示。

图 15.4 在线调查部分的初始设计

说明 该页面在线调查部分是应用 table 进行页面布局的，请注意查阅相关代码。

(2) 在表格第 3 行第 2 列中插入表单，结果如图 15.5 所示。

图 15.5 在线调查部分插入一个表单

提示 在"设计"视图中，表单以红色的虚轮廓线指示。如果看不到这个红色虚线框，请选择菜单【查看】|【可视化助理】|【不可见元素】，保持该项被选择。

(3) 在【表单】属性面板中设置表单名称：【vote】；【目标】：【_blank】，结果如图 15.6 所示。

图 15.6 【表单】属性面板

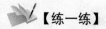
【练一练】

切换到代码视图，查看这个表单的代码如下。

```
<form action="" method="post" name="vote" target="_blank" id="vote"></form>
```

提示 表单的 HTMl 标记为 form，相关属性，请参阅 15.2.3 小节。

(4) 选择页面中 Id 为 fiat 的表格，将其移动到表单中，结果如图 15.7 所示。

说明 Id 为 fiat 的这个表格是一个 4 行 1 列、背景颜色为#e0e0e0、间距为 1px 的表格，表格各行背景颜色为白色(#ffffff)，第 1 行中嵌套着一个 3 行 1 列的表格，嵌套的表格的每一行均嵌套一个表格，分别用于布局在线调查的项目；第 2 行用于插入图 15.3(a)所示的"提交"、"查看"等两个按钮；第 3、第 4 行无内容，仅显示一条细线，与第 2 行综合显示为 3 条细线的"底边"效果。

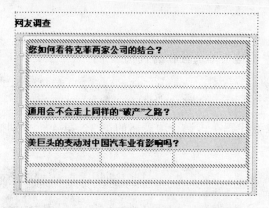

图 15.7　在表单中插入 Id 为 fiat 的表格

(5) 在"您如何看待克菲两家公司的结合"调查项表格的第 2 行中插入表单对象"单选按钮"，在【输入标签辅助功能属性】对话框的【标签文字】文本框中输入：【有前途，能够多赢】，如图 15.8 所示，单击【确定】按钮，结果如图 15.9 所示。

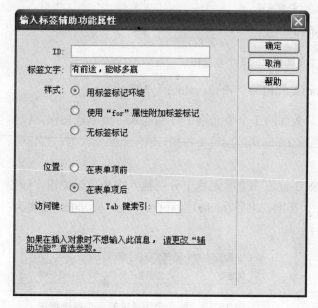

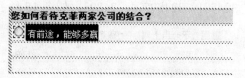

图 15.8　【输入标签辅助功能属性】对话框　　　　图 15.9　插入一个单选按钮后的效果

提示　如果没有插入表单域，则在插入一个表单对象时，系统将询问"是否添加表单标签"，即 Dreamweaver 默认将表单对象放置在表单域这个容器中。

(6) 单击选择单选按钮，在【属性】面板中设置名称为：sbj_64903；选定值为：324872，如图 15.10 所示。

图 15.10　单选按钮的【属性】面板

【练一练】

切换到代码视图，查看这个单选按钮的代码如下。

```
<label><input type="radio" name="sbj_64903" id="radio" value="324872" />有
前途，能够多赢</label>
```

(7) 类似的，根据以下代码在该调查项表格的第 3、第 4 行分别插入一个单选按钮，结果如图 15.11 所示。

```
<label><input type="radio" name="sbj_64903" id="radio2" value="324877" />
一般，这只是现阶段的最好选择</label>
<label><input type="radio" name="sbj_64903" id="radio3" value="324874" />
不好说，形势依然不明朗</label>
```

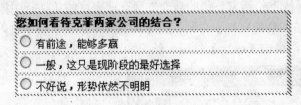

图 15.11 第 1 个调查项的 3 个单选按钮

思考 这三个单选按钮，为什么名称(name)是相同的，而值(value)是不同的？

(8) 类似的，在第 2 个调查项表格的第 2 行的 3 个单元格中分别插入 1 个单选按钮，标签文字分别为：很可能、不一定、不知道，名称(name)均为 sbj_64910，值(value)依次为：324886、324887 和 324888，如图 15.12 所示。

(9) 类似的，在第 3 个调查项表格的第 2 行的 3 个单元格中分别插入 1 个单选按钮，标签文字分别为：肯定有、短期看不出、没什么影响，名称(name)为 sbj_64911，值(value)依次为：324891、324895 和 324893，如图 15.13 所示。

图 15.12 第 2 个调查项的 3 个单选按钮   图 15.13 第 3 个调查项的 3 个单选按钮

(10) 在 Id 为 fiat 的表格第 2 行中插入两个表单对象"按钮"，将第 2 个按钮的值(value)设置为：查看，动作为：无。

提示 对于一个表单，插入的第 1 个按钮默认为"提交"按钮。

(11) 保存页面，预览效果如图 15.3(a)所示。

3. 制作搜索部分的表单

(1) 搜索部分的初始效果如图 15.14 所示，素材中已在 Id 为 SosoZone 的 Div 中插入了表单及 Id 为 sosobox、sosoWeb 和 sosoNews 等 Div。

图 15.14　"搜搜"搜索部分的初始设计

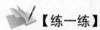 【练一练】

切换到代码视图，查看 SosoZone 区域中的表单及 sosobox、sosoWeb 和 sosoNews 的 Div。

(2) 在代码视图中将光标置于 Id 为 sosobox 的 Div 之间，如图 15.15 所示。

```
117    <div style="float: left; padding-top: 3px;" id="sosobox">
118        |
119    </div>
```

图 15.15　在代码视图中将光标置于 Id 为 sosobox 的 Div 之间

(3) 切换到设计视图，插入表单对象"文本域"(文本字段)；选择该文本框，再在【属性】面板中设置【文本域】：【w】，【字符宽度】：【53】，【最多字符数】：【70】，【初始值】：【克莱斯勒】，如图 15.16 所示。

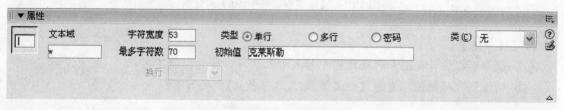

图 15.16　文本域(文本字段)的【属性】面板

提示　如果使用【插入】菜单，则选择"文本域"子项；若使用"表单"工具栏，则单击"文本字段"按钮□。另外，在设计视图将弹出【插入标签辅助功能属性】对话框，选择【无标签标记】单选项，如图 15.17 所示；若在代码视图中将弹出【标签编辑器－input】对话框，如图 15.18 所示，可以同时设置文本框的属性。

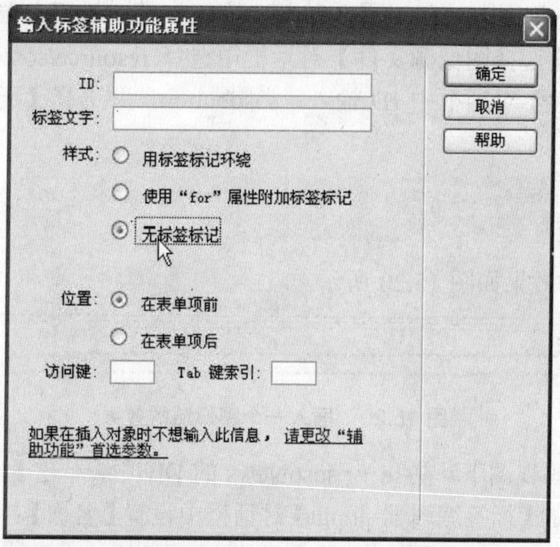

图 15.17　【输入标签辅助功能属性】对话框

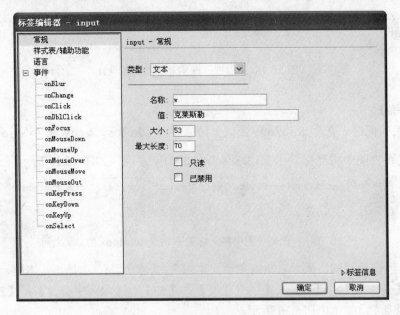

图 15.18 【标签编辑器–input】对话框

【练一练】

① 试分别在设计视图和代码视图中插入文本域，体验它们的不同。

② 切换到代码视图，查看这个文本域(文本字段)的代码如下。

```
<input name="w" type="text" id="w" value="克莱斯勒" size="53" maxlength="70" />
```

插入该文本域后的效果如图 15.19 所示。

图 15.19 插入一个文本域的效果

(4) 类似的，在设计视图下，在 Id 为 sosoWeb 的 Div 中，选择菜单【插入】|【表单对象】|【图像域】，在弹出的【选择图像源文件】对话框中选择 resource/sosoUi_bt3.gif；再在弹出的【插入标签辅助功能属性】对话框中 ID 输入：sosobutton，并选择【无标签标记】单选按钮，代码结果如下。

```
<input type="image" name="sosobutton" id="sosobutton" src="resource/sosoUi_
bt3.gif" />
```

插入该图像域后的效果如图 15.20 所示。

图 15.20 插入一个图像域的效果

(5) 类似的，在代码视图下，在 Id 为 sosoNews 的 Div 中，单击【表单】工具栏中单击【图像域】按钮，在弹出的【标签编辑器–input】对话框中设置【名称】：sosobutton，并选择【源】文件 resource/sosoUi_bt2.gif，如图 15.21 所示。

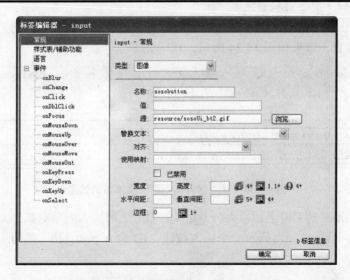

图 15.21 【标签编辑器-input】对话框

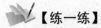【练一练】

① 试分别在设计视图和代码视图中插入图像域，体验它们的不同。

② 切换到代码视图，查看这个图像域的代码。

(6) 切换到代码视图，在 Id 为 sosoWeb 的 Div 中的图像域之后，依次插入 4 个隐藏域。

* <input type="hidden" value="c" name="nmt" />
* <input type="hidden" value="web" name="sc" />
* <input type="hidden" value="news" name="site" />
* <input type="hidden" value="w.q.news.b" name="cid" />

插入这 4 个隐藏域后的效果如图 15.22 所示，请留意 4 个图标。

图 15.22 插入 4 个隐藏域的效果

(7) 保存页面，该部分预览效果如图 15.3(b)所示。

15.2.2 技术实训：制作评论部分的表单

本节技术实训部分继续完成页面 form35.html 中评论部分的表单制作。

(1) 评论部分的初始效果如图 15.23 所示，素材中已在 Id 为 MiniComment 的 Div 中插入了类(class)为 i_titles、i_tips 和 i_anonymous 等 Div。

图 15.23 评论部分的初始设计

【练一练】

切换到代码视图，查看 MiniComment 区域中的 i_titles、i_tips 和 i_anonymous 的 Div。

(2) 在类为 i_titles 的 Div 中插入一个"评论标题"文本域，ID 和名称均为 b_c_title，大小：56，值：请填写标题，效果如图 15.24 所示，代码如下。

```
<input name="b_c_title" type="text" id="b_c_title" value="请填写标题" size="56" />
```

图 15.24 插入"评论标题"文本域的效果

(3) 在类为 i_titles 的 Div 之后，类为 i_tips 的 Div 之前插入表单对象"文本区域"，ID 为 b_c_content，类为 ins_text；再插入一个插入按钮，ID 为 b_post_btn，类为 sub 和 in。代码结果如下。

```
<textarea name="b_c_content" id="b_c_content" cols="" rows="" class="ins_text"></textarea>
<input name="b_post_btn" type="button" class="sub in" id="b_post_btn" value="提交评论" />
```

插入这个文本区域和按钮后的效果如图 15.25 所示。

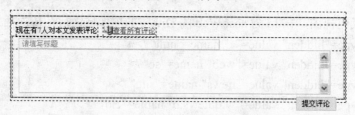

图 15.25 插入文本区域和按钮的效果

(4) 在设计视图下，在类为 i_tips 的 Div 中，插入一个表单对象"复选框"，在弹出的【输入标签辅助功能属性】对话框中输入 ID：b_b_soul，【标签文字】：申请加精，【样式】选择【用标签标记环绕】单选按钮，如图 15.26 所示。

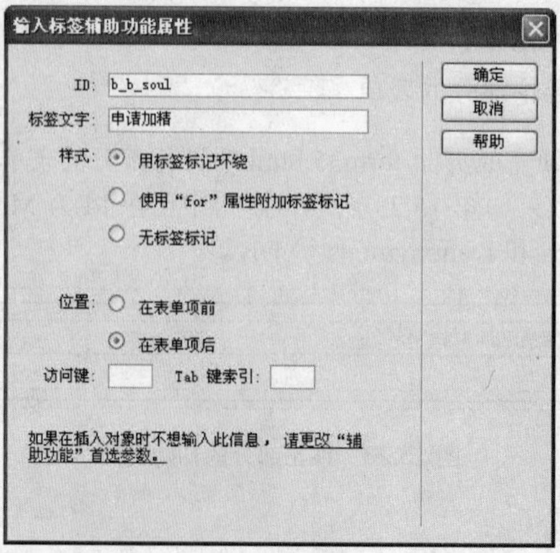

图 15.26 在设计视图中插入"复选框"

(5) 在代码视图下，在类为 i_anonymous 的 Div 中，插入一个表单对象"复选框"，弹出的【标签编辑器－input】对话框，直接单击【确定】按钮，在该<input>标记后输入：匿名发表；在【属性】面板中【复选框名称】为：b_b_anonymous；【初始状态】：【已勾选】，如图 15.27 所示。

图 15.27 复选框【属性】面板

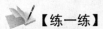【练一练】

① 试分别在设计视图和代码视图中插入复选框，体验它们的不同。

② 切换到代码视图，查看这个图像域的代码如下。

```
<label><input type="checkbox" name="b_b_soul" id="b_b_soul" />申请加精
</label>
    <input name="b_b_anonymous" type="checkbox" id="b_b_anonymous" value=""
checked="checked" />匿名发表
```

插入这两个复选框后的效果如图 15.28 所示，请留意这两个复选框被"提交评论"按钮遮挡在后面。

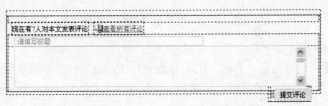

图 15.28 插入两个复选框后的效果

(6) 保存文件，按 F12 键，预览页面 fom35.html，效果如图 15.29 所示。

图 15.29 fom35.html 的预览效果

15.2.3　案例拓展：常用表单对象概述

本节案例拓展部分主要从理论上介绍表单属性和各类表单对象的显示形式及功能作用。

1. 设置表单属性

表单是动态网页的基础和灵魂。在网站上，表单是实现网页上数据传输的基础，其作用是实现用户和服务器的交互。一个完整的表单交互包括两个部分：一是在网页中进行描述的表单和表单对象；二是应用程序，它可以是服务器端的，也可以是客户端的，用于对表单信息进行分析和处理。表单的处理过程一般是这样的：用户在表单中输入数据，然后提交表单，服务器根据应用程序对表单信息进行处理，并返回结果。

表单页面可以是 HTML 静态页面，也可以是 ASP、JSP、PHP 等动态页面。本书虽然定位为介绍 Dreamweaver 的基础教程，但是，为了为动态网页设计打下良好的基础，也不得不概要介绍表单属性的设置。

在"设计"视图中，表单以红色的虚轮廓线指示，单击红色虚线框即可选择表单；表单的 HTMl 标记为 form，在"代码"视图中，在表单起始标记\<form ……\>或结束标记\</form\>中单击鼠标，即可选择表单。表单选择后，即可显示表单的【属性】面板，如图 15.30 所示。

图 15.30　表单的【属性】面板

表单的属性主要包括如下几项。

(1)【表单名称】：表单的唯一名称，默认为 form1、form2 等。表单命名后，即可使用 JavaScript 脚本语言引用或控制该表单。在表单名称框中输入表单名称，Dreamweaver 则同时标记表单的 name 和 ID 的属性值。

(2)【动作】：定义一个 URL 地址，以指定将处理该表单数据的页面或脚本，通常是一个可以在服务器端处理表单信息的动态页面或应用程序，也可以是一个 mailto 类型的地址。

(3)【方法】：指定将表单数据传输到服务器的方法。

- 默认：用浏览器的默认传送方式，一般默认为"GET"。
- GET：将表单内的数据附加到 URL 后面传送给服务器。由于 URL 的长度限制在 8192 个字符以内，所以 GET 方式不适用长表单，即数据量太大的表单。
- POST：在 HTTP 请求中嵌入表单数据。POST 方法可能比 GET 方法更安全，不过，由 POST 方法发送的信息是也是未经加密的。

(4)【目标】：可以选择 blank、parent、self 或 top，其含义与超链接的 target 属性是相同的。

(5)【MIME 类型】：指定对提交给服务器进行处理的数据使用 MIME 编码类型。默认为 application/x-www-form-urlencode，该类型通常与 POST 方法协同使用。如果要创建文件上传域，则需指定 MIME 类型为 multipart/form-data。

【练一练】

① 在 ch15 目录中新建页面 forms.html，在该页面中插入一个表单，在【属性】面板中设置表单名称、动作、方法、目标等属性，并查看相应的代码。

② 本节案例拓展部分的以下内容，可以在该页面中继续练习，请留意各表单对象的属性面板，并特别注意查看各表单对象对应的标记和类型(type)(示例代码中的斜体部分)。

2. 表单按钮

表单按钮是表单中一个相当重要的表单对象，主要用于控制表单的操作。"提交"和"重置"是两个保留名称(HTML 已经给定内置行为)，按钮主要分为如下 4 类，如图 15.31 所示。

- 【提交】按钮：在用户单击该按钮时提交表单数据以进行处理，该数据将被提交到在表单的"动作"属性中指定的页面或脚本。
- 【重置】按钮：在单击该按钮时清除用户输入的表单内容，并将所有表单域重置为初始值。
- 【普通】按钮(动作为：无)：不给按钮指定内置行为，通常需要手动指定单击该按钮时要执行的动作(一个脚本或应用程序)，当单击该按钮时就运行相应的脚本或应用程序。
- 【图像】按钮：为了网页美观，可以使用"图像域"代替普通按钮。

"按钮"示例对应的代码如下。

```
<input type="submit" name="button" id="button" value="提交" />
<input type="reset" name="button2" id="button2" value="重置" />
<input type="button" name="button3" id="button3" value="普通按钮" />
<input name="" type="image" src="resource/sosoUi_bt3.gif" />
```

3. 文本域

文本域可谓是使用最频繁的表单对象，用户可以在其中输入任何类型的文本(如字母、数字、汉字)。文本可以单行、多行或密码域的方式显示，而在浏览器中不显示出来的文本域称为隐藏域，如图 15.32 所示。

图 15.31　表单按钮示例　　　　　　图 15.32　文本域

该示例中三个文本域的代码如下。

```
<label>单行文本域  <input name="textfield" type="text" id="textfield" value="
这是一个普通的文本框，默认是单行的" size="36" /></label>
<label> 多 行 文 本 域 <textarea name="textfield2" rows="4" id="textfield2">
abcdefg，这是一个多行文本框，其实就是一个文本区域</textarea></label>
<label>密码文本框<input name="textfield3" type="password" id="textfield3"
value="aaaaaaa" /></label>
<input name="" type="hidden" value="我是一个隐藏域，在浏览器中看不到" />
```

4. 文件上传域 fileField

文件上传域由一个单行文本域和一个"浏览"按钮组成，它使用户可以选择其计算机上的文件(如字处理文档或图形文件)，并将该文件上传到服务器，如图 15.33 所示。用户可以手动输入要上传的文件的路径，也可以使用"浏览"按钮定位并选择该文件。

文件上传域要求使用 POST 方法将文件从浏览器传输到服务器，此时表单"动作"指定的 URL 必须是服务器端脚本或能够处理文件提交操作的页面，而且，要选择 multipart/form-data 的表单"MIME 类型"。

图 15.33　文件上传域示例

该示例对应代码如下。

```
<input type="file" name="fileField" id="fileField" />
```

5. 单选按钮 radio 与单选按钮组 RadioGroup

单选按钮、复选框和列表/菜单都是预定义选择对象的表单对象，即预先定义好可能的选项，用户只需单击选择即可。单选按钮和复选框的后面一般要添加文本说明信息。

单选按钮用于对某项进行选择，单选按钮通常是成组出现的，选项值是相互排斥的(这个功能是通过按钮的名称相同来实现的)。本节案例中"在线调查"部分广泛使用了单选按钮，每个调查项的 3 个按钮实际上组成了一个单选按钮组。同一组中的单选按钮的名称是一致的，而且最多只能有一个是选中的(可以全不选中)。可以直接插入表单对象"单选按钮组"。

6. 复选框 checkbox

单选按钮组提供了相互排斥的选项值，而复选框可以提供多个选项值供用户选择。复选框可以单独使用，也可以成组使用，如图 15.34 所示。

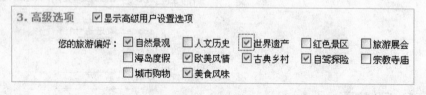

图 15.34　复选框示例

7. 列表/菜单和跳转菜单

列表/菜单用于显示一系列的信息，两者可以相互转换，插入表单对象"列表/菜单"时默认为"菜单"。它们的不同在于："列表"显示为一个列表框，而"菜单"显示为一个下拉列表框；"菜单"只能单选，而"列表"允许多选(默认只能单选)。

跳转菜单是一种特殊的菜单，用它可以实现网页的跳转。插入表单对象【插笔跳转菜单】对话框，如图 15.35 所示，如图 15.36 所示显示了列表/菜单和跳转菜单一个简单示例。

该示例中菜单和列表的代码如下。

```
<select name="select" id="select">
  <option selected="selected">-=请选择=-</option>
  <option value="value1">菜单显示文本 1</option>
  <option value="value2">菜单显示文本 2</option>
  <option value="value3">菜单显示文本 3</option>
```

```
</select>
<select name="select2" size="6" multiple="multiple" id="select2">
  <option selected="selected">-=请选择=-</option>
  <option value="value1">列表显示文本 1</option>
  <option value="value2">列表显示文本 2</option>
  <option value="value3">列表显示文本 3</option>
</select>
```

图 15.35　【插入跳转菜单】对话框

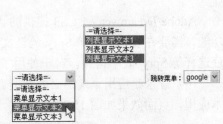

图 15.36　列表/菜单和跳转菜单

该示例中跳转菜单的代码如下(包括 JavaScript 脚本)。

```
<script type="text/javascript">
<!--
function MM_jumpMenu(targ,selObj,restore){ //v3.0
  eval(targ+".location='"+selObj.options[selObj.selectedIndex].value+"'");
  if (restore) selObj.selectedIndex=0;
}
//-->
</script>
跳转菜单：<select name="jumpMenu" id="jumpMenu" onchange="MM_jumpMenu
('parent',this,0)">
  <option value="http://www.google.cn/">google</option>
  <option value="http://www.baidu.com/">百度</option>
  <option value="http://www.sogou.com/">搜狗</option>
</select>
```

15.2.4　本节知识点

表单在网页中有着广泛应用，本节主要介绍了表单及常用表单对象的基本应用，最后概要介绍了表单属性以及表单按钮、文本域、文件上传域、单选按钮(组)、复选框、列表/菜单和跳转菜单。通过本节的学习和实训，务必理解表单的应用场景，能够通过属性面板熟练地设置表单和各类表单对象的常用属性，并了解表单集常用表单对象及其相关属性的 HMTL 标记。

15.3 案例：创建验证表单

 案例说明

什么叫做程序？有一个通俗的说法：程序就是输入和输出。所谓"输入"，就是用户在和程序交互时提供的信息。对于 B/S 结构的程序而言，用户输入就是填写表单。对于表单信息，必须进行有效性验证，例如：用户名不能为空、密码长度不能少于 6 个字符、日期中不能出现 13 月、电子邮件中必须含有一个@符号等。

说明 对于表单信息，服务器端的验证是必不可少的，为减轻服务器端的负担，通常首先在客户端进行验证。注意：不能用客户端验证代替服务器端验证。

Adobe Dreamweaver CS3 提供的 Ajax 的框架 Spry，内置了表单验证的功能。要使用这一功能，需要在表单中添加 Spry 验证文本域、Spry 验证文本区域、Spry 验证复选框或 Spry 验证选择等 Spry 表单构件。对于使用了 Spry 表单构件的表单，本书将其称为验证表单。

用户登录是应用系统的必要环节。本节案例就通过一个会员登录页面来演示验证表单的基本应用，页面效果如图 15.37 所示。

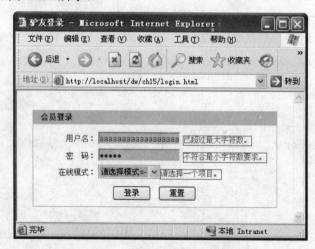

图 15.37 会员登录的页面效果

15.3.1 操作步骤

(1) 启动 Dreamweaver，切换至站点"Dreamweaver 案例教程"，新建空白 HTML 页面，将其保存在 ch15 目录中，并命名为 login.html；设置页面标题为：驴友登录。

(2) 将素材中的 CSS 文件 login.css 复制到 ch15/resource 目录中。

(3) 保存页面 login.html，依次添加 userlogin 等 Div 和表单(form)，并设置它们的类(class) 属性，关系如图 15.38 所示。

(4) 将插入点放在"用户名"后的列表项(li)中，选择菜单【插入记录】|【表单】|【Spry 验证文本域】，插入一个 Spry 验证文本框，在弹出的【插入标签辅助功能属性】对话框中输入 ID：userId，并选择【无标签标记】单选按钮，单击【确定】按钮。

```
□ <html xmlns="http://www.w3.org/1999/xhtml">
    ⊞ <head>
    □ <body>
        □ <div id="userlogin" class="recbox">
            <div class="titlebar">会员登录</div>
            □ <form id="frmLogin" onsubmit="" name="frmLogin" method="post">
                □ <ul id="formbody">
                    <li class="colleft">用户名: </li>
                    ⊞ <li class="colright">
                    <li class="colleft">密   码: </li>
                    ⊞ <li class="colright">
                    <li class="colleft">在线模式: </li>
                    ⊞ <li class="colright">
                    □ <li class="btn_form">
                        <input class="btn_login" type="submit" value="登录" name="">
                        <input class="btn_login" type="reset" value="重置" name="">
                    </li>
                </ul>
            </form>
            <div style="clear: both;"></div>
        </div>
        ⊞ <script type="text/javascript">
    </body>
</html>
```

图 15.38　页面 login.html 的 Div 关系

提示　① 可以像插入普通表单对象一样，选择菜单【插入记录】|【表单】或选择【表单】工具栏插入 Spry 表单构件。另外，选择菜单【插入记录】|【Spry】的子菜单或"Spry"工具栏，同样也可以插入这些 Spry 表单构件。

　　② 验证文本域构件的默认 HTML 通常位于表单内部，其中包含一个容器<span>标签，该标签将文本域的<input>标签括起来。HTML 代码类似如下。

```
<span id="sprytextfield1"><input type="text" name="userId" id="userId" />
<span class="textfieldRequiredMsg">需要提供一个值。</span></span>
```

　　(5) 保存页面；选择这个 input 标记，设置类(class)为 userinput；再选择 sprytextfield1 的 span 标记，在 Spry 文本域【属性】面板中设置相关属性：选择【验证于】为 onBlur；设置最小/大字符数分别为 6、18，如图 15.39 所示。

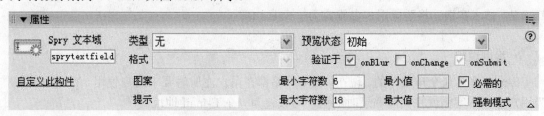

图 15.39　Spry 文本域的【属性】面板

提示　创建 Spry 验证域后，在文档头中和验证文本域构件的 HTML 标记之后还包括脚本标签。请注意查看页面 head 区域中自动添加的如下代码。

```
<script src="../SpryAssets/SpryValidationTextField.js" type="text/javascript">
</script>
```

```
<link href="../SpryAssets/SpryValidationTextField.css" rel="stylesheet" type=
"text/css" />
```

在页面底部</body>前自动添加脚本代码：

```
var sprytextfield1 = new Spry.Widget.ValidationTextField("sprytextfield1",
"none", {validateOn:["blur"], minChars:6, maxChars:18});
```

(6) 类似的，在"密   码"后的列表项(li)中插入一个"Spry 验证文本域"，设置 input 的类型(type)为 password；其他属性设置与"用户名"后的文本框和 Spry 文本域的属性相同。

(7) 在【在线模式】后的插入列表项(li)中插入一个表单对象"Spry 验证选择"，添加列表项，如图 15.40 所示；再选择【Span 选择】为 spryselect1，在【属性】面板中设置相关属性：选择【验证于】为 onBlur，如图 15.41 所示。

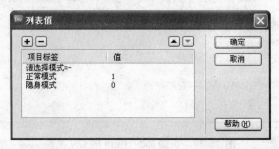

图 15.40 【在线模式】的列表项

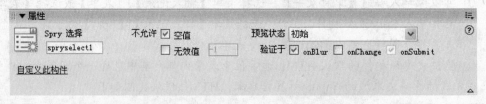

图 15.41 【Spry 选择】的【属性】面板

(8) 在类(class)为 btn_form 的列表(li)中添加【提交】和【重置】按钮，设置它们的类(class)为 btn_login。

(9) 保存页面，按 F12 键，预览页面 login.html。

15.3.2 技术实训：将登录用户名限定为一个 E-mail

 案例说明

E-mail 账号是全球唯一的。现在，很多网站都在用户注册时要求用户使用一个电子邮箱作为用户名，本案例就将页面登录时的用户名改造为一个 E-mail 地址。

该实例实现步骤如下。

(1) 将会员登录页面 login.html 另存为 loginEmail.html。

(2) 选择"用户名"的 Spry 文本域控件 sprytextfield1，在【属性】面板的"类型"列表中选择"电子邮件地址"，如图 15.42 所示。

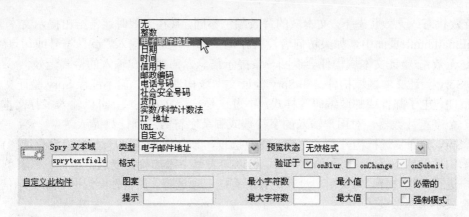

图 15.42　将用户名框的类型修改为"电子邮件地址"

【练一练】

打开 Dreamweaver 帮助，依次展开左侧的导航目录：【以可视方式构建 Spry 页】|【使用验证文本域构件】|【指定验证类型和格式】，了解验证文本域构件不同验证类型的含义；并进一步了解"预览状态"等其他属性及其选项的含义和区别。

(3) 在属性面板【提示】框中输入：abc@efg.com。

提示　为了提示用户在文本域中输入文本的格式，可以创建 Spry 验证文本域的提示，例如电子邮件的格式、日期格式(2008-8-28)等。当文本域获得焦点时，提示文本自动清除，以等待用户的输入。

(4) 保存页面，按 F12 键，预览页面 loginEmail.html，效果如图 15.43 所示。

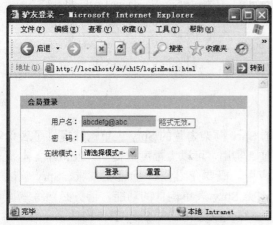

(a) 邮件格式无效

(b) 邮件格式合法

图 15.43　loginEmail.html 运行效果

15.3.3　案例拓展：Spry 表单构件概述

Spry 表单构件包括 Spry 验证文本域、Spry 验证文本区域、Spry 验证复选框或 Spry 验证选择等 4 类。

(1) Spry 验证文本域构件是一个文本域，该域用于在站点访问者输入文本时显示文本的状态，在有效状态或无效状态下，文本域的背景颜色不同，且在无效时通常给出提示文本。例如，在 loginEmail.html 页面中，如果访问者没有在电子邮件地址中输入"@"符号或句点(句点在尾部也是无效)，验证文本域构件会返回一条提示信息，声明用户输入的格式无效。

(2) Spry 验证文本区域构件：和 Spry 验证文本域构件类似，但不能像 Spry 验证文本域那样指定日期、电子邮件或邮政编码等样式。不过这是一个文本区域，可以输入多行文本，还可以添加一个字符计数器，对用户输入的字符数或剩余字符数进行计数提示。

(3) Spry 验证复选框构件是一个或一组复选框，该复选框在用户选择(或没有选择)复选框时会显示构件的状态(有效或无效)。例如，可以向表单中添加验证复选框构件，该表单可能会要求用户进行三项选择。如果用户没有进行所有这三项选择，该构件会返回一条提示信息，声明不符合最小选择数要求。

(4) Spry 验证选择构件是一个下拉菜单，该菜单在用户进行选择时会显示构件的状态(有效或无效)。例如，可以插入一个包含状态列表的验证选择构件，这些状态按不同的部分组合并用水平线分隔。如果用户意外选择了某条分界线(而不是某个状态)，验证选择构件会向用户返回一条提示信息，声明他们的选择无效。

在创建 Spry 表单构件时，Dreamweaver 会自动在文档头中添加一个特定的脚本链接和 CSS 样式链接。它们相互配合，当构件以用户交互方式进入其中一种状态时，Spry 框架逻辑会在运行时向该构件的 HTML 容器应用特定的 CSS 类，以实现特定的样式显示。这些脚本文件和 CSS 样式文件默认保存在站点根目录下的 SpryAssets 目录中。4 类 Spry 表单构件对应的这些文件见表 15-1，请注意在部署站点时将它们一并发布。

表 15-1 Spry 表单构件的脚本文件和 CSS 样式文件

Spry 表单构件	脚本文件(.js)	CSS 样式文件
Spry 验证文本域	SpryValidationTextField.js	SpryValidationTextField.css
Spry 验证文本区域	SpryValidationTextarea.js	SpryValidationTextarea.css
Spry 验证复选框	SpryValidationCheckbox.js	SpryValidationCheckbox.css
Spry 验证选择	SpryValidationSelect.js	SpryValidationSelect.css

15.3.4 本节知识点

随着 Ajax 和 Web 2.0 的发展，Dreamweaver 的 Spry 框架内置的 Spry 表单构件提供了表单验证的功能。这对于网页设计新手来说是非常方便、实用，可以大幅度地提高开发效率。本节演示了 Spry 验证文本域和 Spry 验证选择的基本应用，概要介绍 Spry 验证文本域、Spry 验证文本区域、Spry 验证复选框和 Spry 验证选择等 4 类 Spry 表单构件的功能，请务必熟练掌握 Spry 表单构件的基本应用，并能简单修改相关 CSS 样式以美化这些 Spry 表单构件。

15.4 本 章 小 结

表单在网页中有着广泛应用，如邮箱登录、注册邮箱/论坛、论坛发布信息、网上购物填写购物单、信息搜索等。应用 Dreamweaver，可以创建包含各类文本域、文本域、文件上传域、单选按钮(组)、复选框、列表/菜单和跳转菜单等表单对象的普通表单，也可以创建包含 Spry 验证文本域、Spry 验证文本区域、Spry 验证复选框和 Spry 验证选择等 Spry 表单构件的验证表单。

通过本章的学习和实训,务必理解表单的应用场景,能够通过属性面板熟练地设置表单和各类表单对象的常用属性,并了解表单集常用表单对象及其相关属性的 HMTL 标记;对于 Spry 表单构件,并能简单修改相关 CSS 样式以美化这些 Spry 表单构件。

15.5　思考与实训

结束本章之前,请读者在复习回顾基础知识的基础上,结合案例实训的经验,围绕以下几个主题展开讨论和实训。

1. 课堂讨论

以小组为单位进行下列课堂讨论。

(1) 课堂讨论:表单的作用是什么?表单与表单对象的关系是什么?简述插入表单和表单对象的方法。

(2) 课堂讨论:表单对象有哪些?简述它们的功能定位。

(3) 课堂讨论:隐藏域有什么作用?讨论隐藏域的应用场景。

(4) 课堂讨论:列表和菜单有什么区别?跳转菜单有什么作用?如何创建和设置跳转菜单?

(5) 课堂讨论:单选按钮和单选按钮组的关系如何?什么情况下使用单选按钮?什么情况下使用复选框?

(6) 课堂讨论:Spry 表单构件有哪些?简述它们的功能定位。

2. 上机练习

重点掌握如下几点。

(1) 熟练掌握 Dreamweaver 中插入表单和各类表单对象的方法。

(2) 创建一个搜索引擎的跳转菜单。

(3) 设计一个简单的用户意见反馈表单,使用 6 种以上的表单对象。

(4) 使用 Spry 表单构件,实现用户意见反馈表单的一些验证功能。

具体的实验步骤这里不再赘述,请读者参阅相关章节,独立完成,熟练掌握本章要点。

3. 课外拓展训练

(1) 课外拓展:了解并逐步熟记表单和各类表单对象及其常用属性的 HTML 标记。

(2) 课外拓展:访问 http://id.qq.com/,试申请一个 QQ 号码(数字或 E-mail 账号),体验并分析表单验证的设计。

(3) 课外拓展:访问 http://www.126.com/,试注册一个 126 网易免费邮箱,体验并分析表单验证的相关设计。

15.6　习　　题

一、填空题

1. 在"设计"视图中,表单以红色的(　　　)指示,其 HTMl 标记为(　　　)。

2．插入单选按钮和文本域时，可以同时指定这些表单对象的标签文字。Dreamweaver 默认使用(　　　　)标记将标签文字和表单对象组合起来。

3．在一个表单中，将多个单选按钮设置成相同的(　　　　)，则它们构成一个(　　　　)。

4．在 HTML 中，文本框中的文本可以(　　　)、(　　　)或(　　　)的方式显示，而要在浏览器中不显示这个"文本域"，需要将其设置为(　　　　)。

5．(　　　　)由一个单行文本域和一个"浏览"按钮组成，使用它可以将指定文件上传到服务器。

6．表单对象"列表/菜单"用于显示一系列的信息，"列表"显示为一个(　　　　)，而"菜单"显示为一个(　　　　)。

7．(　　　　)是一种特殊的菜单，用它可以实现网页的跳转。。

8．在页面中插入 Spry 表单构件时，Dreamweaver 将自动添加脚本文件和 CSS 样式文件，这些文件默认保存在站点根目录下的(　　　　)目录中。

二、选择题

1．(　　　)属性，可以定义一个 URL 地址，以指定将处理该表单数据的页面或脚本。
A．name　　　　　B．action　　　　　C．method
D．onsubmit　　　E．target　　　　　F．MIME 类型

2．表单的(　　　)属性，可以指定将表单数据传输到服务器的方法。
A．name　　　　　B．action　　　　　C．method
D．onsubmit　　　E．target　　　　　F．MIME 类型

3．在 HTML 中，按钮主要分为如下(　　　)几类。其中，单击(　　　)可以将数据发送到服务器；对于(　　　)，通常需要手动指定一个 JavaScript 函数作为响应行为。
A．提交按钮　　　B．重置按钮　　　C．普通按钮　　　　D．图像按钮

4．在 HTML 中，密码域中的文本默认显示为(　　　)。
A．*　　　　　　　B．&　　　　　　　C．●　　　　　　　D．$

5．Spry 表单构件主要包括(　　　)。
A．Spry 验证文本域　　　　　　　B．Spry 验证文本区域
C．Spry 验证复选框　　　　　　　D．Spry 验证选择

6．Spry 表单构件的验证时机，除了表单提交时，还可以设置为(　　　)。
A．onBlur　　　　B．onSubmit　　　C．onChange
D．onReset　　　　E．onFocus

三、判断题

1．可以在页面只中插入一个复选框而不插入表单。　　　　　　　　　　　　(　　　)

2．在"表单"工具栏中，既可以插入普通表单对象，也可以插入 Spry 表单构件。(　　　)

3．单选按钮组提供了相互排斥的选项值，可以成组使用；而复选框只能单独使用。(　　　)

4．表单对象"列表/菜单"中的选项既可以单选，也可以设置为多选(默认只能单选)。(　　　)

5．对于用户输入的数据，客户端进行了全面验证，服务器端就无需验证了，这样还可以减轻服务器的负担。　　　　　　　　　　　　　　　　　　　　　　　　　　　　(　　　)

四、操作题

1. 参照本书综合实例主页，完成会员登录部分的设计，结果如图 15.44 所示。

2. 访问综合实例中的页面 http://localhost/travel/udiy/Xanadu.html。

(1) 思考下拉列表  的设计。

(2) 完成图 15.45 所示部分的设计。

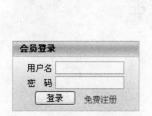

图 15.44　综合实例主页中的
会员登录部分

图 15.45　Xanadu.html 上的搜索和评论表单

3. 访问综合实例中的页面 http://localhost/travel/udiy/register.html，独立完成注册页面的设计，效果如图 15.46 所示，其中，【高级选项】部分如图 15.47 所示。

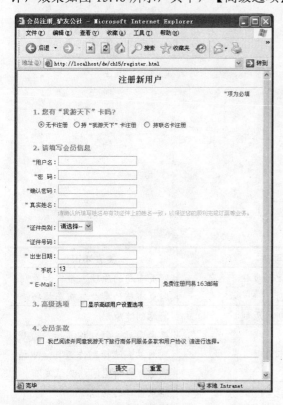

图 15.46　【注册新用户】页面

图 15.47　【高级选项】部分

第16章 规划和管理站点

教学目标：

通过本章的学习，读者应了解网页设计和布局原则，规划站点的基本步骤，并能够掌握创建、编辑和管理站点的基本方法，建立远程站点及上传文件。

本章的主要内容如下。

● 网页设计和布局原则。

● 网站策划与创建原则。

● 网站建设的基本流程。

● 站点管理。

● 使用属性面板管理。

● 站点开发工具的介绍。

教学要求：

知识要点	能力要求	关联知识
网页设计和布局原则	了解网页布局的原理和步骤 了解网页布局的原则	网页布局的原理、步骤和原则 网页布局的类型、布局技巧
网站策划与创建原则	掌握网站的策划和创建原则	网站创建原则
网站建设的基本流程	掌握网站建设的基本流程	确定网站主题、搜集材料、规划网站、选择制作工具、申请域名、申请空间、测试发布
站点管理	了解站点窗口的功能 掌握使用站点地图进行站点管理	站点窗口的功能 站点地图的使用
使用资源面板 Assets	熟练掌握使用资源面板 掌握使用资源面板在网页中添加资源	资源面板的使用 添加图像资源和颜色资源等
站点开发工具介绍		

16.1 网页设计和布局原则

网页是网站构成的基本元素。在网页设计的众多环节中，网页的布局设计是最为重要的环节之一。访问者不愿意再看到只注重内容的站点。网页有一个好的布局，会令网站访问者耳目一新，同样也可以使访问者比较容易在站点上找到他们所需要的信息，网页制作初学者应该对网页布局的相关知识有所了解。

16.1.1 网页布局的原理

设计首页的第一步是设计版面布局。

像传统的报纸杂志编辑一样，将网页看作一张报纸、一本杂志来进行排版布局。虽然动态网页技术的发展使得开始趋向于学习场景编剧，但是固定的网页版面设计基础，依然是必须学习和掌握的。

版面指的是浏览器看到的完整的一个页面(可以包含框架和层)。因为每个人的显示器分辨率不同，所以同一个页面的大小可能出现 800×600 像素、1024×768 像素等不同尺寸。

布局就是以最适合浏览的方式将图片和文字排放在页面的不同位置。站点整体要有创意，版面布局也是一个创意的问题，但要比站点整体的创意容易，有规律得多。

16.1.2 网页布局的步骤

1) 草案

新建页面就像一张白纸，没有任何表格，框架和约定俗成的东西，你可以尽可能地发挥你的想象力，将你想到的"景象"画上去。许多网页制作初学者不喜欢先画出页面布局的草图，而是直接在网页设计器里边设计布局边加内容。这种不打草稿的方法不能让你设计出优秀的网页来。所以在开始制作网页时，要先在纸上画出你页面的布局草图来。

如果你不喜欢用纸来画出你的布局意图，那么你还可以利用是 Photoshop 等软件来完成这些工作。Photoshop 所具有的对图像的编辑功能用到设计网页布局上更显得心应手。利用 Photoshop 不仅可以方便地使用颜色、图形，并且还可以利用层的功能设计出用纸张无法实现的布局意念。

这属于创造阶段，不讲究细腻工整，不必考虑细节功能，只以粗陋的线条勾画出创意的轮廓即可。尽你的可能多画几张，最后选定一个满意的作为继续创作的脚本。

2) 粗略布局

在草案的基础上，将你确定需要放置的功能模块(主要包含网站标志、主菜单、新闻、搜索、友情链接、广告条、邮件列表、计数器、版权信息等)安排到页面上。注意，这里必须遵循突出重点、平衡协调的原则，将网站标志、主菜单等最重要的模块放在最显眼、最突出的位置，然后再考虑次要模块的排放。

3) 定案

将粗略布局不断精细化、具体化。

16.1.3 网页布局的原则

(1) 正常平衡：亦称"匀称"。多指左右、上下对照形式，主要强调秩序，能达到安定诚实、信赖的效果。

(2) 异常平衡：既要非对照形式，也要平衡和韵律，当然都是不均整的，此种布局能达到强调性、不安性、高注目性的效果。

(3) 对比：所谓对比，不仅利用色彩、色调等技巧来作表现，在内容上也可涉及古与今、新与旧、贫与富等对比。

(4) 凝视：所谓凝视是利用页面中人物视线，使浏览者仿照跟随的心理，以达到注视页面的效果，一般多用明星凝视状。

(5) 空白：空白有两种作用，一方面对其他网站表示突出卓越；另一方面也表示网页品位的优越感，这种表现方法对体显网页的格调十分有效。

(6) 尽量用图片解说：此法对不能用语言说服，或用语言无法表达的情感，特别有效。图片解说的内容，可以传达给浏览者更多的心理因素。

16.1.4 常见网页布局类型

网页布局大致可分为"国"字型、拐角型、标题正文型、左右框架型、上下框架型、综合框架型、封面型、Flash 型、变化型，下面分别论述。

1) "国"字型

也可以称为"同"字型，是一些大型网站所喜欢的类型，即最上面是网站的标题以及横幅广告条，接下来就是网站的主要内容，左右分列一些两小条内容，中间是主要部分，与左右一起罗列到底，最下面是网站的一些基本信息、联系方式、版权声明等。这种结构是在网上见到的差不多最多的一种结构类型。

2) 拐角型

这种结构与上一种其实只是形式上的区别，其实是很相近的，上面是标题及广告横幅，接下来的左侧是一窄列链接等，右列是很宽的正文，下面也是一些网站的辅助信息。在这种类型中，很常见的类型是最上面是标题及广告，左侧是导航链接。

3) 标题正文型

这种类型即最上面是标题或类似的一些东西，下面是正文，例如一些文章页面或注册页面等就是这种类。

4) 左右框架型

这是一种左右为分别两页的框架结构，一般左面是导航链接，有时最上面会有一个小的标题或标致，右面是正文。见到的大部分的大型论坛都是这种结构的，有一些企业网站也喜欢采用。这种类型结构非常清晰，一目了然。

5) 上下框架型

与上面类似，区别仅仅在于是一种上下分为两页的框架。

6) 综合框架型

上页两种结构的结合，相对复杂的一种框架结构，较为常见的是类似于"拐角型"结构的，只是采用了框架结构。

7) 封面型

这种类型基本上是出现在一些网站的首页,大部分为一些精美的平面设计结合一些小的动画,放上几个简单的链接或者仅是一个"进入"的链接,甚至直接在首页的图片上做链接而没有任何提示。这种类型大部分出现在企业网站和个人主页,如果说处理得好,会给人带来赏心悦目的感觉。

8) Flash 型

其实这与封面型结构是类似的,只是这种类型采用了目前非常游戏行的 Flash,与封面型不同的是,由于 Flash 强大的功能,页面所表达的信息更丰富,其视觉效果及听觉效果如果处理得当,绝不差于传统的多媒体。

9) 变化型

即上面几种类型的结合与变化,例如本站在视觉上是很接近拐角型的,但所实现的功能的实质是那种上、左、右结构的综合框架型。

16.2　网站策划与创建原则

一个网站的成功与否与建站前的网站策划有着极为重要的关系。在建立网站前应明确建设网站的目的,确定网站的功能,确定网站的规模和投入费用进行必要的市场分析等。只有详细的策划,才能避免在网站建设中出现的很多问题,使网站建设能顺利进行。

网站策划是指在网站建设前对市场进行分析、确定网站的目的和功能,并根据需要对网站建设中的技术、内容、费用、测试、维护等做出策划。网站策划对网站建设起到计划和指导的作用,对网站的内容和维护起到定位作用。

16.2.1　定位网站设计主题和名称

设计一个站点,首先遇到的问题就是定位网站主题。所谓主题也就是你的网站的题材。对于题材的选择,应注意以下问题。

(1) 主题要小而精。定位要小,内容要精。调查结果也显示,网络上的"主题站"比"万全站"更受人们喜爱,就好比专卖店和百货商店,如果我需要买某方面的东西,肯定会选择专卖店。

(2) 题材最好是你自己擅长或者喜爱的内容。这样在制作时,才不会觉得无聊或者力不从心。兴趣是制作网站的动力,没有热情,很难设计制作出杰出的作品。

(3) 题材不要太滥或者目标太高。"太滥"是指到处可见,人人都有的题材;"目标太高"是指在这一题材上已经有非常优秀、知名度很高的站点,你要超过它是很困难的。

网站名称及域名的选择也是非常重要的。和现实生活中一样,网站名称是否正气、特色、易记,对网站的形象和宣传推广也有很大影响。一般的,要注意以下几点。

(1) 名称要正。也就是要合法、合理、合情,不能用反动的、色情的、迷信的、危害社会安全的名词语句。

(2) 名称要易记。根据中文网站浏览者的特点,除非特定需要,网站名称最好用中文名称,不要使用英文或者中英文混合型名称。另外,网站名称的字数应该控制在六个字以内,例如"××阁""××设计室",4 个字的可以用成语,例如"一网打尽"。

(3) 名称要有特色。名称平实就可以接受，如果能体现一定的内涵，给浏览者更多的视觉冲击和空间想象力，则为上品。这里举几个例子：音乐前卫、网页陶吧、天籁绝音。在体现出网站主题的同时，能点出特色之处。

域名的选择也是如此，选一个简单易记，例如可以模仿知名网站扩大自己的影响，有一定含义的域名也是网站成功的一部分。

16.2.2 网站设计的风格

网站的整体风格及其创意设计是站长们最希望掌握，也是最难以学习的。难就难在没有一个固定的程序可以参照和模仿。给你一个主题，任何两人都不可能设计出完全一样的网站。

风格是抽象的，是指站点的整体形象给浏览者的综合感受。这个"整体形象"包括站点的 CI(标志，色彩，字体，标语)，版面布局，浏览方式，交互性，文字，语气，内容价值，存在意义，站点荣誉等等诸多因素。例如：网易是平易近人的，迪斯尼是生动活泼的，IBM 是专业严肃的。这些都是网站给人们留下的不同感受。

风格是独特的，是站点不同与其他网站的地方。或者色彩，或者技术，或者是交互方式，能让浏览者明确分辨出这是你的网站独有的。

风格是有人性的。通过网站的外表，内容，文字，交流可以概括出一个站点的个性，情绪。是温文儒雅，是执著热情，是活泼易变，是放任不羁。像诗词中的"豪放派"和"婉约派"，你可以用人的性格来比喻站点。

有风格的网站与普通网站的区别在于：普通网站你看到的只是堆砌在一起的信息，你只能用理性的感受来描述，比如信息量大小，浏览速度快慢。但你浏览过有风格的网站后你能有更深一层的感性认识，比如站点有品位，和蔼可亲，是老师，是朋友。

如何树立网站风格呢？可以分这样几个步骤。

(1) 确信风格是建立在有价值内容之上的。一个网站有风格而没有内容，就好比绣花枕头一包草，好比一个性格傲慢但却目不识丁的人。你首先必须保证内容的质量和价值性。这是最基本的，毋庸置疑。

(2) 需要彻底搞清楚自己希望站点给人的印象是什么。

(3) 在明确自己的网站印象后，开始努力建立和加强这种印象。

对于确定风格，这里提供一些参考。

(1) 将你的标志 Logo，尽可能地出现在每个页面上。或者页眉，或者页脚，或则背景。

(2) 突出你的标准色彩。文字的链接色彩，图片的主色彩，背景色，边框等色彩尽量使用与标准色彩一致的色彩。

(3) 突出你的标准字体。在关键的标题，菜单，图片里使用统一的标准字体。

(4) 想一条朗朗上口宣传标语。把它做在你的 banner 里，或者放在醒目的位置，告诉大家你的网站的特色。

(5) 使用统一的语气和人称。即使是多个人合作维护，也要让读者觉得是同一个人写的。

(6) 使用统一的图片处理效果。比如，阴影效果的方向，厚度，模糊度都必须一样。

16.2.3 网站设计的 CI 形象

所谓 CI(Corporate Identity)，是指通过视觉来统一企业的形象。现实生活中的 CI 策划比比皆是，例如：可口可乐公司，全球统一的标志，色彩和产品包装，给人们的印象极为深刻；

SONY，三菱，麦当劳等。一个杰出的网站，和实体公司一样，也需要整体的形象包装和设计。准确的，有创意的 CI 设计，对网站的宣传推广有事半功倍的效果。在您的网站主题和名称定下来之后，需要思考的就是网站的 CI 形象。

(1) 设计网站的标志(Logo)。如同商标一样，Logo 是你站点特色和内涵的集中体现，看见 Logo 就让大家联想起你的站点。标志可以是中文、英文字母，可以是符号、图案，还可以是动物或者人物等。标志的设计创意来自网站的名称和内容。

(2) 设计网站的标准色彩。网站给人的第一印象来自视觉冲击，确定网站的标准色彩是相当重要的一步。不同的色彩搭配产生不同的效果，并可能影响到访问者的情绪。

"标准色彩"是指能体现网站形象和延伸内涵的色彩。例如：IBM 的深蓝色；肯德基的红色条型；Windows 视窗标志上的红蓝黄绿色块，都使人们觉得很贴切，很和谐。一般来说，一个网站的标准色彩不超过 3 种，太多则让人眼花缭乱。标准色彩要用于网站的标志，标题，主菜单和主色块，给人以整体统一的感觉。至于其他色彩也可以使用，只是作为点缀和衬托，绝不能喧宾夺主。通常情况下，适合于网页标准色的颜色有：蓝色，黄/橙色，黑/灰/白色三大系列色。

(3) 设计网站的标准字体。和标准色彩一样，标准字体是指用于标志，标题，主菜单的特有字体。一般网页默认的字体是宋体。为了体现站点的"与众不同"和特有风格，可以根据需要选择一些特别字体。例如，为了体现专业可以使用粗仿宋体；体现设计精美可以用广告体；体现亲切随意可以用手写体等。

(4) 设计网站的宣传标语。也可以说是网站的精神，网站的目标。用一句话甚至一个词来高度概括。类似实际生活中的广告金句。例如：雀巢的"味道好极了"；Intel 的"给你一颗奔腾的心"。

以上四方面：标志、色彩、字体、标语，是一个网站树立 CI 形象的关键，确切的说是网站的表面文章，设计并完成这几步，你的网站将脱胎换骨，整体形象有一个提高。

16.2.4　确定网站设计的栏目和版块

在动手制作网页前，一定要考虑好以下三方面。

● 确定栏目和版块。

● 确定网站的目录结构和链接结构。

● 确定网站的整体风格创意设计。

栏目的实质是一个网站的大纲索引，索引应该将网站的主体明确显示出来。在制订栏目的时候，要仔细考虑，合理安排。一般的网站栏目安排要注意以下几方面。

1) 一定记住要紧扣你的主题

一般的做法是：将你的主题按一定的方法分类并将它们作为网站的主栏目。主题栏目个数在总栏目中要占绝对优势，这样的网站显得专业，主题突出，容易给人留下深刻印象。

2) 设一个最近更新或网站指南栏目

如果首页没有安排版面放置最近更新内容信息，就有必要设立一个"最近更新"的栏目。这样做是为了照顾常来的访客，让主页更有人性化。如果主页内容庞大(超过 15MB)，层次较多，而又没有站内的搜索引擎，建议设置"本站指南"栏目。可以帮助初访者快速找到想要的内容。

3) 设定一个可以双向交流的栏目

不需要很多，但一定要有。例如论坛，留言本，邮件列表等，可以让浏览者留下他们的信息。有调查表明，提供双向交流的站点比简单的留一个 "Email me" 的站点更具有亲和力。

4) 设一个下载或常见问题回答栏目

网络的特点是信息共享。如果看到一个站点有大量的优秀的有价值的资料，肯定希望能一次性下载，而不是一页一页浏览存盘。"将心比心" 在自己的主页上设置一个资料下载栏目，会得到大家的喜欢。另外，如果站点经常收到网友关于某方面的问题来信，最好设立一个常见问题回答的栏目，既方便了网友，也可以节约更多时间用以学习。

至于其他的辅助内容，如关于本站，版权信息等可以不放在主栏目里，以免冲淡主题。总结以上几点，得出划分栏目需要以下注意事项。

- 尽可能删除与主题无关的栏目。
- 尽可能将网站最有价值的内容列在栏目上
- 尽可能方便访问者的浏览和查询。

上面说的是栏目，下面再看看版块设置。版块比栏目的概念要大一些，每个版块都有自己的栏目。例如：网易的站点分新闻、体育、财经、娱乐、教育等版块，每个版块下面有各有自己的主栏目。一般的个人站点内容少，只有主栏目(主菜单)就够了，不需要设置版块。如果你觉得的确有必要设置版块的，应该注意以下几个问题。

- 各版块要有相对独立性。
- 各版块要有相互关联。
- 版块的内容要围绕站点主题。

关于版块方面，主要是门户站点等较大 ICP 需要考虑的问题。

16.2.5 确定网站设计的目录结构和链接结构

1) 网站设计的目录结构

网站的目录是指你建立网站时创建的目录。例如：建立网站时都默认建立了根目录和 images 子目录。目录的结构是一个容易忽略的问题，大多数站长都是未经规划，随意创建子目录。目录结构的好坏，对浏览者来说并没有什么太大的感觉，但是对于站点本身的上传维护，内容未来的扩充和移植有着重要的影响。下面是建立目录结构的一些建议。

不要将所有文件都存放在根目录下。这样文件管理混乱并且上传速度慢。服务器一般都会为根目录建立一个文件索引。即使你只上传更新一个文件，服务器也需要将所有文件再检索一遍，建立新的索引文件。很明显，文件量越大，等待的时间也越长。

按栏目内容建立子目录。子目录的建立，首先按主菜单栏目建立。例如：网页教程类站点可以根据技术类别分别建立相应的目录，像 Flash、Dhtml、Javascript 等；企业站点可以按公司简介、产品介绍、价格、在线订单、反馈联系等建立相应目录。其他的次要栏目，类似 what's new，友情链接内容较多，需要经常更新的可以建立独立的子目录。而一些相关性强，不需要经常更新的栏目。例如：关于本站，关于站长，站点经历等可以合并放在一个统一目录下。所有程序一般都存放在特定目录。例如：CGI 程序放在 cgi-bin 目录，便于维护管理。所有需要下载的内容也最好放在一个目录下。

在每个主目录下都建立独立的 images 目录。默认的，一个站点根目录下都有一个 images 目录。刚开始学习主页制作时，习惯将所有图片都存放在这个目录里。可是后来发现很不方便，当需要将某个主栏目打包供网友下载，或者将某个栏目删除时，图片的管理相当麻烦。经过实践发现：为每个主栏目建立一个独立的 images 目录是最方便管理的。而根目录下的 images 目录只是用来放首页和一些次要栏目的图片。

目录的层次不要太深。目录的层次建议不要超过 3 层。原因很简单，维护管理方便。

其他需要注意的如下。

- 不要使用中文目录；网络无国界，使用中文目录可能对网址的正确显示造成困难。
- 不要使用过长的目录；尽管服务器支持长文件名，但是太长的目录名不便于记忆。
- 尽量使用意义明确的目录，便于记忆和管理。

2) 网站设计的链接结构

网站的链接结构是指页面之间相互链接的拓扑结构。它建立在目录结构基础之上，但可以跨越目录。形象地说：每个页面都是一个固定点，链接则是在两个固定点之间的连线。一个点可以和一个点连接，也可以和多个点连接。更重要的是，这些点并不是分布在一个平面上，而是存在于一个立体的空间中。

研究网站的链接结构的目的在于：用最少的链接，使得浏览最有效率。

建立网站的链接结构有两种基本方式。

(1) 树状链接结构(一对一)。类似 DOS 的目录结构，首页链接指向一级页面，一级页面链接指向二级页面。立体结构看起来就像蒲公英。这样的链接结构浏览时，一级级进入，一级级退出。优点是条理清晰，访问者明确知道自己在什么位置，不会"迷"路。缺点是浏览效率低，一个栏目下的子页面到另一个栏目下的子页面，必须绕经首页。

(2) 星状链接结构(一对多)。类似网络服务器的链接，每个页面相互之间都建立有链接。立体结构像东方明珠电视塔上的钢球。这种链接结构的优点是浏览方便，随时可以到达自己喜欢的页面。缺点是链接太多，容易使浏览者迷路，搞不清自己在什么位置，看了多少内容。

这两种基本结构都只是理想方式，在实际的网站设计中，总是将这两种结构混合起来使用。希望浏览者既可以方便快速地达到自己需要的页面，又可以清晰地知道自己的位置。所以，最好的办法是：首页和一级页面之间用星状链接结构，一级和二级页面之间用树状链接结构。

以上都是用的三级页面举例。如果站点内容庞大，分类明细，需要超过三级页面，那么建议在页面里显示导航条，可以帮助浏览者明确自己所处的位置。

关于链接结构的设计，在实际的网页制作中是非常重要的一环。采用什么样的链接结构直接影响到版面的布局。例如，主菜单放在什么位置？是否每页都需要放置？是否需要用分帧框架？是否需要加入返回首页的链接？在连接结构确定后，再开始考虑链接的效果和形式，是采用下拉表单，还是用 DHTML 动态菜单等。

16.3 网站建设的基本流程

为了加快网站建设的速度和减少失误，应该采用一定的制作流程来策划、设计、制作和发布网站。通过使用制作流程确定制作步骤，以确保每一步顺利完成。

1. 确定网站主题

网站主题就是建立的网站所要包含的主要内容，一个网站必须要有一个明确的主题。特别是对于个人网站，不可能像综合网站那样做得内容大而全，包罗万象。如果没有这个能力，也没这个精力，所以必须要找准一个自己最感兴趣的内容，做深、做透，办出自己的特色，这样才能给用户留下深刻的印象。网站的主题无定则，只要是自己感兴趣的，任何内容都可以，但主题要鲜明，在主题范围内内容做到大而全、精而深。

2. 搜集材料

明确了网站的主题以后，就要围绕主题开始搜集材料了。常言道："巧妇难为无米之炊。"要想让自己的网站有血有肉，能够吸引住用户，就要尽量搜集材料，搜集得材料越多，以后制作网站就越容易。材料既可以从图书、报纸、光盘、多媒体上得来，也可以从互联网上收集，然后把收集的材料去粗取精，去伪存真，作为自己制作网页的素材。

3. 规划网站

一个网站设计得成功与否，很大程度上决定于设计者的规划水平，规划网站就像设计师设计大楼一样，图纸设计好了，才能建成一座漂亮的楼房。网站规划包含的内容很多，例如网站的结构、栏目的设置、网站的风格、颜色搭配、版面布局、文字图片的运用等，只有在制作网页之前把这些方面都考虑到了，才能在制作时驾轻就熟，胸有成竹。只有这样制作出来的网页才能有个性、有特色，具有吸引力。如何规划网站的每一项具体内容，会在下面有详细介绍。

4. 选择合适的制作工具

决定用 ASP 的网页还是用 JSP 的网页还是 PHP 的网页，这决定了后期服务器的选择。

尽管选择什么样的工具并不会影响你设计网页的好坏，但是一款功能强大、使用简单的软件往往可以起到事半功倍的效果。网页制作涉及的工具比较多，第一，就是网页制作工具了，目前大多数网民选用的都是所见即所得的编辑工具，这其中的优秀者当然是 Dreamweaver 和 Frontpage。第二，是图片编辑工具，例如 Photoshop、fireworks 等；第三，是动画制作工具，例如 Flash、Cool 3d、Gif Animator 等；第四，是网页特效工具，例如有声、有色等，网上有许多这方面的软件，可以根据需要灵活运用。

5. 制作网页

材料有了，工具也选好了，下面就需要按照规划一步步地把自己的想法变成现实了，这是一个复杂而细致的过程，一定要按照先大后小、先简单后复杂来进行制作。所谓先大后小，就是说在制作网页时，先把大的结构设计好，然后再逐步完善小的结构设计。所谓先简单后复杂，就是先设计出简单的内容，然后再设计复杂的内容，以便出现问题时好修改。在制作网页时要多灵活运用模板，这样可以大大提高制作效率。

6. 申请域名

凡是提供余名注册服务的公司都可以为你申请域名，前提是你必须要交钱。每年缴纳一次。可以申请域名的有：中国万网、商务中国、新网、时代互联和中国频道等。相应的域名管理机构如 cn 就是 cnnic 管理的，com 是国际域名管理机构管理的。申请域名时，是把注册信息发到申请域名的域名注册商网站，注册商网站再向域名机构申请注册，域名机构返回结果给域名申请网站，然后网站再把结果返回给申请人。

7. 申请空间

主要有以下选择：申请免费空间，购买付费空间，购买服务器，用自己家里的计算机做空间。

免费空间：由于受到价格日益降低的付费空间的冲击，越来越少也越来越难找，但也能找得到。好处是免费；缺点是不稳定、说停就停，域名一般都是空间的域名的下级域名。但是你可以申请一个域名去指向它。

付费空间：也就是常说的虚拟空间或者虚拟主机，根据自己网站的开发方式和估计大小，购买空间，多数都可以先试用一下。

购买服务器：一般的小网站不用购买服务器，大型网站才需要，一个服务器可以划分成许多的虚拟空间。

家用计算机做空间：试用动态域名解析来完成，虽然免费又省事，但是速度和稳定性方面方面跟不上。

申请免费的域名和服务器空间对初学者来说是一个不错的选择。网上有很多提供免费域名并附带免费空间的服务器，可以用搜索引擎查找到这样的网站名，然后按照网站要求填写申请表单并进行提交，便可以申请到免费的域名和空间。

操作步骤

(1) 在浏览器中输入搜索引擎地址，如 http://www.baidu.com。

(2) 在关键字框中输入"免费空间"。

(3) 在搜索出的众多服务器中任选一个，按页面向导完成注册。

注意　免费空间通常只允许非商业性的使用，并附加若干条件，如果打不到要求或要用于商业目的，过两天就会被清除，只适合练习时使用。

申请收费域名和空间的方法与上面类似，可以多找几个比较一下再确定。

8. 网站测试与发布

网页制作完毕，最后要发布到 Web 服务器上，才能够让全世界的朋友观看，现在上传的工具有很多，有些网页制作工具本身就带有 FTP 功能，利用这些 FTP 工具，可以很方便地把网站发布到自己申请的主页存放服务器上。网站上传以后，要在浏览器中打开网站，逐页逐个链接的进行测试，发现问题，及时修改，然后再上传测试。

全部测试完毕就可以把网址告诉给朋友来浏览。原来都是内部的测试，如今在互联网上开放自己的网站，允许别人访问。

9. 网站推广和维护

网页做好之后，还要不断地进行宣传，这样才能让更多的朋友认识它，提高网站的访问率和知名度。推广的方法有很多，例如到搜索引擎上注册、与别的网站交换链接、加入广告链等。

网站要注意经常维护更新内容，保持内容的新鲜，不要做好就不管了，只有不断地给它补充新的内容，才能够吸引住浏览者。

16.4 站点管理

可以使用站点地图将新文件添加到 Dreamweaver 站点，或者添加、修改或删除链接。站点地图是理想的站点结构布局工具。可以设置整个站点结构，然后创建站点地图的图解图像。

16.4.1 使用站点窗口

用户可以使用站点窗口来组织本地站点和远程站点上的文件，也可以使用站点窗口在本地站点和远程站点之间传递文件，或使用站点地图放置站点导航条。选择菜单【窗口】|【文件】，在"文件"面板上单击按钮 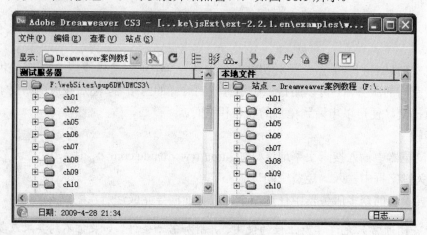，可以展开站点窗口，如图 16.1 所示。

图 16.1 站点窗口

16.4.2 使用站点地图

把 Dreamweaver 站点的本地文件夹视作链接的图标的视觉地图，该视觉地图称为站点地图。

提示 必须先定义站点的主页才能显示站点地图。站点的主页是地图的起点，可以是站点中的任何页面。可以更改主页、显示的列数、图标标签显示文件名还是显示页标题以及是否显示隐藏文件和相关文件。

站点地图从主页开始显示两个级别深度的站点结构。站点地图将页面显示为图标，并按在源代码中出现的顺序来显示链接。在站点地图中工作时，可以选择页、打开页进行编辑、向站点添加新页、创建文件之间的链接以及更改页标题。

注意 站点地图仅适用于本地站点。若要创建远程站点的地图，请将远程站点的内容复制到本地磁盘上的一个文件夹中，然后使用【管理站点】命令将该站点定义为本地站点。

在默认的【文件】面板中，选择【站点视图】下拉菜单中的【地图视图】，如图 16.2 所示，可以在【文件】面板中显示出站点文件的地图结构样式，如图 16.3 所示；或者，在站点窗口单击工具栏中的 按钮，可以以"仅地图"(不包含本地文件结构的站点地图)或"地图和文件"(包含本地文件结构)两种方式显示站点地图。

图 16.2 【地图视图】

图 16.3　显示站点地图

注意　如果尚未定义主页或者 Dreamweaver 在当前站点中找不到要用作主页的 index.html 或 index.htm 页面，Dreamweaver 将提示您选择一个主页。

16.5　使用属性面板管理 Assets

资源是建立页面或站点的基本元素。Dreamweaver 提供了图像、颜色、URL、Flash、Shockwave、影片、脚本、模板和库 9 种资源。使用【资源】面板可以轻松地管理和组织站点资源。

16.5.1　使用资源面板

【资源】面板用来管理当前站点中的资源。【资源】面板显示与【文档】窗口中的活动文档相关联的站点的资源。

【资源】面板提供了两种查看资源的方式，可以选择预览区域上方的【站点】或【收藏】单选按钮实现在这两个视图之间切换。

● 站点列表：显示站点的所有资源，包括在该站点的所有文档中使用的颜色和 URL。

● 收藏列表：仅显示您明确选择的资源。

操作步骤

(1) 选择【窗口】|【资源】命令，打开【资源】面板，如图 16.4 所示。

(2) 单击【站点】单选按钮，可以查看站点按钮资源列表。单击【收藏】单选按钮，可以查看收藏夹中的资源列表。在资源列表中选择资源名称，便可在预览窗口中显示所选择的资源。

图 16.4　资源面板

(3) 选中一个资源，单击面板底部的【添加到收藏夹】按钮 ，或在选中资源上右击，选择【添加到收藏夹】命令，可将自己喜欢的资源添加到收藏列表中。

(4) 若要编辑资源，可以双击资源或选择资源，单击面板底部的【编辑】按钮 。

注意 必须首先定义一个本地站点，然后才能在【资源】面板中查看资源。

16.5.2 在网页中添加资源

在【资源】面板中有9类资源，下面介绍两种向网页中添加资源的方法，其他资源方法类似。

1. 插入图像资源

图像资源包括 GIF、JPEG 或 PNG 格式的图像文件。

操作步骤

(1) 选择【资源】控制面板左侧的【图像】图标 进入图片管理窗口。

(2) 把光标放置在主文档窗口中要插入图像的地方，在站点图像列表中选择待插入的图像。

(3) 单击位于【资源】面板底部的【插入】按钮，则可以将该图片插入到文档中，如图 16.5 所示。

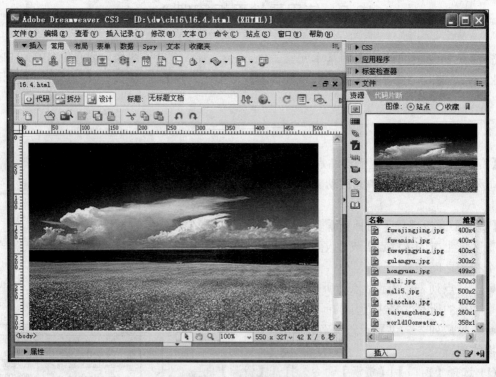

图 16.5 插入图片资源

2. 颜色资源

在 Dreamweaver CS3 的【资源】面板中，颜色管理的功能与图片管理的功能差不多，单击位于【资源】控制面板左侧的【颜色】按钮 ，即可进入颜色管理窗口。颜色资源管理可进行新建颜色、编辑颜色和应用颜色等操作。

新建编辑颜色的步骤如下。

(1) 打开【资源】控制面板，单击【颜色】按钮进入颜色管理器窗口，如图 16.6 所示。

(2) 单击【收藏】单选按钮，切换到颜色收藏夹列表。

(3) 单击颜色管理收藏夹底部的【新建颜色】按钮，新建一种颜色类型，如图 16.7 所示。

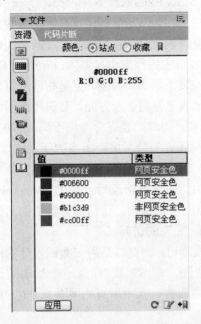

图 16.6 颜色资源

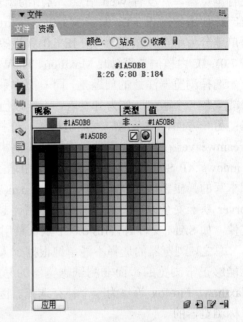

图 16.7 新建颜色

(4) 鼠标此时变成吸管状，选择一种需要的颜色即可创建一种新的颜色类型，在列表窗口中会显示刚刚选好的颜色以及颜色值。

(5) 如果对添加的颜色不满意，可以单击颜色管理收藏夹底部的【编辑】按钮进行更改。

(6) 如果想删除颜色，可选中待删除的一个或多个颜色，单击【从收藏中删除】按钮。

使用资源面板将颜色应用于文本的步骤如下。

【资源】面板显示已应用到各种元素(如文本、表格边框、背景等)的颜色。

(1) 在文档中选择文本。

(2) 在【资源】面板中，选择【颜色】类别。

(3) 选择所需的颜色，然后单击【应用】或直接将颜色拖动到选中的文本上。

16.6 站点开发工具简介

"工欲善其事，必先利其器"。因此在开发 Web 站点时，必须选择有良好的开发环境，从而提供开发的效率，提高站点的品质和水准，达到事半功倍的效果。本节列举介绍网页设计和 Web 应用开发的一些工具，只是走马观花，权作抛砖引玉，读者可以进一步查阅相关书籍和网络资源。

1. 浏览器

对于浏览器，大家"熟视无睹"，可能都想不起来这是开发 Web 站点的工具了。其实，浏览器是 Web 站点客户端最主要的运行环境，也是开发各类网页最基本的测试工具。可以说，没有浏览器，就没有 Web 站点。常用的浏览器有 IE、MSN Explorer、Netscape、Opera 以及国内广泛使用的腾讯 TT、傲游 Maxthon、Firefox、世界之窗 TheWorld 等。就其分类来说，可以简单地分为单窗口浏览器(如：IE 6.0)和标签页式的多窗口浏览器(如：Maxthon、Firefox、Opera、IE 7.0)；IE 内核浏览器(如：Maxthon、TheWorld)和非 IE 自主内核的浏览器(如 Firefox、Opera)。

选择浏览器注意的问题是，同一操作系统下可以安装不同的浏览器，但是相同浏览器往往只能安装一个版本。作为开发者，不能以己之偏好度他人之喜好。一方面，要选择通用的浏览器；另一方面，要考虑广大浏览群体，选择适宜的版本。同时，要充分考虑不同版本的差异，Dreamweaver 在这方面提供了很好的检测机制。另外，还要充分考虑新版本的新功能。例如，Windows XP SP2 在 Internet Explorer 中增加了 Pop-up Blocker(弹出窗口阻止程序)，原来使用脚本写的弹出窗口的代码(如 window.open("ad.html"))就需要重新改写。还有，Windows 2003 Server 基于安全设置，为了避免攻击者跨越 Web 站点的目录结构，访问服务器上的其他敏感文件，如 SAM 文件等，IIS 6.0 中默认禁用了对父目录".."的访问。

总之，浏览器的选择不能单纯根据个人习惯，必须牢记：浏览器是用来测试设计的网页是否能够正常浏览的，而非测试浏览器的易用性、功能性。通常，IE 作为一个基本的选择，Maxthon、Firefox 等作为一个补充选择。因为，就国内而言，几乎所有的网页都是以 IE 作为目标浏览器的。

2. 网页编辑软件

从原理上讲，任意一款字处理软件，比如记事本，都可以作为网页编辑软件。对于初学者来说，"所见即所得"的可视化编辑工具通常更为合适。这类软件包括 Dreamweaver、GoLive、MS FrontPage 等，特别是 Dreamweaver 更是众多网页设计师的首选；对于高手而言，UltraEdit 是一个非常不错的选择，这是一个记事本和大多数编辑程序的替换程序，如图 16.8 所示。

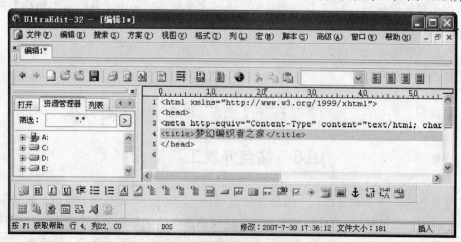

图 16.8　UltraEdit 编辑器

对于初学者，如果是编写一般的静态 HTML 或者简单的动态 ASP、PHP、JSP 页面，建议使用 Adobe Dreamweaver CS3。

3. 图形图像工具

纯文字的 Web 页面已几近作古。现在,为了美化页面,都辅以大量的图形图像及 Flash 动画,甚至直接将页面做成 Flash 样式。常见的图像格式包括位图和矢量图,矢量图像可以任意放大而不会失真。目前,常用的图形图像制作软件如下。

(1) Adobe Photoshop:位图图像处理大师,计算机平面设计的代名词。这是电影、视频和多媒体领域的专业人士,使用 3D 和动画的图形和 Web 设计人员,以及工程和科学领域的专业人士的理想选择,提高了数字化的图形创作和控制体验。

(2) Ulead PhotoImpact:号称提供了多媒体时代的专业影像设计者最直觉的创意空间、最方便的制作工具,以及最宽广的表达形式。对于网页设计者而言,提供了最先进的网页影像处理工具组,还提供了 42 个网页设计范本,丰富的内容让你任意取用网页设计所需的。例如 Banner、按钮、符号、底图等元件,是专业网页影像设计者最不可或缺的利器。

(3) Adobe Fireworks:令人怀旧的"网页三剑客"之一,最新版本 Fireworks CS3 实现了高效的 Photoshop 和 Illustrator 集成,简化了与 Dreamweaver 和 Flash 集成;可以加快 Web 设计与开发,是一款创建与优化 Web 图像和快速构建网站原型的理想工具。

(4) 加拿大 Corel 公司的 CorelDraw:一套屡获殊荣的图形图像编辑软件,多年来矢量图形软件的霸主,绘图与排版软件的标兵,广泛地应用于商标设计、标志制作、模型绘制、插图描画、排版及分色输出等诸多领域。

(5) Adobe Illustrator:是出版、多媒体和在线图像的工业标准矢量插画软件,矢量图形图像处理软件的先锋,可为 Web 图形创作的完美设计工具。最新版本 Illustrator CS3 提供了强大的新功能,包括设计用于迎合 FreeHand 用户的功能。

(6) Adobe Freehand:原 Macromedia 公司出品矢量(数学方法)绘图软件,可用于建筑设计图、卡通及插图绘制等领域。不过,从 Macromedia FreeHand MX 2004 以来,没有任何更新,而且 Adobe 没有计划实施开发来添加新功能或支持基于 Intel 的 Macs 和 Windows Vista。

(7) Adobe Flash:最为流行的矢量动画工具之一,网页动画的标准。Flash 使用矢量图形和流式播放技术,把音乐、动画、声效,交互方式融合在一起;可以轻松地导入 Photoshop (PSD) 和 Illustrator (AI)文件,或者将动画转换为 ActionScript,将在 SWF 文件中发布的内容渲染为 QuickTime 视频,极大地简化了交互式内容的创建流程。

(8) Autodesk Maya:三维动画的前沿,原 Alias 公司出品的世界顶级的三维动画软件。一个功能强大的集成式 3D 建模、动画、特效和渲染解决方案,影视、游戏开发、多媒体(平面和网络),以及可视化设计等传媒娱乐界的必备工具。

4. 网页上传软件

Web 站点通常都放在专用的服务器上,站点的系统管理员及设计师可能在隔壁房间,也可能相距千里甚至远隔重洋,通常情况下,不能也不要在专用服务器上直接操作,对站点的管理和维护一般是借助 FTP 软件来实现的。

专业的 FTP 软件众多,其中,应用最广泛的是 CuteFTP。目前,CuteFTP 的最新版本是 8.0,分为 Windows 版和 Mac 版,Windows 版还分为 Professional 和 Home 两种版本。

CuteFTP Professional 是一个全新的商业级 FTP 客户端程序,其加强的文件传输系统能够完全满足商业应用需求。使用 CuteFTP,文件通过构建于 SSL 或 SSH2 安全认证的客户机/服务器系统进行传输,为 VPN、WAN、Extranet 开发管理人员提供最经济的解决方案。此外,

CuteFTP 还提供了 Sophisticated Scripting、目录同步、自动排程、同时多站点连接、多协议支持(FTP、SFTP、HTTP、HTTPS)、智能覆盖、整合的 HTML 编辑器等功能特点，以及更加快速的文件传输系统。

如果临时没有专业 FTP 软件，还可以用 DOS 下的 FTP 命令进行文件传输；如果只是临时处理个别文件，直接借助 IE 等浏览器使用 FTP 协议也是一个不错的选择。

5. 动态网页制作工具

关于动态网页技术，除了早期的 CGI，目前主流的有 ASP、ASP.NET、PHP、JSP、Ruby 等几种。不管采用哪种技术，如果只是开发静态页面或用户界面较多的页面，使用 Dreamweaver 将是一个明智的选择。

CGI 即 Common Gateway Interface(公用网关接口)。可以使用 Visual Basic、Delphi 或 C/C++ 等编写适合的 CGI 程序。由于编程困难、效率低下、修改复杂，所以逐渐被新技术而取代。

ASP 即 Active Server Pages(活动服务器页面)。可以使用 Dreamweaver、Editplus 等，采用 VBScript、JavaScript 等脚本语言编写 ASP 应用程序。

ASP.NET 是 MS .NET Framework 框架下 ASP 的新版本。目前国内虚拟主机提供.NET 1.1 或.NET 2.0 的支持，可以使用 MS VS(Visual Studio) 2003/2005 等开发。

PHP 即 Hypertext Preprocessor(超文本预处理器)，最新版本是 PHP 5.2.0，Apache+PHP+MySQL 历来是一组"黄金搭档"。Dreamweaver CS3 对 PHP 5 提供了良好支持。

JSP Java Server Pages(Java 服务器页面)。它是基于 Java Servlet 以及整个 Java 体系的 Web 开发技术，可以使用 Eclipse、JBuilder 等开发 JSP 程序。

Ruby 一种功能强大的面向对象的脚本语言，与 Perl 非常相似、简单明了、扩展性强、移植性好，还很方便地使用 C 语言来扩展 Ruby 的功能。Ruby on Rails 是一个经典的框架，可以使用 radrails 或 Eclipse 等 IDE 开发。

6. 数据库及其管理软件

开发动态网站，数据库通常如影而随。如果数据量较小，写操作不是很频繁，通常选择 Access；而大型数据库通常选择商业的 MS SQL Server、Oracle 或者免费的 MySQL。目前，国内的虚拟主机通常提供 Access、MS SQL Server 或 MySQL。

对于 Access 数据库，通常就作为站点文件，通过 FTP，即可实现上传和下载的管理操作，但大型数据库往往是一个例外。因为，数据库文件的安全性要求非常高，它或者说它们可能根本就不在站点的目录中，通过 FTP，也就无法管理数据库文件。

对远程数据库的管理和维护，当然可以借主机管理员的一臂之力，不过，通常可以使用专用软件实现自力更生。

对于 MS SQL Server 200/2005，使用企业版"服务器组件"中的"企业管理器"(Enterprise Manager)；"服务器网络实用工具"；仅仅使用企业版"客户端组件"中的"客户端网络实用工具"，就可以实现对远程 SQL Server 2000/2005 数据库及表的管理和维护，当然，这需要对方开放足够的权限。

对于 MySQL，可以借助第三方软件实现对数据库的类似 FTP 的管理功能。这样的软件有：MySQL Front、EMS MySQL Manager、MySQL Snap 等。

当然，开发和设计站点需要的软件还不止这些，例如，为了做简单的客户端验证或实现某些网页特效，同时减轻服务器的负担，页面中通常使用大量脚本(这些脚本由浏览器解释执行)，您通常需要 JavaScript 或 JScript、VBScript 语言参考的帮助文件。

16.7　本　章　小　结

本章简单介绍了版面设计的布局原理和一般原则,网站策划与创建原则以及网站建设的基本流程;重点介绍了规划站点的基本步骤,如何创建、编辑和管理站点,建立远程站点及上传文件,以及如何使用属性面板进行颜色、图像等资源的添加。

16.8　思考与实训

结束本章之前,请读者在复习回顾基础知识的基础上,结合案例实训的经验,围绕以下几个主题展开讨论和实训。

1. 课堂讨论

以小组为单位进行下列课堂讨论:

(1) 课堂讨论:你要建设网站的目的是什么?

(2) 课堂讨论:目标用户的统一特征是什么?或者说,网站是做给谁看的?

(3) 课堂讨论:你设想中的网站规模是多大?

(4) 课堂讨论:网站做好以后,你准备怎么宣传?

(5) 课堂讨论:网站完成后,如何运营?或者说负责更新的工作是怎么安排的?

(6) 课堂讨论:网站设计上,你有什么要求?

(7) 课堂讨论:网站建设的基本流程是怎样的?

2. 上机练习

重点掌握如下几点。

(1) 熟悉用 photoshop 软件或者在纸上进行网页布局的设计。

(2) 熟练申请网上空间的方法。

(3) 熟练设计网页风格。

具体的实验步骤这里不再赘述,请读者参阅相关章节,独立完成,熟练掌握本章要点。

3. 课外拓展训练

(1) 课外拓展:登录优秀的网站,查看并分析网页的布局、网页的色彩搭配以及网页的风格。

(2) 课外拓展:通过对优秀网站的分析,自己策划一个主题网站,例如班级、音乐、中华美食、风景旅游等。

16.9　习　　　题

一、填空题

1. (　　　　)就是以最适合浏览的方式将图片和文字排放在页面的不同位置。

2. (　　　　)指的是浏览器看到的完整的一个页面(可以包含框架和层)。

3．常见的网页布局有(　　　)、(　　　)、(　　　)、(　　　)、(　　　)。

4．网站建设的基本流程是(　　　)。

5．资源是建立页面或站点的基本元素。Dreamweaver 提供了(　　　)种资源。

二、选择题

1．下面关于网站策划的说法错误的是(　　　)。

    A．向来总是内容决定形式的

    B．信息的种类与多少会影响网站的表现力

    C．做网站的第一步就是确定主题

    D．对于网站策划来说最重要的还是网站的整体风格

2．下面关于使用资源管理面板插入图像的说法错误的是(　　　)。

    A．将插入点定位在需要插入图像的位置，单击资源管理面板左下角的 Insert 按钮，图像被插入

    B．直接用鼠标将预览窗口中的图像拖到编辑窗口中，不能实现快速插入图像

    C．文件列表中的文件拖到编辑窗口中，可以实现快速插入图像

    D．图像可以在预览窗口中预览

三、操作实践题

设计一个以"自然风光"为主题的网站，利用站点地图进行管理，完成后申请域名并上传到网络空间。注意遵循网页布局的步骤和原则以及网站建设的基本流程。

参 考 文 献

[1] 高山泉，尹小港. Dreamweaver CS3 网页设计技能进化手册[M]. 北京：人民邮电出版社，2008.

[2] Adobe Dreamweaver CS3 中文技术交流中心 http://www.adobe-dreamweaver.cn/basal.html

[3] Joseph Lowery. *Adobe Dreamweaver CS3 Bible*[M]. Ontario：Wiley Publishing, Inc，2007.

[4] Janine Warner. *Dreamweaver CS3 for Dummies*[M]. Ontario：Wiley Publishing, Inc，2007.

[5] Adobe Creative Team. *Adobe Dreamweaver CS3 Classroom in a Book*[M]. California: Adobe Press [M]. 2007.

[6] Betsy Bruce. *SAMS Teach Yourself Macromedia Dreamweaver CS3 in 24 Hours*[M]. Indiana: Sams Publishing，2007.

[7] Betsy Bruce. *SAMS Teach Yourself Macromedia Dreamweaver 8 in 24 Hours*[M]. Indiana: Sams Publishing，2005.

[8] 陈笑，马万申，耿向华. 中文版 Dreamweaver MX 2004 实用培训教程[M]. 北京：清华大学出版社，2005.

[9] 郭光、胡崧编著. Dreamweaver MX 2004 完全征服手册[M]. 北京：中国青年出版社，2004.

[10] 刘瑞新，孙士保，赵子江. 网页设计与制作教程(第 3 版) [M]. 北京：机械工业出版社，2006.

[11] 龙马工作室. 典型商业网站建设实例精讲(Dreamweaver 版) [M]. 北京：人民邮电出版社，2007.

[12] 田庚林. 网页制作工具[M]. 北京：清华大学出版社，2007.

[13] 曾顺. 精通 CSS+DIV 网页样式与布局[M]. 北京：人民邮电出版社，2007.

[14] 朱印宏，袁衍明. Dreamweaver CS3 完美网页设计技术入门篇[M]. 北京：中国电力出版社，2008.

[15] 鲍嘉，卢坚. Dreamweaver CS3 网页设计标准教程[M]. 北京：中国电力出版社，2008.

[16] 腾飞科技，孙良营. 巧学巧用 Dreamweaver CS3 制作网页[M]. 北京：人民邮电出版社，2008.

参 考 文 献

全国高职高专计算机、电子商务系列教材

序号	标准书号	书 名	主 编	定价(元)	出版日期
1	978-7-301-11522-0	ASP.NET 程序设计教程与实训(C#语言版)	方明清等	29.00	2009 年重印
2	978-7-301-10226-8	ASP 程序设计教程与实训	吴鹏，丁利群	27.00	2009 年第 6 次刷
3	7-301-10265-8	C++程序设计教程与实训	严仲兴	22.00	2008 年重印
4	978-7-301-15476-2	C 语言程序设计(第 2 版)	刘迎春，王磊	32.00	2009 年出版
5	978-7-301-09770-0	C 语言程序设计教程	季昌武，苗专生	21.00	2008 年第 3 次印刷
6	978-7-301-16878-3	C 语言程序设计上机指导与同步训练(第 2 版)	刘迎春，陈静	30.00	2010 年出版
7	7-5038-4507-4	C 语言程序设计实用教程与实训	陈翠松	22.00	2008 年重印
8	978-7-301-10167-4	Delphi 程序设计教程与实训	穆红涛，黄晓敏	27.00	2007 年重印
9	978-7-301-10441-5	Flash MX 设计与开发教程与实训	刘力，朱红祥	22.00	2007 年重印
10	978-7-301-09645-1	Flash MX 设计与开发实训教程	栾蓉	18.00	2007 年重印
11	7-301-10165-1	Internet/Intranet 技术与应用操作教程与实训	闻红军，孙连军	24.00	2007 年重印
12	978-7-301-09598-0	Java 程序设计教程与实训	许文宪，董子建	23.00	2008 年第 4 次印刷
13	978-7-301-10200-8	PowerBuilder 实用教程与实训	张文学	29.00	2007 年重印
14	978-7-301-15533-2	SQL Server 数据库管理与开发教程与实训(第 2 版)	杜兆将	32.00	2010 年重印
15	7-301-10758-2	Visual Basic .NET 数据库开发	吴小松	24.00	2006 年出版
16	978-7-301-10445-3	Visual Basic .NET 程序设计教程与实训	王秀红，刘造新	28.00	2006 年重印
17	978-7-301-10440-8	Visual Basic 程序设计教程与实训	康丽军，武洪萍	28.00	2010 年第 4 次印刷
18	7-301-10879-6	Visual Basic 程序设计实用教程与实训	陈翠松，徐宝林	24.00	2009 年重印
19	978-7-301-09698-7	Visual C++ 6.0 程序设计教程与实训(第 2 版)	王丰，高光金	23.00	2009 年出版
20	978-7-301-10288-6	Web 程序设计与应用教程与实训(SQL Server 版)	温志雄	22.00	2007 年重印
21	978-7-301-09567-6	Windows 服务器维护与管理教程与实训	鞠光明，刘勇	30.00	2006 年重印
22	978-7-301-10414-9	办公自动化基础教程与实训	靳广斌	36.00	2010 年第 4 次印刷
23	978-7-301-09640-6	单片机实训教程	张迎辉，贡雪梅	25.00	2006 年重印
24	978-7-301-09713-7	单片机原理与应用教程	赵润林，张迎辉	24.00	2007 年重印
25	978-7-301-09496-9	电子商务概论	石道元等	22.00	2008 年第 3 次印刷
26	978-7-301-11632-6	电子商务实务	胡华江，余诗建	27.00	2008 年重印
27	978-7-301-10880-2	电子商务网站设计与管理	沈凤池	22.00	2008 年重印
28	978-7-301-10444-6	多媒体技术与应用教程与实训	周承芳，李华艳	32.00	2010 年第 6 次印刷
29	7-301-10168-6	汇编语言程序设计教程与实训	赵润林，范国渠	22.00	2005 年出版
30	7-301-10175-9	计算机操作系统原理教程与实训	周峰，周艳	22.00	2006 年重印
31	978-7-301-14671-2	计算机常用工具软件教程与实训(第 2 版)	范国渠，周敏	30.00	2010 年重印
32	7-301-10881-8	计算机电路基础教程与实训	刘辉珞，张秀国	20.00	2007 年重印
33	978-7-301-10225-1	计算机辅助设计教程与实训(AutoCAD 版)	袁太生，姚桂玲	28.00	2007 年重印
34	978-7-301-10887-1	计算机网络安全技术	王其良，高敬瑜	28.00	2008 年第 2 次印刷
35	978-7-301-10888-8	计算机网络基础与应用	阚晓初	29.00	2007 年重印
36	978-7-301-09587-4	计算机网络技术基础	杨瑞良	28.00	2007 年第 4 次印刷
37	978-7-301-10290-9	计算机网络技术基础教程与实训	桂海进，武俊生	28.00	2010 年第 6 次印刷
38	978-7-301-10291-6	计算机文化基础教程与实训(非计算机)	刘德仁，赵寅生	35.00	2007 年第 3 次印刷
39	978-7-301-09639-0	计算机应用基础教程(计算机专业)	梁旭庆，吴焱	27.00	2009 年第 3 次印刷
40	7-301-10889-3	计算机应用基础实训教程	梁旭庆，吴焱	24.00	2007 年重印刷
41	978-7-301-09505-8	计算机专业英语教程	樊晋宁，李莉	20.00	2009 年第 5 次印刷
42	978-7-301-15432-8	计算机组装与维护(第 2 版)	肖玉朝	26.00	2009 年出版
43	978-7-301-09535-5	计算机组装与维修教程与实训	周佩锋，王春红	25.00	2007 年第 3 次印刷
44	978-7-301-10458-3	交互式网页编程技术(ASP .NET)	牛立强	22.00	2007 年重印
45	978-7-301-09691-8	软件工程基础教程	刘文，朱飞雪	24.00	2007 年重印
46	978-7-301-10460-6	商业网页设计与制作	丁荣涛	35.00	2007 年重印
47	7-301-09527-9	数据库原理与应用(Visual FoxPro)	石道元，邵亮	22.00	2005 年出版
48	978-7-301-10289-3	数据库原理与应用教程(Visual FoxPro 版)	罗毅，邹存者	30.00	2010 年第 3 次印刷
49	978-7-301-09697-0	数据库原理与应用教程与实训(Access 版)	徐红，陈玉国	24.00	2006 年重印
50	978-7-301-10174-2	数据库原理与应用实训教程(Visual FoxPro 版)	罗毅，邹存者	23.00	2010 年第 3 次印刷
51	7-301-09495-7	数据通信原理及应用教程与实训	陈光军，陈增吉	25.00	2005 年出版
52	978-7-301-09592-8	图像处理技术教程与实训(Photoshop 版)	夏燕，姚志刚	28.00	2008 年第 4 次印刷
53	978-7-301-10461-3	图形图像处理技术	张枝军	30.00	2007 年重印
54	978-7-301-16877-6	网络安全基础教程与实训(第 2 版)	尹少平	30.00	2010 年重印
55	978-7-301-15086-3	网页设计与制作教程与实训(第 2 版)	于巧娥	30.00	2010 年重印
56	978-7-301-16706-9	网站规划建设与管理维护教程与实训(第 2 版)	王春红，徐洪祥	32.00	2010 年出版
57	7-301-09597-X	微机原理与接口技术	龚荣武	25.00	2007 年重印
58	978-7-301-10439-2	微机原理与接口技术教程与实训	吕勇，徐雅娜	32.00	2010 年第 3 次印刷
59	978-7-301-15466-3	综合布线技术教程与实训(第 2 版)	刘省贤	36.00	2009 年出版
60	7-301-10412-X	组合数学	刘勇，刘祥生	16.00	2006 年出版
61	7-301-10176-7	Office 应用与职业办公技能训练教程(1CD)	马力	42.00	2006 年出版
62	978-7-301-12409-3	数据结构(C 语言版)	夏燕，张兴科	28.00	2007 年出版

序号	标准书号	书　　名	主　编	定价(元)	出版日期
63	978-7-301-12322-5	电子商务概论	于巧娥，王震	26.00	2010 年第 3 次印刷
64	978-7-301-12324-9	算法与数据结构(C++版)	徐超，康丽军	20.00	2007 年出版
65	978-7-301-12345-4	微型计算机组成原理教程与实训	刘辉珞	22.00	2007 年出版
66	978-7-301-12347-8	计算机应用基础案例教程	姜丹，万春旭，张飚	26.00	2010 年第 3 次印刷
67	978-7-301-12589-2	Flash 8.0 动画设计案例教程	伍福军，张珈瑞	29.00	2009 年重印
68	978-7-301-12346-1	电子商务案例教程	龚民	24.00	2010 年第 2 次印刷
69	978-7-301-09635-2	网络互联及路由器技术教程与实训(第 2 版)	宁芳露，杨旭东	27.00	2010 年重印
70	978-7-301-13119-0	Flash CS3 平面动画制作案例教程与实训	田启明	36.00	2008 年出版
71	978-7-301-12319-5	Linux 操作系统教程与实训	易著梁，邓志龙	32.00	2008 年出版
72	978-7-301-12474-1	电子商务原理	王震	34.00	2008 年出版
73	978-7-301-12325-6	网络维护与安全技术教程与实训	韩最蛟，李伟	32.00	2010 年重印
74	978-7-301-12344-7	电子商务物流基础与实务	邓之宏	38.00	2008 年出版
75	978-7-301-13315-6	SQL Server 2005 数据库基础及应用技术教程与实训	周奇	34.00	2010 年第 3 次印刷
76	978-7-301-13320-0	计算机硬件组装和评测及数码产品评测教程	周奇	36.00	2008 年出版
77	978-7-301-12320-1	网络营销基础与应用	张冠凤，李磊	28.00	2008 年出版
78	978-7-301-13321-7	数据库原理及应用(SQL Server 版)	武洪萍，马桂婷	30.00	2010 年重印
79	978-7-301-13319-4	C#程序设计基础教程与实训(1CD)	陈广	36.00	2010 年第 4 次印刷
80	978-7-301-13632-4	单片机 C 语言程序设计教程与实训	张秀国	25.00	2008 年出版
81	978-7-301-13641-6	计算机网络技术案例教程	赵艳玲	28.00	2008 年出版
82	978-7-301-13570-9	Java 程序设计案例教程	徐翠霞	33.00	2008 年出版
83	978-7-301-13997-4	Java 程序设计与应用开发案例教程	汪志达，刘新航	28.00	2008 年出版
84	978-7-301-13679-9	ASP .NET 动态网页设计案例教程(C#版)	冯涛，梅成才	30.00	2010 年重印
85	978-7-301-13663-8	数据库原理及应用案例教程(SQL Server 版)	胡锦丽	40.00	2010 年重印
86	978-7-301-13571-6	网站色彩与构图案例教程	唐一鹏	40.00	2008 年出版
87	978-7-301-13569-3	新编计算机应用基础案例教程	郭丽春，胡明霞	30.00	2009 年重印
88	978-7-301-14084-0	计算机网络安全案例教程	陈昶，杨艳春	30.00	2008 年出版
89	978-7-301-14423-7	C 语言程序设计案例教程	徐翠霞	30.00	2008 年出版
90	978-7-301-13743-7	Java 实用案例教程	张兴科	30.00	2010 年重印
91	978-7-301-14183-0	Java 程序设计基础	苏传芳	29.00	2008 年出版
92	978-7-301-14670-5	Photoshop CS3 图形图像处理案例教程	洪光，赵倬	32.00	2009 年出版
93	978-7-301-13675-1	Photoshop CS3 案例教程	张喜生等	35.00	2009 年重印
94	978-7-301-14473-2	CorelDRAW X4 实用教程与实训	张祝强等	35.00	2009 年出版
95	978-7-301-13568-6	Flash CS3 动画制作案例教程	俞欣，洪光	25.00	2009 年出版
96	978-7-301-14672-9	C#面向对象程序设计案例教程	陈向东	28.00	2009 年重印
97	978-7-301-14476-3	Windows Server 2003 维护与管理技能教程	王伟	29.00	2009 年出版
98	978-7-301-13472-0	网页设计案例教程	张兴科	30.00	2009 年出版
99	978-7-301-14463-3	数据结构案例教程(C 语言版)	徐翠霞	28.00	2009 年出版
100	978-7-301-14673-6	计算机组装与维护案例教程	谭宁	33.00	2009 年出版
101	978-7-301-14475-6	数据结构(C# 语言描述) (含 1CD)	陈广	38.00	2009 年出版
102	978-7-301-15368-0	3ds max 三维动画设计技能教程	王艳芳，张景虹	28.00	2009 年出版
103	978-7-301-15462-5	SQL Server 数据库应用技能教程	俞立梅，吕树红	30.00	2009 年出版
104	978-7-301-15519-6	软件工程与项目管理案例教程	刘新航	28.00	2009 年出版
105	978-7-301-15588-2	SQL Server 2005 数据库原理与应用案例教程	李军	27.00	2009 年出版
106	978-7-301-15618-6	Visual Basic 2005 程序设计案例教程	靳广斌	33.00	2009 年出版
107	978-7-301-15626-1	办公自动化技能教程	连卫民，杨娜	28.00	2009 年出版
108	978-7-301-15669-8	Visual C++程序设计技能教程与实训：OOP、GUI 与 Web 开发	聂明	36.00	2009 年出版
109	978-7-301-15725-1	网页设计与制作案例教程	杨森香，聂志勇	34.00	2009 年出版
110	978-7-301-15617-9	PIC 系列单片机原理和开发应用技术	俞光昀，吴一锋	30.00	2009 年出版
111	978-7-301-16900-1	数据库原理及应用(SQL Server 2008 版)	马桂婷等	31.00	2010 年出版
112	978-7-301-16901-8	SQL Server 2005 数据库系统应用开发技能教程	王伟	28.00	2010 年出版
113	978-7-301-16935-3	C#程序设计项目教程	宋桂岭	26.00	2010 年出版
114	978-7-301-17021-2	计算机网络技术案例教程	黄金波，齐永才	28.00	2010 年出版
115	978-7-301-16736-6	Linux 系统管理与维护	王秀平	29.00	2010 年出版
116	978-7-301-17091-5	网页设计与制作综合实例教程	姜春莲	38.00	2010 年出版
117	978-7-301-17175-2	网站建设与管理案例教程	徐洪祥	28.00	2010 年出版
118	978-7-301-17136-3	Photoshop 案例教程	沈道云	25.00	2010 年出版
119	978-7-301-17174-5	SQL Server 数据库实例教程	汤承林，杨玉东	38.00	2010 年出版
120	978-7-301-17196-7	SQL Server 数据库基础与应用	贾艳宇	39.00	2010 年出版
121	978-7-301-16854-7	Dreamweaver 网页设计与制作案例教程	吴鹏，等	41.00	2010 年出版

电子书(PDF 版)、电子课件和相关教学资源下载地址：http://www.pup6.com/ebook.htm，欢迎下载。
欢迎访问立体教材建设网站：http://blog.pup6.com。
欢迎免费索取样书，请填写并通过 E-mail 提交教师调查表，下载地址：http://www.pup6.com/down/教师信息调查表 excel 版.xls，欢迎订购，欢迎投稿。
联系方式：010-62750667，liyanhong1999@126.com，linzhangbo@126.com，欢迎来电来信。